BASTEI
LÜBBE
Paperback

Barbara Hambly

Jagd der Vampire

Roman

Ins Deutsche übertragen
von Ute Thiemann

BASTEI LÜBBE
Paperback

BASTEI-LÜBBE-PAPERBACK
Band 28 197

Erste Auflage: Dezember 1990

Deutsche Lizenzausgabe 1990
Bastei-Verlag Gustav H. Lübbe GmbH & Co.,
Bergisch Gladbach
Originaltitel: Those who hunt the Night
Lektorat: Reinhard Rohn
Titelillustration: Greg Hildebrandt
Umschlaggestaltung: Quadro Grafik, Bensberg
Satz: KCS GmbH, 2110 Buchholz/Hamburg
Druck und Verarbeitung:
Clausen & Bosse, Leck
Printed in Germany
ISBN 3-404-28197-7

Der Preis dieses Bandes versteht sich
einschließlich der gesetzlichen Mehrwertsteuer.

1

»Lydia?«

Noch bevor die Schatten der Treppe den Namen seiner Frau verschlungen hatten, wußte James Asher, daß etwas nicht in Ordnung war.

Das Haus war still, aber es war nicht leer.

Er blieb wie erstarrt in der dunklen Eingangshalle stehen und lauschte. Kein Laut drang von oben über die im Schatten liegende Treppe herunter. Keine fette Ellen kam durch die Tür am Ende der Halle auf ihn zugeeilt, um ihrem Herrn die dunkle Professorenrobe und den Doktorhut abzunehmen; und die Kühle der Herbstnacht, die die Räumlichkeiten durchdrungen hatte, sagte ihm, daß keiner der Kamine im Haus entfacht worden war. Für gewöhnlich nahm er das gedämpfte Klappern von Mrs. Grimes in der Küche nicht bewußt wahr, doch das Fehlen dieser Geräusche klang so laut in seinen Ohren wie das Geläut einer Glocke.

Vor sechs Jahren hätte Asher augenblicklich und ohne zu zögern gehandelt – zwei Schritte zurück und aus der Tür hinaus, mit einer lautlosen, tödlichen Geschmeidigkeit, die wohl nur wenige der anderen Professoren am New College ihrem unauffälligen, bescheidenen Kollegen zugetraut hätten. Doch Asher war über viele Jahre hinweg einer der geheimen Mitspieler des Großen Spiels gewesen, wie man es euphemistisch nannte, hatte harmlose philologische Daten im britisch besetzten Pretoria gesammelt oder unter den Buren auf dem Veldt, am kaiserlichen Hof in Berlin oder in den verschneiten Straßen von St. Petersburg. Und obwohl er dem Spiel den Rücken zugekehrt hatte, so wußte er doch aus Erfahrung, daß es seinerseits ihm niemals ganz den Rücken zukehren würde.

Dennoch zögerte er einen Augenblick. Denn er spürte ohne jeden Zweifel, daß Lydia irgendwo in diesem Haus war.

Dann glitt Asher mit einem kaum wahrnehmbaren Rascheln seiner wogenden Robe wieder zurück über die Schwelle und hinaus in den klammen Nebel, der auf der ersten Stufe der kleinen Treppe vor dem Haus wartete, um alles wie ein Leichentuch zu umhüllen. Gefahr lauerte im Haus, auch wenn er keine bewußte Angst verspürte – nur das eiskalte Aufflammen von Zorn darüber, daß, was immer auch vor sich ging, Lydia und die Dienerschaft mit hineingezogen worden waren.

Wenn sie ihr auch nur ein Haar gekrümmt haben ...

Er wußte noch nicht einmal, wer *sie* waren, doch siebzehn Jahre im geheimen Dienst für Königin – nun König – und Vaterland boten ihm ein erschreckendes Maß an Möglichkeiten.

Lautlos wie die Isis-Nebel, die die Stadt einhüllten, glitt er über das Kopfsteinpflaster der Holywell Street zurück in das Dunkel, das die braune Steinmauer des Colleges umgab, und wartete. Sie – wer immer ›sie‹ auch waren – mußten ihn gehört haben. Und sie würden ebenfalls warten.

Lydia hatte ihn einmal, als sie noch ein sechzehnjähriges Schulmädchen war, gefragt, wie es ihm gelang, sich in jenen fernen Ländern einer Entdeckung zu entziehen: »Ich meine, wenn man entdeckt, daß geheime Pläne verschwunden sind oder so etwas, und Sie sind da, dann muß man Sie doch verdächtigen.«

Er hatte gelacht und ihr geantwortet: »Nun, zum einen sind diese Pläne niemals *verschwunden* – sondern nur akkurat kopiert worden. Und was das andere betrifft, so ist es meine beste Verteidigung, daß ich einfach immer die Art von Person bin, die diese Art von Dingen nicht tun würde.«

»Diese Rolle spielen Sie auch hier.« Die riesigen, rehbraunen Augen hinter ihren metallgerahmten Brillengläsern musterten ihn durchdringend. Ihre magere, beinahe aggressive Gelehrsamkeit war gerade im Begriff, sich in eine noch zerbrechliche Sinnlichkeit zu verwandeln. Wenn sie mit den jungen Männern zusammen war, die langsam an ihr Interesse zu finden begannen, dann trug sie die Brille nicht – sie war eine Meisterin des blinden Krocketspiels und verstand es, die Gerichte auf der Speisekarte zu erraten. Aber bei ihm war es offenbar anders. In ihrer schlichten Baumwollbluse und der blauroten Schulkrawatte, das lange rote Haar vom Wind zerzaust, mutete sie wie eine Waldnymphe an, die erfolglos versuchte, sich für ein englisches Schulmädchen auszugeben. »Ist es schwer, aufzuhören, das eine zu sein und das andere zu werden?«

Er hatte einen Augenblick darüber nachgedacht, dann hatte er den Kopf geschüttelt. »Es ist ein wenig so, als würde man seinen Sonntagsanzug tragen«, hatte er erwidert, und wußte schon in diesem Moment genau, daß sie verstehen würde, was er meinte. Und sie hatte gelacht, ein Geräusch so strahlend und ungestüm vor Freude wie der Sonnenschein im April. Er hatte dieses Lachen aufbewahrt – wie er auch das sanfte Aufsteigen des Morgennebels von den Wiesen und Weiden in Cherwell oder die himmlische Lieblichkeit der Maimorgenstimmen, die wie der weit entfernte Gesang von Engeln vom Magdalenenturm herübertrieben, aufbewahrt hatte – verschlossen in diesem Winkel seines Herzens, in dem er wertvolle Dinge aufbewahrte, wie ein Junge seine Schätze in einem Schuhkarton hortete, damit er sie in China oder auf dem Veldt herausnehmen und anschauen konnte, wenn alles schieflief. Es hatte einige Jahre gedauert, bis ihm bewußt geworden war, wie wertvoll ihm ihr Lachen und das leise Sonnenlicht waren, das wie Karneol auf ihrem Haar schimmerte, nicht als Symbole eines friedlichen Lebens des Studiums und der Lehre, in denen man mit der unschuldigen Nichte seines Dekans Krocket spielte, sondern weil er dieses Mädchen von ganzem Herzen liebte. Diese Erkenntnis hätte ihm beinahe das Herz gebrochen.

Nun fielen all diese Jahre der Wissenschaft, der Ruhe und des Glücks von ihm ab wie eine abgestreifte Universitätsrobe, und er bewegte sich die schmale Straße hinunter, umkreiste die

Reihe der niedrigen Backsteinhäuser, bis er in das labyrinthische Gewirr der dahinterliegenden Gassen und Hinterhöfe eintauchte.

Wenn ihr irgend etwas zugestoßen war...

Von der Gasse hinter den Häusern aus konnte er sehen, daß die Gaslampen in seinem Arbeitszimmer brannten, auch wenn er durch den Nebel und die Spitzengardinen hindurch nichts sonst in dem Zimmer erkennen konnte. Eine Kutsche fuhr hinter ihm auf der Holywell Street vorüber; in dem schmalen Durchgang aus Kopfsteinpflaster und Ziegelsteinen schienen das Geklapper der Hufe und das Klirren der Geschirrbeschläge überlaut. Von der grauen, abendlichen Schattenwelt des Gartens aus konnte Asher die gesamte Küche einsehen, beleuchtet wie eine Bühnendekoration. Nur die Gasflamme über dem Herd brannte – selbst in der tiefen Dämmerung ließen die großen Fenster noch erstaunlich viel Licht ein. Es konnte also nicht später als sieben geschehen sein...

Was konnte nicht später als sieben geschehen sein? Trotz seiner kalkulierenden, geschäftsmäßigen Konzentration schlich sich ein kleines Lächeln auf Ashers Lippen, als er sich im Geiste vorstellte, wie er in sein eigenes Haus stürmte, nur um dort eine Nachricht zu finden: »Vater erkrankt, bin zu ihm gefahren, habe der Dienerschaft für heute abend frei gegeben – Lydia.«

Nur hatte seine Frau – und es erstaunte ihn immer noch, daß es ihm nach allem tatsächlich gelungen war, Lydia zur Frau zu gewinnen – natürlich eine ebenso ausgeprägte Abneigung gegen Unordnung wie er. Sie hätte niemals Mrs. Grimes und den beiden Mädchen, ganz abgesehen von Mick, dem Stallburschen, für die Nacht freigegeben, ohne Vorsorge für sein Abendessen zu treffen. Genausowenig hätte sie dies oder irgend etwas Ähnliches getan, ohne ihm eine Nachricht zum College zu schicken und ihn von den geänderten Plänen zu unterrichten.

Doch Asher brauchte diese logische Gedankenkette, die ihm in Bruchteilen einer Sekunde durch den Kopf zog, gar nicht, um zu wissen, daß nicht alles in Ordnung war. Die Jahre hatten ihn den Geruch der Gefahr gelehrt, und das Haus stank danach.

Fest gegen die Efeuranken, die die Gartenmauer überwucherten, gepreßt und sich immer der verdunkelten Fenster bewußt, die sich über ihm erhoben, schlich er sich vorsichtig zur Küchentür.

Die meisten der jungen Männer, die Asher am New College – das genaugenommen schon seit der zweiten Hälfte des vierzehnten Jahrhunderts nicht mehr ›New‹ war – in Philologie, Etymologie und Völkerkunde unterrichtete, behandelten ihren Mentor mit demselben nachsichtigen Respekt, den sie auch einem leicht exzentrischen Onkel erwiesen hätten. Asher spielte diesem Bild, das sie von ihm hatten, aus reiner Gewohnheit in die Hände – dieses Verhalten hatte ihm bei seiner früheren Beschäftigung gute Dienste geleistet. Er war ein recht unscheinbarer Mann, größer, als man ihm auf den ersten Blick zugestanden hätte, und achtete stets auf sein durchweg braunes Erscheinungsbild: braunes Haar, braune Augen, brauner Schnurrbart und braune Kleidung. Ohne seine Universitätsgewänder sah er in der Tat wie ein kleiner Angestellter aus, wenn man einmal von der Schärfe seiner Augen und der Geschmeidigkeit, mit der er sich bewegte, absah. Seine Studenten hätten es zweifellos für Zufall gehalten, daß er den tiefsten Schatten in diesem dunklen und tautriefenden Garten fand, um dort seine Robe und seinen Doktorhut, die altehrwürdige Uniform Oxfordianischer Wissenschaftlichkeit, die seinen unauffälligen Tweedanzug verhüllte, zu verstecken. Mit Sicherheit hätten sie nicht vermutet, daß er die Sorte von Mann war, der ein Fenster mit einem Messer öffnen konnte und eine solche Waffe in seinem Stiefel versteckt bei sich trug.

Die Küche war völlig verlassen und roch nach dem altmodischen Steinfußboden und nach längst erkalteter Asche. Kein Dampf erhob sich über dem Heißwasserspeicher über dem Herd – ein neumodisches amerikanisches Ding aus schwarzem Gußeisen, das beinahe fünfundzwanzig Dollar im Katalog gekostet hatte. Der beruhigende Schein der Gaslampe ließ die Stille in der Küche nur noch unheilschwangerer erscheinen, wie ein lächelnder Wahnsinniger, der hinter seinem Rücken eine Axt bereithielt.

Nur wenige Dozenten in Oxford kannten sich in den Küchengefilden ihres eigenen Heims aus – viele von ihnen waren nie weiter als bis zu den Schwingtüren vorgedrungen, die das Reich der Dienerschaft von den Gebieten trennten, in denen die Besitzer wohnten. Asher hatte es sich nicht nur zur Aufgabe gemacht, den exakten Grundriß dieser Örtlichkeit zu kennen – er hätte mit verbundenen Augen hindurchgehen können, ohne auch nur gegen ein einziges Möbelstück zu stoßen –, sondern auch genau zu wissen, wo alles aufbewahrt wurde. Solche

Dinge zu wissen bedeutete keine bewußte Anstrengung von seiner Seite, vielmehr war es eine dieser kleinen Eigenheiten, die er sich über die Jahre angewöhnt hatte und die er aus irgendeinem Grunde nie ganz hatte ablegen können. Er fand die Schublade, in der Mrs. Grimes ihre Fleischmesser aufbewahrte – das versteckte Messer in seinem Stiefel war nur klein und ausschließlich für Notfälle geeignet –, dann schlich er zu dem Durchgang neben dem Herd, der die Küche von der Speisekammer trennte, wobei er sich die ganze Zeit bewußt war, daß irgendwo im Haus jemand auf das leiseste Tappen seiner Schritte lauschte.

Mrs. Grimes, Ellen und das Mädchen Sylvie, sie alle saßen um den Tisch herum, ein sonderbares Tableau, das aus Madame Tussauds Schreckenskabinett zu stammen schien. Das schwache, flackernde Licht des stählernen Flachbrenners neben dem Herd ließ die ganze Szene noch erschreckender wirken. Es bedurfte nur noch einer Flasche Gift auf dem Tisch zwischen ihnen, überlegte Asher sarkastisch, und eines Schildes:

DER WAHNSINNIGE GIFTMISCHER
HAT ZUGESCHLAGEN

Nur, daß dort keine Flasche stand, keine benutzten Teetassen, in der Tat nichts, was darauf hindeutete, daß etwas gegessen oder getrunken worden war. Das einzige auf dem Tisch war eine Schale mit halbgeschälten Erbsen.

Während er die hagere Köchin, das fette Dienstmädchen und die zusammengesackte Gestalt der Küchengehilfin betrachtete, überkam Asher abermals das eiskalte Gefühl, daß jemand ihn belauschte und genau wußte, wo und wer er war. Alle drei Frauen lebten noch, aber die Art, wie sie schliefen – wie zerbrochene Puppen –, gefiel ihm ganz und gar nicht.

Er hatte also recht gehabt.

Das einzige andere Licht brannte in seinem Arbeitszimmer, und dort bewahrte er auch seinen Revolver auf, einen amerikanischen Navy Colt, den er in der Schublade seines Schreibtisches versteckt hatte; wenn man ein Dozent der Philologie war, konnte man einen Revolver natürlich nicht in der Tasche seines Paletots mit sich herumtragen. Die anderen Professoren würden sich sonst die Mäuler zerreißen.

Er schlich sich von der Küche aus über die Hintertreppe nach oben. Von der unauffälligen Tür am Ende der Eingangshalle aus konnte er sehen, daß niemand vor der Tür auf ihn wartete, aber das bedeutete nichts. Die Tür des oberen Salons war aufgerissen wie ein tiefer, schwarzer Schlund. Aus dem Arbeitszimmer drang ein schwacher, goldener Lichtschein und lag wie ein achtlos fallengelassener Schal auf dem Teppich.

Vorsichtig ob seines Gewichts auf der Treppe, schlich er einige Stufen weiter hinauf, immer dicht an die Wand gepreßt. Als er seinen Kopf etwas nach vorn reckte, konnte er einen Winkel des vor ihm liegenden Zimmers einsehen. Der Diwan war absichtlich in eine Position gezogen worden, daß man ihn von der Halle aus sehen konnte. Lydia lag auf den abgewetzten grünen Kissen. Ihr aufgelöstes Haar hing wie ein großer tonroter Wasserfall zu Boden. Eine ihrer langen, tüchtigen Hände hatte sich schützend um ihre Brille gelegt und ruhte so auf ihrer Brust, als hätte sie die Brille abgenommen, um ihre Augen für einen Augenblick auszuruhen; ohne die Gläser wirkte ihr schlafendes Gesicht dünn und schutzlos. Nur die kaum wahrnehmbare Bewegung ihrer kleinen Brüste unter der rauchigen Spitze ihres langen Nachmittagskleides zeigte ihm, daß sie überhaupt noch am Leben war.

Das Zimmer war als Falle aufgebaut worden, sagte ihm eine Hälfte seines Verstandes. Jemand wartete darauf, daß er hereingestürmt kam, sobald er sie erblickte, wie es ihm in der Tat all seine Instinkte zu befehlen schienen . . .

»Kommen Sie herein, Dr. Asher«, rief ihm eine leise Stimme aus den bernsteinfarbenen Tiefen des Bücherzimmers zu. »Ich bin allein – niemand sonst befindet sich im Haus. Der junge Mann, der sich um die Ställe kümmert, schläft, so wie Sie auch Ihre weiblichen Bediensteten vorgefunden haben. Ich sitze hier an Ihrem Schreibtisch, der an seinem üblichen Platz steht, und ich habe nicht die geringste Absicht, Ihnen heute abend ein Leid zuzufügen.«

Spanisch, registrierte der im Einsatz erprobte Geheimagent in ihm – makellos und ohne jeglichen Akzent, doch zweifellos spanisch –, während der Philologe in ihm seine Ohren spitzte, als er eine seltsame, auf einen sehr abgelegenen Dialekt des Englischen hindeutende Betonung feststellte, die kaum hörbare Spur eines isolierten *a* hier und dort, ein kaum gehauchtes *e*, das am Ende eines Wortes aufzublitzen schien . . .

Er öffnete die Tür und betrat das Zimmer. Der junge Mann,

der an Ashers Schreibtisch saß, sah von den auseinandergenommenen Einzelteilen des Revolvers auf und neigte den Kopf zum Gruß.

»Guten Abend«, sagte er höflich. »Aus Gründen, die Ihnen sicherlich schon bald verständlich werden dürften, möchte ich vorschlagen, daß wir die Formalitäten einer Erklärung übergehen und gleich mit der Vorstellung beginnen.«

Es war kaum hörbar – die Rundung des *ün in* ›Gründe‹ und die Akzentverschiebung in *Erklärung* –, aber es ließ Alarmglocken reiner wissenschaftlicher Neugier in irgendeinem Winkel seines Verstandes erklingen. *Kannst du noch nicht einmal in einem Augenblick wie diesem aufhören, wie ein Philologe zu denken . . .?*

Der junge Mann fuhr fort: »Mein Name ist Don Simon Xavier Christian Morado de la Cadena-Ysidro, und ich bin, wie Sie es nennen würden, ein Vampir.«

Asher erwiderte nichts. Ein halbgeformter Gedanke verschwand, bevor er aufgetaucht war, und ließ nur weiße Stille zurück.

»Glauben Sie mir?«

Asher bemerkte, daß er immer noch den Atem angehalten hatte, und ließ die Luft aus seiner Lunge. Sein Blick glitt zu Lydias Hals hinüber: Seine völkerkundlichen Studien über den Vampirismus hatten auch einige Fälle von sogenannten ›echten‹ Vampiren beinhaltet, Wahnsinnige, die gehofft hatten, ihr eigenes verderbtes Leben zu verlängern, indem sie das Blut junger Mädchen tranken oder darin badeten. Durch den geöffneten Kragen des Nachmittagskleides konnte er die weiße Haut ihres Halses erkennen. Kein Blutstropfen verunzierte das helle Beige des Gewandes. Dann richteten sich seine Augen wieder auf Ysidro, in dessen leisen Tönen er die absolute Überzeugung eines Wahnsinnigen vernommen hatte. Doch als er die hagere Gestalt hinter seinem Schreibtisch betrachtete, bemerkte er, wie ihm ein seltsamer Schauder über die Haut seines Nackens lief, das unschöne Gefühl, als ob er geglaubt hätte, eine Treppe hinunterzugehen und in Wirklichkeit in einen Abgrund gestürzt wäre.

Der Name war spanisch – die bleiche Hautfärbung des jungen Mannes mochte sehr wohl auf die nördlichen Provinzen hindeuten, die die Mohren nie mit ihrem Besuch beehrt hatten. Sein langes, farbloses Haar hing wie gesponnene Seide um sein Hidalgogesicht herum, fein wie ein Spinnennetz und länger, als die Männer es in diesen Tagen zu tragen pflegten. Die Augen waren kaum dunkler, eine bleiche, gelbliche Bernsteinfärbung, hier und dort mit kleinsten Flecken von Braun und Grau durchsetzt – Augen, die eigentlich katzenartig hätten wirken müssen, aber irgendwie eine andere Wirkung erzielten. Es lag eine seltsame Leuchtkraft in ihnen, ein unbestimmbares Glitzern, selbst im Schein der Gaslampe, das Asher beunruhigte. Ihre wäßrige Färbung, die in einem so eindringlichen Kontrast zu dem schwarzen Samtkragen des Mannes stand, unterstrich noch die Blässe der feingeschnittenen Gesichtszüge, eher die einer Leiche, denn die eines lebenden Mannes, wäre da nicht diese geschmeidige Beweglichkeit dieser Züge gewesen.

Durch seine eigenen Erfahrungen in Deutschland und Rußland wußte Asher, wie leicht eine solche Gesichtsfärbung künstlich zu erreichen war, besonders bei Gaslicht. Und es konnten einfach Wahnsinn oder Drogen sein, die ihn aus diesen ernsten gelben Augen anfunkelten. Und doch ging trotz allem eine gewisse unerklärliche, geheimnisvolle Ausstrahlung von Don Simon Ysidro aus, eine so vollkommene Reglosigkeit, als hätte er schon seit Hunderten von Jahren hinter diesem Schreibtisch gesessen und gewartet.

Während Asher sich neben Lydia kniete, um ihren Puls zu fühlen, wich sein Blick doch nicht einen Augenblick von dem Spanier ab, denn er spürte die Gefahr, die in diesem Mann verborgen lag. Und als sein Verstand schließlich die herausgehörten Betonungen und Eigentümlichkeiten seiner Rede identifizierte, wurde ihm mit einem seltsamen, alle Hoffnung ersterben lassenden Gefühl bewußt, woher dieser schreckliche Eindruck der Reglosigkeit stammte.

Die tonale Verschiebung in einigen seiner Wortendungen war charakteristisch für solche Regionen, die seit dem Ende des sechzehnten Jahrhunderts linguistisch gesehen isoliert gewesen waren.

Und, mit Ausnahme der Momente, in denen er sprach, schien Don Simon Ysidro nicht zu atmen.

Das Fleischmesser noch immer in seiner linken Hand, stand Asher auf und sagte: »Kommen Sie her.«

Ysidro rührte sich nicht. Seine schlanken Hände, leichenblaß gegen den bläulichen Stahl des auseinandergenommenen Revolvers, blieben so reglos wie eine Spinne, die auf die leichteste Bewegung einer im Netz verfangenen Fliege wartete.

»Sehen Sie, es ist nicht immer leicht, zu verheimlichen, was wir sind, besonders, wenn wir keine Nahrung zu uns genommen haben«, erklärte er mit seiner leisen, hellen Stimme. Schwere Lider verliehen seinen Augen einen fast schläfrigen Ausdruck, ohne jedoch ganz den Zynismus und den Spott zu verstecken. »Bis vor ungefähr neunzig Jahren war es eine einfache Angelegenheit, denn niemand sieht bei Kerzenlicht ganz normal aus. Aber jetzt beleuchten sie die Häuser mit Elektrizität, und ich weiß nicht, was wir tun können.«

Ysidro mußte sich bewegt haben. Das Erschreckende daran jedoch war, daß Asher nicht gesehen hatte, wie der Mann es tat, daß er einen Augenblick lang – in einer Zeitspanne, die mehrere Sekunden lang gewesen sein mußte – nichts bewußt aufgenommen hatte. Er war wortwörtlich stehenden Fußes in Trance gefallen. In dem Augenblick hatte er noch mit dem Messer in der Hand zwischen Lydias schlafender Gestalt und dem Schreibtisch gestanden; im nächsten kam er mit einem Ruck wieder zu sich und spürte noch die Kälte von Ysidros Fingern, dort wo sie seine Hand berührt hatten, und das Messer war verschwunden.

Entsetzen und Verwirrung strömten über ihn wie kaltes Wasser. Don Simon warf das Messer auf den Schreibtisch zwischen die verstreuten Teile des unbrauchbar gewordenen Revolvers und wandte sich mit einem ironischen Lächeln wieder zu ihm, um Asher seine entblößten Handgelenke entgegenzustrecken.

Asher schüttelte seinen Kopf. Sein Mund war trocken. Er hatte einmal auf einer deutschen archäologischen Expedition im Kongo mit Hilfe einer Aderpresse seinen eigenen Tod vorgetäuscht, und er hatte in Indien Fakire gesehen, die nicht einmal dieses Hilfsmittels bedurften. Er wich zurück, während ihm völlig unvermittelt die unheimlichen Übereinstimmungen Hunderter von Legenden durch den Kopf zogen, auf die er während der ausschließlich der wissenschaftlichen Arbeit gewidmeten Hälfte seiner Karriere gestoßen war; dann ging er zu Lydias Schreibtisch hinüber.

Er stand auf der gegenüberliegenden Seite des Zimmers von seinem Sekretär, den Lydias Mutter ehedem benutzt hatte, um goldgerahmte Einladungen zu schreiben und die delikate Abstimmung von Sitzordnungen bei Banketten zu meistern. Jetzt war er vollgestopft mit Lydias abstoßend unordentlicher Sammlung von Büchern, Notizen und Forschungsmaterial über

Drüsen. Seit sie ihren Abschluß gemacht und mit den Forschungen am Krankenhaus von Radclyffe begonnen hatte, hatte Asher ihr einen richtigen Schreibtisch versprochen. In einem der winzigen Fächer lag ihr zusammengerolltes Stethoskop wie eine obszöne Schlange aus Gummi und Stahl ...

Seine Hände konnten ein leichtes Zittern nicht verbergen, als er das Stethoskop wieder in sein Fach zurücklegte. Ganz plötzlich spürte er deutlich das Pulsieren des Blutes in seinen Adern.

Seine Stimme jedoch behielt ihre Ruhe. »Was wollen Sie?«

»Hilfe«, erwiderte der Vampir.

»Was?« Asher sah das dunkle Vergnügen in Ysidros Augen und bemerkte, daß er den Vampir wie ein Narr angestarrt hatte. Sein Verstand war immer noch vollkommen durcheinander, ob der Dinge, die er durch das Stethoskop gehört hatte – oder genauer gesagt, ob der Dinge, die er absolut *nicht* gehört hatte –, aber die Tatsache, daß der schattengleiche Jäger, der in den Legenden jeder Kultur, die er studiert hatte, lauerte, wirklich existierte, war auf eine Art leichter zu glauben als das, was dieser Jäger gerade gesagt hatte.

Die wäßrigen Augen hielten seinen Blick fest. Es war keine Regung in ihnen zu erkennen, nur eine distanzierte Ruhe. Ysidro schwieg einige Augenblicke, als ob er überlegte, wieviel und was er erklären müßte. Dann bewegte er sich, eine Art schwerelosen, gemächlichen Gleitens, das so geräuschlos wie das Vorbeiziehen eines Schattens war. Er hockte sich auf eine Ecke des Schreibtisches, die langen, weißen Hände am Knie über einem maßgeschneiderten grauen Anzug gefaltet und betrachtete Asher einen Augenblick lang mit zur Seite geneigtem Kopf.

Dann sagte Don Simon: »Sie sind Dr. James Claudius Asher, Autor des Buches *Sprache und Begrifflichkeit in Ost- und Mitteleuropa,* Dozent der Philologie am New College, Experte in Sprachen und ihrem Wandel in der nationalen Ethnologie vom Balkan über Port Arthur bis Pretoria ...«

Asher hielt es keinesfalls für Zufall, daß Ysidro drei der Unruheherde genannt hatte, von denen das Foreign Office am dringendsten Landkarten hatte bekommen wollen.

»In diesem Zusammenhang sind Sie sicher mit dem Vampir als solchem vertraut.«

»Das bin ich.« Asher setzte sich auf eine der gebogenen Lehnen des Diwans, auf dem Lydia immer noch lag, unbeweglich in ihrem unnatürlichen Schlaf. Er hatte ein leicht unwirkliches Gefühl, aber ansonsten war er jetzt sehr ruhig. Was immer geschah, mußte nach seinen eigenen seltsamen Bedingungen bewältigt werden. Es hatte keinen Sinn, darüber in Panik zu verfallen. »Ich weiß überhaupt nicht, warum ich darüber erstaunt bin«, fuhr er einen Augenblick später fort. »Ich bin bei jeder Zivilisation von China bis Mexiko auf Legenden von Vampiren gestoßen. Sie tauchen immer wieder auf – bluttrinkende Geister, die leben, solange ihnen die Lebenden zur Beute werden. Man findet sie im alten Griechenland, im alten Rom – obwohl ich mich daran zu erinnern glaube, daß die Vampire des alten Roms eher Gefallen daran fanden, ihren Opfern die Nasen abzubeißen, als ihr Blut zu trinken. Stimmt das?«

»Ich weiß es nicht«, erwiderte Ysidro ernst, »denn ich selbst bin erst im Jahre des Herrn 1555 Vampir geworden. Ich bin im Gefolge Seiner Majestät König Philipps nach England gekommen, als er sich anschickte, die englische Königin zu heiraten – und ich bin nicht wieder nach Hause zurückgekehrt. Aber persönlich kann ich mir nicht vorstellen, warum irgend jemand sich die Mühe machen sollte, etwas Derartiges zu tun.« Obwohl sein Gesichtsausdruck vollkommen unverändert blieb, hatte Asher doch für einen Augenblick das Gefühl, als funkelte Erheiterung in den Tiefen dieser champagnerfarbenen Augen.

»Und soweit es die Legenden betrifft«, fuhr der Vampir fort, immer noch seltsam unbeweglich, als ob er über die Jahrhunderte hinweg jeder unnötigen Geste müde geworden war, »so hört man auch überall von Feen und Elfen, und doch werden weder Sie noch ich tatsächlich erwarten, ihnen in unseren Gärten zu begegnen.« Durch die langen, farblosen Strähnen von Ysidros Haar konnte Asher erkennen, daß die Ohrläppchen einmal für Ohrringe durchstochen worden waren, und an einem seiner langen, weißen Finger steckte ein antiker Goldring. Mit geschlossenen Lippen waren Ysidros überdimensionale Reißzähne versteckt, aber wenn er sprach, funkelten sie im Gaslicht.

»Ich möchte, daß Sie mich heute abend begleiten«, sagte er nach einer kurzen Pause. »Es ist jetzt halb acht – um acht geht ein Zug in Richtung London, und bis zum Bahnhof sind es nur wenige Minuten. Es ist von äußerster Dringlichkeit, daß ich mit Ihnen sprechen kann, und es ist wahrscheinlich sicherer, dies in einem fahrenden Vehikel zu tun, weit weg von den Geiseln, die die Lebenden dem Schicksal ausliefern.«

Asher schaute auf Lydia hinab. Ihr Haar breitete sich wie roter Rauch über der cremigen Spitze ihres Kleides; ihre Finger, die auf dem leichten Gestell aus Draht und Glas ruhten, waren mit Tintenflecken verschmiert. Selbst unter diesen Umständen kam bei diesem Anblick ein Lächeln auf seine Lippen. Dieses Bild entsprach so ganz seiner Lydia, auch wenn sie hin und wieder erklärte, daß sie das Martyrium der Halbblindheit dem öffentlichen Tragen einer Brille vorzog. Sie hatte niemals ganz die Leiden ihres Daseins als häßliches Entlein vergessen. Sie schrieb an einer Studie über Drüsen. Er wußte, daß sie vermutlich den größten Teil des Vormittags in den Sezierräumen des Hospitals verbracht hatte, und dann, nachdem sie nach Hause gekommen war und sich umgezogen hatte, eilig alles aufgeschrieben hatte, während sie auf ihn wartete. Er fragte sich, was sie von Don Simon Ysidro halten würde, und stellte sich vor, daß sie wahrscheinlich von irgendwoher einen Zahnarztspiegel hervorholen und ihn bitten würde, seinen Mund aufzumachen.

Er schaute wieder zu Ysidro hinüber. Das Bild vor seinen geistigen Augen hatte ihn auf seltsame Weise aufgemuntert. »Sicherer für wen?«

»Für mich«, erwiderte der Vampir unverbindlich. »Für Sie. Und für die Dame Ihres Herzens. Machen Sie nicht den Fehler, die Angelegenheit zu unterschätzen, James; es ist wirklich Tod, der an meinen Mantelärmeln klebt und den Sie riechen. Aber wäre es meine Absicht gewesen, Ihre Frau oder Sie zu töten, dann hätte ich dies schon getan. Ich habe so viele Menschen getötet. Sie hätten keine Möglichkeit, mich aufzuhalten.«

Nachdem er schon einmal dieses verwirrende Gefühl der psychischen Blindheit verspürt hatte, war Asher auf ihn vorbereitet, doch immer noch waren Ysidros Bewegungen für ihn kaum wahrnehmbar. Seine Hand hatte noch nicht die ungefähr zwanzig Zoll zurückgelegt, die seine Finger von dem versteckten Messer in seinem Stiefel trennten, da wurde er plötzlich über die Kopflehne des Diwans geschleudert, so sehr er sich auch bemühte, sich zur Seite abzurollen. Irgendwie wurden seine beiden Arme auf seinen Rücken gedreht, die Handgelenke wurden von einem Griff aus Stahl und Eis gepackt. Die andere Hand des Vampirs war in seinen Haaren, schlug kalt gegen seinen Schädel, während er Ashers Kopf nach hinten zerrte. Seidige Lippen streiften seinen Hals über dem Kragenansatz – kein Atemhauch begleitete diese Berührung.

Dann berührten die Lippen seine Haut in einem spöttischen Kuß, und im nächsten Augenblick war er frei.

In demselben Augenblick, in dem er spürte, daß der Druck auf sein Rückgrat nachließ, war er schon in Bewegung. Er verschwendete nicht einen Gedanken darauf, daß Ysidro ihn vielleicht töten könnte. Sein einziger Gedanke galt Lydia und der Gefahr, in der sie sich befand, und das trieb ihn an. Doch als er auf die Füße gekommen war, das Messer in der Hand umklammert, stand Ysidro schon wieder hinter dem Schreibtisch, unerschüttert und unbeweglich, als hätte er sich nie gerührt. Asher blinzelte und schüttelte den Kopf. Er war sich bewußt, daß es einen weiteren dieser Trancemomente gegeben hatte, doch er war nicht sicher, wann er eingetreten war.

Die feingesponnenen Strähnen von Ysidros Haar verfingen sich an seinem Samtkragen, als er den Kopf leicht zur Seite legte. In seinen topasfarbenen Augen lag nicht der leiseste Ausdruck von Spott. »Ich hätte Sie beide haben können, in der Zeit, die es braucht, um Ihnen zu beweisen, daß ich mich anders entschieden habe«, sagte er mit seiner sanften Stimme. »Ich – wir – brauchen Ihre Hilfe, und es wird das beste sein, wenn ich es Ihnen auf dem Weg nach London erkläre, weit weg von dem Mädchen, für das Sie sich ohne weiteres in einen weiteren Anfall sinnloser Ritterlichkeit stürzen würden. Glauben Sie mir, James, ich bin wohl das Ungefährlichste, mit dem Sie – oder Ihre Herzensdame – sich abfinden müssen. Der Zug fährt um acht, und es ist schon viele Jahre her, seit das öffentliche Transportwesen sich nach den Bedürfnissen von Menschen edler Geburt gerichtet hat. Werden Sie mitkommen?«

2

Der Fußweg über die Holywell Street zum Bahnhof dauerte vielleicht zehn Minuten. Allein in den alles umhüllenden Schleiern des Septembernebels, wünschte Asher sich, die Strecke wäre drei- oder viermal so lang. Er brauchte dringend Zeit, um nachzudenken.

Auf seiner eigenen Türschwelle war Ysidro plötzlich verschwunden, war mühelos in die Nebelschwaden eingetaucht. Asher hatte sich mit allen Kräften bemüht, in diesem Augenblick – bei dem es sich, da war er sich beinahe vollkommen sicher, um ein weiteres momentanes Auslöschen seines Bewußtseins gehandelt hatte – seine Konzentration auf den Vampir zu fixieren, doch es war ihm nicht gelungen. Kein Wunder, daß die Legenden den Vampiren die Fähigkeit zusprachen, sich in Nebel und Mondlicht auflösen, durch Schlüssellöcher oder unter Türen hindurchrutschen zu können.

Es war die ultimative Waffe des Jägers – oder des Spions.

Die Nacht war kalt, der Nebel naß und schwer – nicht der schwarze, mörderische Nebel von London, sondern die seltsam feuchte Oxford-Variante, die die gesamte Stadt leicht überwuchert von Moos und Grün und Alter erscheinen ließ. Als er in die Broad Street einbog, schienen die gemeißelten Büsten vor dem Sheldonian Theater zu seiner Linken jeden seiner Schritte zu beobachten wie eine düstere Versammlung von Gespenstern; die Kuppel des Theaters selbst verlor sich über ihm im Nebel. Bewegte sich Ysidro irgendwo unter diesen Geistern, fragte Asher sich, ohne auch nur einen Fußabdruck auf dem nassen Granit des Bürgersteiges zu hinterlassen?

Oder war er irgendwo hinter Asher im Nebel, ein lautloser Verfolger, der ihn beobachtete und wartete, ob sein unwilliger Gehilfe auf den Absätzen kehrtmachen und wieder nach Hause eilen würde?

Asher wußte, daß es ihm nichts helfen würde. Der bewußte Teil seines Verstandes mochte sich immer noch gegen den Gedanken auflehnen, daß er die letzte halbe Stunde in einer Unterhaltung mit einem lebendigen Vampir verbracht hatte – *ein Oxymoron, wenn er je eins gehört hatte* –, doch der Unterschied, wenn er denn existierte, war rein akademisch.

Er war heute nacht in tödlicher Gefahr gewesen. Daran hatte er keinen Zweifel.

Und soweit es Lydia betraf ...

Er hatte absolut keinen Grund, Don Simons Beteuerung, allein gewesen zu sein, Glauben zu schenken. Asher hatte daran gedacht, eine Durchsuchung des Hauses zu verlangen, bevor er es verließ, doch er hatte die Nutzlosigkeit dessen erkannt. Selbst ein sterblicher Komplize hätte sich draußen im Nebel des Gartens verstecken können, ganz zu schweigen von einem, der sterbliche Augen zwingen konnte, an ihm vorbeizusehen. Er hatte sich damit begnügt, die Feuer, die im Kamin seines Arbeitszimmers und dem Ofen in der Küche zurechtgelegt worden waren, anzuzünden, damit die Bediensteten nicht in der Kälte erwachten – denn erwachen würden sie, dessen hatte Ysidro ihn versichert, innerhalb einer Stunde nach ihrem Weggang.

Und in jedem Fall wußte Ysidro, wo Asher wohnte. Falls der Vampir ihn beobachtete, so hatte er keine Möglichkeit, nach Hause zurückzukehren und Lydia in Sicherheit zu bringen, bevor sie abgefangen werden würden.

Und – eine weitere akademische Feststellung – was genau würde Sicherheit bedeuten?

Asher schob seine behandschuhten Finger tiefer in die Taschen des ausgebeulten braunen Ulsters, den er übergestreift hatte, und ging im Geiste noch einmal alles durch, was er über Vampire gelernt hatte.

Daß sie die Toten waren, die ihr Leben unbegrenzt verlängerten, indem sie das Blut der Lebenden tranken, schien der einzige Punkt zu sein, der nie in Frage gestellt worden war, von den abgebissenen Nasen in Rom einmal abgesehen. Von Odysseus' erstem Gespräch mit den Schatten an, gab es so wenig Abweichungen von diesem zentralen Thema, daß Asher im Grunde milde erstaunt war über seine eigene Ungläubigkeit, bevor er das Stethoskop gegen diese mageren, harten Rippen unter der dunklen Seidenweste gepreßt und mit eigenen Ohren ... nichts vernommen hatte. Seine Studien hatten ihn von China über Mexiko bis in den australischen Busch geführt, und es gab wohl keine Sprache, keinen Dialekt, der nicht ein Äquivalent hatte für dieses Wort – *Vampir.*

Um diese zentrale Wahrheit herum lag jedoch ein solcher Morast von Legenden darüber, wie man mit Vampiren zu verfahren hatte, daß er für einen Augenblick einen kleinen Wutanfall in sich aufsteigen fühlte, ob all dieser Gelehrten, die sich niemals bemüht hatten, dieses Wissen zu kodifizieren. Er machte sich im Geiste eine Notiz, dies zu tun, vorausgesetzt, daß Ysidro ihn nicht einfach nach London eingeladen hatte, um an einem kleinen Dinner mit seinen Freunden teilzunehmen. Natürlich, dachte er bitter bei sich, gab es keinen Gemüsehändler, der zu dieser Stunde noch offen hatte, und er würde schon ziemlich närrisch wirken, wenn er auf dem Weg zum Bahnhof die Gemüsegärten hinter den Häusern nach Knoblauch durchsuchen würde ... einmal ganz abgesehen davon, daß er den Zug verpassen würde. Und wenn man sich den Standard der britischen Küche vor Augen hielt, würde die Suche nach Knoblauch bestenfalls eine nutzlose Aufgabe sein.

Das ironische Lächeln verschwand von seinem Gesicht, als er auf der Hythe Bridge einmal kurz einhielt, um hinabzuschauen auf das Wasser, eine schieferfarbene Glasplatte, befleckt mit den Lichtern der Fisher Row. Knoblauch sollte angeblich als Schutz gegen die Untoten dienen, so wie auch Esche, Weißdorn, Wolfsmilch und eine Mischung anderer Kräuter, von denen

Asher wohl nur wenige erkannt hätte, hätte er sie am Wegesrand gesehen. Aber die Untoten waren angeblich auch nicht in der Lage, fließendes Wasser zu überqueren, was Ysidro offensichtlich auf seinem Weg vom Bahnhof getan hatte – oder war er vielleicht gar nicht mit dem Zug von London nach Oxford gefahren?

Ein Kruzifix beschützte seinen Träger angeblich vor dem Biß des Vampirs – einige Legenden sprachen speziell von einem silbernen Kruzifix, und Ashers praktisch orientierter Verstand fragte sich augenblicklich: *Wie hoch mußte der Silbergehalt sein?* Aber wie die Geschichten über das katholische Fegefeuer beinhaltete diese Theorie für die meisten Chinesen, Azteken, alten Griechen und australischen Buschmänner einen ungerechten Nachteil. Oder fürchteten die Vampire der alten Griechen vielleicht andere heilige Dinge? Und wie hatten in diesem Fall die heidnischen Vampire im ersten Jahrhundert n. Chr. darauf reagiert, daß die Christen aufgeregt mit den Symbolen ihres Glaubens herumfuchtelten, um sich davor zu schützen, daß ihr Blut getrunken oder ihre Nasen abgebissen wurden? *Nicht sonderlich viel* vincere in hoc signo, überlegte er ironisch, und lenkte seine Schritte die Botley Road hinunter zu dem rußgeschwärzten Backsteingebäude des Great-Western-Bahnhofs.

Er war nicht allein auf der nebelumhüllten Straße zwischen den Ziegelgruben und -hütten, die Eisenbahnstationen unweigerlich und augenblicklich um sich herum zu verstreuen schienen. Andere dunkle Gestalten eilten vom Licht des einen Bahnhofs zu den Lichtern des anderen, kämpften mit schweren Koffern oder schritten fröhlich vor den Lastenträgern einher, deren Atem davontrieb, um sich mit den dunklen Dämpfen um sie herum zu vermischen. Aus der Richtung der Northwestern Station ertönte das traurige Stöhnen einer Zugpfeife, gefolgt von dem schmerzlichen Zischen von Dampf; Asher blickte zurück auf den riesigen, gewölbten Bau des Bahnhofs und entdeckte, daß Don Simon mit seltsam schwerelosen Schritten neben ihm herging.

Der Vampir streckte ihm mit schwarzbehandschuhten Fingern eine Fahrkarte entgegen. »Es ist nur recht und billig, daß ich Ihre Unkosten übernehme«, sagte er mit seiner sanften Stimme, »wenn Sie in meine Dienste treten werden.«

Asher schob die Enden seines Schals – ein wollenes graues Ding, das ihm die Mutter eines seiner Schüler gestrickt hatte –

beiseite und steckte das Billet in seine Westentasche. Sie erklommen die flache Rampe zu den Bahnsteigen. Im grellen, harten Schein der Gaslampen wirkte Ysidros Gesicht weiß und seltsam, der anmutige Schwung der Brauen hob sich deutlich gegen das bleiche Haar und die noch bleichere Haut ab, die Augen blitzten wie in Honig vermischter Schwefel. Eine Frau, die mit zwei schläfrigen kleinen Mädchen auf einer Bank saß, schaute neugierig auf, als würde sie spüren, daß etwas nicht in Ordnung war. Don Simon lächelte ihr in die Augen, und sie wandte hastig ihren Blick ab.

Das Lächeln des Vampirs verschwand so schnell, wie es gekommen war. Wie jede seiner anderen Gesten oder wie sein Mienenspiel hatte sein Lächeln etwas Seltsames, wirkte beinahe so wie der schnelle Strich eines Karikaturisten. Asher glaubte darin eine gewisse uralte Weichheit zu erkennen, die schemenhafte Andeutung dessen, was es früher einmal gewesen war. Ysidro musterte noch einen Augenblick lang die blonden Köpfe der beiden Kinder, die gegen die Schultern der Frau gelehnt waren. Dann wandte er seinen Blick wieder Asher zu.

»Seit der Zeit, als Francis Walsingham seine Agenten nach Genf und Amsterdam entsandte, um die Pläne für König Philipps Invasion nach England auszuspionieren, bedient sich euer Geheimdienst der Hilfe eurer Gelehrten«, sagte er leise. »Wissenschaft, Religion, Philosophie – dafür wurde in jenen Tagen gestorben und getötet, und in jener Zeit war ich meinen menschlichen Gewohnheiten des Denkens noch nah genug verbunden, daß mich der Ausgang dieser Invasion berührte. Außerdem war es unter den Gelehrten auch immer noch hoch angesehen, ein Krieger zu sein, und unter den Kriegern, ein Gelehrter zu sein, was es nun nicht mehr ist, wie Sie sicher wissen werden.«

Ein alter Kollege, der Dekan von Brasenose, kam Asher in den Sinn, wie er mißbilligend über irgendeinen unbedeutenden Aufstand auf dem Balkan herzog, in dessen Verlauf Asher beinahe sein Leben gelassen hatte, während Asher selbst, der dabei auf der anderen Seite des Kamins gesessen und gemütlich einen Kuchen verspeist hatte, mit einem Nicken seine Zustimmung bekundete. Er unterdrückte ein Lächeln, nicht gewillt, diesem schlanken jungen Mann irgend etwas preiszugeben, und schwieg. Er lehnte sich mit der Schulter gegen die rußige Ziegelmauer des Bahnhofs, verschränkte die Arme und wartete.

Nach einer kurzen Weile fuhr Ysidro fort: »Mein Anwalt –

ein junger Mann, der durchaus bereit ist, sich selbst noch zu später Stunde mit seinen Klienten zu treffen – bemerkte einmal, daß damals, als er noch für das Foreign Office tätig war, zumindest ein Professor aus Oxford und mehrere aus Cambridge im Gespräch erwähnt worden waren, die ›gute Dienste leisteten‹, wie es so euphemistisch heißt. Das war vor vielen Jahren, aber ich habe es aus Gewohnheit behalten und weil ich ein großes Interesse an allen geheimen Dingen habe. Als ich eines – Agenten – bedurfte, fiel es mir nicht schwer, Sie aufzuspüren, indem ich einfach die Gebiete, über die Studien veröffentlicht worden waren, und die vermutlichen Daten der betreffenden Forschungsreisen mit den Daten und Orten diplomatischer Unruhe verglich. Das Feld war dadurch immer noch ziemlich weit, aber der einzige Dozent, der jünger als Sie war und eventuell den Kriterien der Zeiten und Orte entsprochen hätte, würde schon entschiedene Schwierigkeiten haben, sich als etwas anderes als ein fettleibiges, kurzsichtiges Kaninchen auszugeben . . .«

»Singletary vom Queens College«, seufzte Asher. »Ja, er betrieb zur selben Zeit wie ich Forschungen in Pretoria. Er versuchte, mit Hilfe der vergleichenden Anatomie die Entartung des Gehirns der Afrikaner zu beweisen. Dieser aufgeblasene Idiot ahnt immer noch nicht, in welche Gefahr er unser beider Leben gebracht hat.«

Ein kaum wahrnehmbarer ironischer Schatten formte sich um Ysidros dünnen Mund, dann verschwand er augenblicklich wieder. Der Zug rollte in den Bahnhof ein. Dampf stieg in großen Wolken von ihm auf und verschmolz mit dem Nebel, während schemenhafte Gestalten auf den Bahnsteig eilten, um den Zug zu besteigen. Ein Mädchen sprang aus einem der langsam vorbeirollenden Dritte-Klasse-Abteile und warf sich in die Arme eines plumpen jungen Mannes in dem abgewetzten Mantel eines Ladengehilfen, und er umarmte sie mit dem überschwenglichen Ungestüm eines Ritters, der seine Brautprinzessin willkommen hieß. Eine Schar Studenten stürmte aus dem Wartesaal, während sie sich lautstark von einem zutiefst verlegenen alten Professor verabschiedete, den Asher als den Altphilologen von St. John's erkannte. Sie verhakten die Arme ineinander, preßten ihre Strohhüte gegen die Brust und begannen im Chor ›Bis wir uns wiedersehen‹ zu intonieren. Die Art, wie sein Begleiter den Kopf nach ihnen umdrehte und sie mit ausdruckslosen gelben

Augen musterte, als ob er sich jede Linie in jedem der rosigen Gesichter einprägen würde, gefiel Asher überhaupt nicht. Wie ein Koch, der Lämmer auf einem Markt beobachtet, schoß es Asher durch den Kopf.

»Der Krieg war mein letzter Auftrag«, fuhr Asher nach einem Augenblick fort, während sie über den Bahnsteig gingen, und lenkte so Ysidros Blick wieder auf sich. »Ich hatte mich – etwas zu sehr mit einigen Leuten in Pretoria angefreundet; dazu gehörte auch ein Junge, den ich später töten mußte. Ich bin wieder hierher zurückgekommen, habe geheiratet und verarbeitete meine Forschungsergebnisse in einer Studie über den linguistischen Einfluß der aboriginalen Dialekte und Sprachen.« Er zuckte mit den Schultern, das Gesicht so ausdruckslos wie das des Vampirs. »Das Gehalt eines Dozenten ist nicht sonderlich hoch, aber zumindest kann ich mit meinen Freunden zusammensitzen, ohne mich ständig zu fragen, ob sie mir auch die Wahrheit sagen.«

»Sie sind ein äußerst glücklicher Mann«, sagte der Vampir leise. Er hielt einen Augenblick inne und fuhr dann fort: »Ich habe ein Erste-Klasse-Abteil für uns besorgt – zu dieser späten Stunde sollten wir es für uns allein haben. Ich werde Sie dort treffen, nachdem der Zug den Bahnhof verlassen hat.«

Oh, werden Sie das? dachte Asher. All seine Instinkte und seine Neugier erwachten augenblicklich, als sich der Vampir mit beunruhigend leichten Schritten den Bahnsteig hinunterbewegte, den dunklen Inverness-Umhang wie eine flatternde Fahne um seinen schlanken Körper gehüllt. Nachdenklich begab sich Asher in ihr Abteil, legte Bowler und Schal ab und beobachtete mit großem Interesse das rege Kommen und Gehen auf dem Bahnsteig, bis der Zug sich in Bewegung setzte.

Die dampfenden Heiligenscheine der Bahnsteiglampen blieben hinter ihnen zurück; verstreute Backsteingebäude und Signalmasten zogen in der nebeligen Dunkelheit vorbei. Er sah den Schein von Lichtern auf den verwitterten Grabsteinen des alten Friedhofs, dann auf der braunen Seide des Flusses, als sie die Brücke überquerten. Schließlich nahm die Dunkelheit der Landschaft sie auf.

Asher lehnte sich zurück gegen den abgewetzten, roten Plüschbezug. In diesem Augenblick öffnete sich die Tür des Abteils, und Ysidro trat herein, schlank und geheimnisvoll wie ein ägyptischer Katzengott. Der Schein der Gaslampen über ihnen ließ kleine, feuchtglänzende Tropfen in seinem blonden, spinnwebengleichen Haar funkeln. Mit einer graziösen Bewegung ließ er den schiefergrauen Umhang von seinen Schultern gleiten; doch trotz seiner makellosen, maßgeschneiderten Kleidung begann Asher sich zu fragen, wie irgend jemand ihn jemals auch nur im entferntesten für einen Menschen halten könnte.

Asher verschränkte die Finger über dem Knie und fragte beiläufig: »Vor wem genau haben Sie eigentlich Angst?«

Die langen, behandschuhten Finger erstarrten augenblicklich in ihrer Bewegung; die safranfarbenen Augen warfen ihm einen scharfen Blick zu, dann wandten sie sich wieder ab.

»In unserer Zeit würde es mich doch sehr verwundern, wenn Ihre Vorsicht einem Mob mit funkelnden Kruzifixen und lodernden Fackeln gelten würde, aber ein Mann springt nun einmal nicht erst in letzter Minute auf einen Zug auf, es sei denn, er möchte ganz sicher gehen, daß niemand hinter ihm einsteigt.«

Ysidros Blick ruhte einen Augenblick auf ihm, während sein ganzer Körper in angespannter Haltung wie kurz vor dem Sprung zu verharren schien; dann schien er sich ein wenig zu entspannen. Er legte seinen Mantel zur Seite und setzte sich. »Nein«, sagte er schließlich. »Das ist unsere Stärke – daß niemand an uns glaubt und man uns daher unbehelligt läßt. Es ist ein Aberglaube, eins von den vielen Dingen in diesem Land, die man ›nicht tut‹. Wir haben schon vor langer Zeit gelernt, daß es eine gute Vorsichtsmaßnahme ist, unsere Spuren zu verwischen, unsere Beute zu verstecken oder sie so herzurichten, daß es auf eine andere Todesart hindeutet. Gewöhnlicherweise sind es nur die Gierigen, die Unvorsichtigen, die Arroganten oder die mit schlechtem Urteilsvermögen, die aufgespürt und getötet werden, und selbst diese nicht zwangsläufig. Zumindest ist es bis jetzt so gewesen.«

»Also gibt es noch mehr Ihrer Art.«

»Natürlich«, erwiderte der Vampir schlicht. Er faltete seine behandschuhten Finger und saß vollkommen aufrecht da, als ob selbst Jahrhunderte, nachdem er aufgehört hatte, den gepolsterten Wams des spanischen Hofes zu tragen, sein Körper sich noch immer aus Gewohnheit den Zwängen dieser Kleidung unterwarf. Ob der langen Erfahrung darin, Menschen nach den winzigsten Einzelheiten ihrer Erscheinung zu beurteilen, schätzte Asher den Preis des mittelgrauen Anzugs, den Ysidro trug, augenblicklich auf fünfzig Guineen oder mehr; seine geübten Augen erkannten die Schuhe als Maßanfertigungen und ruhten einen Moment beinahe bewundernd auf dem seidenweichen Leder der Saffianhandschuhe. Selbst minimalste Goldeinlagen, dachte er bei sich, mußten über dreihundert Jahre hinweg wohl eine unglaubliche Summe an Zinsen einbringen . . .

»Einst gab es welche – zwei oder drei, ein Meistervampir und ihre Zöglinge – in Edinburg, aber Edinburg ist eine kleine Stadt; im späten siebzehnten Jahrhundert fanden die Hexenjäger die Unterschlüpfe, wo sie ihre Särge aufbewahrten. Jetzt gibt es einige in Liverpool und in diesem überfüllten, verrohten und stinkenden Sündenpfuhl der Fabriken und Slums, der sich wie ein Krebsgeschwür über den Norden ausgebreitet hat.« Er schüttelte den Kopf. »Aber es ist noch eine junge Stadt und bietet nicht die Verstecke wie London.«

»Wer ist hinter Ihnen her?« fragte Asher.

Die champagnerfarbenen Augen wichen seinem Blick aus. »Wir wissen es nicht.«

»Ich hätte doch angenommen, daß Sie, mit ihren Kräften . . .«

»Das hätte ich auch angenommen.« Ysidros Augen kehrten zu Ashers Gesicht zurück, abermals ruhig und kühl wie die sanfte Stimme. »Doch das scheint offenkundig nicht zutreffend zu sein. Jemand hat die Vampire von London getötet.«

Asher zog eine seiner buschigen Augenbrauen hoch. »Weshalb erstaunt Sie das?«

»Weil wir nicht wissen, wer es ist.«

»Die Menschen, die Sie töten, wissen auch nicht, wer Sie sind«, gab Asher zu bedenken.

»Nicht zwangsläufig«, stimmte Ysidro zu. »Doch wenn sie es tun oder wenn ein Freund, ein Geliebter oder ein Mitglied ihrer Familie vermutet, was ihnen zugestoßen ist, dann erhalten wir gewöhnlich warnende Vorboten ihres Verdachts. Wir beobachten sie dabei, wie sie sich an den Orten umsehen, an denen ihre geliebten Verblichenen ihre Mörder hätten treffen können – denn es ist eine häufige Praxis der Vampire, sich mit ihren Opfern anzufreunden, oftmals monatelang vor dem Akt des Tötens – oder auf den Friedhöfen, auf denen sie begraben liegen. Die meisten von uns haben ein sehr gutes Erinnerungsvermögen – wir haben sehr viel Muße, um die menschliche Rasse zu studieren. Diese Möchtegern-Vampirjäger brauchen für gewöhnlich mehrere Wochen, um sich selbst von ihrem Glauben daran zu überzeugen, was geschehen ist, um ihren Entschluß zu festigen, und in dieser Zeit sehen wir sie oft.«

»Und entledigen sich ihrer«, fragte Asher beiläufig, »wie sie sich auch ihrer Freunde entledigt haben?«

»*Dios,* nein.« Jenes wechselvolle Lächeln tauchte wieder für einen Augenblick auf seinem Gesicht auf; diesmal erkannte Asher das kaum wahrnehmbare Funkeln echter Erheiterung in den bleichen, ironischen Augen. »Sehen Sie, die Zeit steht immer auf unserer Seite. Wir müssen einfach nur in den Schatten untertauchen, unsere Jagdgebiete und die Plätze, an denen wir schlafen, für fünf Jahre oder zehn oder zwanzig ändern. Es ist erstaunlich, wie schnell die Lebenden vergessen. Doch diesmal . . .« Er schüttelte den Kopf. »Vier von uns sind gestorben. Ihre Särge wurden geöffnet, so daß das Sonnenlicht ungehindert eindringen und ihr Fleisch zu Asche verbrennen konnte. Die Morde wurden bei Tage verübt – es gibt nichts, was ein Vampir hätte tun können, um sie zu verhindern oder denjenigen zu fangen, der sie verübt hat. Aus diesem Grunde bin ich zu dem Entschluß gekommen, Hilfe in Anspruch zu nehmen.«

»Hilfe in Anspruch zu nehmen«, wiederholte Asher gedehnt. »Wieso sollte *ich . . .«* Er hielt inne, während die Erinnerung an das stille Gaslicht in der Bibliothek ihn überkam, das auf Lydias aufgelöstes rotes Haar schien.

»Genau«, sagte Ysidor. »Und tun Sie nicht so, als hätten Sie nicht gewußt, daß Sie von anderen Mördern zum Töten bezahlt wurden, in jenen Tagen, als Sie im Sold der Königin standen. Worin liegt der Unterschied zwischen dem Königreich, dessen Unsterblichkeit auf dem Bewußtsein vieler Menschen beruht, und dem Vampir, dessen Unsterblichkeit auf einem einzigen beruht?«

Es hätte eine rhetorische Frage sein können, aber in der Stimme des Vampirs lag kein Anzeichen dafür, und er wartete auf eine Antwort.

»Vielleicht liegt der Unterschied darin, daß mich das Königreich nie durch Erpressung gezwungen hat, ihm zu dienen?«

»Hat es das nicht?« Eine der geschwungenen Augenbrauen bewegte sich kaum wahrnehmbar. »Haben Sie ihm nicht aus dieser so urenglischen Sentimentalität heraus gedient, die sich an den regenschweren Gärten und der Silhouette von Oxford ergötzt? Haben Sie nicht Ihr eigenes Leben aufs Spiel gesetzt und das von anderen genommen, damit ›England England bleibt‹? Und als dies aufhörte, eine Ihrer Motivationen zu sein, haben Sie sich da nicht angewidert abgewandt von den Dingen, die Sie getan haben, wie ein Mann, dessen Liebe plötzlich erloschen ist?

Wir brauchen einen Mann, der sich bei Tageslicht genauso frei bewegen kann wie in den Stunden der Dunkelheit, der vertraut ist mit den Techniken des Nachforschens wie auch mit den Fertigkeiten eines Mörders und eines Spions.«

Asher musterte ihn lange unter dem tanzenden Schein der Gasflamme in ihrem durchbrochenen Metallzylinder. Das Gesicht war glatt, faltenlos und hart, der schlanke Körper in seinem gutgeschnittenen grauen Anzug ausbalanciert wie der eines jungen Mannes. Doch die von diesem seltsamen Feuer erleuchteten Augen bargen einen Ausdruck, der jenseits jeder Deutungsmöglichkeit lag, das Wissen eines Mannes, an dem dreieinhalb Jahrhunderte menschlicher Torheiten und menschlicher Sünde vorbeigezogen waren.

»Sie sagen mir nicht alles«, sagte er.

»Hat Ihr Foreign Office das getan?« fragte Ysidro. »Und ich sage Ihnen dies, James. Wir werden Ihre Dienste in Anspruch nehmen, wir werden Sie bezahlen, doch wenn Sie uns verraten sollten, dann wird es auf der ganzen Welt nie wieder einen Ort geben, an dem Sie oder Ihre junge Gattin Lydia vor uns in Sicherheit sind. Ich hoffe, Sie glauben mir dies, um Ihrer beider willen.«

Asher faltete seine Hände und lehnte die Schultern zurück in den abgewetzten Plüsch. »Ich hoffe, Sie glauben es um Ihrer selbst willen ebenfalls. In der Nacht sind Sie mächtig, doch bei Tag scheinen Sie eine erstaunlich leichte Beute abzugeben.«

»So«, murmelte der Vampir. Einen Augenblick lang zeigte sich um die feingeschnittene Linie seines Mundes ein harter Zug; dann glättete sich der Ausdruck wieder, und die bleichen Augen schienen zu zerfließen, als würde sich diese uralte Seele augenblicklich in ihren Träumen verlieren. Obwohl der ganze Waggon unter ihren Füßen vibrierte, war in Asher doch das Gefühl eines schrecklichen Schweigens, wie ein Ungeheuer, das in absoluter Stille auf seine Beute lauerte.

Dann hörte er auf dem Gang den zögernden Schritt einer Frau, obwohl das Auf und Ab in dem schmalen Durchgang schon lange verstummt war. Die Tür des Abteils öffnete sich unvermittelt, und plötzlich stand die Frau da, die auf dem Bahnsteig über die beiden schlafenden Kinder gewacht hatte. Ihr Blick war so leer wie der eines Schlafwandlers.

Ysidro sagte nichts; doch als hätte er sie eingeladen hereinzukommen, schloß die Frau die Tür hinter sich. Vorsichtig die Schwankungen des Zuges ausbalancierend, trat sie in das Abteil und setzte sich neben den Vampir.

»Ich – ich bin hier«, stammelte sie mit schwacher Stimme. Ihre Augen waren glasig. »Wer – warum . . .?«

»Es ist nichts, worüber du dir Sorgen zu machen brauchtest, *bellisima*«, flüsterte Ysidro und streckte eine schlanke, in schwarzes Leder gehüllte Hand aus, um ihr Gesicht zu berühren. »Überhaupt nichts.«

»Nein«, flüsterte sie mechanisch. »Überhaupt nichts.« Ihr Kleid war aus schäbigem, rotem Stoff, sauber, doch sehr alt; sie trug einen flachen schwarzen Strohhut und einen purpurfarbenen Schal um ihren Hals gegen die Kälte. Sie konnte nicht älter als fünfundzwanzig sein – Lydias Alter – und war wohl einmal hübsch gewesen, bevor unablässige Sorge tiefe Falten um ihren Mund und ihre Augen gegraben hatte.

Barsch sagte er: »Also gut, Sie haben Ihren Beweis geführt . . .«

»Habe ich das?« Die zarten schwarzen Finger entfernten die Holznadel, die den Hut auf dem festen Knoten blonden Haares hielt; dann begannen sie zärtlich wie die eines Liebhabers die Nadeln im Haar selbst zu lösen. »In all diesen ziemlich dummen Legenden über uns, scheint es nie jemandem wirklich gelungen zu sein, die tatsächliche Natur der Macht des Vampirs zu erkennen – eine Art von Hypnose, die Einflußnahme auf den menschlichen Verstand und den von Tieren. Obgleich ich mir nicht ganz sicher bin, in welche der beiden Kategorien diese Kreatur fallen würde . . .«

»Schicken Sie sie wieder fort.« Asher mußte feststellen, daß seine Stimme belegt klang, sein eigener Verstand benebelt schien, als wäre auch er halb in Träumen versunken. Er machte Anstalten aufzustehen, doch es war so, als würde man versuchen, zu früh an einem nebligen Morgen aus dem Bett zu steigen – es war so viel einfacher zu bleiben, wo er war. Er war sich bewußt, daß Ysidros Blick auf ihm ruhte, aus den Augenwinkeln heraus auf ihn gerichtet, halb verdeckt durch die langen, fast weißen Wimpern.

»Sie war nur dort hinten in einem der Dritte-Klasse-Abteile, sie und ihre Töchter.« Langsam und vorsichtig löste der Vampir den purpurnen Schal und ließ ihn achtlos zu Boden gleiten; dann öffnete er die billigen Zelluloidknöpfe am Kragen der Frau. »Ich hätte sie aus jedem Teil des Zuges herbeirufen können. Glauben Sie mir das?«

Wie dunkle Spinnen teilten seine Finger ihren Kragen bis hinab zu der armseligen kleinen Rüschenborte ihres geflickten Musselin-Chemisettes; der milchige Hals erhob sich wie eine Säule von den weißen Hängen ihrer Brüste. »Erinnern Sie sich an Ihre Frau und ihre Bediensteten, schlafend, weil ich ihnen befohlen hatte zu schlafen? Wir können dies tun, ich und meine – Freunde. Ich kenne die Menschen um Sie herum nun. Auf meinen Ruf hin, glauben Sie mir das, würden sie kommen – dieses plumpe Zimmermädchen, Ihre magere kleine Mrs. Grimes, Ihre dumme Küchenhilfe oder der junge Bursche, der sich um Ihre Gärten und Ställe kümmert – glauben Sie mir das? Und das alles, ohne daß sie sich mehr darüber bewußt wären als diese Frau hier.« Seine schwarzen Lederfinger streichelten die makellose Haut. Die geöffneten Augen der Frau bewegten sich nicht ein einziges Mal. Als wäre er tief in einem Schlaf der Erschöpfung versunken, schrie Ashers Verstand ihm immer wieder zu: *Steh auf! Steh auf!* Doch er betrachtete sich nur mit einer Art nachsichtiger Belustigung, als wäre er unendlich weit von seinem Körper gelöst. Die Geräusche des Zuges schienen gedämpft, das sanfte Rütteln beinahe einschläfernd, und es schien, als ob diese ganze Szene, diese Frau, die schon bald sterben würde, als ob in der Tat alles, was seit diesem Nachmittag passiert war, nur ein Traum war. Auf eine Art ergab alles weitaus mehr Sinn, wenn man es von dieser Warte aus betrachtete.

»Ein armseliges Exemplar, aber wir ernähren uns zumeist von den armen – die Wahrscheinlichkeit, daß sie gerächt werden, ist bei ihnen viel geringer als bei den Reichen.« Ein Reißzahn glitzerte im zitternden Schein der Gaslampe. »Glauben Sie mir, daß ich dies machen kann, mit wem immer ich will? Mit Ihnen oder mit jedem anderen, auf den mein Blick fällt?«

Nein, dachte Asher matt, während er sich aus den scheinbar endlosen Tiefen eines dunklen Meeres an die Oberfläche kämpfte. *Nein.*

»Nein.« Mit größter Mühe zwang er sich, aufzustehen, ein bißchen schwankend noch, als wäre er wirklich gerade aus einem tiefen Schlaf erwacht. Einen Augenblick lang spürte er die nackte, geistige Gegenwart des Vampirs wie eine stählerne Hand über seinem eigenen Verstand, und er sperrte sich mit seinem ganzen Bewußtsein dagegen. Während seiner Jahre im Dienste des Foreign Office hatte es Dinge gegeben, deren Kenntnisnahme er seinem Verstand absichtlich verweigert hatte, wie zum Beispiel die Konsequenzen seiner Handlungen. In der Nacht, in der er den armen Jan van der Platz in Pretoria erschossen hatte, hatte er sich gezwungen, absolut nichts zu empfinden. Die Tatsache, daß es ihm damals gelungen war, war einer der Gründe gewesen, die schließlich zu seiner Abkehr vom Großen Spiel geführt hatten.

Mit der gleichen wohlüberlegten Vorsätzlichkeit, mit der er damals den Abzug gedrückt hatte, ging er jetzt zu der Frau hinüber und zog sie auf die Füße. Ysidros bleiche Augen folgten ihm, doch er wich ihrem Blick aus; er schubste die Frau vor sich aus dem Abteil und hinaus auf den Gang. Sie bewegte sich ohne sichtbare Mühe, immer noch schlafwandlerisch. Auf der kleinen Plattform zwischen den Waggons blies ein eisiger, schneidender Wind; die kalte Luft schien seinen Verstand zu klären. Seltsam erschüttert lehnte er sich an den Türrahmen und ließ die Kälte gegen sein Gesicht schlagen.

Die Frau neben ihm schauderte. Ihre nackten Hände – rot, zerschunden und voller Schwielen – fingerten an ihrem geöffneten Kragen, während Schrecken in ihren Augen aufflammte und sie erschüttert und verwirrt in sein Gesicht hinaufstarrte. »Was – wer –?« Sie stieß ihn von sich weg und floh in die hinterste Ecke, offensichtlich willens, gänzlich in die vorbeifliegende Nacht zurückzuweichen.

Asher verfiel augenblicklich in seine harmloseste, professoralste Haltung, eine absichtliche Übertreibung der sanftesten Facette seiner Persönlichkeit, die er gewöhnlich nur im Einsatz benutzte. »Ich habe Sie nur auf dem Gang stehen sehen, Madam«, sagte er. »Bitte vergeben Sie mir meine Aufdringlichkeit, aber meine Frau ist eine Schlafwandlerin, und etwas in der Art, wie Sie dort standen und vor sich hinstarrten, ließ mich glauben, daß das auch bei Ihnen der Fall wäre. Ich habe Sie angesprochen, und als Sie mir nicht antworteten, war ich mir meiner Sache sicher.«

»Ich ...« Ihre Hände verkrallten sich in ihrem Kragen. Verwirrung, Argwohn und Schrecken lagen in ihren Augen.

»Frische Luft weckt sie immer wieder auf – meine Frau, meine ich. Ihre Schwester schlafwandelt auch. Darf ich Sie zu Ihrem Abteil zurückbegleiten?«

Sie schüttelte hastig den Kopf und murmelte: »Nein – vielen Dank, Sir – ich – Sie sind sehr freundlich . . .« Ihr Akzent verriet, daß sie aus Cornwall stammte. Dann hastete sie über den schmalen Spalt zwischen den Waggons und hinein in den gegenüberliegenden, die Arme fest um den Körper geschlungen vor Kälte und Verlegenheit.

Asher blieb noch einige Minuten dort stehen, während der kalte Wind an seinen Haaren zerrte.

Als er zum Abteil zurückkehrte, war Ysidro verschwunden. Einzig der purpurfarbene Schal der Frau lag wie ein achtlos weggeworfener Trauerflor auf dem Boden, um zu beweisen, daß all das Geschehene nicht einfach nur ein Traum gewesen war. Asher spürte Zorn in sich aufsteigen, denn er ahnte, wo der Vampir war, und was er in diesem Augenblick tun würde, auch wenn er wußte, daß er nichts dagegen unternehmen konnte. Er könnte, so vermutete er, den Zug hinauf und hinunter laufen und den Leuten zurufen, daß sie sich vor Vampiren in acht nehmen sollten. Doch er hatte gesehen, wie Ysidro sich bewegte, und wußte, daß es kaum eine Möglichkeit gab, ihn aufzuspüren, bevor er ein neues Opfer gefunden hatte. In einem überfüllten Dritte-Klasse-Abteil oder einem abgelegenen Schlafwagen würde ein toter Mann oder eine tote Frau bis zum Ende der Fahrt unentdeckt bleiben, wenn die Leiche nicht einfach aus dem Zug geworfen wurde. Zermalmt von den Rädern des Zuges, würde es keine Zweifel an der Todesursache geben.

Doch natürlich würde es zu überhaupt nichts führen, wenn er eine Warnung ausstieß, außer daß man ihn wie einen Verrückten einsperren würde.

Erfüllt von hilflosem Zorn warf Asher sich wieder auf den roten Plüschsitz, um Don Simon Ysidros Rückkehr zu erwarten. Er wußte nun, daß er tun würde, was der Vampir von ihm verlangte.

3

»Ihr Name war Lotta.« Don Simons sanfte Stimme klang seltsam hallend in den feuchten Gewölben der Gruft. »Sie war eine...« Er zögerte kaum merklich, dann verbesserte er sich: »Eine Hutmacherin, als sie noch lebte.« Asher fragte sich, wie wohl Ysidros erste Beschreibung von ihr gelautet hätte. »Im Leben war sie ein ziemlich armseliges Exemplar der menschlichen Rasse – anmaßend, aufsässig gegenüber Höhergestellten, eine Diebin und eine Hure.« Er hielt inne, und wieder hatte Asher den Eindruck, als würde der Spanier eine Juwelenschachtel der Fakten nach ein paar Karat an Informationen durchstöbern, von denen er willens war, sich zu trennen. »Aber sie war ein guter Vampir.«

Asher schwenkte mit dem Licht von Ysidros abgedunkelter Laterne die niedrigen Steingewölbe über ihren Köpfen ab. Särge ruhten in dunklen, schattenverhüllten Nischen; hier und dort war ein Wappen in den Schlußstein eines Bogens eingemeißelt worden. Highgate war kein besonders alter Friedhof, aber er war äußerst elegant und exklusiv – Grabgewölbe in diesem Teil begannen bei einem Preis über einhundert Guineen –, und das Grabmal, dessen schmale Eingangstreppe von einer baumgesäumten Allee mit ähnlichen pseudoägyptischen Mausoleen herabführte, war geschützt durch seine teuer bezahlte Abgeschiedenheit, während es gleichzeitig weit einfacher zu betreten war, als die Krypta irgendeiner kleinen Kirche in der Stadt es gewesen wäre.

»Und was macht einen guten Vampir aus?«

Für einen Augenblick glaubte er, daß Ysidro der Frage ausweichen würde. Der Spanier stand einen Moment da, beinahe unsichtbar in den Schatten einer dunklen Nische. Sein scharfgeschnittenes Adlergesicht war unergründlich. Dann erwiderte er bedächtig: »Eine gewisse Geisteshaltung, vermute ich. Sie müssen verstehen, James, daß der Kern des Vampirdaseins der unstillbare Hunger zu leben ist – der Wille, nicht zu sterben. Diejenigen, die dieses brennende Verlangen nicht in sich tragen, würden den – Prozeß – nicht überstehen, durch den die Lebenden zu den Untoten werden, und selbst wenn sie es tun würden, so würden sie das Unleben, das wir führen, doch nicht lange fortsetzen. Aber es kann gut oder schlecht getan werden. Ein guter Vampir zu sein bedeutet, ständig auf der Hut zu sein, sowohl alle psychischen als auch alle physischen Gaben des Vampirs zu nutzen und diese Flamme in sich zu tragen, die von der Freude am Leben genährt wird.

Lotta war trotz all ihrer Vulgarität – und sie war in der Tat erstaunlich vulgär – eine wirklich attraktive Frau, und diese Flamme des Lebens war ein Teil ihrer Attraktivität. Selbst ich habe es gespürt. Sie schwelgte wirklich darin, ein Vampir zu sein.«

Der gelbe Speer des Laternenlichts schwenkte über die wenigen Granitstufen der kurzen Treppe, die von der Allee draußen herabführte, und funkelte schwach auf den Metallbeschlägen der Grabtüren. Schon beim Eintreten hatte Asher bemerkt, daß die Schicht des Staubs und der vom Wind hereingetragenen Blätter auf diesen Stufen viel dünner war und daß eine Art Trampelpfad von der Treppe zu dieser Nische auf der rechten Seite des Gewölbes führte. Er zeugte von Lottas nächtlichem Kommen und Gehen und verhinderte gleichzeitig das Auffinden einer Spur, die derjenige hinterlassen haben könnte, der sie hier an ihrer Schlafstätte gefunden hatte.

»Wenn ich Sie richtig verstanden habe, so haben Sie sie gekannt, als sie noch lebte?«

»Nein.« Der Vampir verschränkte seine Arme vor der Brust, eine Geste, die so geschmeidig war, daß sie kaum die schwarzen Falten seines Umhangs bewegte.

Im gleißenden Gaslicht der Paddington Station hatte Asher gesehen, daß Ysidro etwas von seiner schrecklichen Blässe verloren hatte und nun beinahe menschlich wirkte, mit Ausnahme seiner Augen – vermutlich, dachte Asher mit einer Art schwarzen Humors, hatte er im Zug zu Abend gegessen. Das war mehr, als er von sich selbst behaupten konnte. Während Ysidro eine Droschke aus den Reihen der Einspänner herbeigewinkt hatte, die vor dem Bahnhof warteten, hatte er sich eine Fleischpastete bei einem alten Mann gekauft, der seine Waren auf einem Karren feilbot. Ysidro hatte angeboten, den halben Penny, den die Pastete gekostet hatte, zu bezahlen – Asher hatte ihm schlicht gesagt, er solle es auf sein Konto setzen.

»Dann haben nicht Sie sie zum Vampir gemacht?«

Entweder er gewöhnte sich zunehmend daran, die winzigen Andeutungen zu lesen, die als die Gesichtsausdrücke des Vampirs zu gelten hatten, oder Ysidro hatte für die Frau eine besonders starke Abneigung empfunden. »Nein.«

»Wer hat es dann getan?«

»Einer der anderen Vampire von London.«

»Hören Sie, irgendwann einmal werden Sie anfangen müssen, mir ein paar Informationen zukommen zu lassen«, bemerkte Asher, während er wieder an Don Simons Seite trat.

»Ich sehe keine Notwendigkeit, weshalb Sie wissen sollten, wer wir sind und wo man uns finden kann. Je weniger Sie wissen, desto weniger Gefahr wird für uns alle bestehen, Sie selbst eingeschlossen.«

Im Schein der Kerosinlampe betrachtete Asher das kühle, alterslose Gesicht und dachte: *Sie wollen mich umbringen, wenn dies alles vorüber ist.* Das war nur logisch, wenn, wie Ysidro gesagt hatte, die beste Verteidigung der Untoten im Unglauben der Lebenden bestand. Er fragte sich, ob sie ihn für einen Narren hielten oder einfach glaubten, ihn trotz dieser Erkenntnis kontrollieren zu können. Zorn erwachte in ihm wie eine Schlange, die langsam und wiegend ihr Haupt aufrichtet.

Doch noch mehr als des Zorns war er sich eines seltsamen Gefühls bewußt, das er in den Jahren seines Dienstes für das

Foreign Office kennengelernt hatte, ein Eindruck, als würde er auf zwei Steinchen eines Puzzlespiels schauen, die nicht ganz zusammenpaßten. Er ging abermals zu der Nische hinüber, aus der immer noch der beißende Gestank frischer Asche drang, und hielt die Laterne hoch.

Der Sarg, der auf dem hüfthohen Steinbord ruhte, war mehr oder weniger neu, doch hatte der Zahn der Zeit schon an ihm zu nagen begonnen. Der Deckel war nach vorn gezerrt worden und lehnte nun der Länge nach an der Wand unter der Nische selbst; auf dem gehauenen Steinbett waren unzählige Kratzer zu entdecken, wo man den Sarg vor- und zurückgezerrt hatte. Die Kratzer schienen verschiedenen Datums zu sein, doch Näheres war beim schwachen Schein der Blechlaterne nicht auszumachen.

Er hielt die Lampe tiefer und leuchtete in das Innere des Sarges, während das heiße Metall seine Handgelenke zwischen den Ärmelaufschlägen und den Handschuhen erwärmte und der ätzende Geruch des brennenden Kerosins in seine Nase stieg. Sein erster Gedanke war, welch unglaubliche Hitze hier am Werk gewesen sein mußte; sie hatte, mit Ausnahme des Schädels und des Beckens, die Gebeine selbst zu verschlingen gesucht. Metall glitzerte, vermischt mit der Asche – Korsettstangen, Knöpfe, gestanzte Haarkämme, das Edelsteinfunkeln von Ringen.

»Das geschieht also mit Vampiren, wenn das Licht sie trifft?«

»Ja.« Ysidros unverbindliche Gesichtszüge hätten genausogut aus Alabaster geschnitten sein können, so wenig Ausdruck zeigte sich darauf, doch Asher spürte, daß die Gedanken dahinter sich wie die Wellen einer Springflut überschlugen.

Er bewegte die Laterne und erleuchtete mit ihrem Schein die steinigen Wände der Gruft um den Sarg herum – Schimmel, Erde, Feuchtigkeit. »Aber sie hat nicht versucht, aus dem Sarg herauszukommen.«

»Ich bin nicht sicher, ob das Verbrennen sie überhaupt geweckt hat.« Der Vampir glitt herüber, stellte sich neben ihn und schaute über seine Schulter hinweg in den Sarg. »Im Morgengrauen überkommt uns eine große Erschöpfung; wenn wir erst einmal schlafen, dann kann nichts uns erwecken, bis die Dunkelheit wieder ihren Umhang über allem ausgebreitet hat.«

Asher suchte den Stumpf eines halbverkohlten Knochens aus dem Durcheinander im Sarg, blies die Asche von ihm fort und hielt ihn dicht an das Licht. »Nicht einmal, wenn Sie in Flammen aufgehen?«

»Es ist kein ›in Flammen aufgehen‹«, korrigierte Ysidro ihn mit seiner sanften Stimme. »Es ist ein Verbrennen, ein Zersetzen, ein Absengen des Fleisches ...«

Asher ließ den ersten Knochen, den er gefunden hatte, wieder zurückfallen und fischte nach einem zweiten. Wenn man die Anzahl der Morde bedachte, die Lotta über die Jahre begangen hatte, so erweckten ihre Überreste doch erstaunlich wenig Respekt. »Wie lange dauert es, von Anfang bis Ende gesehen?«

»Ich habe keine Ahnung, da ich nie, wie Sie verstehen werden, Zeuge dieses Vorgangs gewesen bin. Doch ich weiß aus eigener Erfahrung, daß der Prozeß augenblicklich mit der Berührung durch das Sonnenlicht beginnt.«

Asher schaute kurz auf und fand sich für einen Augenblick in dem kristallinen Labyrinth versunken, das sich endlos hinter den farblosen Augen des Vampirs zu erstrecken schien.

Ysidro fuhr fort, ohne daß sich das Timbre seiner Stimme geändert hätte: »Es ist mir, wie Sie sehen können, innerhalb etwa einer Sekunde gelungen, Zuflucht zu suchen – ich weiß nicht, wie lange es gedauert hätte, bis ich gestorben wäre. Meine Hände und mein Gesicht waren über Monate hinweg von Brandblasen übersät, und noch Jahre danach konnte man die Narben sehen.« Nach einem Moment des Schweigens fügte er hinzu: »Der Schmerz war mit nichts vergleichbar, das ich jemals als lebender Mann empfunden hatte.«

Asher betrachtete den Vampir einen Augenblick, diesen schlanken jungen Mann, der mit den Töchtern Heinrichs VIII. getanzt hatte. »Wann war das?«

Die schweren Augenlider senkten sich kaum wahrnehmbar. »Vor sehr langer Zeit.«

Schweigen erfüllte das Gewölbe, unterbrochen nur von Ashers einsamen Atemzügen. Dann drehte Asher sich wieder um, um in den verkohlten Überresten der Knochen zu stochern. »Also hätte das einfache Öffnen ihres Sarges sie nicht aufgeweckt, trotz all der Gaben eines Vampirs. Ich bin immer noch ein wenig überrascht; nebenbei bemerkt ist das Sargfutter am ganzen oberen Rand unbeschädigt, sie hat also nicht einmal versucht, sich aufzusetzen, hat sich überhaupt nicht bewegt ...«

»Der Schlaf des Vampirs ist nicht wie der Schlaf eines Menschen«, sagte Ysidro leise. »Eine Freundin von mir glaubt, es läge daran, daß die mentalen Kräfte, die mit dem Übertritt in das Vampirdasein erweckt werden, den Verstand erschöpfen.

Ich selbst frage mich manchmal, ob es nicht daran liegt, daß wir, viel mehr noch als die Lebenden, nur durch die schiere Anstrengung unseres eigenen Willens von einem Tag zum nächsten existieren. Vielleicht läuft es auch auf das gleiche hinaus.«

»Oder vielleicht«, sagte Asher, während er einen weiteren kleinen Knochenstumpf aus den verkohlten Überresten herauspickte, »lag es auch daran, daß Lotta schon tot war, als sich ihr Fleisch entzündete.«

Ein ironisches Lächeln trat auf die Lippen des Vampirs. »Als ihr Fleisch sich entzündete«, bemerkte er, »war Lotta schon seit ungefähr einhundertsechzig Jahren tot.«

Asher hielt den Knochensplitter in das Licht der Lampe. »Es ist nicht viel übrig, aber es befinden sich Kratzer an diesem Knochen. Dies ist einer der Halswirbel – ihr Kopf ist abgetrennt worden. Vielleicht wurden ihr Knoblauchzehen in den Mund gestopft . . .«

»Das ist in solchen Fällen üblich.«

»Nicht im Jahr 1907, da ist es das nicht.« Er stellte die Laterne auf der Ecke des Sarges ab und zog ein Taschentuch aus seiner Hosentasche, um die verkohlten Knochensplitter darin einzuwickeln. »Es deutet neben anderen Dingen daraufhin, daß der Mörder die Gruft betrat, die Tür hinter sich schloß, den Sarg öffnete, den Kopf abtrennte, und erst dann die Tür wieder öffnete, um das Tageslicht einzulassen, damit es das Fleisch zerstörte. Also wußte er, was ihn erwartete. Wenn ich Sie recht verstanden habe, war Lotta nicht sein erstes Opfer?«

»Nein«, erwiderte Ysidro, während er mit ausdruckslosem Gesicht über Ashers Schulter schaute, als dieser von neuem begann, in der Asche, den Schmuckstücken und den sich zersetzenden Knochen herumzustochern. Das safranfarbene Licht ließ funkelnde Punkte auf den Facetten der Edelsteine und den Kanten des verkohlten Metalls tanzen. Ashers unermüdliche Finger gruben, tasteten und warfen beiseite, immer auf der Suche nach etwas, von dem er wußte, daß es da sein mußte.

»Wurden die anderen Opfer ebenfalls enthauptet? Oder wurde ihnen ein Pflock durch das Herz getrieben?«

»Ich habe keine Ahnung. Die Körper, verstehen Sie, waren beinahe so gänzlich zersetzt wie dieser hier. Ist es von Bedeutung?«

»Es würde uns sagen – besonders der Zustand des ersten Körpers, den Sie gefunden haben –, ob der Mörder von Anfang an wußte, daß er es mit Vampiren zu tun hatte. Echten Vampiren und nicht einfach nur irgendwelchen Verrückten, denen es gefällt, in Särgen zu schlafen.«

»Ich verstehe.«

Asher fragte sich, was *genau* er, versteckt hinter diesen gesenkten Augenlidern, zu verstehen glaubte. »Welche Theorien haben Sie sich in dieser Angelegenheit gebildet?«

»Ich bezahle Sie für die Ihrigen.«

Ashers Mundwinkel zuckten zornig. »Es gibt da Dinge, die Sie mir nicht erzählen.«

»Viele sogar«, stimmte der Vampir gleichmütig zu.

Asher seufzte und wandte sich einer anderen Frage zu.

»Hat sie mit ihren Opfern gespielt?«

»Ja.« Verächtlichkeit verlieh seiner Stimme eine kaum wahrnehmbare Schärfe. Ein vulgäres Cockney-Weib, dachte Asher amüsiert; kaum nach dem Geschmack dieses so anspruchsvollen Hidalgos vom Hofe Philipps II. »Sie hatte Gefallen an reichen jungen Männern. Manchmal trieb sie über mehrere Wochen ihr Spiel mit ihnen, ging mit ihnen aus, ließ sich von ihnen zum Essen ausführen oder ins Theater oder die Oper, obwohl sie keinerlei Interesse an Musik hatte, wenn Sie verstehen. Sie konnte sie natürlich nicht zu ihrer ständigen Nahrung machen – wie der Rest von uns ernährte sie sich hauptsächlich von den Armen der Stadt. Doch sie erfreute sich an dem Wissen, daß diese dummen Jungen ihren eigenen Mörder ausführten, sich sogar in sie verliebten. Es gefiel ihr, dieses Gefühl in ihnen zu wecken. Sie genoß den Schrecken in ihren Augen, wenn sie schließlich die Fänge sahen. Viele Vampire tun das.«

»Sie auch?«

Don Simon wandte sich ab. In seinen Augen lag ein leichtes angewidertes Funkeln. »Es gab eine Zeit, in der ich es getan habe. Sind wir jetzt hier fertig?«

»Für den Augenblick.« Asher richtete sich auf. »Ich werde vielleicht noch einmal bei Tageslicht zurückkommen, wenn es wahrscheinlicher ist, eine Spur zu entdecken. Wo hat sie gewohnt?« Als Ysidro zögerte, drängte er: »Sie kann nicht über Jahrhunderte das Interesse ihrer Galane angestachelt haben, ohne einmal das Kleid zu wechseln.« Er hielt den Schlüssel hoch, den er zwischen der Asche gefunden hatte.

»Nein.« Der Vampir glitt ihm voran durch das niedrige Gewölbe und erklomm die Stufen, während Asher die eisenbeschlagene Tür der Grabkammer hinter ihnen schloß. Der tiefgelegene Zugang war mit einer dicken Blätterschicht bedeckt, obwohl sie immer wieder durch das Öffnen der Tür hinweggefegt worden waren: Es waren dreißig Jahre vergangen, seit die Branhame-Familie ausgestorben war, und ihre Gruft denen überließ, die ruhten, und der einen, die dies bis zur vorgestrigen Nacht nicht getan hatte. Die Luft draußen war nebelverhangen und still. Der Mantel des Vampirs hing in schweren Falten über seiner schlanken Gestalt wie der in Stein gemeißelte Umhang einer Statue. Sein Kopf war unbedeckt; seine Augen waren tiefe Gruben eines glühenden Schattens. »Nein, und Lotta gehörte zu den Frauen, die ihre Unsterblichkeit in bezug auf ihre unbegrenzte Garderobe maßen. Ich bin letzte Nacht dorthin gegangen, nachdem ich . . . dies hier entdeckt hatte.«

Er deutete mit der Hand auf die Gruft hinter ihnen, während Asher den metallenen Schieber an der Blendlaterne schloß und sehr vorsichtig in der stockfinsteren Dunkelheit seinen Weg durch die nasse, nebelschwere Gräberallee suchte. Nach einer kurzen Weile schloß sich der leichte, eiserne Griff des Vampirs um Ashers Arm und führte ihn durch die völlig Finsternis. Sein Verstand sagte ihm, daß er absolut sicher war, solange Ysidro seiner Hilfe bedurfte, doch machte er sich im Geiste eine Notiz, sehr vorsichtig zu sein.

»Wie haben Sie es überhaupt entdeckt?« erkundigte er sich, als sie das Ende der Allee erreicht hatten und unter einem massiven Portal hindurchtraten, das die Gründer des Friedhofes so hatten meißeln lassen, daß es der königlichen Nekropolis eines Pharaos ähnelte. »Wenn Sie doch, wie Sie selbst sagten, sich nicht sonderlich gut mit Lotta verstanden, weshalb haben Sie dann ihre Gruft aufgesucht?«

»Ich fragte mich schon, wie lange es wohl dauern würde, bis der Verdacht auf mich fiele.« Asher entdeckte eine Spur Humors in Simons ironischem Blick. »Ich plädiere auf unschuldig, meine Herren Geschworenen – ich hatte mich, wie man in den Romanen zu sagen pflegt, in meine Gemächer zurückgezogen und schlief zu der besagten Zeit tief und fest.«

Asher konnte sich eines Grinsens nicht erwehren. »Können Sie einen Zeugen beibringen?«

»Ich fürchte nein. Um der Wahrheit die Ehre zu geben«, fuhr er fort, »hatte ich schon seit einigen Wochen, bevor die ersten Anzeichen von Ärger auftauchten, eine gewisse Unruhe verspürt. Es gab da einen Vampir namens Valentin Calvaire, ein

Franzose, der seit zwei, drei Wochen nicht mehr gesehen worden war. Der Verdacht, daß ihm etwas zugestoßen sein könnte, begann in mir zu keimen – er war erst kürzlich nach London gekommen und mochte noch immer nicht mit den Verstecken und dem Lebenswandel dieser Stadt vertraut sein. Unter diesen Umständen ist es sehr leicht für einen Vampir, einem Ungemach anheimzufallen, was einer der Gründe dafür ist, daß wir uns nur selten auf Reisen begeben.«

Asher hatte für einen Augenblick das Gefühl, daß Ysidro noch mehr zum Thema Valentin Calvaire zu sagen hatte; doch nach einer kurzen inneren Debatte schien er sich eines Besseren zu besinnen und fuhr einfach fort: »Jetzt glaube ich, daß er das erste Opfer war, obwohl niemals eine Leiche oder ein verbrannter Sarg gefunden wurde. Aber schließlich kannte auch keiner von uns all seine Schlafplätze.

Doch vor achtzehn Tagen kam eine Freundin zu mir und erzählte, daß einer der anderen Vampire, ein gemeinsamer Freund, am Vortage getötet worden sei. Sein Sarg war geöffnet worden, so daß das Sonnenlicht ungehindert hineinströmen konnte. Sie war bestürzt, obwohl dies eine Sache war, die zufällig geschehen kann – zum Beispiel sind viele unserer geheimen Verstecke, die uralten Keller, in denen wir seit Jahren unsere Särge versteckten, aufgebrochen und zerstört worden, als man Platz für die Untergrundbahn machte. Dieser Vampir – sein Name war Danny King – hatte tatsächlich in einem solchen Keller geschlafen. Die Fensterläden und der Sarg waren geöffnet worden.«

Es fiel genug fahles Mondlicht durch den Nebel, daß Asher das Gesicht seines Begleiters ausmachen konnte, ruhig und gleichgültig wie die Gesichter der kalten Steinkinder, an denen sie durch die raschelnde Finsternis des Friedhofs um sie herum vorbeigegangen waren. Die geschwungenen Wände der Grabmale, die sie wie die Wände einer Schlucht umgaben, öffneten sich auf eine Treppe zu, und die überhängenden Bäume tauchten das weiße Gesicht des Vampirs abermals in Schatten, so daß Asher nichts blieb als die körperlose Stimme, die wie bleicher Bernstein zu ihm herüberdrang, und die stählerne Kraft der langen Finger auf seinem Arm.

»Vielleicht zehn Tage danach kamen Lotta und eine Freundin von ihr zu mir, um mir zu erzählen, daß sie zu der Wohnung eines weiteren Vampirs, eines gewissen Edward Hammersmith, gegangen waren, der in einem alten Palais in der Half Moon

Street lebte, das seinem Vater gehört hatte, als er noch ein Mensch war. Alle Läden waren mit Gewalt von den Fenstern gerissen worden, und der Sarg lag offen da, gefüllt mit Knochen und Asche. Und da wußte ich Bescheid.«

»Und weder King noch Hammersmith schienen erwacht zu sein oder versucht zu haben, aus ihren Särgen zu fliehen?«

»Nein«, erwiderte Ysidro. »Doch seit Calvaires Tod dürfte der Mörder auch gewußt haben, was er da jagte.«

»Die Frage ist«, sagte Asher, »ob er es schon zuvor wußte?«

»Das haben wir uns selbst auch gefragt. Ob jemand dabei beobachtet worden war, wie er unsere Schritte verfolgte, sich in unserer Nähe herumtrieb, wie es Menschen zu tun pflegen, wenn sie sich zu dem Entschluß durchzuringen versuchen, daß jemand, den sie liebten, wirklich das Opfer eines Vampirs geworden ist. In Mr. Stokers interessantem Roman ist es auch nur Zufall, daß sowohl die engste Freundin als auch der Gatte der Heldin die Opfer desselben Vampirs wurden und daß ihr Ehemann andere Vampire bei ihrer Jagd beobachtet hatte, was schließlich dazu führt, daß sie und ihre Freundin einen Zusammenhang zwischen all diesen einzelnen Details herstellen und so zur richtigen Antwort gelangen. Die meisten Menschen erreichen dieses Stadium nie. Selbst wenn ein Vampir nachlässig ist und ihnen die Beweise ins Gesicht starren, sind sie doch immer viel eher bereit, einer ›logischen Erklärung‹ glauben zu schenken.

Ich finde es typisch«, fügte er hinzu, während sie durch die leise hallende Dunkelheit einer umschlossenen Gräberreihe schritten, einer Katakombe aus Ziegelsteingrabmalen und Marmortafeln, »daß der Vampirismus als ein Übel dargestellt wird, das *gerade erst* in England Einzug hält – von außen natürlich, als ob kein eingeborener Engländer jemals so tief sinken könnte, ein Vampir zu werden. Es ist Mr. Stoker offensichtlich niemals in den Sinn gekommen, daß Vampire vielleicht schon die ganze Zeit über in London leben könnten.«

Sie verließen den Friedhof, wie sie ihn betreten hatten, über eine Mauer in der Nähe der St. Michael Kirche. Der schien hier weniger dick, während sie an der Friedhofsmauer entlang Highgate Hill hinunterschlenderten. Der matte, gelbe Schein der Laterne ließ die feuchten Gräser und Spinnweben aus der Dunkelheit des Straßengrabens hervortreten, so wie es zuvor die Juwelen aus der Asche des Sarges hatte hervortreten lassen. Ashers Atem entwich seinem Mund wie Dampf und vermischte sich mit den nebligen Schwaden, die sie umgaben, zu verbinden, und er bemerkte mit Interesse, daß Don Simons Atem, selbst wenn er sprach, nicht zu sehen war.

»Wie lange *gibt* es denn schon Vampire in London?« fragte Asher, und die tiefverschatteten Augen warfen ihm abermals einen schrägen Blick zu.

»Eine lange Zeit.« Den Rest des Weges legten sie schweigend zurück. Hinter ihnen im Nebel hörte Asher das Schlagen von St. Michael – während sie über den Friedhof selbst gegangen waren, hatte er es elf schlagen hören. Highgate Hill und die darunterliegenden Vorortsstraßen waren von jeder Menschenseele verlassen, die Läden und Häuser kaum mehr als dunkle Erhebungen im vorbeiziehenden Nebel, in den das Licht der Straßenlaternen schwachgelbe Flecken malte.

»Dachte schon, ihr Burschen kommt nicht mehr zurück«, schimpfte ihr Kutscher, während er sich aus dem Gewirr wärmender Decken befreite, um aus der Droschke wieder auf den Bock zu klettern, und Ysidro beugte seinen Kopf gnädig vor und hielt ihm eine Zehn-Shilling-Note hin.

»Ich möchte mich dafür entschuldigen. Ich hoffe, es hat Ihnen keine unnötigen Umstände bereitet?«

Der Mann schaute auf das Geld, hob hastig die Hand an die Hutkrempe und sagte: »Überhaupt nicht, Euer Ehren – überhaupt nicht.« Sein Atem roch nach Gin. Es war eben, dachte Asher, während er einstieg, eine kalte Nacht.

»Albemarle Crescent, Kensington«, befahl Ysidro dem Kutscher durch die kleine Klappe, und die Droschke ruckelte davon. »Unverschämter Bauer«, fügte er leise hinzu. »Doch ich habe herausgefunden, daß es sich nur selten auszahlt, sich in Streitereien mit Untergebenen einzulassen. Bedauerlicherweise sind die Tage vorbei, da ich hätte befehlen können, ihn auszupeitschen.« Und er wandte sein kühles Profil ab, um in die Nacht hinauszuschauen.

Albemarle Crescent war eine Zeile von Häusern, die schon bessere Tage gesehen hatten, obwohl ihnen immer noch eine Art verblichene Eleganz anhaftete wie der Robe einer Fürstin, die man aus dritter Hand auf einem Flohmarkt kaufte. Zu dieser Nachtzeit war die Nachbarschaft still wie ein Grab. Während er eingehüllt in den Nebel, der hier in der Nähe des Flusses dicker war, auf dem Gehweg stand, konnte Asher keinen Laut von vorbeieilenden Passanten hören. In Oxford würden die Professoren zu dieser Stunde immer noch auf sein und über Metaphysik oder Textkritik debattieren, Studenten würden umherschlendern oder mit wehenden Roben durch die Straßen eilen, auf dem Weg zu der einen oder anderen Verabredung; in anderen Teilen von London würden die sehr Reichen wie die sehr Armen beim Schein der Lampen trinken. Hier jedoch blieben die Angestellten von Börsenmaklern, die Kompagnons von Ladenbesitzern, die ›aufgestiegene‹ Arbeiterklasse unter sich, arbeiteten hart, gingen früh zu Bett und kümmerten sich nicht übermäßig um das Kommen und Gehen der Menschen um sie herum.

Ysidro, der eine Weile durch den Nebel auf die kaum erkennbare Häuserzeile geschaut hatte, murmelte: »Jetzt können wir eintreten. Ich habe sie in einen tiefen Schlaf sinken lassen, so daß sie mich nicht hören werden; ich habe so etwas allerdings noch nie tun müssen, um die Schritte eines lebenden Mannes zu tarnen. Treten Sie vorsichtig auf.«

Lottas Wohnräume befanden sich im zweiten Stock; im Erdgeschoß roch es nach fettigem Essen, in der ersten Etage nach abgestandenem Rauch und Bier. Sie ließen die Laterne unauffällig in einer Ecke der Eingangshalle zurück. Nirgendwo brannte ein Licht, mit Ausnahme der Lampe über dem Eingang, doch Ysidro führte ihn mit sicheren Schritten. Der altmodische, langstielige Schlüssel, den Asher neben dem Hausschlüssel gefunden hatte, öffnete, wie er vermutet hatte, Lottas Tür, und erst nachdem sie die Tür wieder hinter sich geschlossen und verriegelt hatten, nahm Asher ein Feuerzeug aus seiner Tasche und zündete das Gas an.

Farbe blendete seine Augen, verstärkt und erleuchtet von dem sanften Schein des Gaslichts; der Raum war ein unglaubliches Durcheinander von Kleidern, Schuhen, Morgenröcken, Flitterkram, Schals, Spitzen, Opernprogrammen, Einladungen und Karten, alles wahllos über die billige Einrichtung des möblierten Zimmers verstreut wie in der Garderobe einer Schauspielerin zwischen den Auftritten. Da waren Abendroben in scharlachrot, oliv und einer Schattierung von Gold, Opernhandschuhe aus feinstem Saffianleder, an denen alte Blutspritzer klebten, und Fächer aus bemalter Seide. Eine Garnitur aus Spanien – Halskette, Ohrringe, doppelte Armreifen und Kämme – war achtlos auf einem Knäuel schwarzen Satins auf dem Mahagonitisch geworfen worden und glitzerte mit einem tödlichen Funkeln, als Ashers Schatten darüber hinwegzog.

Das Durcheinander im Schlafzimmer war noch schlimmer. Drei gigantische Schränke erhoben sich drohend über einem Bett, das offensichtlich nie zum Schlafen benutzt worden war; ihre Türen wurden vom Druck der darin aufbewahrten Kleider aufgedrückt. Andere Kleider waren auf dem Bett aufgehäuft, ein glänzendes Gewirr von Rüschen, in denen Perlen schimmerten wie Maden im Fleisch. Kosmetika und Perücken, zumeist in bestimmten Blondtönen, bedeckten den Schminktisch, dessen Spiegelrahmen in einer solchen Weise mit Karten, Briefchen, Tanzkarten und Rechnungen bestückt war, daß er sich verzogen hatte; Juwelen lagen in verschwenderisch aufgetürmten Haufen zwischen dem Sammelsurium wie geschwollene, glitzernde Früchte. Am Fuß des Bettes entdeckte Asher einen alten Schuh mit breiter Spitze und eckigem Absatz, dessen riesige Schnalle mit funkelnden Glassteinen besetzt war. Goldsovereigns lagen auf einer Ecke des Schminktisches unter einer Schicht von Staub und Puder verstreut. Asher nahm eine davon auf und sah, daß sie den Kopf des glücklosen Farmers George trug.

»Haben ihre *beaux* ihr Geld gegeben?« fragte er leise. »Oder war es ihre Gewohnheit, sie nach dem Tode auszurauben?«

»Beides, vermute ich«, erwiderte Ysidro. »Sie hat nie viel gespart. Deshalb mußte sie auch in möblierten Zimmern wohnen – oder sie zumindest mieten, um ihre Besitztümer darin zu verstauen. Aber natürlich konnte sie es nicht riskieren, hier zu schlafen, wo es immer die Möglichkeit gab, daß die Vermieterin hereinkam, um sie nach irgend etwas zu fragen. Und noch mehr Fragen würden natürlich gestellt werden, wenn sie die Fenster dicht genug mit den Läden verschloß, um alles Tageslicht abzuhalten.«

»Deshalb also Highgate«, murmelte Asher, während er eine Schneiderrechnung vom Tisch nahm und sie in seinen Händen umdrehte.

»Die Neigung der Vampire, unter den Toten zu schlafen«, sagte Ysidro, »entstammt nicht unserer Vorliebe für Leichen – obwohl mir zu Ohren gekommen ist, daß viele Vampire in vergangenen Zeiten es angeregt von der Schauerromantik durchaus für mehr als passend hielten –, sondern der Tatsache, daß Grüften für gewöhnlich bei Tage nicht gestört werden. Und in der Nacht würde eine solche Störung natürlich von keinerlei Bedeutung sein.«

»Ganz im Gegenteil, würde ich meinen«, bemerkte Asher.

»Das dürfte die Arbeit dieser gierigen, heimlichen Leichenbeschaffer ziemlich durcheinandergebracht haben.« Er entfernte systematisch alle Karten, alle Briefchen und alle Einladungen, die er finden konnte, aus dem Rahmen des Spiegels und vom Schminktisch selbst und stopfte alles in ein altmodisches, besticktes Handtäschchen, um sie später in Ruhe durchzuschauen. »Und ich vermute, daß *Ihr* Geld aus Investitionen stammt?«

»Das dürfte Sie nichts angehen.«

Er öffnete eine Schublade. Der Geruch von altem Puder und verrottendem Papier stieg ihm wie eine erstickende Staubwolke in die Nase. Die Lade war vollgestopft mit Rechnungen, die meisten davon vergilbt und brüchig vom Alter, Briefen, die immer noch in ihren wappengeschmückten Umschlägen steckten, auf denen unleserliche, handgeschriebene Frankovermerke standen, anstelle von Poststempeln oder Marken, und kleine Bündel von Noten, ausgestellt von Bankhäusern, die lange schon zusammengebrochen waren. »Es geht mich etwas an, wie ich das Geld bekomme, um meine Nachforschungen anzustellen.«

Ysidro betrachtete ihn einen Augenblick unter seinen gesenkten Lidern hervor, als vermutete er, daß eine Wiedererstattung der Kosten die geringste von Ashers Sorgen war. Dann wandte er sich um und begann, ein Dutzend Handtäschchen verschiedenen Alters aufzunehmen und wieder fortzuwerfen, die inmitten des Durcheinanders auf dem Bett herumlagen oder aus Schubladen voller Tücher und Unterwäsche hervorlugten. Er öffnete sie und entnahm ihnen achtlos kleine Bündel von Banknoten oder ließ glitzernde Ströme von Gold und Silber auf den Schminktisch prasseln, als ob schon die Berührung des Geldes allein ihn mit Abscheu erfüllte.

Ein wahrer Hidalgo der Reconquista, dachte Asher, abermals amüsiert und fasziniert festzustellen, daß selbst dreieinhalb Jahrhunderte inmitten einer Nation von Krämerseelen ihn nicht hatten ändern können.

»Wird das genügen?«

Asher ordnete das Geld und legte alles beiseite, das älter als zwanzig Jahre war, mit Ausnahme eines Goldstücks aus der Zeit Georges III., das er als Souvenir in die Tasche steckte. »Für den Augenblick«, sagte er. »Da Lotta das vierte Opfer war, ist es nicht übermäßig wahrscheinlich, daß der Mörder seine Nachforschungen mit ihr begonnen hat, aber dennoch mag sich etwas in all diesen Papieren finden – der Name eines kürzlichen Opfers, eine Adresse, irgend etwas. Ich möchte die Räumlichkeiten der anderen sehen – Calvaire, King und Hammersmith –, und ich möchte mit diesen ›Freunden‹ von King reden, von denen Sie gesprochen haben . . .«

»Nein.«

»Wie Sie wollen«, erwiderte Asher unwirsch. Er richtete sich auf und schloß die Schublade. »Dann erwarten Sie aber auch nicht, daß ich Ihren Mörder ausfindig mache.«

»Sie werden den Mörder finden«, gab Ysidro ihm zur Antwort, und seine Stimme war von einer Sanftheit, die schneidender und tödlicher war als jedes Messer, »und Sie werden ihn schnell finden, bevor er noch einmal tötet. Sonst werden Sie und Ihre Gattin die Konsequenzen zu tragen haben. Was Sie zu erfahren wünschen, hat nicht das geringste mit Ihren Nachforschungen zu tun.«

»Weder Sie noch ich wissen, was es mit meinen Nachforschungen zu tun hat.« Abermals stieg Zorn in Asher auf, nicht, wie zuvor, Zorn über den Vampir, sondern die gleiche Frustration, die er kennengelernt hatte, als er mit diesen unverbindlichen und gesichtslosen Vorgesetzten im Foreign Office zu tun gehabt hatte, die die Situationen, mit denen die Agenten im Einsatz konfrontiert waren, nicht verstanden und nicht verstehen wollten, aber dennoch Resultate verlangten. Einen Augenblick lang hatte er den Wunsch, Ysidro an seinem mageren Hals zu packen und zu schütteln, nicht allein wegen seiner Angst um Lydia, sondern ob des schieren Verdrusses darüber, daß man ihm befahl, Ziegel zu machen, ohne ihm das nötige Stroh zu geben. »Wenn ich tun soll, was Sie von mir erwarten, dann müssen Sie mir etwas geben . . .«

»Ich werde Ihnen geben, was ich für nötig erachte.« Der Vampir bewegte sich nicht, doch Asher spürte in ihm eine Bereitschaft, sich augenblicklich auf ihn zu stürzen, und wußte, daß der Schlag, wenn er kam, so unwiderstehlich schnell wie ein Blitz und wahrscheinlich genauso tödlich sein würde. Die Stimme blieb völlig unverändert, kalt und leblos wie Gift. »Ich warne Sie noch einmal – Sie spielen hier mit dem Tod. Die Grenzen, die ich abstecke, sind sowohl zu Ihrem Schutze als zu meinem. Seien Sie immer darauf bedacht, Sie nicht zu überschreiten.

Versuchen Sie, mich zu verstehen, James, denn ich verstehe auch Sie. Es ist mir bewußt, daß Sie nur so lange für mich zu arbeiten gedenken, bis Sie einen Weg gefunden haben, mich und meinesgleichen ohne Gefahr für das eigene Leben und das ihrer Frau zu vernichten. Ich hätte mir auch einen Mann suchen können, der käuflich und unintelligent ist, dem ich noch nicht einmal eröffnet hätte, wer und was ich bin, zu dem ich einfach nur gesagt hätte: Finde dies für mich; finde jenes; triff mich heute nacht mit den Ergebnissen. Solche Männer sind sogar zu einfallslos, um Fragen zu stellen. Aber es hätte sich nicht ausgezahlt. Man nimmt nicht Balsaholz, um sich eine Waffe zu bauen, die vielleicht einmal das eigene Leben beschützen soll, man nimmt das härteste Teak. Doch mit der Härte gehen auch andere Eigenschaften einher.«

Sie schauten sich eine Weile schweigend an, inmitten des seidenen Wirrwarrs, von dem der Gestank uralten Parfüms aufstieg. »Ich will nicht, daß Sie noch einmal nach Oxford kommen.«

»Nein«, stimmte Ysidro zu. »Das sehe ich auch. Wer immer auch hinter diesen Morden steckt, ich werde ihn nicht zu Ihrer Frau führen. Nehmen Sie sich hier in der Stadt Zimmer – ich werde Sie finden. Für uns, die wir die Nacht auf unseren Beutezügen durchstreifen, ist das nicht sonderlich schwer. Daran sollten Sie sich auch erinnern, wenn es Ihnen in den Sinn käme, sich mit dem Mörder zu verbünden.«

»Ich werde daran denken«, versprach Asher leise. »Doch Sie sollten dies bedenken: Wenn Sie und Ihre Vampirgenossen mich töten, dann haben Sie damit noch immer nicht Ihr Problem gelöst. Und wenn Sie mich hintergehen oder versuchen, Geiseln zu nehmen, oder auch nur wagen, sich abermals meiner Frau zu *nähern*, dann werden Sie sogar ein noch größeres Problem haben. Denn dann müßten Sie mich töten und sich jemand anderen suchen, der bei Tage für Sie arbeitet. Ich werde Sie nicht betrügen, doch auf eine Art haben Sie sich mir in die Hand geliefert, so wie ich in Ihrer Hand bin. Ich glaube jetzt an Ihre Existenz . . .«

»Und wem könnten Sie das erzählen, der Ihnen Glauben schenken würde?«

»Es ist genug, daß ich daran glaube«, sagte Asher. »Und ich glaube, das wissen Sie auch.«

4

»Wie fängt man es an, das Leben einer Frau zu erforschen, die über die letzten hundertfünfzig Jahre in regelmäßiger Weise Morde begangen hat?«

Lydia Asher, die gerade die in ein Taschentuch gehüllten Knochen betrachtete, hielt einen Augenblick inne und legte den Kopf zur Seite, während sie über die Frage ihres Gatten nachdachte. Ihr langes rotes Haar fiel über die Schultern ihres Nachthemdes, und ihre Brillengläser glitzerten leicht in dem neblig-grauen Licht, das durch das Fenster hereindrang, so daß sie eher wie ein zerbrechliches, linkisches Schulmädchen denn wie eine Ärztin aussah. Asher streckte seine langen Beine aus, um die in Pantoffeln steckenden Füße auf das Bettende zu legen. »Sie muß Hunderte von potentiellen Feinden haben.«

»Tausende, würde ich sagen«, vermutete Lydia, nachdem sie kurz im Geiste eine Überschlagsrechnung angestellt hatte.

»Über fünfzigtausend, wenn man einen pro Nacht mal dreihundertfünfundsechzig mal einhundertfünfzig rechnet . . .«

»Hier und dort ein paar abgezogen, wenn sie gerade auf Diät gesetzt war?« Ein flüchtiges Grinsen ließ Ashers Schnurrbart zucken; nur seine Augen, dachte Lydia bei sich, waren nicht dieselben wie früher. Unter ihnen im Haus schlugen Ellens Schritte einen kaum hörbaren Takt, während sie von Raum zu Raum ging und Holz in den Kaminen bereitlegte; weiter entfernt konnte Lydia das regelmäßige Scheppern und Klappern wahrnehmen, das vom baldigen Frühstück kündete.

Ellen hatte darauf bestanden, lange genug aufzubleiben, um ein hastiges Abendmahl zu bereiten, nachdem sie alle so mysteriös in den fröstelnden Tiefen der Nacht erwacht waren. Lydia hatte sie alle so schnell wie möglich zu Bett geschickt. Das letzte, was sie in dieser Situation gebrauchen konnte, war die ungezügelte Einbildungskraft eines Zimmermädchens, die alles überdramatisierende Selbstdarstellung der Köchin und die morbide Leichtgläubigkeit der Küchenhilfe, um ein für sie selbst tief erschütterndes Erlebnis noch schlimmer zu machen. Daß James nach Hause gekommen sein mußte, schloß sie von der Tatsache, daß die Kamine entzündet worden waren, doch warum er seinen Revolver auseinandergenommen und sein Messer zwischen den Teilen auf dem Schreibtisch zurückgelassen haben sollte, konnte sie sich beim besten Willen nicht erklären. Wie es ihre Art war, hatte sie den Rest der Nacht damit verbracht, ihre medizinischen Journale zu durchstöbern, die sie in Schachteln unter dem Bett aufbewahrte, um nach ähnlichen Geschehnissen zu suchen, wobei sie abwechselnd die Gliederung eines Artikels über die pathologischen Grundlagen für den Dornröschen-Mythos ausformulierte und zwischen den auf der spitzenbesetzten Steppdecke verstreuten Ausgaben des *Lancet* döste. Doch ihre Träume waren höchst beunruhigend gewesen, und sie war immer wieder in der festen Erwartung erwacht, einen hageren Fremden vorzufinden, der schweigend auf sie hinunterstarrte.

»Das glaube ich nicht«, sagte sie nun, während sie die bauschigen Spitzenärmel ihres Nachthemdes zurückschob und ihre Brille zurechtrückte. *»Müßte* ein Vampir eine Reduktionsdiät machen? Es gibt kein Fett im Blut.«

Ihr Verstand beleuchtete die verschiedenen Aspekte dieser Frage, während Asher sein Grinsen hinter einer Kaffeetasse versteckte.

Sie wickelte die beiden Wirbelknochen aus James' Taschentuch und hielt sie gegen das langsam anwachsende Licht des Fensters. Dritter und vierter Wirbel, stark verbrannt und seltsam zersetzt, doch der Kratzer auf dem Knochen, den James beschrieben hatte, war deutlich zu erkennen. »Es muß eine Art der Hauterneuerung geben«, fuhr sie fort, während sie ihren Finger befeuchtete, um etwas von dem Ruß abzureiben, »wenn Don Simons Verbrennungen Jahre brauchten, um zu verheilen. Ich frage mich, was wohl den Verbrennungsprozeß hervorrufen mag? Obwohl es da Geschichten gibt, daß spontane menschliche Selbstentzündung in sehr seltenen Fällen auch bei ganz gewöhnlichen Leuten aufgetreten ist – wenn es wirklich gewöhnliche Leute *waren*. Hast du einen Blick auf die Auskleidung des Sarges werfen können? War sie ebenfalls weggebrannt?«

Asher runzelte die Stirn, und seine buschigen Augenbrauen zogen sich zusammen, während er sich an jedes Detail des totenstillen Grabes zu erinnern versuchte. Er hatte keinerlei medizinische Ausbildung genossen, doch Lydia hatte immer wieder feststellen können, daß er das beste Auge für Einzelheiten hatte, das ihr in dieser Welt, die so viel übersah, je begegnet war. Er würde diese Eigenschaft auch besitzen, dachte sie bei sich, wenn sein Leben nicht so viele Jahre davon abgehangen hätte.

»Nicht weggebrannt, nein«, sagte er nach einer Weile. »Die Auskleidung am Boden war zersetzt und fleckig, beinahe bis zum Holz hinunter; verkohlt und fleckig an den Seiten, wohl bis einige Zentimeter über der Höhe der Leiche. Kleider, Haut und Haare sind vollkommen vernichtet worden.«

»Die Farbe der Flecken?«

Er schüttelte den Kopf. »Die konnte ich im Licht der Laterne nicht erkennen.«

»Hmm.« Sie verlor sich einen Augenblick in Gedanken, dann begann sie, die Kissen, die Steppdecke und das ganze andere mit Rüschen und Litzen besetzte Wirrwarr um sich herum nach ihrem Vergrößerungsglas abzuklopfen – sie war absolut sicher, daß sie es letzte Nacht benutzt hatte, um sich im Bett noch ein paar Zeichnungen aus dem Sezierraum anzuschauen.

»Nachttisch?« schlug Asher helfend vor. Sie fischte das Glas heraus und inspizierte den dritten Wirbel eingehend.

»Das ist mit einer einzigen Bewegung gemacht worden.« Sie streckte ihm den Knochen entgegen – er beugte sich vor und nahm das Vergrößerungsglas, um seinerseits einen Blick auf den Wirbelknochen zu werfen. »Etwas sehr Scharfes, mit einer schneidenden Bewegung geführt: ein Fleischmesser oder ein chirurgisches Skalpell. Etwas, das dafür gedacht ist, Knochen zu zertrennen. Wer immer es benutzt hat, wußte, was er tat.«

»Und verlor nicht die Nerven darüber, einer Frau den Kopf abzutrennen«, fügte Asher gedankenverloren hinzu, während er den Knochen zur Seite legte. »Natürlich hatte er schon drei andere Vampire getötet. Vermutlich reichten seine Beweggründe zur Jagd auf die Vampire aus, um ihn jegliche Abscheu überwinden zu lassen, wenn er überhaupt beim ersten Mal welche verspürt hatte – und danach hatte er den Beweis, daß sie wirklich existierten und getötet werden mußten.« Während er sprach, zog er sanft an dem ausgeblichenen Seidenband des alten Handtäschchens, das sich mit dem trockenen Rascheln zerbrechender Seide öffnete.

»Sicher wäre doch schon allein die Tatsache des Todes eines geliebten Menschen Beweis genug dafür gewesen.« Als James ihr nicht antwortete, schaute sie von dem seltsam fahl aussehenden Knochen auf. Was sie in seinem Gesicht sah, rief in ihr die gleiche Anspannung hervor, die sie verspürt hatte, als sie im Alter von vier Jahren einmal mitten in der Nacht aufgewacht war und gesehen hatte, daß eine riesige Ratte in ihrem Zimmer war, genau zwischen ihr und der Tür.

Mit langsamen und gedehnten Worten sagte er: »Wenn das der Grund hinter all diesen Morden ist, ja. Aber ich glaube, daß da mehr ist – und ich weiß nicht was. Wenn Ysidro die Wahrheit sagt, dann können Vampire es sehen, wenn gewöhnliche Sterbliche sich nähern.«

»*Wenn* er die Wahrheit gesagt hat. Es könnte auch eine Lüge gewesen sein, um dich auf Abstand zu halten.« Sie hielt ihm spielerisch-drohend einen ihrer langen, zarten Finger entgegen und knurrte mit verstellter Stimme: »›Versuch hier bloß nichts mit mir, Bürschchen, wir könn'n dich nämlich kommen seh'n.‹«

»Du hast nicht gesehen, wie er sich bewegt.« Die düstere Ernsthaftigkeit floh aus seinen Augen, während er über sich selbst grinste. »Das ist wahrscheinlich genau der Punkt: *Niemand* sieht, wie sie sich bewegen. Nein, ich glaube ihm. Seine Sinne sind übernatürlich geschärft – er kann die Anzahl der Menschen in einem Zug am Geräusch ihres Atmens feststellen, er kann im Dunkeln sehen ... und die ganze Zeit, die ich mit ihm zusammen war, konnte ich spüren, wie er dem Wind lauschte. Ich habe dies Männer tun sehen, wenn sie dachten, daß sie verfolgt würden, sich aber nicht sicher sein konnten. Er versteckt es sehr gut, aber er hat Angst.«

»Nun, das geschieht ihm nur recht«, bemerkte Lydia. Sie zögerte und spielte mit dem Wirbelknochen in ihren Fingern, ohne sich mehr um ihn zu kümmern als um die Grashalme, die sie ausriß, wenn sie nervös war. »Wie groß ist die Gefahr, in der ich mich befinde?«

»Ziemlich groß, befürchte ich.« Er stand auf und kam um das Bett herum, um sich neben ihr auf die Kissen zu setzen; sein Arm unter dem weißen Hemdsärmel legte sich muskulös und fest um ihre Schultern. Die überängstliche Fürsorge ihrer Mutter hatten in Lydia eine tiefe Abneigung gegen Anhänglichkeit hervorgerufen. Aber es war gut, sich an James anzulehnen, die Wärme seines Körpers und die Muskeln unter seiner Tweedweste zu spüren und den Geruch von Tinte, Bücherstaub und Makassaröl einzuatmen. Obwohl ihr vom Verstand her bewußt war, daß er keinen von ihnen beiden vor der übernatürlichen Gefahr schützen konnte, in der sie sich befanden, so genoß sie doch die momentane Illusion, daß er nicht zulassen würde, daß ihr ein Leid geschehe.

Seine Lippen streiften ihr Haar. »Ich werde wieder nach London gehen müssen«, sagte er nach einer Weile, »um nach dem Mörder zu suchen und die Nachforschungen nach den Aufenthaltsorten der anderen Vampire in London voranzutreiben. Wenn ich herausfinden kann, wo sie schlafen, wo sie ihre Besitztümer aufbewahren, wo ihre Jagdgründe sind, dann sollte mir das eine Waffe gegen sie in die Hand geben. Es wird wahrscheinlich das beste sein, wenn du Oxford ebenfalls verläßt . . .«

»Aber natürlich!« Sie drehte sich abrupt in seiner Umarmung um. Der letzte Zweifel löste sich auf wie ein Zigarettenring beim Öffnen einer Tür. »Ich komme mit dir nach London. Ich werde nicht mit dir zusammenwohnen«, fügte sie eilig hinzu, als sich sein Mund protestierend öffnete, auch wenn er im Augenblick noch zu erstaunt war, seine Einwände in Wort zu fassen. »Ich weiß, daß es mich in Gefahr bringen würde, wenn sie uns zusammen sehen würden. Aber ich werde mir in der Nachbarschaft ein Zimmer nehmen, so daß ich in der Nähe bin, wenn du meine Hilfe brauchen solltest!«

»Lydia . . .!«

Ihre Blicke trafen sich. Sie kämpfte mit aller Macht dagegen an, daß ihre Augen ihm verzweifelt anriefen *Verlaß mich nicht*, kämpfte dagegen an, es auch nur zu denken oder ihre Angst einzugestehen, die es ihm nur schwer machen würde. Sie reckte ihr spitzes, kleines Kinn vor. »Und du wirst meine Hilfe brauchen«, erklärte sie ganz vernunftbetont. »Während du dich um deine Nachforschungen kümmerst, wirst du keine Zeit haben, in den öffentlichen Archiven nach Beweisen zu suchen, wo die Vampire selbst vielleicht leben könnten, nicht, wenn Don Simon schnelle Ergebnisse erwartet. Und wir könnten uns bei Tage treffen, wenn – wenn *sie* uns nicht sehen können. Wenn das, was du über sie gesagt hast, zutrifft, dann werde ich mich in London in keiner größeren Gefahr als in Oxford befinden – oder an jedem anderen Ort, um genau zu sein. Und in London würdest du in meiner Nähe sein, im Falle daß . . .« Sie scheute sich, es auszusprechen. »Nur für den Fall.«

Er wandte seinen Blick von ihr ab und saß eine Zeitlang schweigend da, während die Finger seiner freien Hand mit den Bändern des Handtäschchens des Vampirs spielten. »Vielleicht«, sagte er nach einer Weile. »Und es stimmt, daß ich eine Hilfe bei den Nachforschungen brauche, jemanden, der daran glaubt . . . Du *glaubst* doch, daß es wirklich Vampire sind, oder nicht?« Sein Blick kehrte wieder zu ihren Augen zurück.

Sie dachte darüber nach, während sie mit dem seltsamen, unregelmäßigen Knochen in ihrem Schoß spielte. James war einer der wenigen Männer, denen sie alles sagen konnte, ohne zu befürchten, einen entsetzten Ausruf, ein unsicheres Lachen oder – schlimmer noch – diesen leeren, unverständigen Blick zu ernten, den junge Männer ihr zu geben pflegten, wenn sie mit unbeweglicher Miene einen Witz erzählte.

»Vermutlich im gleichen Maße wie du selbst«, sagte sie schließlich. »Was bedeutet, daß da ein großer Teil in mir ist, der sagt: Das ist doch einfach dumm, so etwas gibt es nicht. Doch bis vor ungefähr einem Jahr hat auch niemand daran geglaubt, daß es so etwas wie Viren gibt. Wir wissen immer noch nicht, was sie sind, aber wir wissen, daß sie existieren, und es werden mehr und mehr von ihnen entdeckt . . . Vor hundert Jahren hätte man gesagt, daß es verrückt sei zu glauben, daß Krankheiten von Tieren hervorgerufen werden, die so klein sind, daß man sie noch nicht einmal sehen kann, anstatt von bösen Geistern oder einem Ungleichgewicht der Körpersäfte – was eigentlich weitaus logischere Erklärungen sind, wenn man genau darüber nachdenkt. Und an diesem Knochen ist definitiv etwas seltsam.«

Sie holte tief Luft und entspannte sich, während ihre schlimmste Angst – die Angst, allein zurückgelassen zu werden – ins Dunkel zurücktauchte. James, der sich mittlerweile offensichtlich in sein Schicksal ergeben hatte, nahm seinen Arm von ihrer Schulter und begann, den Inhalt des Handtäschchens hervorzukramen und in seiner ordentlichen, wissenschaftlichen Art auf der Spitzenbettdecke auszubreiten: vergilbte Banknoten, alte, klein zusammengefaltete Theaterprogramme, Karten mit Verabredungen, Einladungen.

»Wirst du versuchen, mit dem Mörder Kontakt aufzunehmen?«

»Ich habe zumindest vor, es zu versuchen.« Er hielt eine extrem verblichene Visitenkarte gegen das Licht. »Aber ich muß dabei sehr vorsichtig vorgehen. Die Vampire werden wissen, daß dies eine logische Allianz wäre ... Was ist?«

Selbst durch die Bettdecke hindurch konnte er spüren, wie sie neben ihm erstarrte.

Lydia ließ die Karte fallen, die sie gerade angeschaut hatte. Ein seltsamer Schrecken ließ ihre Hand zittern, als ob sie jemanden gesehen hätte, den sie kannte ... Was genaugenommen, überlegte sie, auch geschehen war. Sie wußte nicht, was sie sagen sollte, als hätte sie gerade eine sehr dumme Katze direkt in die geifernden Fänge eines Hundes laufen sehen.

Er hatte die Karte schon aufgenommen und las die Verabredung zu einem Stelldichein auf der Rückseite. Dann drehte er sie herum, um sich die Vorderseite anzusehen, auf der in einem feinsäuberlichen Kupferstich der Name des Honorable Albert Westmoreland aufgedruckt war.

»Ich habe ihn gekannt«, erklärte Lydia mit leicht zitternder Stimme. »Nicht gut – er war einer von Onkel Ambroses Studenten, als ich noch zur Schule ging. Sein Vater war einer von Papas Londoner Freunden.«

»Einer deiner Verehrer?« Der neckende Unterton, den er manchmal hatte, wenn er von ihren Verehrern sprach, fehlte. Sie hatte ganze Scharen von ihnen gehabt, zum einen wegen des Vermögens der Willoughbys, aus dem auch dieses Haus und alles andere bezahlt worden war, und zum anderen wegen ihres seltsamen Charmes, der sie wie eine hilflose, streunende Katze erscheinen ließ. Nachdem man ihr über Jahre hinweg eingeredet hatte, daß sie häßlich wäre, genoß sie ihre Aufmerksamkeiten und genoß es, mit ihnen zu flirten – wenn auch nicht in gleichem Maße wie sie die gründliche, ausführliche Analyse einer Nervenverletzung genoß. Da sie ein höfliches Mädchen war, nahm sie es diesen ernsten jungen Männern nicht übel, daß sie sie häufig zu Tode langweilten. Mit einem baptistengleichen Glauben an die Fähigkeit des Mannes, die Persönlichkeit einer Frau zu verändern, hatte ihr Vater alle diese jungen Männer ermutigt und niemals seine anrührende Hoffnung verloren, daß seine eigensinnige Tochter in den Adelsstand einheiraten würde.

Ein leichtes Lächeln spielte um ihre Lippen, während sie sich an das Gesicht ihres Vaters erinnerte, als sie ihm mitteilte, daß sie einen Dozenten der Philologie zu ehelichen gedächte, einen Mann mittleren Alters, ohne ein ›Honorable‹ vor dem Namen. »Er war schon mit Lord Carringtons Tochter verlobt. Aber er gehörte zu ihren Freunden. Dadurch habe ich ihn ziemlich oft gesehen. Ich wußte – nun, niemand hat offen vor mir darüber gesprochen, und Nanna hätte sie umgebracht, wenn sie es getan hätten, aber ich vermutete, daß sie sich bei ihren Streifzügen durch die Stadt nicht mit Mädchen wie mir trafen. Ich erinnere mich, wie Dennis Blaydon vorbeikam und mir erzählte, daß Bertie gestorben wäre.«

Sie erschauderte unwillkürlich, und er zog sie wieder zu sich heran. Seine Hand lag warm und fest auf ihrer Schulter. Seltsamerweise hatte sie die Nachricht damals gar nicht so sehr erschüttert, obwohl sie erschreckt und traurig gewesen war, denn Bertie war der erste ihrer Freunde gewesen, der gestorben war. Schon damals war sie mit dem Tod vertraut gewesen – der alte Horace Blaydon, leitender Professor der Pathologie am Radcliffe College, hatte gesagt, daß es geradezu anstößig wäre, ihr zuzuschauen, wenn sie Kadaver aufschnitt – aber es war anscheinend etwas anderes, wenn es jemanden betraf, den man kannte. Sie erinnerte sich, wie Dennis sein Bestes versucht hatte, sie zu trösten, leider ohne Erfolg.

»Hat er gesagt, wie?«

Sie schüttelte den Kopf. »Aber es kam sehr plötzlich. Ich erinnere mich, daß ich daran dachte, daß ich ihn doch noch wenige Wochen zuvor gesehen hatte, als alle runtergefahren waren, um Dennis bei einem Rugbymatch gegen die Kings zuzuschauen. Armer Bertie.« Die Erinnerung trieb abermals ein schwaches

Lächeln auf ihre Lippen. »Der Honorable Bertie – er steuerte schnurstracks auf den schattigsten Sitzplatz zu und hat während der gesamten Zeit Todesängste ausgestanden, daß die Bank Flecken auf seiner Hose hinterlassen, Limonade auf seinen Ärmel tropfen oder die Blume in seinem Knopfloch welken könnte. Sein Bruder, der Equally Honorable Evelyn, spielte auf der Seite von Gloucester und wäre beinahe vor Scham gestorben.« Erstaunlich, an welche Dinge man sich nach dem Tode eines Menschen erinnerte, schoß es ihr durch den Kopf. Sie fragte sich, ob er wohl aufgeschrien hatte, ob er gewußt hatte, was ihm geschah, oder ob das Vampirweib ihn im Schlaf geholt hatte, so wie Ysidro es mühelos mit ihnen allen hätte machen können. Ihre Finger klammerten sich unwillkürlich fester um James' Hand.

Sie schwieg eine lange Zeit, dann fragte sie: »Können wir uns tagsüber treffen?«

»Ich weiß nicht«, erwiderte er leise. »Nicht gefahrlos, meine ich. Der Mörder kann sich bei Tage frei bewegen, auch wenn die Vampire es nicht können. Bevor ich nicht Kontakt mit ihm aufgenommen und herausgefunden habe, wie und warum er das tut – möchte ich nicht, daß irgend jemand weiß, wo er dich finden kann.« Sie spürte die Anspannung in seinem Körper und drehte sich herum, um in sein Gesicht zu schauen.

»Und es ist nicht nur das«, sagte er. »Ysidro verheimlicht mir etwas, Lydia, etwas sehr Wichtiges. Was immer er auch sagt, er müßte ein Narr sein, einen Menschen zu engagieren; und was immer er auch sein mag, Don Simon Ysidro ist kein Narr. Er hatte einen Grund dafür, den er mir nicht genannt hat. Ich muß herausfinden, was noch dahintersteckt, wenn wir beide Guy Fawkes' Day noch erleben wollen.«

Noch vor dem Mittagessen war Asher auf dem Weg zurück nach London. Beim Frühstück hatte er Ellen und Mrs. Grimes davon in Kenntnis gesetzt, daß die Geschehnisse der letzten Nacht Lydia in einen solchen Zustand nervlicher Erschöpfung versetzt hätten, daß er es für ratsam hielte, einen Termin für sie bei einem Spezialisten in London zu arrangieren – eine Geschichte, die die phlegmatische Lydia mit Abscheu erfüllte und Ellen offensichtlich verwirrte. »Sie war bei bester Gesundheit, Mr. Asher, Sir, als sie mich und die Köchin aufgeweckt hat. Und sie war noch nie jemand, die sich so etwas übermäßig zu Herzen nehmen würde.«

»Nun, ich habe gerade den Morgen mit ihr verbracht, und glauben Sie mir, sie muß unbedingt zu einem Spezialisten«, erklärte Asher mit Bestimmtheit. Vierundzwanzig Stunden ohne Schlaf, dazu noch die Ereignisse und Anstrengungen der letzten Nacht, hatten ihn nicht gerade in die richtige Stimmung für Einwände versetzt.

Ellen betrachtete seine Blässe und die dunklen Ringe unter seinen Augen mit tiefempfundener Mißbilligung. »Es steht mir nicht zu, das zu sagen, Sir, aber wenn hier jemand einen Nervenarzt besuchen muß . . .«

»Nein, es steht Ihnen nicht zu, das zu sagen«, erwiderte Asher scharf und leerte seine Kaffeetasse. »Also helfen Sie Mrs. Asher nur, ihre Sachen zu packen. Ich werde am Abend zurück sein, um sie abzuholen.«

Der bloße Gedanke an eine weitere Zugfahrt vor Einbruch der Nacht ließ seine Knochen schmerzen, doch kein Ehemann, der so besorgt um die Gesundheit seiner Frau war, wie er es im Augenblick zu sein vorgab, würde ihr eine solche Reise nur in Begleitung eines Dienstmädchens zumuten. Außerdem würde es, wenn sie erst einmal in London waren, schwer sein, Ellen wieder loszuwerden, die, neben der Tatsache, daß sie intelligenter war, als sie manchmal vermuten ließ, auch noch über alle Maßen neugierig war.

Warum war es nur so, fragte sich Asher, während er die Magdalen Bridge überquerte, daß Eigenschaften, die man bei jedem anderen als löblich ansah, bei Dienern nichts weiter als eine verdammte lästige Plage waren? Über die graue Steinbalustrade der Brücke hinweg konnte er einen kurzen Blick auf die Wipfel der Weiden erhaschen; er erinnerte sich an Ysidros Worte über Balsaholz und Teak und mußte unwillkürlich lächeln. Nachdem er die Brücke überquert hatte, bog er in die St. Clement's Street, die über eine Reihe von bohlengepflasterten Seitengassen zu den grünen Wiesen führte, die Oxford umgaben.

Um nicht noch zwei weitere Stunden auf dem Great Western zu verbringen, hatte er sich entschieden, sein Motorrad mit sich nach London zu nehmen, ein amerikanisches Gefährt mit fünf Pferdestärken und einem Zwillings-V-Motor, das ein ständiger Stein des Anstoßes zwischen ihm und den anderen Professoren war. Da gab es Dozenten am All Souls oder Christ Church, die vielleicht ein Automobil besitzen mochten, doch es wurde immer wieder angedeutet, daß diese Dinge wohl eher für Lehrende aus Cambridge typisch wären. Ein Motorrad zu besitzen, ganz zu schweigen davon, mit diesem Gefährt auch noch in der Landschaft herumzufahren, wurde im allgemeinen als etwas betrachtet, das doch wohl mehr dem Niveau eines Studenten entspräche. Aus Rücksicht auf das Feingefühl seiner Kollegen und auch auf seine eigene Reputation als eher harmloser Exzentriker fuhr Asher damit gewöhnlich nicht innerhalb der Stadtgrenzen.

Im Augenblick jedoch war Zeit das Wichtigste. Es gab Dinge, die erledigt werden mußten, solange die Sonne noch am Himmel stand und Ysidro und die anderen Vampire ruhig und sicher in ihren Särgen schliefen. Der schnellste Weg nach London führte über die Felder und durch High Wycombe. Die Straße war erbärmlich, voller Schlaglöcher und stellenweise ungepflastert und so vom Regen aufgeweicht, daß sie nur noch aus gelblichem Schlamm zu bestehen schien, der seine Stiefel, Lederjacke, Motorradbrille und sein Haar mit dicken Spritzern bedeckte. Doch das Schweigen um ihn herum hüllte ihn ein. In der Stille der sanften Kreidehügel und des matt olivfarbenen Grases war er zum ersten Mal allein und konnte ungestört seinen Gedanken und Überlegungen nachhängen.

Auf dem Hügel hielt er an und schaute zurück auf das grüne Tal. Er konnte die Türme der Colleges ausmachen, nicht als die kristallene Ansammlung von Turmspitzen, zu denen sie die Morgen- und Abenddämmerung machten, sondern als graues, flechtenbewachsenes, vertrautes Gebäude, der Ort, der mit einigen Unterbrechungen für die letzten siebenundzwanzig Jahre sein Zuhause gewesen war.

Im Einsatz, erinnerte er sich, hatte er in ständiger Gefahr gelebt, so daß er kaum noch darüber nachgedacht hatte; es hatte Momente gegeben, in denen er so leicht hätte getötet werden können, wie man eine Kerze ausblies. Doch die ganze Zeit über hatte er diesen Ort gehabt, die Erinnerung an diesen Hafen der Ruhe. Er hatte immer gedacht: *Wenn ich es nur nach Oxford zurück schaffen kann . . .* Und später war es dann das Wissen gewesen, daß zu Oxford auch Lydia gehörte.

Die Hälfte der Frauen, die er kannte, dachte er belustigt, wären in Ohnmacht gefallen, wenn er ihnen die Geschichte aufgetischt hätte, die er ihr heute morgen erzählt hatte, oder sie wären in fieberhafte Spekulationen verfallen, wie man Asher wohl hereingelegt hatte. Unter ihrer Fassade von zerstreuter Lieblichkeit trug Lydia die kühle Sachlichkeit eines Arztes und die Bereitschaft, sich mit gegebenen Tatsachen auseinanderzusetzen – wie seltsam sie auch immer sein mochten. Er erinnerte sich an sich selbst, wie er sich mit den archaischen Sprachrhythmen des Vampirs beschäftigte, während sein eigenes und ihr Leben auf dem Spiel standen.

Vielleicht war das ein Grund dafür, weshalb von all den Männern – die meisten jünger und wohlhabender als er –, die von ihrem Charme gefangen worden waren, er es war, der nun mit ihr zusammenlebte.

Es würde Ysidro noch leid tun, dachte er grimmig, daß er Lydia in diese Sache mit hineingezogen hatte.

Er drückte den Gashebel und schreckte ein Dutzend Lerchen auf, die blitzartig davonflogen; er wandte sein Motorrad um und machte sich auf den Weg die langgezogenen Hänge hinunter in Richtung auf Beaconsfield und Wycombe und schließlich auf den weitentfernten Flecken graugelben Rauches zu, unter dem sich London verbarg.

Seine Reisen durch die abgelegensten Gegenden Europas hatten Asher genügend Übung verliehen, schnell eine Unterkunft zu finden. Er entschied sich für zwei Pensionen in Bloomsbury, nicht weit vom Museum entfernt, die auf verschiedene Straßen blickten, jedoch mit den Rückfronten zur selben Gasse hinauslagen; das hintere Fenster der kleinen Suite, die er für Lydia am Bruton Place 109 gemietet hatte, konnte von seinem einzelnen Zimmer in der Prince of Wales Colonnade Nr. 6 eingesehen werden. Sie waren nicht so nahe aneinander, wie er es sich gewünscht hätte, und in einem echten Notfall würde er erst eine größere Anzahl von Regenrinnen und Gartenmauern überwinden müssen, aber es war das Beste, was er in der Kürze der Zeit hatte finden können. Dennoch war es schon gefährlich dunkel, als er endlich wieder in den Zug nach Oxford stolperte.

Er schlief die ganze Fahrt über. Wie er befürchtet hatte, wurden seine Träume von Bildern des aschegefüllten Sarges auf dem Friedhof von Highgate durchzogen und von einem vagen Gefühl des Grauens, als ob, wenn er dorthin zurückginge und lauschte, die Asche ihm vielleicht etwas zuflüstern würde.

Lydia wartete schon auf ihn. Sie war schlicht, doch wunderschön gekleidet und sorgfältig verschleiert, um die Tatsache zu verdecken, daß sie weit weniger ermattet und bleich war als er. Auf der Fahrt nach London, gestärkt mit schwarzem Kaffee, erklärte Asher ihr das System zur Nachrichtenübermittlung, das er in der Garderobe des Lesesaals im Museum ausgearbeitet hatte, und die Signale, mit denen sie sich zwischen Bruton Place und der Prince of Wales Colonnade verständigen würden: eine Gardine aufgezogen, eine geschlossen, wenn ein Treffen nötig war, und dann ein Telegramm, um Ort und Zeit festzulegen; eine Lampe im Fenster zeigte einen Notfall an.

»Ich schlage vor, daß du in den Archiven des Somerset House beginnst«, sagte er, während die bleierne Abenddämmerung an den Fenstern vorbeisauste. »Du kannst die Informationen aus dem Wills Office and Registry mit den Besitzurkunden im Public Record Office vergleichen – ich vermute, daß zumindest einige der Vampire Häuser und Ländereien besitzen. Ich kann mir nur schwerlich vorstellen, daß Ysidro seine Bond-Street-Anzüge für zehn Pfund pro Monat der Obhut einer Zimmerwirtin anvertraut, ganz zu schweigen von seinem Sarg. Besorg mir die Unterlagen der Gebäude, bei denen sich die Besitzverhältnisse im Pachtvertrag seit – ach, siebzig Jahren oder länger nicht verändert haben. Alle Unterlagen über die ursprünglichen Grundbesitzer sollten zugänglich sein. Außerdem könntest du vielleicht zusehen, was du mir an Todesurkunden beschaffen kannst, für die es keine Leichen gab. Irgendwann werden wir auch die zurückliegenden Ausgaben der Zeitungen nach Todesfällen durchsehen müssen, die auf Vampire hindeuten könnten, doch, so wie es sich anhört, könnten diese Fälle vielleicht gut versteckt sein. Gott allein weiß, wie viele Fälle von Unterernährung und Typhus in Wirklichkeit auf Ysidro und seine Freunde zurückzuführen sind. Ich vermute, daß sich ein Vampir während der Fieberepidemie in Newgate und Fleet über Wochen hinweg ernähren konnte, ohne daß es jemandem auffiel oder sich auch nur irgend jemand darum gekümmert hätte.«

Mit leiserer Stimme fragte er dann: »Würde es dir etwas ausmachen, so viel wie möglich über Albert Westmorelands Tod herauszufinden? Ich werde mich selbst darum kümmern, wenn du es lieber nicht tun möchtest.«

Sie schüttelte stumm, aber entschieden den Kopf. Ohne ihre Brille wirkten ihre Augen sanfter, verträumter. »Nein. Du wirst all deine Zeit dafür brauchen, den Mörder zu verfolgen. Außerdem kannte ich Westmoreland und seine Freunde. Ich glaube nicht, daß ich zu Dennis Blaydon gehen könnte, ohne daß er schmollen und sich grämen würde, weil ich dich statt ihn geheiratet habe, aber ich könnte mit Frank Ellis reden – Viscount Haverford, wie er jetzt heißt – oder mit dem Equally Honorable Evelyn – Berties Bruder. Wenn ich mich recht erinnere, war er gerade in seinem ersten Jahr an der Universität, als Bertie ... starb.«

»Es gefällt mir nicht«, sagte Asher langsam. »Daß du Nachforschungen in London anstellst, ist eine Sache; wenn ich einen Brief an meine, aus der Zeit beim Foreign Office übriggebliebenen Verbindungen bei der *Daily Mail* schicke, so wird er dich unter deinem richtigen Namen vorstellen. Ysidro sprach davon, daß Vampire wüßten, wenn ein Mensch – ein Freund oder Verwandter eines kürzlichen Opfers – auf ihrer Spur ist; sie gehen umher und befragen Leute oder halten sich auf Friedhöfen auf, und irgendwann bemerkt sie der Vampir dabei. Ich möchte nicht, daß sie dich bemerken, Lydia. Das würde mit Sicherheit den Tod für uns beide bedeuten.«

Ihr Rücken versteifte sich. »Ich sehe nicht, wie ...«

»Genausowenig wie ich«, schnitt er ihr das Wort ab. »Doch für den Augenblick muß ich davon ausgehen, daß es der Wahrheit entspricht. Sie besitzen Kräfte, die wir nicht haben; bevor wir nicht mehr über sie wissen, bin ich nicht bereit, ein Risiko einzugehen.«

»Vielleicht«, sagte sie. »Aber sie haben auch Schwächen, und je mehr wir über sie erfahren, je mehr wir mit Leuten sprechen können, die wirklich mit einem Vampir zu tun hatten, desto eher werden wir vielleicht auf eine Möglichkeit stoßen, wie wir mit ihnen fertig werden, wenn ... wenn es zum Schlimmsten kommen sollte. Berties Tod liegt schon so lange zurück, daß es unwahrscheinlich ist, daß es da eine Verbindung gibt, aber zumindest werden wir einen weiteren Einblick in ihr Tun bekommen.«

»Es gefällt mir immer noch nicht«, erwiderte er abermals, auch wenn er wußte, daß sie vermutlich recht hatte. »Ich hätte es lieber, wenn du es nicht tun würdest, doch wenn du es tust, *bitte* sei vorsichtig. Treffe jede erdenkliche Vorsichtsmaßnahme, egal, wie dumm sie dir erscheinen mag. Und soweit es die Dinge betrifft, die du vielleicht erfahren könntest ... Hast du jemals versucht, den Hergang eines Unfalls anhand von Zeugenaussagen zusammenzusetzen, selbst nur zehn Minuten nachdem er geschehen ist? Und Berties Tod war . . . wann?«

»Neunzehnhundert.« Ihr Mund verzog sich zu einem ironischen Lächeln. »Die Wende zu einem neuen Jahrhundert.«

»Das war vor sieben Jahren.« Er war damals in Afrika gewesen und im Schein des aufgedunsenen, honigfarbenen Mondes über die samtigen, gelbbraunen Weiten geritten. Es fiel ihm manchmal schwer zu glauben, daß es schon länger als bloße sieben Wochen zurücklag. Er beugte sich vor und küßte sie, während die Schleier ihres Hutes ihn an der Nase kitzelten; es war ein seltsames Gefühl, sich wieder einmal daran zu erinnern, daß sie tatsächlich seine Frau war. Er fuhr fort: »Selbst wenn Lotta das erste statt das vierte Opfer gewesen wäre, so ist doch inzwischen eine lange Zeit vergangen. Doch wir brauchen jede Information, jede Spur, die wir bekommen können. Kannst du all das heraussuchen?«

»Natürlich, Professor Asher.« Sie faltete ihre behandschuhten Finger sittsam im Schoß ihres roséfarbenen Kleides und schaute ihn mit weitgeöffneten Augen lieblich an. »Und was soll ich am Nachmittag tun?«

Er lachte bekümmert. »Die Unterlagen der Gasanstalt, ob es da irgendwelche privaten Haushalte gibt, die einen übermäßig hohen Verbrauch haben? Ich würde auch gern Einsicht in Bankunterlagen haben, aber dafür müßte ich mich an meine Kontakte beim Foreign Office oder beim Yard wenden, und das könnte Ysidro zu Ohren kommen. Hinterlasse alle Notizen in unserem verabredeten stummen Briefkasten im Museum – ich hebe sie über Nacht lieber in einem Schließfach am Euston-Bahnhof als in meinem Zimmer auf. Im Augenblick ist es mir lieber, wenn Ysidro und seine Freunde keine Ahnung haben, in welche Richtung meine Nachforschungen gehen. Und, Lydia – laß es mich wissen, wenn du auf irgendwelche Anzeichen stoßen solltest, daß noch jemand derselben Spur folgt.«

»Der Mörder, meinst du.« Vom Klang ihrer Stimme zu deuten, hatte sie schon daran gedacht. Er nickte. »Dann wirst du sie also töten?«

Etwas in ihrer Stimme ließ seine Augen wieder zu ihrem Gesicht zurückkehren; der Ausdruck von Bedauern erstaunte ihn. Sie schüttelte den Kopf, um seine Vorbehalte zu zerstreuen.

»Ich hätte nur gern die Gelegenheit, einen von ihnen medizinisch zu untersuchen.«

Dieses Anliegen war so typisch für Lydia, daß Asher beinahe laut gelacht hätte. »Ja«, sagte er, und dann verschwand die Ungezwungenheit wieder aus seinem Gesicht. »Es gibt eine Anzahl von Gründen, warum ich es tun muß, und nicht der geringste davon ist die Tatsache, daß sie mich sowieso irgendwann verdächtigen werden, sie zu töten, und daß ich den Mörder nur benutze, um meine eigenen Taten zu verbergen. Sie müssen vernichtet werden, Lydia«, fuhr er mit leiser, ruhiger Stimme fort. »Doch wenn das passiert, dann sollte ich sie lieber alle erwischen, denn Gott helfe uns, wenn auch nur einer von ihnen davonkommt.«

In Reading stieg Asher aus dem Zug, nahm eine der langsamen Vorortsbahnen nach Ealing und fuhr dann mit der Untergrundbahn die lange Schleife, über Victoria und die Innenstadt und von dort zurück zum Euston-Bahnhof, um zu verhindern, sich auch nur in der Nähe von Paddington zu befinden, wenn Lydia dort ausstieg. Es war jetzt vollkommen dunkel. Während er durch die klappernden Fenster auf die hohen Backsteinmauern schaute, fragte er sich, ob die Vampire jemals die Untergrundbahn nahmen. Benutzten sie die Tunnel als Schlupflöcher? Wieviel Sonne *war* überhaupt tödlich für dieses weiße, empfindliche Fleisch?

Nicht sonderlich viel, überlegte er, während er den Bahnsteig überquerte und die Treppe hinaufging. Selbst wenn die Tür offenstand, wäre die Gruft in Highgate keineswegs hell erleuchtet, da ihr Eingang sich zum Schatten der schmalen Allee zwischen den anderen Grabmalen hin öffnete.

Als er den Bürgersteig erreichte, verspürte er augenblicklich eine gewisse Unruhe wegen Lydia, die nun ganz allein auf sich gestellt in Paddington aus dem Zug stieg. Nicht, weil er Zweifel daran hegte, daß sie in der Menschenmenge auf einem Bahnhof auf sich selbst aufpassen könnte, wo sich fraglos sechs oder sieben junge Männer darum stritten, ihr Gepäck tragen zu dürfen, doch sein Zusammenstoß mit Ysidro hatte ihn mit Angst erfüllt.

Wieviel *konnten* die Vampire über diejenigen herausfinden oder vermuten, die begannen, sich auf ihre Fährte zu setzen? Vielleicht hatte Lydia recht – vielleicht hatte die Warnung nur den einen Zweck gehabt, ihn auf Distanz zu halten. Es dürfte nur wenige Verwandte oder Freunde von Opfern geben, die weiter als bis zu dem Trost einer ›logischen Erklärung‹ schauten, besonders wenn es keinen weiteren Fall mit verdächtigen Umständen gab, zu dem sie eine Verbindung herstellen konnten. Und dennoch ...

Als er sich in die dahinströmende Menge auf der Euston Road mischte, erinnerte er sich noch einmal nachdrücklich daran, daß Ysidro keinerlei Möglichkeit hatte zu wissen, daß er an diesem Tage zweimal nach Oxford und wieder zurück gereist war, anstatt nur einmal. *Er könnte es ahnen ...*

Asher schüttelte nachdrücklich den Kopf. Er begann zu vermuten, daß er so erschöpft war, daß er keinen rationalen Gedanken mehr fassen konnte. Seit sechsunddreißig Stunden hatte er nicht mehr richtig geschlafen, schon Schatten ließen ihn erschreckt zusammenzucken. Das merkwürdige Prickeln in seinem Nacken war nur auf die nervliche Anspannung zurückzuführen, sagte er sich selbst, und nicht auf Instinkte, die ein jahrelanges Geheimdienstleben in ihm hatte wachsen lassen. Seine Unruhe war einzig in der Ahnung begründet, daß er vielleicht beobachtet werden könnte, und nicht in dem Wissen, daß es wirklich so war.

Er verlangsamte seinen Schritt. Wie zufällig ließ er seinen Blick über den Verkehr schweifen, über die Menschenmenge, die sich im grellen Schein der Gaslaternen vorwärtsdrängte – kleine Angestellte und Verkäuferinnen, die zur Untergrundbahn hasteten, um den nächsten Zug zu einem der trostlosen Vororte zu erreichen, Arbeiter, auf dem Weg zu einem billigen Abendessen in einen nahegelegenen Pub. Das Gaslicht war trügerisch und ließ alle Gesichter seltsam aussehen, doch er konnte keines entdecken, das bleicher oder unbeweglicher als die anderen war.

Warum, fragte er sich, war er dann der wachsenden Überzeugung, daß er etwas übersah, das beunruhigende Gefühl eines blinden Fleckens in seiner Wahrnehmung?

An der Ecke angekommen, überquerte er Gower Street, ging an ihrer westlichen Straßenseite hinunter und ließ seinen Blick unauffällig über den Verkehrsstrom schweifen, der sich an der langen Reihe georgianischer Geschäfte vorbeiwälzte. Da gab es eine Anzahl von Motorbussen und Lastwagen, einen Omnibus und motorisierte Droschken, eine Pferdetram mit fröhlichen Werbeplakaten an den Seitenwänden, doch zum größten Teil war es ein Gedränge aus Pferden und hohen Rädern – Lieferwagen, die von alten Gäulen gezogen wurden, offene viktorianische Kutschen, die geschlossenen Einspänner, die Ärzte so offenkundig bevorzugten, und hochbockige Droschken. Er war sehr müde, und seine Sicht verschwamm; das grelle Spiel von Straßenlaternen und Schatten machte es nur noch schlimmer, aber er mußte es riskieren. Der Verkehr war dicht und bewegte sich deshalb nicht schnell, es sei denn, daß hin und wieder ein Droschkenkutscher seine Pferde anpeitschte. Nun, diese Möglichkeit gab es immer ...

Als er auf gleicher Höhe mit der Little Museum Street war, sprang Asher ohne vorherige Warnung vom Bürgersteig und stürzte sich in das Gedränge. Mit einem schrillen Wiehern zog ein Droschkengaul aus der Spur und überrollte ihn beinahe. Rufe und Flüche in einem exotischen Dialekt – *Wie kommt ein Mann aus Yorkshire dazu, in London eine Droschke zu fahren?* wunderte er sich – folgten ihm über die Straße. Der Schotter war naß und rutschig von Pferdedung. Auf der anderen Straßenseite drehte er sich ruckartig um und schaute zurück auf den Weg, den er gekommen war.

Das Pferd eines Gemüsehändlers warf seinen Kopf hoch und brach mitten auf der Straße aus, die Bremsen einer Motordroschke kreischten. Asher war sich nicht sicher, aber er vermeinte, einen Schatten durch die elektrischen Scheinwerfer huschen zu sehen.

Gut, dachte er bei sich, und bog in die Little Museum Street, immer noch keuchend von der Anstrengung. *Du kannst deine ganze Unsterblichkeit dagegensetzen, mein blutsaugender Freund.*

In der Prince of Wales Colonnade angelangt, drehte er das Gas auf. Die Vorhänge ließ er offen. Er legte Mantel, Bowler, Schal und Krawatte ab und öffnete den Koffer, den er festgeschnallt auf dem schmalen Gepäckträger seines Motorrades, das nun sicher in einem Schuppen im Hinterhof abgestellt war, aus Oxford mitgebracht hatte – ein halbes Dutzend sauberer Hemden, Wäsche zum Wechseln, saubere Kragen, Rasierzeug und Bücher. Was immer sonst er von dem altangestammten Zubehör eines Vampirjägers gebrauchen würde, konnte er in London erwerben, und seine übereifrige Phantasie ließ augenblicklich das Bild eines kleinen Ladens in irgendeiner schummerigen Gasse auftauchen, der sich auf Silberkugeln, Weißdornpfähle und Knoblauch spezialisiert hatte. Er grinste. Wahrscheinlich stand über der Tür HARKER UND VAN HELSING. Während er absichtlich immer im Blickfeld des Fensters blieb, ging er zur Kommode hinüber, runzelte die Stirn und schaute sich um, als ob etwas, was er mitzubringen gedacht hatte, fehlte. Dann marschierte er mit unwirschen Schritten aus dem Zimmer.

So leise wie möglich eilte er die beiden Treppen der gewundenen Stiege hinunter und dann eine weitere zum Keller. Seine Zimmerwirtin schaute erschreckt auf, als er an der Küchentür vorbeikam, doch er war schon in dem dunklen Schacht des tiefergelegenen Durchgangs verschwunden. Auf dem schmalen Sims der moosbefleckten Steinstufen reckte er sich hoch, bis seine Augen auf gleicher Höhe mit dem Pflaster der kleinen Gasse hinter dem Haus waren.

Offensichtlich getäuscht von seinem fingierten Abgang, beobachtete die dunkle Gestalt in der Gasse immer noch sein hellerleuchtetes Fenster. Sie stand völlig reglos da, beinahe unsichtbar in dem alles erdrückenden Dämmerlicht zwischen den beiden Häuserzeilen; dennoch konnte er das fast leuchtende Weiß eines unmenschlichen Gesichtes erkennen. Einen Augenblick lang hielt er die Augen auf die dunkle Gestalt gerichtet. Er wagte kaum zu atmen, erinnerte er sich doch an die Schärfe des Vampirgehörs. Dann, als hätte er geblinzelt, war die Gestalt plötzlich verschwunden.

Eine halbe Stunde später hatte er den Koffer ausgepackt, die letzten seiner Sachen verstaut, die Kleider gewechselt und sich rasiert. Obwohl ihn das ein wenig erfrischte, sehnte er sich doch immer noch schmerzlich nach Schlaf und war beinahe versucht, Ysidro in seiner feuchten Gasse warten zu lassen, während er selbst zu Bett ging. Doch in diesem Fall, so war er sich sicher, würde der Vampir ganz einfach bei ihm eindringen, denn Don Simon hatte offensichtlich noch nie davon gehört, daß Vampire kein neues Haus betreten konnten, so sie nicht zuvor von einem der Bewohner dazu aufgefordert worden waren.

Andererseits, dachte Asher, während er aus dem erleuchteten Eingang zu Nummer Sechs trat und langsam über das Pflaster durch die neblige Dunkelheit schlenderte, welches Gebäude in London konnte schon als neu bezeichnet werden? Prince of Wales Colonnade Sechs stand offenkundig schon seit den letzten Tagen der Regentschaft Georges IV; sein eigenes Haus in Oxford schon seit Annes. Don Simon Ysidro hatte sein lautloses, tödliches Handwerk schon in den Straßen von London betrieben, lange bevor diese beiden Häuser errichtet worden waren.

Ein Gedanke an das uralte London schoß ihm durch den Kopf – ein dichtes Knäuel von halb aus Holz erbauten Häusern, winzigen, im Streit miteinanderliegenden rechtlichen Zuständigkeitsbereichen, deren Polizisten nicht die Straße überqueren durften, um einen Verbrecher zu stellen, sollte jener Bürgersteig zu einem anderen Bezirk gehören.

»Wir können uns nicht weiterhin auf diese Weise treffen«, schnurrte eine leise, vertraute Stimme neben ihm. »Die Leute werden sonst anfangen zu reden.«

Asher wirbelte auf dem Absatz herum. Er verfluchte seine momentane, geistige Abwesenheit. Zwar war er müde, doch für gewöhnlich war er sich durchaus bewußt, wenn jemand so nah an ihn herangekommen war.

Ysidro hatte gespeist; sein Gesicht, obwohl immer noch bleich, hatte den kalten Glanz verloren, der im Dämmerlicht der Gasse Ashers Aufmerksamkeit erregt hatte. Sein schwarzer Umhang verdeckte halb einen ebenso dunklen Abendanzug; die steife, weiße Front seines Hemdes war von Seide und nun einige Schattierungen blasser als die Haut, die sich so sorgsam maßgeschneidert über seine Wangenknochen spannte. Wie gewöhnlich trug er keine Kopfbedeckung, und seine hohe Stirn schimmerte leicht, als sie unter den Lampen der an den Platz grenzenden Häuser entlanggingen. Perlgraue Handschuhe hielten den kristallenen Knauf eines schlanken Ebenholzstocks umfaßt.

»Ich war drauf und dran, Sie in der Gasse stehenzulassen«, erwiderte Asher. »Sie sollten selbst wissen, daß ich nichts zu berichten habe, außer daß ich, wie Sie gesehen haben, hier Zimmer bezogen habe.« Er deutete mit einer Kopfbewegung auf das Haus Nummer Sechs hinter ihnen. Die erleuchteten Fenster warfen weiche Flecken von Licht auf die Bäume des kleinen Platzes auf der anderen Seite der Straße. »Nun, da wir miteinander gesprochen haben, hätte ich nicht übel Lust, wieder zu eben diesem Zimmer zurückzukehren, um ein wenig zu schlafen.«

»In der Gasse?« Der Vampir neigte seinen Kopf leicht zur Seite, eine Bewegung, die an eine lauernde Gottesanbeterin erinnerte.

»Sie sind mir nicht gefolgt, sobald es dunkel wurde? Haben mich von der Gasse aus beobachtet, während ich auspackte?«

Ysidro zögerte lange, während er verschiedene mögliche Erwiderungen durchging und auswählte, was er am besten zugeben sollte. Asher stand ungeduldig und verärgert auf dem Pflaster neben ihm. Schließlich wandte er sich zu ihm um. »Hören Sie. Ich weiß, daß Sie mir nicht vertrauen, und ich wäre sicherlich ein Narr, Ihnen zu trauen. Aber Sie sind es, der in Gefahr ist, nicht ich, und wenn Sie mir nicht mehr Informationen zukommen lassen – wenn Sie nicht endlich aufhören, jedesmal ein ermüdendes Spiel mit mir zu spielen, sobald ich etwas von Ihnen zu erfahren suche –, dann werde ich nicht in der Lage sein, Ihnen zu helfen.«

»Geht es Ihnen wirklich darum, uns zu helfen?« Der Vampir legte seinen Kopf zur Seite und schaute zu dem eine Handbreit größeren Asher auf. In seinem Tonfall war keine Andeutung von Sarkasmus zu entdecken – er fragte, als wäre er tatsächlich an der Antwort interessiert.

»Nein«, gab Asher ohne Umschweife zurück. »Aber es geht mir auch nicht darum, Sie zu töten – im Augenblick jedenfalls. Sie haben dafür Sorge getragen, daß ziemlich viel für mich auf dem Spiel steht. Wie Sie zweifellos schon vermutet haben, habe ich alle Vorsichtsmaßnahmen getroffen, die in meiner Macht standen, um für Lydias Sicherheit zu sorgen, und glauben Sie mir, es war nicht einfach, Antworten auf ihre Fragen zu finden, warum sie Oxford verlassen sollte. Aber ich kann nichts ausrichten, solange Sie nicht gewillt sind, mir einige Fragen zu beantworten, damit ich etwas habe, mit dem ich arbeiten kann.«

»Nun gut.« Der Vampir musterte ihn einige Atemzüge lang ruhig und eingehend, als wäre der stille Bloomsbury Square ein privates Zimmer und stünde ganz zu seiner freien Verfügung. »Ich werde Sie hier morgen zur gleichen Zeit treffen, und dann werden wir, wie Sie sagen würden, den Schauplatz des Verbrechens besuchen. Soweit es das betrifft, was Sie in der Gasse gesehen haben . . .« Eine kleine, viel zu absichtliche Pause entstand. Nichts in Ysidros Gesichtszügen änderte sich, um die Richtung seiner Gedanken anzuzeigen. »Das war nicht ich.«

5

»Ach Gott, ja«, sagte die Frau, die das Schild über dem Laden als Minette auswies, so wie ihr Akzent ebenso deutlich zeigte, daß ihr Name ursprünglich wahrscheinlich Minnie gelautet hatte. »Dieses Haar! Eine wirkliche Blondine hätte niemals einen solch starken Goldton tragen können – das hätte sie gelb wie einen Käse aussehen lassen. Aber es paßte ganz herrlich zu dem Grün ihrer Augen. Meine Großmutter hat mir immer erzählt, daß Leute mit einem dunklen Rand um die Iris das zweite Gesicht haben.«

Sie musterte Asher mit ihren riesigen Augen, die von einer zarten, kristallblauen Farbe waren und, obgleich sich in ihnen keinerlei Anzeichen auf das zweite Gesicht finden ließen, deutlich einen ausgeprägten Geschäftssinn verrieten. Obwohl er die Ladentür hinter sich geschlossen hatte, konnte Asher immer noch die Geräusche des Verkehrs auf der Great Marlborough Street hören.

Er zog die leicht gefärbten Brillengläser ein Stückchen weiter nach unten – Brillengläser, die eigentlich nur aus einfachem Fensterglas bestanden, die er jedoch für den Fall bei sich trug, daß er sich ein harmloses und unauffälliges Auftreten verleihen wollte – und schaute sie über die Ränder hinweg an. »Und hat sie Ihnen auch erzählt, daß sie eine Schauspielerin sei?«

Minette legte den Kopf ein wenig zur Seite, so daß ihre schwarzen Locken verführerisch auf die Spitze ihres Kragens fielen. »War sie es denn nicht?« Es lag kein Erstaunen in ihrer Stimme – eher die Neugier eines Menschen, dessen Vermutungen Bestätigung zu finden schienen.

Asher zog die Lippen unter seinem buschigen, braunen Schnurrbart zusammen und seufzte hörbar. Aber er erwiderte nichts, bis die Schneiderin hinzufügte: »Wissen Sie, ich hatte schon so das Gefühl, daß da etwas komisch an der Sache war. Ich weiß, daß Schauspielerinnen am Empire nicht vor abends aufstehen und die ganze Nacht auf den Beinen sind, aber sie haben auch ihre freien Tage, wissen Sie. Ich hab' mir immer gedacht, daß sie die wohl mit einem von ihren Galanen verbringen wird und daß sie deshalb immer darauf bestanden hat, abends vorbeizukommen – zwischen den Vorstellungen, sagte sie. Ich meine, ich kann mich nicht über sie beschweren, es hat sich immer für mich gelohnt, und das kommt einem gut zupaß, wenn die Saison vorbei ist und alle feinen Pinkel auf dem Land sind.«

»Galane«, wiederholte Asher mit einem weiteren kleinen Seufzer, während er sein Notizbüchlein hervorholte und einen kurzen Eintrag machte. Die blauen Augen folgten seiner Bewegung, dann richteten sie sich wieder auf sein Gesicht.

»Sind Sie ein Privatschnüffler?«

»Aber natürlich nicht«, erwiderte er indigniert. »Um ehrlich zu sein, ich bin der Anwalt eines gewissen Mr. Gobey, dessen Sohn ein – ein – äh – Freund war – äh – ist – von Miss Harshaw -- oder Miss Branhame, wie sie sich Ihnen gegenüber genannt hat. Hat Mr. Gobey – Mr. Thomas Gobey – hier jemals etwas für Miss Lotta Harshaw gekauft? Oder die Rechnungen für sie bezahlt?«

Thomas Gobeys Karte war eine der neueren Einladungen gewesen, die er in Lottas Handtäschchen gefunden hatte; es bestand eine recht große Wahrscheinlichkeit, daß, selbst wenn er inzwischen tot war, die Schneiderin noch nicht davon gehört hatte. Wie es sich herausstellte, hatte Gobey zwei Jahre zuvor fünfundsiebzig Pfund an Minette La Tour bezahlt, für ein Kleid aus rotbrauner Seide mit einer passenden pelzbesetzten Jacke, bestellt und anprobiert am Abend wie alles, das Lotta hier erstanden hatte.

Asher spähte diskret über Mademoiselle Minettes Schulter, als sie die Seiten des Auftragsbuches umblätterte, und entdeckte die Namen von weiteren Männern, die Lottas Rechnungen beglichen hatten, wenn sie es, wie wohl so häufig, nicht selbst getan hatte. Die meisten davon waren ihm vertraut, Namen, die sich auf den Karten und Briefbögen in ihrem Zimmer gefunden hatten. Der arme Bertie Westmoreland allein hatte einer vagen schnellen Berechnung zufolge mehrere hundert Pfund berappt, um seiner Mörderin Kleider und Hüte und einen mit Pechsteinen bestickten Opernmantel aus bernsteinfarbenem Samt zu kaufen.

Mit einigem Interesse registrierte er, daß Lotta vor sechs Monaten einen veilchenblauen ›Seemannshut‹ mit Straußenfedern erstanden hatte – Lydia besaß ebenfalls einen solchen –, den Valentin Calvaire bezahlt hatte, der, wie die Adresse besagte, in der Bayswater Road lebte.

Er schloß das Notizbuch mit einem lauten Schnappen. »Das Problem, meine liebe Mademoiselle La Tour, ist folgendes. Der junge Mr. Gobey ist seit Anfang der Woche verschwunden. Erste Nachforschungen der Familie brachten zutage, daß Miss Harshaw – die in der Tat keine Schauspielerin ist – ebenfalls verschwunden ist. Im Augenblick stellen wir nur Routinenachforschungen an, um mit den beiden in Kontakt zu treten, und suchen nach möglichen Freunden oder Leuten, die wissen könnten, wo die beiden sich aufhalten. Ist Miss Harshaw jemals mit einer Freundin hierhergekommen?«

»Mein Gott, Sir, das tun sie doch alle, oder nicht? Das ist doch der halbe Spaß bei den Anproben. Sie ist ein oder zweimal mit Mrs. Wren hierhergekommen – die Dame, die sie bei uns eingeführt hat, und schon lange eine gute Kundin, die arme Frau. Tatsächlich war es gerade, *weil* ich bereit bin, den Wünschen meiner Kundinnen zu entsprechen und auch nachts bei Gaslicht noch Anproben durchzuführen – gegen einen kleinen Aufschlag, versteht sich, den sie auch immer ohne zu murren bezahlt hat, denn sie ist ja schließlich eine wirkliche Dame . . .«

»Haben Sie die Adresse von Mrs. Wren?« erkundigte sich Asher und klappte abermals sein Notizbuch auf.

Die Schneiderin schüttelte den Kopf, und die schwarzen Locken begannen zu tanzen. Sie war eine junge Frau und immer noch dabei, ihre Kundschaft zu vergrößern. Das Geschäft, obgleich klein und in keiner besonders feinen Straße gelegen, war hell und freundlich in Weiß und blassem Gelb gestrichen, was half, das trübe Licht des einzigen Fensters auszugleichen. Es brauchte in der Tat schon eine wohlhabende und etablierte Modistin, um auch außerhalb der Saison, wenn die feine Gesellschaft das West End verließ, um nach Brighton oder aufs Land zu fahren, unbeschwert leben und die Näherinnen und Stickerinnen bezahlen zu können – wenn der August kam, hätte Minette wahrscheinlich zugestimmt, Anproben noch um Mitternacht durchzuführen, nur um überhaupt etwas zu tun zu haben.

»Nein, die habe ich nicht, denn sie hat immer bar bezahlt. Um ehrlich zu sein, glaube ich auch nicht, daß sie wirklich Freundinnen waren. Der Himmel allein weiß, wo sie sich zum ersten Mal begegnet sein mögen, denn selbst ein Blinder hätte sehen können, daß Mrs. Wren nicht ihre Sorte von Frau war – nicht, daß Mrs. Wren ihr richtiger Name wäre, darauf könnte ich wetten. Sie hat einen Trinker zum Mann, der sie nicht aus dem Haus läßt – sie muß sich aus dem Haus schleichen, wenn er in seinen Club gegangen ist, wenn sie sich auch nur einen neuen Unterrock kaufen möchte. Ich schlage vor, daß Sie zu ihrer anderen Freundin gehen, Miss Celestine du Bois, obwohl, wenn Sie mich fragen...« Sie blinzelte ihm anzüglich zu. »...dann ist Miss Du Bois ungefähr so französisch wie ich.«

Obwohl er im höchsten Maße erheitert und amüsiert war, gelang es Asher doch, seine Beherrschung zu bewahren, als er mit steifen Schritten aus Mademoiselle La Tours Geschäft marschierte.

Die Adresse, die Miss Du Bois bei jenen Gelegenheiten angegeben hatte, wenn die Rechnungen an sie selbst und nicht an einen Verehrer geschickt werden sollten – zu denen wiederum Valentin Calvaire gehörte –, war eine Deckadresse, ein Tabakladen in der Nähe des Viktoria-Bahnhofs und von allen Ecken Londons mit der Untergrundbahn zu erreichen. Calvaires Adresse in der Bayswater Road war ebenfalls eine Deckanschrift, in diesem Fall ein Pub – beide Vampire hatten ihre Briefe persönlich abgeholt.

»Holt Miss Du Bois hier auch Briefe für jemand anderen ab?«

fragte Asher, während er beiläufig eine halbe Krone über das polierte Mahagoni des Ladentisches schob. Der junge Ladengehilfe warf einen nervösen Blick zum hinteren Teil des Geschäfts, wo sein Meister Päckchen mit Gentlemen's Special Sort füllte.

»Für eine Miss Chloé Watermeade und eine Miss Chloé Winterdon«, erwiderte der junge Mann mit gesenkter Stimme und wischte sich über seine spitze Nase. »Sie kommt – oh, einmal, manchmal zweimal die Woche hier vorbei, meistens kurz bevor wir die Rolläden schließen.«

»Hübsch?« wagte Asher zu fragen.

»Ein richtiger Augenschmaus. Ein winziges kleines Ding – so 'ne Westentaschen-Venus. Blond wie 'ne Schwedin, braune Augen, glaub' ich – immer picobello angezogen. Nich' einer der Kunden hier hat sie je angequatscht, schon gar nich', wo sie die Hälfte der Zeit diesen großen feinen Pinkel mit sich herumschleppt –; das war so'n richtig schwerer Junge, da kann auch sein gestärktes Hemd nichts von abbeißen!«

»Der Name?« Asher schob eine weitere Krone über den Tresen.

Der Junge warf abermals einen hastigen Blick zum hinteren Teil des Ladens, gerade als sich die massige Gestalt des Besitzers durch den Türrahmen schob; er flüsterte: »Hab' ich nie gehört«, und schob die halbe Krone wieder zurück.

»Behalt sie«, flüsterte Asher und nahm das Päckchen russischer Zigaretten vom Tresen, um deretwillen er vorgeblich überhaupt den Tabakladen betreten hatte. Dann trat er unter dem Schellen der Türglocke wieder hinaus auf die Straße.

Eine weitere Untersuchung von Lottas Grab in Highgate förderte nur wenig zutage. Es war eine entmutigend leichte Angelegenheit, den Friedhof bei Tageslicht zu betreten – die schmale, von Grabmalen gesäumte Allee hinter dem ägyptischen Tor und die dunklen Haine und Gebäude um sie herum lagen vollkommen verlassen und schweigend in den nebelfeuchten Schatten da. Jedermann hätte hereinkommen und ungestört nicht nur einer Leiche einen Pflock durchs Herz treiben und den Kopf abtrennen können, sondern jede einzelne Leiche auf dem Friedhof feinsäuberlich zerstückeln können.

Da er die Tür weit offengelassen hatte, strömte jetzt ein spärliches, grünes Licht in die Gruft, doch Asher mußte sich dennoch auf den unzuverlässigen Schein der mit Trockenzellen betriebenen Lampe verlassen, die er wie ein massiges, langes

Paket unter seinem Ulster hereingeschmuggelt hatte, als er den Sarg und die Nische Zentimeter für Zentimeter untersuchte. Zwischen den verkohlten Knochen fand er etwas, das das Überbleibsel eines Pflocks hätte sein können, obwohl es schwierig war, es von den Bruchstücken der Rippen zu unterscheiden oder zu sagen, ob es Holz oder Knochen war – er wickelte es in ein Tuch und steckte es für eine spätere, genauere Untersuchung in die Tasche. Er erfuhr nichts davon, was er nicht schon wußte. In einer entlegenen Ecke der Gruft entdeckte er ein ekelhaftes Knäuel von Knochen, Haaren und Korsettstangen, die in ein vermodertes, purpurfarbenes Gewand eingerollt waren: Wie er vermutete, wohl eine frühere Bewohnerin des Sarges, von dem Lotta Besitz ergriffen hatte.

Den Rest des Nachmittags verbrachte er in einem der abgelegensten Büros der *Daily Mail*, wo er die Todesanzeigen, die Polizeiberichte und die Gesellschaftsspalten studierte, um die Namen mit denen auf der Liste zu vergleichen, die er aus dem Wirrwarr in Lottas Unterkunft und den Auftragsbüchern von Mademoiselle La Tour zusammengestellt hatte. Er entdeckte, daß der arme Thomas Gobey tatsächlich nur wenige Monate nach dem Kauf des rotbraunen Seidenkleides einer ›zehrenden Krankheit‹ anheimgefallen war. Asher notierte die Adresse – das Albany, was ihm alles sagte, was er über diesen unglücklichen jungen Mann wissen mußte – und die Namen der überlebenden Brüder, Schwestern, Eltern und Verlobten.

Es war eine zutiefst erschütternde Erfahrung gewesen, Namen auf den Einladungskarten wiederzuerkennen, die aus der Zeit vor sieben oder acht Jahren stammten. Der arme Bertie Westmoreland war nicht das einzige Mitglied jenes fröhlichen Zirkels von Freunden gewesen, der ihr Einladungen geschickt oder ihr kleine Schmuckstücke gekauft hatte, auch wenn er der einzige zu sein schien, der den endgültigen Preis dafür gezahlt hatte.

Die anderen hatten einfach Glück gehabt, dachte er bei sich. Obgleich Albert Westmoreland 1900 gestorben war, hatte der Honorable Frank Ellis – ein weiterer von Lydias Verehrern, auch wenn Asher den Burschen nie kennengelernt hatte – dem Vampir noch 1904 ein lodengrünes Nachmittagskleid aus Crêpe gekauft. Wer wußte, wie viele andere ebenfalls noch die Verbindung aufrechterhalten hatten?

Er erschauderte unwillkürlich, als er daran dachte, wie nah

Lydia damals an dieser unerkannten Gefahr vorbeigegangen war, und dankte allen korsettbewehrten Gottheiten der Gesellschaft für die strikte Trennungslinie, die sie zwischen jungen Mädchen aus gutem Hause und der Sorte Frauen zogen, mit denen sich junge Männer aus gutem Hause amüsierten, wenn sie mal über die Stränge schlagen wollten.

Lydia war damals noch sehr jung gewesen. Sie war achtzehn Jahre alt, lebte immer noch im väterlichen Haus in Oxford und besuchte Vorlesungen mit einer kleinen Gruppe von Sommerville-Studenten, die sich für Medizin interessierten. Die anderen Mädchen waren auf die ihnen bestmögliche Weise mit den Kommentaren, den Witzen und dem Gelächter sowohl ihrer männlichen Kommilitonen als auch der Dozenten umgegangen – verzeihend, verbittert oder trotzig. Lydia hatte diese Dinge überhaupt nicht betroffen. Sie war in der Tat zutiefst verwirrt gewesen über den schnaubenden Wutanfall ihres Vaters, als sie es vorgezogen hatte, für ein Physikum zu studieren, anstatt eine Saison auf dem Londoner Heiratsmarkt zu verbringen; hätte sie Brüder oder Schwestern gehabt, dann hätte er wahrscheinlich gedroht, sie zu enterben. Selbst ihr Onkel, der Dekan des New College, war entsetzt von der Richtung ihrer Studien, obwohl er ansonsten immer auf ihrer Seite gestanden hatte. Bildung für Frauen war ja gut und schön, doch er hatte dabei eher an Literatur gedacht, nicht an das Aufschlitzen von Kadavern.

Ein kleines Lächeln trat auf Ashers Lippen, als er sich daran erinnerte, wie sogar der frauenfeindlichste aller Professoren, der alte Horace Blaydon, sich schließlich aufgerafft hatte, sie zu unterstützen, obwohl er das wohl selbst nie zugegeben hätte. »Selbst eine verdammte Studienanfängerin kann meinen Ausführungen folgen!« hatte er einer Gruppe zutiefst beschämter männlicher Studenten während einer seiner Vorlesungen über die Pathologie des Blutes angebellt ... überall sonst hätte er Lydia ein verdammtes Schulmädchen genannt, doch nicht in seinen Seminaren. Und der Alte hätte sich genauso verhalten, dachte Asher, auch wenn sein Sohn nicht bis über beide Ohren in sie verliebt gewesen wäre.

Während Asher auf die Todesanzeigen starrte, die vor ihm auf dem schmierigen, tintenbefleckten Schreibtisch ausgebreitet waren, und sie mit seiner Liste von Lottas Verehrern seit den frühen achtzigern des letzten Jahrhunderts verglich, dachte er an Dennis Blaydon zurück.

Lydia war wahrscheinlich die letzte Person, von der man erwartet hätte, Dennis Blaydons Interesse zu erwecken, ganz zu schweigen von seiner stürmischen und besitzergreifenden Liebe. Ungestüm und vollkommen wie er war, war Dennis daran gewöhnt, daß jede Frau, der er die Ehre seiner Zuneigung zuteil werden ließ, automatisch seinen Antrag annehmen würde; die Tatsache, daß Lydia dies nicht getan hatte, hatte ihre Faszination auf ihn nur verstärkt. Seit dem ersten Mal, da er sie ohne ihre Brille gesehen und entschieden hatte, daß sie neben ihrem großen Reichtum auch eine zarte Anmut besaß, hatte er sie zu besitzen gesucht und hatte all seinen Charme und sein Können eingesetzt, sie zu gewinnen, was damals Asher mit stiller Verzweiflung erfüllt hatte. Jedermann in Oxford, von den Dekanen der Institute bis zu den niedersten Angestellten bei Blackwell's, hatte Dennis Blaydons siegreichen Einzug in die Heiratslisten der Willoughbys nur als eine Frage der Zeit angesehen. Ihr Vater, der einen Intellektuellen in der Familie für mehr als genug erachtete, hatte dieser Verbindung mit großer Freude entgegengesehen. Auf Horace Blaydons Frage, was sein Sohn denn mit einer Frau wolle, die die Hälfte ihrer Zeit in den Laboratorien der Pathologie verbrachte, hatte Dennis mit der bei ihm üblichen, alles einnehmenden Ernsthaftigkeit erwidert: »Oh, in Wirklichkeit ist sie ganz anders, Vater.« Vermutlich wußte er besser als Lydia selbst, wie sie *wirklich* war, hatte Asher damals mit einiger Erbitterung gedacht. Abgeschoben in den Hintergrund als ein schon etwas ältlicher, unscheinbarer Kollege ihres Onkels, hatte er sie nur zusammen beobachten und sich fragen können, wie bald schon er wohl jegliche Hoffnung fahren lassen konnte, sie jemals zu einem Teil seines Lebens zu machen.

Später hatte er Lydia gegenüber erwähnt, wie erstaunt er gewesen war, daß sie diesen so strahlenden Werber abgewiesen hatte. Sie war zutiefst beleidigt gewesen und hatte indigniert zu wissen verlangt, wie er auch nur hätte denken können, daß sie sich von einem so dummdreisten Tölpel einnehmen lassen würde.

Er grinste leise vor sich hin, während er die Erinnerungen daran fortwischte. Wie sich herausgestellt hatte, waren Dennis und seine Freunde – Frank Ellis, der ewig bekümmerte Nigel Taverstock und Berties Bruder Evelyn – gerade noch einmal davongekommen. Lotta hatte sie alle gekannt. Sie alle waren die Sorte von Männern, die ihr gefielen – reich, gutaussehend und leicht verführbar. Wie lange hätte es wohl gedauert, bis sie einen anderen von ihnen zum Opfer erwählt hätte, nachdem genug Jahre vergangen waren, daß sie den Tod des armen Bertie vergessen hatten?

Welche alte Rechnung beglich Lotta mit diesen wohlhabenden jungen Männern? fragte sich Asher, während er seine dahingekritzelten Listen zusammenfaltete. Er legte sich den Schal um und setzte seinen Bowler auf, dann stieg er langsam die schmale Stiege hinunter in das geschäftige Treiben der Redaktionsräume. Er hielt noch kurz an, um sich bei seinem Reporter-Freund mit einem diskreten Hinweis auf ›König und Vaterland‹ zu bedanken.

War es irgendeine lange zurückliegende Vergewaltigung oder ein gebrochenes Herz? fragte er sich, während er die Fleet Street hinunterging. Das Gewirr der Droschken und Trambahnen und pferdegezogenen Busse wirkte wie Spielzeug unter dem alles überragenden Schatten der Kuppel von St. Paul's. Oder war es nur die brennende Abneigung eines anmaßenden und eigensinnigen Mädchens, das die Armut, in der sie aufgewachsen war, haßte und das einen noch größeren Haß gegen die satingekleideten jungen Männer empfand, deren Bedienstete sie vom Bürgersteig gestoßen und deren Wagenräder sie mit Schlamm bespritzt hatten, wenn sie an ihr vorbeifuhren?

Nach Mademoiselle La Tours Büchern zu urteilen, schien Celestine – oder Chloé – weit häufiger selbst für ihre Kleider bezahlt zu haben, als Lotta es getan hatte, und die Männer, die etwas für sie kauften, waren nicht die Männer aus Lottas Kreisen. Es war jedesmal ein anderer Name; offensichtlich hatten nur wenige Männer lang genug gelebt, um sie mit zwei Hüten auszustatten. Sie war entweder weit geschäftsmäßiger als Lotta, was ihre Morde betraf, oder einfach nur ungeduldiger.

Er fragte sich, ob sie ebenfalls ein ›guter Vampir‹ war. Genoß sie wie Lotta diese mit Blut und Unschuld gewürzten Küsse? Schlief sie mit ihren Opfern?

Waren Vampire überhaupt zum physischen Vollzug der Liebe fähig?

Die Frauen würden es natürlich sein, vermutete er – zumindest fähig, es vorzutäuschen. Als er an der Kathedrale die Stufen zur Untergrundbahn hinunterstieg, sprach ihn kurz vor dem Bahnsteig eine Frau aus den Schatten heraus an. Ihr rotes Kleid, das wie getrocknetes Blut im schummerigen Licht schimmerte, und ihre kehligen Vokale schrieben beinahe sichtbar *Whitechapel* über ihren angemalten Mund. Asher tippte an den Hut und schüttelte höflich den Kopf, während er weiter die Stufen hinabstieg und dachte: *Sie würden erst anderswo trinken müssen, bevor sie sich auszogen, um die Todeskälte ihres Fleisches zu erwärmen.*

Wieder zurück in der Prince of Wales Colonnade wandte er sich abermals der mittlerweile geordneten Aufstellung von Lottas Finanzen zu. Hemdsärmelig hockte er auf dem Bett und schaute die nach ihrem wahrscheinlichen Datum sortierten Rechnungen, Briefe und Karten durch. Mademoiselle La Tour stand ihrer Vampirkundschaft natürlich erst seit ein paar Jahren zu Diensten – die früheste Eintragung von Mrs. Anthea Wren entstammte dem Jahr 1899. Der Haufen von Lottas vergilbten Rechnungen reichte durch das gesamte neunzehnte Jahrhundert und zurück bis ins achtzehnte, bezahlt von lange verstorbenen Männern an Modistinnen, deren Geschäfte schon längst geschlossen, verkauft oder von anderen übernommen worden waren.

Unter den neueren Namen gab es nur vier, die nicht entweder in den Todesanzeigen oder den Gesellschaftsspalten der letzten Woche zu finden gewesen waren.

Da war ein Ludwig von Essel, der Lotta zwischen April und Dezember des Jahres 1905 einige Dinge gekauft hatte und dann nie wieder aufgetaucht war. Da war Valentin Calvaire, der Lotta im März dieses Jahres als erstes ein paspeliertes Leibchen aus *peau de soie* gekauft hatte; und ein Chrétien Sanglot, der ihr eine Einladung ins Ballett geschickt hatte und der nicht nur seine Post in demselben Pub wie Calvaire abholte, sondern auch die gleiche abscheuliche französische Handschrift hatte. Und schließlich gab es da noch jemanden, dessen Name sowohl auf Rechnungen auftauchte, die aus der Zeit der Napoleonischen Kriege datierten, als auch Briefen auf Eatons feinstem Büttenpapier, die weniger als zwei Jahre alt waren: Jemand, der mit *Grippen* unterschrieb, in schwarzer, kantiger Schrift, wie man sie seit den Tagen James I. nicht mehr gesehen hatte.

Er nahm ein karges Mahl aus Brot und kalter Zunge ein, während er eine Aufstellung seiner neugefundenen Ergebnisse niederschrieb. Irgendwann mitten in seiner Arbeit zündete er das

Gas an, ohne daß er es wirklich gewahr wurde. Er bezweifelte, daß die Familien eines von Lottas Opfern für die Morde verantwortlich waren, doch wenn Lotta und Calvaire zusammen gejagt haben sollten, dann konnten die Freunde ihrer Opfer ihn vielleicht auf eine Spur führen. Lydia würde zweifellos wissen, wie er mit dem Honorable Evelyn und Westmorelands Verlobter, wie immer ihr Name auch lautete, in Kontakt treten konnte, doch er würde dabei mit größter Vorsicht vorgehen müssen – Vorsicht vor den Vampiren, die jeden seiner Schritte erahnen konnten, Vorsicht auch vor dem Mörder und Vorsicht vor dem, was Ysidro ihm nicht sagen wollte, was immer es auch sein mochte.

Aus reiner Gewohnheit, die er sich während seiner Zeit beim Foreign Office erworben hatte, fertigte er noch eine weitere, kürzere Liste an, nur, um auch den unwahrscheinlichsten Möglichkeiten Rechnung zu tragen: Anthea Wren; Chloé/Celestine Watermeade/Winterdon/du Bois; Valentin Calvaire/Chrétien Sanglot; Grippen. Dann schaute er auf und stellte zu seinem Erstaunen fest, daß es draußen schon beinahe stockfinster war.

Er war noch nicht lange auf den menschenüberfüllten Bürgersteigen der Gower Street umhergeschlendert, als er plötzlich Ysidro neben sich bemerkte. Das Auftauchen des Vampirs kam nicht plötzlich – tatsächlich erkannte Asher, nachdem er erst einmal der schlanken Gestalt in dem schwarzen Opernumhang angesichtig geworden war, daß er wohl schon einige Zeit neben ihm hergegangen sein mußte. Er hatte die ganze Zeit konzentriert nach ihm Ausschau gehalten, doch es schien ihm, daß etwas ihn abgelenkt haben mußte – er konnte sich nicht mehr erinnern was.

Unwirsch knurrte er: »Könnten Sie vielleicht damit aufhören und sich mir wie ein menschliches Wesen nähern?«

Ysidro dachte einen Augenblick darüber nach, dann erwiderte er leise: »Könnten Sie vielleicht damit aufhören, alle Ausgänge eines Hauses zu suchen, bevor Sie es betreten? Dort wartet eine Droschke auf uns.«

Die Häuser in der Half Moon Street waren im Georgianischen Stil erbaut, roter Backstein, der mit der Zeit verblaßt und durch Ruß geschwärzt worden war, ohne daß sie dadurch die Anmut moderaten Reichtums verloren hätten. In den meisten

Fenstern brannte Licht. Im Schein der Gaslaternen konnte Asher die winzigen Vordergärten erkennen – kaum mehr als ein paar Büsche, die sich um die Aufgänge drängten –, gestriegelt und gepflegt wie Kutschenpferde. Nummer Zehn wirkte auf eigentümliche Art und Weise vernachlässigt, als wäre ein Aushilfsgärtner angestellt worden, der zu selten kam, um seine Arbeit zufriedenstellend zu erfüllen. Auch die Treppe war seit einiger Zeit nicht mehr gesäubert worden.

»Haushaltsführung stellt die Untoten vor ganz eigene Probleme, wie mir scheint«, bemerkte er leise, während sie die steilen Stufen zur Vordertür erklommen. »Entweder man hält sich Bedienstete, oder man muß die Treppe selber schrubben – die Fenster hier sind auch nicht geputzt worden. Jeder Aufgang hier in der Straße wird täglich gescheuert, nur dieser nicht.«

»Es gibt Wege, dies zu umgehen.« Ysidros Gesicht behielt seinen ruhigen, unbeteiligten Ausdruck, während der Vampir die Tür aufschloß.

»Ich bin sicher, daß es die gibt. Doch selbst der dümmste Diener wird irgendwann einmal stutzig, wenn niemand im Hause Essen bestellt oder die Nachttöpfe benutzt.«

Der Vampir hielt inne, die behandschuhten Finger um den matt angelaufenen Messinggriff der Tür gelegt. Er betrachtete Asher mit rätselhaftem Blick, doch in den tiefsten Tiefen seiner schwefelfarbenen Augen vermeinte Asher nur für einen Augenblick, das Flackern von wohlmeinender Erheiterung zu entdecken. Dann schob sich der schwarze Umhang raschelnd am Türrahmen vorbei, und Ysidro ging Asher voran ins Haus.

»Edward Hammersmith war der jüngste Sohn eines Nabobs des Indienhandels, das ist beinahe genau hundert Jahre her«, sagte er, und seine helle, tonlose Stimme hallte leise in der Dunkelheit wieder. »Dieses Haus war eines von dreien, die der Familie gehörten; Hammersmith bat darum und bekam es von seinem Vater, nachdem er Vampir geworden war, worauf er in den folgenden Jahren den Ruf des einsiedlerischen Exzentrikers der Familie erwarb. Auf seine Art war er auch ein einsiedlerischer Exzentriker, selbst für einen Vampir – er ging nur selten aus, es sei denn, um zu jagen.«

Ein kaum wahrnehmbares Kratzen ertönte, und augenblicklich überdeckte der Geruch von Schwefel den allgegenwärtigen Gestank von Schimmel und Feuchtigkeit, der die vermutlich große Eingangshalle erfüllte. Das scharfe Licht des Streichholzes bestätigte diese Annahme einen Augenblick später, als es über die angelaufenen, vergoldeten Schnitzereien der Holztäfelung und die anmutigen Stuckarbeiten an der hohen Decke huschte. Für einen Moment mutete auch Ysidros wie aus Licht und Schatten herausgemeißeltes Gesicht an, als wäre es aus unendlich feinem Gips gemacht. Dann entzündete er mit der Flamme den Docht einer Öllampe, die auf einer Sheraton-Anrichte stand. Das Licht hüpfte und huschte über den rechteckigen Spiegel, der in die Anrichte eingesetzt war, über die spinnwebverhangenen Lüster des Kronleuchters und über das bauchige Glas des rußigen Lampenzylinders, den körperlose, graubehandschuhte Finger über die Flamme setzten.

»Sind er und Lotta zusammen auf Jagd gegangen?«

»Gelegentlich.« Flatternde Schatten folgten ihnen die Treppe hinauf, ergossen sich über die von der Feuchtigkeit aufgequollenen, geschnitzten Wandpaneele. »Sie waren beide . . .« Abermals diese Pause und dieses Ausweichen wie ein kleines Boot, das vor den Böen eines Sturms in vermutlich weniger gefährliche Gewässer steuert. »Edward schätzte hin und wieder die Abwechslung. Gewöhnlicherweise jagte er allein.«

»War er ein ›guter Vampir‹?«

»Nicht sonderlich.« Auf dem ersten Treppenabsatz wandte Ysidro sich nach rechts und öffnete die Doppeltüren zu einem Raum, der ehemals der große Salon gewesen war. Er hielt die Lampe hoch, und das Licht fiel auf Reihen von Büchern – buchstäblich Tausende von Büchern, die auf ihren behelfsmäßigen Regalen nicht nur die Wand bis fast zur Decke hinauf füllten, sondern stellenweise sogar hüfthoch auf dem Boden aufgestapelt standen. Schmale Pfade führten zwischen diesen Stapeln hindurch wie die ausgetretenen Trampelpfade oder die Tunnel von kleinen Tieren, die sich unsichtbar durch das hohe Gras des Veldts zogen. Büchertürme reckten sich trunken von den beiden Anrichten auf, die sich aus dem schummrigen Labyrinth erhoben, und weitere Bücher konnten hinter den halbgeöffneten Türen der Anrichten ausgemacht werden. Sie stapelten sich mit einer Ausnahme auf allen Stühlen in unordentlichen Haufen. Bündel von Papieren lagen über sie ausgebreitet oder einzeln verstreut wie Blätter, die ein Herbstwind umhergewirbelt hatte. Asher beugte sich hinunter und nahm eines auf – es war ein Notenblatt mit der Musik irgendeiner obskuren Arie von Salieri.

Wie eine kleine Insel gab es einen freien Platz in der Mitte des Raumes, wo man die schmierigen, grauen Flecken eines mit Schimmel und Flechten bewachsenen Teppichs erkennen konnte; auf ihm fanden sich ein Stuhl, ein kleiner Tisch, auf dem eine Öllampe stand, ein Mahagoniklavier und ein Cembalo, von dem die Farbe schon beinahe zur Gänze abgeblättert war. Unter beiden Instrumenten lagen aufgetürmt Notenblätter auf dem Boden.

Neben ihm fuhr Ysidro mit sanfter Stimme fort: »Es gibt unter den Vampiren eine fatale Neigung, zu kleinen Wüstenmäusen zu werden, die glitzernde Dinge in ihren Löchern horten.«

»Wenn die Gier nach Leben das Herzstück Ihrer Natur ist«, bemerkte Asher, »dann ist das nicht weiter erstaunlich, obwohl es die Haushaltsführung nicht gerade leichter machen dürfte. Machen es alle Vampire so?«

Er wandte seinen Blick von der schummrigen, nach Schimmel und Nässe riechenden Höhle ab und sah, daß die seltsamen Augen des Vampirs auf ihn gerichtet waren; in ihren Tiefen funkelte ein unergründliches Interesse. Ysidro wandte den Blick ab. »Nein.« Er drehte sich in der Tür um und ging zu der Treppe am anderen Ende der Halle hinüber. Asher folgte ihm dicht auf. »Aber ich empfinde die, die es nicht tun, als ausgesprochen langweilig.«

Es lag Asher auf der Zunge, Ysidro zu fragen, welche Passion denn die dunklen Stunden seines wachen Daseins füllte, wenn er nicht auf der Jagd nach seiner Beute war, doch er entschied sich, die relativ gesprächige Stimmung des Spaniers für weniger frivole Angelegenheiten auszunutzen. »Sind Calvaire und Lotta zusammen auf Jagd gegangen?«

»Ja. Sie sind sehr gute Freunde geworden.«

»Waren sie ein Liebespaar?«

Ysidro hielt auf dem zweiten Treppenabsatz inne, die Lampe vor sich in der Hand. Das Licht strömte über das schmale, feingeschnittene Gesicht, rahmte die spinnwebhaften Strähnen seiner Haare ein und warf einen Schattenflecken auf die niedrige Decke über ihnen. Bedächtig erwiderte er: »In dem Sinne, wie diese *Vampire* es verstehen, ja. Doch es hat weder etwas mit Liebe noch mit einer sexuellen Verbindung zu tun. Vampire haben keinen Sex – die Organe sind vorhanden, doch sie erfüllen ihre Funktion nicht. Und weder Lotta noch Calvaire hätten auch nur einen Gedanken an das Glück des anderen verschwendet, was ja einer der Grundsätze sterblicher Liebe sein soll.«

»Was war es dann zwischen ihnen?«

»Die gemeinsam empfundene Ekstase des Tötens.« Er drehte sich um, um eine kleine Tür links von den Stufen zu öffnen, dann hielt er inne und wandte sich wieder zurück. »Es gibt da, wie ich gehört habe, eine Ekstase, eine Welle von – ich weiß nicht was. Ein Rausch beim Trinken des Lebens, das aus den Adern eines anderen strömt. Es ist nicht nur der Geschmack des Blutes, den nicht alle von uns als angenehm empfinden, auch wenn ich selbst es tue. Wir sind ebenso Geschöpfe der Psyche wie der Physis. Wir nehmen Dinge in anderer Weise wahr als die Menschen. Wir können die Essenz des Geistes anderer schmecken – fühlen, und dies zu keiner anderen Zeit so intensiv wie in dem Augenblick, in dem der menschliche Verstand im Tode aufschreit. Das ist es, was wir trinken, ebenso wie das Blut – die psychische Kraft, die unseren eigenen psychischen Gaben, den Verstand anderer zu kontrollieren, antwortet und sie nährt.«

Er lehnte im Türrahmen, den Kopf leicht zur Seite geneigt, so daß die Strähnen seines blaßblonden Haars in feingeschwungenen Wellen auf seine Schultern fielen. Der Schein der Lampe in seiner Hand berührte sein Haar und erwärmte es, so daß die Illusion eines goldenen Schimmers entstand, als hätte man Elfenbein mit Honig überzogen. Asher wurde sich plötzlich der Leere und Finsternis des Hauses bewußt, die ihn umgaben.

Ysidro fuhr fort, beiläufig und desinteressiert und ohne jegliche Akzentuierung. »Als Vampir bin ich mir in jedem Augenblick der Aura, der Witterung der menschlichen Psychen, die mich umgeben, bewußt, ebenso wie ich mir des Geruchs des lebendigen Blutes bewußt bin. Einige Vampire empfinden dies als beinahe unerträglich erregend, was auch der Grund dafür ist, warum sie mit ihren Opfern spielen. Es gibt keinen Augenblick – wie ich gehört habe –, in dem sie sich nicht fragen: *Soll es jetzt geschehen oder später?* Es ist dieses Gefühl, das uns nährt, mehr noch als das physische Blut – das ist es, wonach wir jagen. Und dieser psychische Hunger, diese Lust, die Seele auszusaugen, liegt soweit jenseits des alles verheißenden Augenblicks vor dem Höhepunkt des sexuellen Orgasmus wie er jenseits des – ach – nachdem man zwei Stücke Marzipan genossen hat und man sich fragt, ob man wohl noch ein drittes Stück haben möchte oder statt dessen lieber ein Stückchen Honigkuchen.«

Es dauerte eine Weile, bevor Asher leise sagte: »Ich verstehe.«

»Das tun Sie nicht«, erwiderte Ysidro, und der leise Widerhall seiner Stimme schlug flüsternd gegen die Dunkelheit des leeren Hauses, »und Sie können es auch gar nicht. Doch Sie würden gut daran tun, sich daran zu erinnern, wenn Sie sich jemals in der Gesellschaft anderer Vampire wiederfinden sollten.«

Alle Wandleuchter in dem Zimmer, in dem Edward Hammersmith seinen Sarg aufbewahrt hatte, waren mit Kerzen bestückt. Ysidro steckte eine davon in den Lampenzylinder, so daß sich der Docht an der Flamme entzündete, und ging dann durch den Raum, um die anderen anzuzünden, bis das gesamte Zimmer in einem flackernden, rosigen Schein erstrahlte, der in nichts der sanften Ruhe von Gaslicht ähnelte. Asher bemerkte unzählige Schachteln mit Kerzen, die achtlos in allen Ecken des Raumes aufgestapelt waren, und Stalagmiten aus Wachs, die sich vier oder fünf Zoll hoch unter jedem wachsumhüllten Wandleuchter aus talgigen Pfützen auf dem türkischen Teppich erhoben. In der Mitte des Zimmers waren auf dem staubigen Läufer deutlich und dunkel die Umrisse des Sarges zu erkennen, auch wenn der Sarg selbst verschwunden war. Um dieses scharfgezeichnete, staubfreie Rechteck herum gab es keine Spuren von Asche oder Verbrennungen – nur einen ausgetretenen Pfad von dort zur Tür, den Hammersmiths Füße hinterlassen hatten, und ein paar verwischte Schuhabdrücke im Staub, die daran vorbei zu den beiden großen Fenstern des Zimmers führten. Die drei oder vier Lagen schwarzen Stoffes, die vor den schweren Fensterläden gehangen hatten, waren abgenommen und die Läden selbst samt ihrer Nägel herausgerissen worden.

Vorsichtig, um die Fußabdrücke nicht zu zerstören, ging Asher zu den Fenstern hinüber und untersuchte im Schein der Lampe erst die hölzernen Rahmen, dann die Läden selbst.

»So groß wie ich oder sogar größer«, bemerkte er. »Stark wie ein Bulle – schauen Sie sich nur die Tiefe der Kerben an, die die Brechstange hinterlassen hat.« Auf dem Weg zurück fischte er sein Maßband aus der Tasche – ein winziges Ding in einer Elfenbeinschatulle, das Lydia gehörte – und notierte die Länge und Breite der Fußabdrücke und die Länge der Schritte.

»Der Sarg war von innen mit Riegeln versehen«, sagte Ysidro. Er stand noch immer in dem unruhigen Lichtkreis, den der Kandelaber verbreitete. »Sie waren natürlich nur sehr primitiv –

Danny King hatte sie für Neddy angebracht –, und der Deckel ist einfach aufgehebelt worden, so daß die Schrauben aus dem Holz gerissen wurden.«

»Wo ist er jetzt?« Asher hielt die Lampe hoch, um den Gips der niedrigen Decke über ihnen zu untersuchen.

»Wir haben ihn vergraben. In der Krypta von St. Albert Piccadilly, um genau zu sein – dort besteht keine Gefahr wegen Infektionen oder Gestank.«

»Wer ist ›wir‹?«

Ysidro erwiderte freundlich: »Meine Freunde und ich.« Er senkte seine Augenlider, und nacheinander verloschen die Kerzen im Raum.

Er hatte schon von den psychischen Kräften der Vampire gesprochen – Asher hatte sowohl westliche Medien als auch indische Fakire gesehen, die Ähnliches vollbringen konnten. Dennoch nahm er eilig seine Lampe auf und folgte Ysidro zur Tür, bevor das letzte dieser kleinen Lichter geräuschlos erlosch und nur Dunkelheit und den anhaltenden Geruch von Bienenwachs und Rauch hinterließ.

»Erzählen Sie mir von Danny King«, sagte er, während sie die Treppe zum Salon hinabstiegen. »Er war offensichtlich ein Freund von Neddy, wenn er seinen Sarg für ihn hergerichtet hat. War er auch ein Freund von Lotta und Calvaire?«

»Er war mit den meisten von uns befreundet«, erwiderte Ysidro. »Er hatte ein ungewöhnlich großzügiges und freundliches Gemüt für einen Vampir. Er war ein ungebildeter Mann – er war ein Kutscher, ein ›Tiger‹, wie man sie nannte, bei . . . während der Regentschaft George IV.«

Asher fand einige Kerzen und begann, die Lampen und Wandleuchter in dem riesigen Salon anzuzünden, wie sie es schon im oberen Stockwerk getan hatten. Mit zunehmender Beleuchtung schien das Durcheinander nur noch schlimmer zu werden, Berge von Notenblättern, von Büchern und von gebündelten Zeitschriften waren überall verstreut. Dazwischen lagen kleine persönliche Schmuckstücke, Krawattennadeln und Ringe, wie sie ein Mann tragen würde, und buchstäblich Dutzende von Schnupftabakdosen, die meisten mit Staub bedeckt und mit Schnupftabak gefüllt, der zu einem braunen Puder getrocknet war und dessen Geruch Asher in der Nase brannte.

»Wo hat er seine persönlichen Dinge aufbewahrt?« Er wandte sich wieder dem Sekretär zu, der in einer der Ecken stand und wie alles andere im Raum wohl einen halben Meter tief unter Büchern begraben war, in diesem Fall die gesammelten Werke von Bulwer-Lytton. Asher schüttelte sich unwillkürlich. Die Abende des einzelgängerischen Vampirs schienen sich in der Tat dahingeschleppt zu haben.

»Er besaß nicht viele.«

»Er wird sie kaum in einer Reisetasche in London herumgetragen haben.« Asher öffnete eine Schublade.

Sie war leer.

Er hielt die Lampe tiefer und fuhr mit der Hand auf der oberen Kante der Schublade entlang. Auf den ersten Zentimetern lag Staub, als ob die Lade über Jahre hinweg offengestanden hatte, doch es lag kein Staub auf dem Boden. Er hockte sich hin, um die Schublade darunter zu öffnen.

Sie war ebenfalls leer. Ebenso alle anderen Schubladen im Schreibtisch.

»Sind die Schubladen geleert worden, als Sie und Ihre Freunde Hammersmiths Leiche gefunden haben?«

Ysidro kam zum Sekretär hinüber und schaute einen Augenblick nachdenklich auf die leeren Schubladen, dann ließ er seinen teilnahmslosen Blick abermals über das Durcheinander von Musikstücken, Büchern und Zeitschriften gleiten, die aus jedem verfügbaren Aufbewahrungsort im Zimmer quollen. Er griff in die Ecke einer der Laden und zog das Überbleibsel eines Papiers heraus, das offensichtlich einmal die Rechnung einer Agentur für Bedienstete gewesen war, bezahlt im Jahr 1837. »Ich weiß nicht.«

Asher verharrte einen Augenblick reglos, dann stand er auf, nahm seine Lampe hoch und bahnte sich einen Weg durch die Bücherstapel zum Kamin. Es war offensichtlich, daß auch er einmal Bücher enthalten hatte – sie waren nun willkürlich um ihn herum aufgehäuft. Er kniete sich nieder und fuhr mit den Fingern über die Einbände. Die dünne Staubschicht, die alles andere bedeckte, fehlte hier. Auf dem Kaminrost häufte sich Asche – sie war frisch.

Er schaute zum Vampir auf, der, obwohl Asher seine Bewegung nicht bemerkt hatte, neben ihm an dem erkalteten Kamin stand.

»Verbrannt«, sagte er leise, während er zu dem schmalen, hochmütigen Gesicht hinaufschaute. »Nicht fortgebracht oder durchsucht, um andere Vampire oder mögliche Kontaktpersonen aufzuspüren. Verbrannt.« Er erhob sich wieder. Abermals spürte er, wie sich hilflose Wut in ihm regte, Zorn über Ysidro und seine unsichtbaren Freunde. Für einen Augenblick hatte er vermeint, Verwirrung in diesem feingeschnittenen Gesicht und dem Runzeln der geschwungenen Augenbrauen lesen zu können, doch falls es dort gewesen sein sollte, dann war es nun verschwunden.

»War es in Kings Wohnung ebenso?«

»Nein.«

»Woher wissen Sie das?«

»Weil King solche Dinge nicht aufbewahrt hat«, erwiderte Ysidro gleichmütig.

Asher wollte erwidern: *Wer hat sie dann für ihn aufbewahrt?* Doch er hielt sich zurück. Die dunklen Augen waren nun auf sein Gesicht fixiert, beobachteten ihn, und er bemühte sich, die plötzliche Kaskade von Schlußfolgerungen nicht in seiner Mimik zu zeigen.

Mit ruhigerer Stimme sagte er: »Alles führt immer wieder auf Calvaire zurück. Mit ihm hat es begonnen, und er scheint in dieser Angelegenheit eine Art Schlüsselposition innezuhaben; ich werde mir auch seine Wohnräume ansehen müssen.«

»Nein.« Als Asher protestierend den Mund öffnete, fügte Ysidro hinzu. »Das ist sowohl zu Ihrem als auch zu unser beider Schutz, James. Und in jedem Fall hat man ihn nicht in seinen Räumen gefunden – tatsächlich wurde seine Leiche überhaupt nicht gefunden.«

»Das bedeutet jedoch nicht, daß man ihm nicht dorthin gefolgt sein, ihn im Schlaf entführt und getötet haben kann.«

Ysidros Augen funkelten böse, doch seine Stimme blieb tonlos. »Niemand verfolgt einen Vampir.«

»Warum schauen Sie dann unentwegt über Ihre Schulter?« Angewidert nahm Asher die Lampe auf und ging mit langen Schritten durch das Labyrinth der Bücher zur Tür.

6

Asher ließ sich von der Droschke vor dem British Museum absetzen und stand eine Weile vor den geschlossenen Gittertoren, während das Rattern der Räder die Great Russell Street hinunter in der Dunkelheit verschwand. Er kannte diese Ecke von Bloomsbury wie ein Wildkaninchen seinen Bau – Gassen, Hinterhöfe, ruhige Plätze und Pubs, die unauffällige, in dunkle Seitenstraßen führende Hintertüren hatten und deren Besitzer sich nicht sehr darum kümmerten, wer sie benutzte. Das war einer der Gründe, weshalb er diese Gegend gewählt hatte.

Die Straßen waren verlassen, wenn man einmal von den gelegentlichen Droschkenkutschen absah, die auf ihrem Weg nach Euston oder zurück von den Theatern an der Shaftesbury Avenue vorbeiratterten. Er hastete die schmalen Seitenstraßen entlang, über einen Hinterhof am Bedford Place und durch eine in tiefem Schatten liegende Gasse, die zu beiden Seiten von hohen Häusern gesäumt wurde. Er überquerte Bruton Place und fand den leicht zu übersehenden Zugang in die Gasse, die sowohl an der Rückseite dieser Häuserzeile als auch der Prince of Wales Colonnade entlangführte. Dort, in der feuchten Dunkelheit hielt er an. Die kalte Nachtluft trieb den Gestank von hundert Mülltonnen an ihm vorbei, während er die Gasse hinunterschaute und darauf wartete, daß sich seine Augen an die Finsternis gewöhnten.

Der Vampir beobachtete sein Fenster.

Asher brauchte eine Weile, bis er die dunkle, massige Gestalt gegen die Schwärze der Mauer erkennen konnte – hätte sie Ysidros absonderliches Vermögen zu vollkommener Reglosigkeit besessen, so bezweifelte er, daß es ihm jemals gelungen wäre. Doch der Vampir mußte sich leicht bewegt haben, so daß sich das, was zuerst wie hellere Flecken auf dem Mauerwerk angemutet hatte, zu einem kantigen weißen Gesicht und großen weißen Händen verband, Händen, die unbehaglich an dem schlechtsitzenden Kragen eines schwarzen Mantels zerrten. Für einen Augenblick kamen Asher wieder Ysidros Worte in den Sinn: *Ich bin mir des Geruchs des lebendigen Blutes bewußt . . . Sie würden gut daran tun, sich daran zu erinnern, wenn Sie sich jemals in der Gesellschaft anderer Vampire wiederfinden sollten . . .*

Zur Hölle damit, dachte er ärgerlich, wütend darüber, daß sie ihn verfolgten, ihn beobachteten. *Solange Ysidro meine einzige Informationsquelle ist, werde ich mit Sicherheit niemals etwas herausfinden. Wenn ich für sie arbeite, dann können sie mich wohl kaum umbringen.*

Trotzdem, fügte sein Verstand hinzu, während er mit langsamen Schritten die Gasse hinunterging.

Der Vampir wirbelte herum, als er seiner Schritte gewahr wurde. Für einen kurzen, das Herz stocken lassenden Moment fing sich das schummrige Licht in den Augen der Kreatur und wurde wie von den Augen einer Katze reflektiert; Asher erkannte das Schimmern der langen Zähne. Einen Wimpernschlag, bevor der Blutsauger sich auf ihn gestürzt hätte, sagte er »Komm her«, in dem Ton, den er mit Erfolg bei preußischen Landarbeitern angewandt hatte. Der Vampir hielt völlig verblüfft inne, dann schien er zu erkennen, wen er vor sich hatte.

Mit ungelenken Schritten, so ganz ohne Ysidros tödliche Anmut, kam er herüber, und Asher begann wieder zu atmen.

»Und du bist . . .?«

Der Vampir verharrte ein paar Schritte vor ihm. Funkelnde Augen starrten Asher unter schmalen, zerklüfteten Brauen hervor an. »Man nennt mich Bully Joe Davies«, sagte er, in einem Akzent, den Asher in der Nähe von New Lambeth Cut ansiedelte. Er leckte sich die Lippen, wobei er in beunruhigender Weise seine Fänge zeigte, eine nervöse Geste, die ihn im Vergleich zu Ysidro unglaublich tölpelhaft erscheinen ließ. Mit rauher Stimme fügte er hinzu: »Wenn du schreist oder auch nur einen Laut von dir gibst, dann sauge ich dich schneller aus, als eine Katze ihr Ohr putzen kann.«

Asher musterte ihn einen Augenblick mit unverhohlener Abscheu. Der Mann war in den Zwanzigern, mit langen Armen und groben Knochen, und er steckte unbeholfen in einem schwarzen Anzug, der ihm nicht sonderlich gut zu passen schien. Sein schwarzes Haar lag wie angeklatscht unter einem billigen Derby; unter seinen ungeschnittenen Fingernägeln klebte Blut.

»Hättest du nicht einen Grund, um mit mir sprechen zu wollen, dann hättest du es wohl auch schon längst getan, nehme ich an«, erwiderte Asher. »Vor Tagen schon, um genau zu sein... Warum hast du mich verfolgt?«

Davies kam einen Schritt näher heran. Der Geruch alten Blutes, der seinen Kleidern anhaftete, war ekelerregend. Wenn er sprach, war sein Flüstern so stinkend wie eine Gruft. »Dieser Pinkel Ysidro – ist er weg?«

Augenblicklich erwachte in Asher wieder das Gefühl von Gefahr. »Ich habe nicht die leiseste Ahnung«, sagte er kühl. »Er könnte mir hierher gefolgt sein. Wir haben uns ziemlich überstürzt getrennt. Ich habe ihn weder gesehen noch gehört, aber was besagt das schon.«

Bully Joe warf einen hastigen Blick über seine Schulter, und Asher sah das Funkeln von Angst in seinen blutunterlaufenen blauen Augen. Er kam noch ein wenig näher heran. Seine Finger zupften an Ashers Ärmel, und seine Stimme war nur mehr ein heiseres Hauchen. »Hat er von mir gequatscht?« flüsterte er. »Weiß er von mir?«

Mit Mühe gelang es Asher, seine unbändige Neugier nicht in seiner Stimme mitklingen zu lassen. »Sollte er das nicht?«

Die Hand schloß sich um seinen Arm und erinnerte Asher an eine weitere weitverbreitete Annahme der Vampirsagen – daß sie die Stärke von zehn Männern besaßen. Auf Ysidro traf das zweifellos zu. »Wenn du über mich quatschst, wenn du auch nur das Geringste von mir erzählst, dann bringe ich dich um«, hauchte Davies. »Sie würden mich töten, das würden sie – Grippen und dieser Bastard Ysidro –, wenn sie über mich Bescheid wissen würden, darüber, daß Calvaire mich gemacht hat. Zuerst hab' ich ja geglaubt, daß es Grippen und die anderen waren, die Calvaire abserviert haben. Dann habe ich gehört, daß diese anderen auch umgebracht worden sind – Neddy Hammersmith und Lottie. Himmel, die waren doch Grippens eigener Fang! Der verdammte Bastard würde doch nie sein Eigentum umbringen! Und jetzt werde ich verfolgt, beobachtet . . .«

»Von wem?« fragte Asher barsch. »Woher weißt du das?«

»Verdammt, glaubst du wirklich, ich würde einen Sterblichen fragen, wenn ich das wüßte?« Bully Joe wirbelte herum und rang mit den Händen. Sein Gesicht war verzerrt von einer Wut, die in Angst wurzelte, und Asher mußte sich mit aller Macht abhalten, zurückzuweichen, seine eigene Angst zu zeigen. »Irgendwer ist hinter mir her! Und ich hör' die anderen reden – he, ist das nicht wirklich toll? Ich kann auf der anderen Straßenseite im Schatten stehen und jedes Wort hören, das die reden! Und sie sagen, daß da irgend so ein Kerl herumläuft und uns so 'n Pflock durchs Herz stößt, genau wie in diesen alten Büchern, und dann die Sonne hereinläßt! Du mußt mich beschützen, genauso, wie du den anderen hilfst . . .«

Seine Hände klammerten sich wieder um Ashers Ärmel, und Asher überlegte hastig. »Ich werde dich beschützen«, sagte er, »wenn du mir hilfst und meine Fragen beantwortest. Wer bist du? Warum wollen die anderen dich töten?«

Der Klang seiner Stimme schien Davies zu beruhigen, doch die Antwort des Vampirs kam immer noch trotzig und barsch. »Ich hab' dir doch gesagt, ich bin Calvaires Fang. Grippen ist der Meister von London. Keiner der anderen würde es wagen, sich einen Zögling zu holen, ohne daß er sein Ja dazu gegeben hat. Grippen will keinen anderen als seinen eigenen Fang hier haben, seine eigenen Sklaven . . .«

»Aber Calvaire gehörte nicht zu Grippens Fang?«

Davies schüttelte den Kopf, gereizt, müde, verwirrt. »Nee. Der kommt aus Paris, hat er gesagt, auch wenn er Englisch gesprochen hat wie jeder andre, normale Mensch. Er hat mich gemacht, hat gesagt, ich würde ewig leben, würde alles bekommen, was ich wollte, und niemals sterben! Er hat mir nich gesagt, daß es so sein würde!« Verzweiflung schlich sich in seine Stimme. »Seit einem Monat bin ich jetzt schon immer auf dem Sprung, schlaf niemals zweimal an einem Ort! Versteck mich vor Grippen, versteck mich vor Ysidro . . . Calvaire hat gesagt, er wird sich um mich kümmern, mir alles zeigen, was ich wissen muß! Aber jetzt ist alles schiefgegangen! Alles summt und klingelt mir in den Ohren, und ich rieche das Blut von jeder lebendigen Seele um mich herum . . .«

Abrupt hielt er inne und leckte sich die Lippen, während seine stechenden Augen auf Ashers Kehle starrten, als sei er ein Trinker, der mitten im Satz den Faden verloren hat. Langsam und schleppend flüsterte er: »Letzte Nacht hab' ich ein Mädchen umgebracht – so 'ne gelbe Mieze, unten in Limehouse –, und ich trau mich nich, eine andre zu jagen, zumindest nich für zwei, drei Tage. Aber alles in mir schreit danach! Ich weiß nich, wie die andren es machen, ich meine töten, ohne daß ihnen die Polypen auf die Schliche kommen . . .«

Asher spürte, wie sich die Hand abermals um seinen Arm klammerte und begann, ihn unaufhaltsam näher an das verzerrte, mit Fängen bestückte Gesicht heranzuziehen. Betont ruhig fragte er: »Und jetzt wirst du verfolgt?«

Davies zuckte zusammen, als hätte man ihn aus tiefem Schlaf aufgeschreckt; er lockerte seinen Griff und trat einen Schritt zurück, während er sich mit zitternder Hand über die Lippen fuhr. »Ich weiß nich«, flüsterte er. »Manchmal isses so, als ob ich jemand in der Nacht spür'n könnte, wie er mich beobachtet, und ich dreh' mich um, und da is nichts! Ein andermal . . . ich weiß nich.« Er schüttelte den Kopf, während sich seine Lippen nach oben zogen und den Blick auf die fleckigen, gelben Fänge freigaben.

»Ich will nich sterben! Ich bin schon einmal gestorben. Ich hab' das alles mit Calvaire durchgemacht! Ich hätt' ihn das doch sonst gar nich machen lassen, aber ich wollt' nun mal nich sterben! Verdammt, ich wußte ja nich, daß es so sein würde!«

Vom Ende der Gasse drang ein Geräusch zu ihnen herüber. Davies wirbelte herum, während sich seine Hand mit knochenzertrümmernder Kraft um Ashers Ellenbogen schloß. Trotz des Schmerzes bemerkte Asher dennoch mit Interesse, daß sich auf dem weißen Gesicht des Vampirs keine Schweißperlen zeigten. Ein Mann und ein Junge standen am Ende der Gasse; der Knabe wandte scheu den Blick ab, während der Mann seinen Kopf senkte. Dann, als hätten sie Ashers unwillkürlichen Schmerzenslaut gehört, hielten sie inne und spähten blind in die Dunkelheit. Nach einem viel zu lang scheinenden Moment gingen sie weiter.

Davies ließ seinen Arm los und wischte sich wieder über die Lippen. »Ich muß jetzt gehn«, sagte er, und seine Stimme klang belegt.

Doch da packte Asher seinen Ärmel. »Kannst du mich zu Calvaires Unterkunft führen?«

»Nich heut nacht.« Der Vampir schaute sich nervös um, während er seine großen Pranken abwechselnd ballte und wieder streckte. »Ich hab' heut nacht noch nich getötet, und ich brauch' es dringend. Schon so nah bei dir zu stehn, zieht mir das Gehirn zusammen, so sehr brauch' ich es. Wie mein Dad, wenn er mal wieder einen Janker auf Gin hat.« Er warf Asher einen hastigen, drohenden Blick zu, als wollte er Asher warnen, es zu wagen, ihm zu widersprechen oder gar Angst zu zeigen.

Asher hatte schon oft genug mit Trinkern und Abhängigen zu tun gehabt, um zu wissen, daß, wenn er es täte, Bully Joe ihn sehr wohl des reinen Reizes wegen töten könnte.

»Morgen abend dann also?«

»Spät«, sagte Davies, während sich seine Augen abermals dem Ende der Gasse zuwandten. »Ich komm' her und wart' auf dich, nachdem ich unterwegs war und mir was beschafft hab'. Scheint so, als ob ich nich klar denken kann, bevor ich es getan hab'. Ich werde mich schon irgendwie von den Polypen fernhalten. Aber es tut mir so weh, und dann kann ich nich anders. Himmel, gestern nacht hab' ich meine Schwester getroffen – Madge, die Jüngste, sie is gerad sechzehn. Sie kommt immer noch und trifft sich mit mir, sucht nach mir – sie weiß nich, was mit mir passiert is, und auch nich, warum ich meine alte Bude aufgegeben hab', wirklich nichts. Ich hatt' noch nich getrunken, und bei Gott, ich konnt mich kaum zurückhalten, ihr meine Fänge in den Hals zu schlagen!

Du hast doch die andren gesehn«, fuhr er fort und machte dabei eine Geste hilfloser Wut. »Du hast doch mit den anderen Vampiren geredet, das hast du doch sicher, oder nich? Sind sie alle so? Töten sie die, die sie lieben, nur weil sie gerad zur Hand sind? Calvaire hat gesagt, er erzählt mir alles, bringt mir alles bei, hilft mir weiter, aber jetzt is er tot. Und der, der ihn auf 'm Gewissen hat, is jetzt hinter mir her...«

Ein weiteres Geräusch ertönte, und er wirbelte auf dem Absatz herum, doch es war nur ein Mädchen, vielleicht sechzehn und so häßlich wie ein alter Schuh, die mit einer Kerze in der Hand aus dem Dienstboteneingang eines der Häuser trat. Asher hörte, wie ein Tuch geschüttelt wurde und Krümel auf den Asphalt fielen und das leise Zischeln, das der Vampir neben ihm ausstieß: »Ahhhh . . .« Im schwachen Widerschein des Lichtes konnte Asher die Augen des jungen Mannes erkennen, blau und blaß im Leben, doch erstrahlend von dem seltsamen inneren Feuer der Untoten.

Abermals murmelte Bully Joe mit schwerer, schleppender Stimme: »Ich muß jetzt gehn.«

Ashers Hand packte den Arm des Vampirs und hielt ihn zurück. Der Vampir wirbelte bebend vor Zorn herum, und seine andere Hand hob sich zum Schlag, doch Asher begegnete den gierigen Teufelsaugen mit kaltem, unerschrockenem Blick, als sollte er es nur wagen, seine Absicht auszuführen. Nach einer Weile ließ Bully Joe seinen Arm langsam wieder sinken. Hinter seiner kantigen Silhouette sah Asher den flackernden Lichtpunkt der Kerze wieder in dem Haus verschwinden, aus dem er gekommen war.

Tiefer, tödlicher Zorn verzerrte den mit Fängen bestückten Mund. »Es geht also wieder um einen Handel«, flüsterte Bully Joe. »Du weißt Bescheid, und deshalb muß ich jetzt machen, was du sagst. Ja, Calvaire hat dieses Spielchen auch gespielt. Ich sag' dir dies, und ich sag' dir das, und wenn du tust, was ich dir sage . . . pfui Teufel!« Sein Arm riß sich los, als wäre Ashers Griff so schwach wie der eines Kindes gewesen. Sie starrten einander schweigend an, doch Asher verspürte nichts von der schrecklichen, traumgleichen Gewalt, die Vampire über den menschlichen Verstand ausüben konnten – nur eine Art leisen Summens in seinem Kopf, als würde Bully Joe mit aller Mühe etwas zu erreichen versuchen, von dessen Ausübung er selbst noch keine Ahnung hatte. Dann verschwand auch dieses Gefühl und Bully Joe fuhr sich wie sooft schon mit der Hand über den Mund. Es war eine Geste der eingestandenen Unterlegenheit.

»Du hattest bei Calvaire keine Chance«, sagte Asher ruhig, »und ebensowenig hast du jetzt eine, wenn ich diesen Mörder finden soll, bevor er – oder sie – dich findet. Sei morgen nacht hier, nach Mitternacht. Ich werde dich dann wissen lassen, was ich herausgefunden habe.«

»Gut«, murmelte Davies und wich einige Schritte zurück, so daß sich seine dunkle Gestalt gegen die fahlere Dunkelheit des Zugangs zur Gasse abhob. »Ich werd' hier sein. Aber eins sag ich dir gleich, Professor: Wenn du Ysidro oder den andren auch nur ein Sterbenswörtchen über mich erzählst, oder darüber, wo du hingehst, dann brech ich dir das Genick.«

Das war als ernste Warnung gedacht, doch Asher verdarb sie ihm, indem er kühl bemerkte: »Du bist ein Vampir, Bully Joe. Glaubst du wirklich, daß ich, ein einfacher Sterblicher, Ysidro davon abhalten könnte, mich zu verfolgen, wenn er es wollte? Mach dich doch nicht lächerlich.«

Der Vampir knurrte, und seine langen Fänge glitzerten in der Dunkelheit, während er, wie Asher vermutete, nach einer Antwort suchte.

Er konnte jedoch keine passende Entgegnung finden. Nach einer langen Pause drehte er sich um und marschierte die Gasse entlang, den Gaslaternen von Bruton Place entgegen. Asher verspürte so deutlich, als hätte der Vampir darauf gezeigt und gesagt *Schau dort hinüber*, den augenblicklichen Drang, den Kopf umzuwenden, um in der schwarzen Grube des nächsten Hauseingangs nach einer Gefahr Ausschau zu halten. Er zwang sich, den Blick weiter auf Bully Joe gerichtet zu lassen, und so sah er für einen Moment, wie die Silhouette des Vampirs durch den Schein der Straßenlaternen am schmalen Ausgang der Gasse vorbeihuschte. Dann war er verschwunden.

Asher warf einen kurzen Blick hinunter zu dem Hintereingang, um sich zu vergewissern, daß dieses momentane Gefühl von Gefahr tatsächlich nur das ungelenke Ausprobieren der psychischen Macht war, die Ysidro mit solch exquisiter Geschicklichkeit einzusetzen wußte. Dann zog er seinen braunen Ulster fester um den Körper und ging die Gasse hinauf, den gedämpften Lichtern der Prince of Wales Colonnade entgegen.

Vom Eingang der Nummer 109 aus beobachtete Lydia, wie der Vampir auf den Bruton Place hinaustrat. Fünfzehn Minuten zuvor, als sie den vorderen Salon betreten hatte, um von ihrer Zimmerwirtin eine Briefmarke zu kaufen, hatte sie Asher dieselbe Straße überqueren sehen, doch sie war peinlich darauf bedacht gewesen, keine Notiz davon zu nehmen. Als sie die hochgewachsene, melancholisch wirkende Gestalt in die Gasse hatte biegen sehen, die zu seiner eigenen Unterkunft führte, hatte sie einfach nur angenommen, daß er wieder einmal Spion spielte, wie er es aus reiner Gewohnheit auch in Oxford manchmal zu tun pflegte. Dennoch war ein kurzer Blick auf ihn besser, als überhaupt nichts von ihm zu sehen. *Wie ein verliebter Backfisch,* dachte sie bei sich, während sie mit schnellen Schritten die Stiege erklomm und über den Gang zu ihrem kleinen Zimmer im hinteren Teil des Hauses eilte. Nach den sechs Jahren, die sie nun schon mit ihm zusammenlebte, war sie selbst erstaunt über die Tiefe ihres Bedürfnisses, ihn zu sehen, und wenn auch nur für einen Augenblick.

Und dann hatte sie den Vampir entdeckt.

Das einzige Licht in der Gasse kam von dem Schein der Gaslampen, der aus den Fenstern der Häuser zu beiden Seiten der Straße drang, doch da sie das Licht in ihrem eigenen Zimmer nicht entzündet hatte, konnte Lydia ziemlich viel erkennen. Als sie das Fenster erreichte und vorsichtig die Gardine zur Seite schob, konnte sie sehen, daß die beiden in ein Gespräch vertieft waren; James stand ihr zugewandt, und im fahldunklen Schatten konnte sie das kalte, unmenschlich weiße Gesicht des anderen Mannes sehen. Mit einem Schaudern erkannte sie, daß er dort unten gewartet haben mußte.

Ein Vampir. Ein Untoter.

Es gab sie also wirklich.

Sie hatte keinen Zweifel an James' Geschichte gehegt, doch die Beschleunigung ihres Herzschlags und die Klammheit ihrer Hände bekundeten ihr nun, daß es einen Teil in ihr gegeben hatte, der nicht wirklich daran geglaubt hatte. Nicht *wirklich.*

Bis jetzt.

Selbst auf diese Entfernung konnte ihr geübtes Auge die Leichenblässe erkennen, die seltsame Art wie er sich aufrecht hielt und sich bewegte. Dieser Mann entsprach nicht der Beschreibung von Don Simon Ysidro – es mußte sich also um einen anderen Vampir handeln. Nachdem der erste Schrecken abgeklungen war, wurde ihre ganze Seele nur noch von dem einen Wunsch erfüllt, einen eingehenderen Blick auf die Zunge und die Schleimhaut der Augen werfen zu können, auf das Haar und die Nägel, die nach dem Tode weiterwuchsen, und besonders auf die Zähne. Sie hatte die vergangenen sechsunddreißig Stunden mehr oder weniger ausschließlich mit dem Einsehen der verstaubten Akten über Pachtverträge und Abtrittserklärungen im Staatsarchiv zugebracht und war heimgekehrt, um die Stapel von medizinischen Journalen durchzublättern, die sie mit nach London gebracht hatte – Artikel über Porphyria, perniziöse Anämie und die verschiedenen nervösen Störungen, die als die ›logischen Erklärungen‹ herhielten, die dem modernen Menschen so lieb und teuer waren. Ihr wurde bewußt, daß auch sie gehofft hatte, sie würden sich als wahr herausstellen.

Doch jetzt ...

Ohne den Blick vom Fenster abzuwenden, zog sie ihre Arzttasche, die sie neben dem Bett aufbewahrte, zu sich herüber. Ihre tastenden Finger fanden im Dunkeln ihre beiden größten Amputationsmesser und ließen sie, noch immer in ihren Schutzhüllen befindlich, in die Taschen ihres Mantels gleiten, den sie sich mit der gleichen Bewegung überzog. Sie waren aus glänzendem Stahl, nicht aus dem für derartige übernatürliche Begegnungen empfohlenen Silber; einen Augenblick lang suchte sie fieberhaft nach anderen Möglichkeiten, dann vergrub sich ihre Hand wieder in der Tasche, um ein kleines Fläschchen mit Silbernitrat hervorzuholen, das sie ebenfalls in ihre Manteltasche steckte. Wenn es zum Schlimmsten kommen sollte, konnte sie damit werfen und hoffen, daß die Legenden recht behielten.

Für mehr blieb keine Zeit. Schon trennten James und der Vampir sich, der Vampir löste sich aus James' Griff und trat einige Schritte zurück; Lydia vermeinte, in den Schatten das Funkeln von Augen erkennen zu können. Für einen Augenblick verspürte sie Angst um ihn, obwohl sie wußte, daß die Vampire ihn engagiert hatten und ihm unter diesen Umständen kein Leid zufügen würden, denn aus der Haltung dieser halb zusammengekauerten, dunklen Gestalt sprach latente Mordlust. Dann wandte sich der Vampir mit einer wütenden Geste ab.

Schnell und geräuschlos eilte Lydia die drei Etagen der Treppe hinunter, während sie noch im Laufen ihr Haar aufrollte und einen Hut feststeckte; Leute, die wußten, daß sie drei Stunden brauchte, um sich für ein Fest anzukleiden, hätten ihr wohl niemals eine solche Schnelligkeit zugetraut. Sie stand wartend im Schatten des Eingangs, als der junge Mann aus der Gasse trat. Sie hatte nicht die Absicht, sich ihm zu nähern, noch ihm nahe genug zu kommen, daß er sie hätte bemerken können; selbst aus einem halben Block Entfernung würde es noch möglich sein, zu beobachten, wie er sich bewegte, zu sehen, wie die Menschen in seiner Nähe beeinflußt wurden von der Aura, die James beschrieben hatte. Es war das einzige, was sie für den Augenblick tun konnte.

Sie waren in der Nähe der Shaftesbury Avenue. Lydias hohe Absätze klapperten wie die winzigen Hufe eines Rehs über das Pflaster, während sie dem Vampir in südöstlicher Richtung folgte. Es waren immer noch viele Menschen unterwegs, die nun, da sie die zielstrebige Eile des Tages hinter sich gelassen hatten, in kleinen, dichtgedrängten Grüppchen unter dem gleißenden Schein der Gaslaternen auf den Bürgersteigen dahinwogten. Frauen in bunten Kleidern schlenderten an den Armen von Gentlemen dahin, lachten und lehnten ihre glänzenden Locken dicht an dunkle Schultern; in den Seitenstraßen saßen zeitungslesende Kutscher, eingewickelt in Mäntel und Schals gegen die Kälte der Oktobernacht, auf den hohen Böcken ihrer Droschken, während ihren Pferden wie Drachen der dampfende Atem aus den Nüstern stieg. Gruppen junger Dandys, mittelloser Medizinstudenten und nach Hause eilender Ladengehilfen schoben sich über das Pflaster. Lydia fiel es schwer, den Vampir im Blick zu behalten.

Und doch sah sie, daß der Vampir seine ganz eigenen Probleme hatte. Zu einem Teil bestanden sie darin, daß die Leute ihn einfach nicht ansahen oder ihn offensichtlich nicht wahrnahmen, was zur Folge hatte, daß sie nicht zur Seite traten, wie sie es für Lydia taten. Die Ironie der Situation amüsierte sie in höchstem Maße, während sie sich weiterschob, immer dicht auf seinen Fersen. Sie selbst hatte keine Schwierigkeiten, ihm zu folgen, wo immer die ständig wachsende Menschenmenge es ihr erlaubte, doch wußte sie auch, wonach sie Ausschau halten mußte. Er war sehr groß. Der billige, schwarze Bowler trieb über der Menschenmenge wie ein Rotauge in einem Teich.

Er bog um eine Ecke, dann um eine weitere. Weniger Menschen bevölkerten die Straße, und Lydia mußte sich wieder etwas zurückfallen lassen, glücklich darüber, daß ihr Mantel eine so unauffällige Farbe hatte, was sie leider von ihrem Haar nicht behaupten konnte. Der Vampir bewegte sich nun langsamer dahin, und Lydia bemerkte, daß die Leute ihm jetzt den Weg freimachten und ihn behandelten, als ob er wirklich da wäre.

Also war es etwas, das kam und ging, überlegte sie.

Sie waren jetzt in der Nähe von Covent Garden, ein Gewirr von kleinen Straßen und Gassen, die überfüllten, billigen Unterkünfte von Bediensteten und Näherinnen, Straßenhöker, die die Waren auf ihren Karren zum halben Preis feilboten, da sie sie über den Tag nicht losgeworden waren. Zwei Burschen vor einem Pub pfiffen bewundernd und riefen ihr etwas hinterher. Sie ignorierte die beiden und hoffte, daß auch der Vampir sich nicht umwandte. Obwohl sie für ihre Arbeit zumeist das ruhigere Leben von Oxford vorzog, so hatte sie doch auf den Wunsch ihres Vaters hin eine gewisse Zeit in London verbracht, doch die gediegenen Häuser von Mayfair, die weitläufigen, grünen Gärten von Hyde Park und St. James und die unaufdringliche Opulenz des Savoys und des Simpsons hätten ebensogut zu einer anderen Stadt gehören können. Dieses Gewirr von nassem Kopfsteinpflaster, lauten Stimmen und grellen Lichtern war für sie völlig fremd; obwohl sie nicht sonderlich verängstigt war – schließlich wußte sie ja, daß sie nur eine Droschke zu rufen und zum Bruton Place zurückzukehren brauchte –, war ihr doch bewußt, daß sie äußerst vorsichtig vorgehen mußte.

Sie sah, wie sich der Vampir in einen kleinen Innenhof wandte, über dessen zerbrochenes Kopfsteinpflaster schwarzes Wasser in die breitere Straße leckte; mit gesenktem Kopf und schnellen Schritten eilte sie an dem Eingang vorbei, ohne auch nur zu wagen, einen Blick hineinzuwerfen. Obwohl sie wußte, wie riskant es war, nahm sie die nächste Biegung und hastete über den stinkenden, verlassenen Hof, bis sie eine schmutzige Gasse fand, die einen Durchgang zu bilden schien.

Sie zögerte eine ganze Weile – beinahe eine volle Minute, was, wenn man das Objekt ihrer Verfolgungsjagd und die Gefahr bedachte, in der sie sich befand, eine sehr lange Zeitspanne war. Die Gasse war dunkel und verwinkelt. Auch wenn in den Fenstern der Häuser, die an den kleinen Hof hinter ihr grenzten, Lichter brannten und Schatten hin und her über die billigen Gardinen oder kahlen, nackten Glasscheiben huschten, waren doch alle Läden im Erdgeschoß fest verriegelt, und der regennasse, schmale Bürgersteig lag verlassen unter den kühlen, dahinziehenden Schwaden des Abendnebels. Ihr fröstelte, und sie kuschelte sich tiefer in ihren Mantel, während ihr zum ersten Mal bewußt wurde, warum so viele Menschen es verabscheuten, allein zu sein. Der Vampir war im Hof nebenan. Sie hatte den Verdacht, daß er dorthin gegangen war, um seine Beute zu suchen.

Ihre Hand klammerte sich fester um die Scheide des Amputationsmessers in ihrer Tasche. Im Sezierraum erschien die sechs Zoll lange Klinge wie ein Breitschwert; sie fragte sich, ob sie es über sich bringen könnte, sie gegen lebendes Fleisch einzusetzen.

Oder an Untoten, fügte sie mit unfreiwilligem Humor hinzu. Ein riskantes Unternehmen, denn wenn die anderen Vampire nichts von ihrer Verbindung zu James wußten, dann würden sie auch keinen Grund haben, ihr Leben zu verschonen.

Und James würde sehr wütend sein.

Wie das Flüstern eines Atemhauchs, eines Schrittes oder des nur halbbewußt wahrgenommenen Geruchs von Blut, wußte sie plötzlich, daß jemand hinter ihr war.

Sie wirbelte herum. Ihr Herz hämmerte wild, elektrisiert von einem Schrecken, wie sie ihn noch nie empfunden hatte, während das Messer aus ihrer Tasche sauste. Einen Augenblick stand sie gegen einen Vorsprung der Ziegelmauer gepreßt, die die Gasse säumte, das Skalpell vor sich ausgestreckt und starrte auf . . . nichts.

Der Hof hinter ihr war verlassen.

Doch, dachte sie bei sich, nur beinahe.

Ihr Blick fiel augenblicklich auf das nasse Pflaster hinter ihr. Kein Fußabdruck außer ihren eigenen war auf den feucht schimmernden Steinen zu erkennen. Ihre Hand zitterte – ihre Finger, ihr Mund und ihre Füße fühlten sich an wie Eis. Sie registrierte dieses Phänomen mit nüchternem Interesse, während sie sich gleichzeitig der Hitze ihres Atems bewußt war und sah, wie er dampfte, als er sich mit den Nebelschwaden um sie verband. *War es vorher schon so neblig gewesen?*

Es war etwas da gewesen. Sie wußte es.

Ein Geruch, überlegte sie; ihr Verstand suchte Schutz in der Analyse, während ihre Augen hierhin und dorthin schweiften, zu den Schatten, die sich plötzlich schwärzer, verzerrter in den Eingängen und unter den Rolläden der verschlossenen, leeren Geschäfte zusammenzuballen schienen – der Geruch von Blut, von Verwesung, von etwas, das sie noch nie zuvor gerochen hatte und das sie auch niemals wieder riechen wollte . . .

Es dauerte vielleicht vierzig Sekunden, bevor sie den Mut zusammennahm, sich vom Schutz der Mauer hinter ihr zu lösen.

Mit schnellen Schritten eilte sie zurück zu den von Menschen kundenden Geräuschen der Monmouth Street; sie hatte das Gefühl, als würde in jedem Eingang und hinter jedem Vorsprung der Ladenfronten eine unsichtbare Gefahr lauern. Als sie am Zugang zum nächsten Hof vorbeikam, erregte eine Bewegung ihre Aufmerksamkeit. Sie wandte den Kopf dorthin und sah ein junges Mädchen in einem über und über mit Rüschen besetzten, orangeblauen Kleid, das selbst in der Dunkelheit zu leuchten schien. Sie hörte die nasale Stimme sagen: »Na, Mista, was machen Sie denn hier so ganz alleine?« Es klang jung und lockend, doch war schon ein bedrohlicher Unterton herauszuhören.

Eine Weile stand sie da, das Messer noch immer in ihrer gesenkten Hand umklammert, und kämpfte gegen die Übelkeit an, während sie sich fragte, ob sie sich wohl durch einen Ruf zu erkennen geben sollte. Zwar konnte sie in der pechschwarzen Finsternis hinter der Gestalt des Mädchens nichts sehen, doch sie vermeinte das Funkeln eines Augenpaares zu spüren.

Fröstelnd und zitternd beschleunigte sie ihre Schritte und rief die erste Droschke, die sie sah, um sich zurück nach Bloomesbury bringen zu lassen.

Sie fand nur wenig Schlaf in dieser Nacht, obschon eine Lampe neben ihrem Bett brannte.

In der Morgenpost fand Asher einen Briefumschlag ohne Absender, der einen leeren Bogen Papier enthielt, in den ein Garderobenbillett des British Museums eingefaltet war. Er suchte die Aufstellungen seiner gestrigen Entdeckungen zusammen, die Liste der Verwandten von Lotta Harshaws Opfern und die Maße der Fußspuren und Schuhabdrücke, die er in der Half Moon Street genommen hatte, und verstaute sie in einer braunen Aktentasche, die er mit sich ins Museum nahm und an der Garderobe abgab. Nachdem er in der beflissenen Stille des Kuppelbaus gut eine Stunde schweigend mit der Durchsicht von Gerichtsakten aus der kurzen Regentschaft von Queen Anne verbracht hatte, zog er unauffällig einen an eine gewisse Miss Priscilla Merridew adressierten Umschlag aus der Tasche, versiegelte darin sein eigenes Garderobenbillett, befestigte eine Ein-Penny-Briefmarke darauf und verließ das Gebäude, jedoch nicht, ohne zuvor das Billett abzugeben, das er mit der Post erhalten hatte, und dafür eine andere braune Aktentasche zu erhalten. Diese Tasche öffnete er später, nachdem er seine Botschaft an Lydia aufgegeben hatte, in seinen eigenen Räumlichkeiten und holte mehrere, mit der weitschweifigen Handschrift seiner Frau bedeckte Bögen Papier hervor.

Selbst eine vorläufige Auflistung aller Häuser in London, die über die letzten hundert Jahre weder durch Verkauf noch durch testamentarische Verfügung den Besitzer gewechselt hatten, war entmutigend lang. Wenn man die unergründlichen Wege und Launen des Public Record Offices bedachte, gab es natürlich Dutzende von Gründen, weshalb ein Besitz ohne entsprechende Unterlagen und Vermerke geblieben war, doch Asher stellte mit einiger Genugtuung fest, daß sich auch Half Moon Street Nummer 10 auf der Liste befand. Und das war erst mal ein Anfang, dachte er bei sich, eine vorläufige Liste, die es nun zu vergleichen galt mit den . . .

Ein Name fiel ihm ins Auge.

Ernchester House.

Für einen Augenblick wunderte er sich, warum es ihm bekannt erschien, dann erinnerte er sich. Einer der Namen, die Lotta auf den Rechnungen der Schneiderei benutzt hatte, lautete Charlotta Ernchester.

Lydia war nicht im Public Record Office an der Chancery Lane, als Asher dort eintraf, ein Umstand, der ihm durchaus gelegen kam. Obwohl er wußte, daß er bei Tageslicht nichts von den Londoner Vampiren zu befürchten hatte, so war er sich doch unangenehm bewußt, daß der Mann, dessen Fährte er verfolgte, nicht zu den Untoten gehörte und ebenso wie er selbst sowohl bei Tage als auch in der Nacht operieren konnte.

Er setzte sich an einen Arbeitstisch in der abgelegensten Ecke des Lesesaals und ließ sich die gewünschten Unterlagen durch einen der angestellten Gehilfen herbeiholen, immer in dem Bewußtsein, daß sich der Mörder hinter jedem der unscheinbaren Männer an den verschiedenen Tischen und Ausleihschaltern verstecken konnte. Der Bursche mit den leicht angegrauten Koteletten am anderen Ende des Raums schien sowohl groß als auch kräftig genug, als daß er die Läden von Edward Hammersmiths Fenstern hätte abreißen können. Asher beugte sich beiläufig über den Rand seines Arbeitstisches und betrachtete die breiten, militärisch blank polierten Stiefel des Mannes. Viel zu breit für den einzelnen, klar erkennbaren Abdruck, den er hatte messen können.

Ein großer, starker Mann, dachte er, während er geistesabwesend durch die langen Fenster auf den Hof und die dahinterliegende Dächersilhouette starrte. Ein Mann, der in der Lage war, einen Vampir aufzuspüren und zu verfolgen? Selbst einen so unerfahrenen Zögling wie Bully Joe Davies? Oder war Bully Joe, unerfahren und verwirrt durch den Tod seines Meisters Calvaire, nur das Opfer eines chronischen Falles des Leidens, das Asher selbst gelegentlich im Einsatz kennengelernt hatte – der Überzeugung, unablässig verfolgt zu werden? Der Himmel allein wußte, in welcher Verfassung sich Davies bald befinden würde, dachte Asher bei sich, wenn selbst Ysidro den Zwang nicht unterdrücken konnte, ständig über seine Schulter zu blicken.

Im Geiste notierte er die Tatsache, daß Bully Joe keinerlei Zweifel daran zu hegen schien, daß Calvaire tatsächlich ›abserviert‹ worden und nicht einfach nur verschwunden war, wie Ysidro einmal vermutet hatte.

Es war wahrscheinlicher, daß der Mörder wie er selbst ein Mann von Bildung war, in der Lage, mit Hilfe von Papieren zu verfolgen, was er nicht in persona verfolgen konnte.

Wahrscheinlich war es ein Mann von großer Geduld, überlegte Asher, während seine Finger über die verstaubten Seiten des Kirchenbuches von St. Brides spielten; ein Mann, der bereit war, sich der Qual der Durchsicht von Akten, Namen, Besitzurkunden und Testamenten zu unterziehen, um sie mit allen etwaigen Spuren und Hinweisen zu vergleichen, die er vielleicht in den Räumen der Vampire gefunden haben mochte.

Zweifelsohne war es ein Mann von großer Entschlossenheit und Stärke, denn er hatte den Kopf der blonden Frau auf dem Friedhof von Highgate mit einem einzigen Schlag abgetrennt.

Und – was vielleicht das Seltsamste war – ein Mann, der schon von Beginn an hinreichend an Vampire glaubte, um überhaupt ihre Verfolgung aufzunehmen, um überhaupt zum ersten Mal zu töten, was ihm dann schlüssig und gegen jeden weiteren Zweifel bewies, daß seine Beute tatsächlich existierte.

Diese Tatsache im besonderen erweckte Ashers Interesse.

Soweit es das andere Problem betraf, überlegte er mit Unbehagen, während er sich wieder an seine Arbeit machte, so mochten es sehr wohl Ysidro oder der mysteriöse Grippen sein, die Bully Joe auf seinen Fersen zu wissen glaubte. Wenn das der Fall war, so wußte Asher, daß er sich in doppelter Gefahr befand, denn sollte Bully Joe herausfinden, daß Ysidro ihn verfolgte, dann würde er niemals davon zu überzeugen sein, daß Asher ihn nicht verraten hatte.

Nach einer langwierigen und ermüdenden Durchsicht der Gemeindeunterlagen und Kirchenbücher hatte er mit endgültiger Sicherheit festgestellt, daß Ernchester House im frühen achtzehnten Jahrhundert von den Earls von Ernchester, deren Stadtresidenz es einmal gewesen war, an einen gewissen Robert Wanthope verkauft worden war. Das Haus selbst stand am Savoy Walk, ein Name, der nur entfernte Erinnerung in Asher wachrief, als einer von unzähligen winzigen Höfen und Durchgängen, die den ältesten Teil Londons in der Gegend des Temples durchzogen. Seltsamerweise gab es keine anderen Unterlagen, daß ein Robert Wanthope jemals ein anderes Grundstück in London erworben hatte, weder im Bezirk von St. Bride noch irgendwo anders.

Ein zehnminütiger Fußmarsch zum Somerset House und eine kurze Sache im Wills Office genügten, um Asher zu zeigen, daß Mr. Wanthope nie ein Testament verfaßt hatte – ein ungewöhnlicher Umstand bei einem Mann, der über ausreichende Geldmittel verfügte, um ein Stadthaus zu erstehen. Ein kurzer Besuch bei der Registratur in einem anderen Flügel des riesigen Gebäudes informierte ihn, nicht gerade zu seiner Überraschung, darüber, daß keinerlei Unterlagen über Wanthopes Tod vorhanden waren, ebensowenig wie über seine Geburt.

Mit den Worten von Professor Dodgson, dachte Asher bei sich, *seltsamer und seltsamer.* Mit höchster Wahrscheinlichkeit ein Deckname. Ernchester House war seitdem in keiner der Akten und Urkunden wieder aufgetaucht.

Es war beinahe fünf Uhr, als er schließlich Somerset House verließ. Der schneidende Wind trieb Wolkenfetzen von der Themse herüber, während er den weitläufigen, kopfsteingepflasterten Hof überquerte und am Strand, gegenüber des neuen Gaiety Theaters auf die Straße hinaustrat. Eine Weile überlegte er, ob er sich zum Savoy Walk begeben sollte, doch er sagte sich, daß sich vor Einbruch der Dunkelheit niemand im Ernchester House rühren würde – und außerdem gab es da etwas, das er zuerst noch dringend kaufen wollte.

Also lenkte er seine Schritte in westliche Richtung, durch das Verkehrsgewirr am Picadilly und Leicester Square. Immer mehr Lichter wurden angezündet, sanft und rosig um die schmiedeeisernen Palisaden der öffentlichen Toiletten am Picadilly Circus herum, heller und aufdringlicher vor den Eingängen des Empires und des Alhambras. Er beschleunigte seinen Schritt, während er sich tiefer in die Falten seines Ulsters und Schals wickelte, um sich gegen die Kühle des herannahenden Abends zu schützen. Er hatte keine Ahnung, wie schnell nach Beginn der Dunkelheit es die Vampire auf die Straße ziehen würde, und vor allem wollte er nicht, daß Ysidro ihn womöglich zufällig hier erspähte.

Die feineren Geschäfte in der Bond Street waren immer noch geöffnet. Bei Lambert's erwarb er eine silberne Kette von der reinsten Prägung, die erhältlich war; er hielt einen Augenblick in einem Toreingang in der Vigo Street inne, um sie umzulegen. Das Metall preßte sich kalt gegen seinen Hals, als es unter seinem Kragen hinabrutschte. Während er seinen Schal wieder umlegte, fand er sich hin- und hergerissen zwischen einem Gefühl der Verlegenheit und der Frage, ob er nicht auch noch ein Kruzifix hätte kaufen sollen.

Doch galt Silber als universeller, nicht nur christlicher Schutz gegen die Untoten. Er hoffte nur, daß die alten Sagen recht behielten. Wenn nicht, dann könnte er mit größter Wahrscheinlichkeit schon vor dem nächsten Morgengrauen tot sein – oder selbst ein Vampir.

Alle Legenden stimmten darin überein, daß die Opfer von Vampiren oft selbst zu Vampiren wurden, doch Ysidro hatte noch nie ein Wort darüber verloren, daß seine eigenen Opfer oder die der anderen mysteriösen Blutsauger sich den Reihen ihrer Mörder angeschlossen hätten. Bully Joe Davies hatte davon gesprochen, daß ein Vampir Zöglinge ›machen‹ konnte, wie Calvaire ihn selbst ›gemacht‹ hatte – offensichtlich gegen die Befehle des Meistervampirs Grippen.

Also geschah es nicht automatisch. Selbst ohne Lydias Berechnungen über die Anzahl von Opfern, die ein einzelner Vampir im Laufe von anderthalb Jahrhunderten töten konnte, widersprach schon die Logik diesem simplen geometrischen Prinzip; die Vampire fuhren weiterhin mit ihrem Töten fort, doch die Welt war nicht überschwemmt von Vampirzöglingen.

Es mußte da also noch etwas anderes geben, irgendein besonderes Verfahren ... ein Verfahren, das der Meistervampir von London eifersüchtig hütete.

Grippen.

Ein großer feiner Pinkel, hatte der Gehilfe des Tabakhändlers gesagt. So'n ganz schwerer Junge, da kann auch das gestärkte Hemd nichts dran abbeißen.

Grippens Fang, hatte Bully Joe Davies gesagt. Grippens Sklaven.

Gehörte auch Ysidro dazu? Es war schwer, sich vorzustellen, wie sich dieser so stolze Vampir dem Willen eines anderen beugte.

Und dennoch gab es da so viel, das vor ihm verborgen gehalten wurde; ein Eisberg unter der Oberfläche eines pechschwarzen Meeres.

Er ließ den dahinströmenden Verkehr der Drury Lane und die grellen Lichter von Covent Garden hinter sich. Während er abermals den Strand überquerte, fiel sein Blick auf die riesige, alles überschattende Kuppel von St. Pauls, die sich gegen den dunkler werdenden Himmel erhob. Die Gassen hier waren schmal und zweigten in alle Richtungen hin ab, Schluchten aus hohen, braunen Gebäuden, an deren Ecken Pubs wie edelsteingefüllte Schmuckschatullen funkelten. Von irgendwoher vernahm er das Fideln von Straßenmusikanten und das kehlige Lachen einer Frau.

Er ging zweimal am Savoy Walk vorbei, bevor er ihn erkannte – einer von vielen gleichaussehenden kopfsteinbepflasterten Durchgängen, der zwischen zwei Häuserzeilen hindurchschnitt und nicht einmal die Breite seiner nach beiden Seiten hin ausgestreckten Arme hatte. Die Gasse schlängelte sich über dreißig, fünfunddreißig Meter dahin, so daß die Lichter von Salisbury Place sie nicht in ihrer Gänze erhellen konnten. Ashers Schritte durchbrachen das Dunkel mit einem feuchten Flüstern, denn Nebel begann sich von dem nahegelegenen Fluß aufzusteigen.

Der schmale Durchgang öffnete sich in einen winzigen Hof, in dem sich die Schilder der kleinen Läden über die nassen, holprigen Steine reckten – ein Pfandleiher, ein Bücherantiquariat, ein Hersteller von Glasaugen. Alle kauerten sie verlassen und dunkel unter der hochaufragenden Silhouette des Hauses am hinteren Ende des Hofes, ein Juwel aus Fachwerk und bleiverglasten Fenstern, beinahe schwarz von Ruß. Die Lichter der dichtbevölkerten Bezirke im Norden und Osten fingen sich im dahintreibenden Nebel und formten einen stinkenden, schwach leuchtenden Hintergrund für den barocken Urwald aus schiefen

Dächern und Schornsteinen. Das Haus selbst lag ebenfalls im Dunkeln, doch noch während Asher darauf zuging, erschien plötzlich ein Licht in den hohen Fenstern.

Die Stufen zur Vordertür waren steil, rußverschmiert und wurden von zerbröckelnden Löwen aus ockerfarbenem Stein bewacht. Ein langes Schweigen folgte, nachdem der letzte Widerhall des Türklopfers verklungen war. Selbst mit größter Anstrengung konnte Asher kein Geräusch von Schritten hören.

Doch plötzlich öffnete sich ein Flügel der geschnitzten Eingangstür, und eingerahmt in das dunkle Honiggelb des Öllampenlichts erschien die hochgewachsene Gestalt einer Frau. Sie trug ein Kleid aus elfenbeinfarbenem Stoff, und ihr rötlich-dunkles Haar türmte sich in dicken Strängen über ihrem Gesicht, das so trocken, glatt und kalt wie weiße Seide war. Im Schein der mit bleiverglasten Schirmen verzierten Lampen hinter ihr konnte er das Vampirfunkeln in ihren braunen Augen erkennen.

»Mrs. Farren?« sagte er und benutzte dabei den Familiennamen der Earls von Ernchester. Diese Anrede schien sie so zu überraschen, daß sie unwillkürlich antwortete.

»Ja.« Dann veränderte sich etwas in ihren Augen.

»Lady Ernchester?«

Sie gab keine Antwort. Er verspürte die Berührung jener Schläfrigkeit, jener geistigen Mattigkeit einer aufgezwungenen Unachtsamkeit und bäumte sich dagegen auf, so daß sie augenblicklich wieder verschwand; er konnte in ihren funkelnden Augen erkennen, daß auch sie seinen Widerstand spürte.

»Mein Name ist Doktor James Asher. Ich würde mich gern mit Ihnen über Danny King unterhalten.«

7

»Kommen Sie herein.« Sie trat einen Schritt von der Tür zurück und deutete auf einen Salon, dessen säulengerahmter Durchgang sich auf der rechten Seite der Eingangshalle öffnete. Ihre Stimme war tief und äußerst lieblich, ganz ohne falsche Koketterie. Während er ihr folgte, spürte er überdeutlich das Pochen seines eigenen Herzens.

Der Salon war groß und sehr sauber gehalten, und doch lag die Aura einer langen Vernachlässigung darin. Eine schwache Öllampe an der Ecke eines geschwungenen barocken Kaminsimses ließ die Umrisse der in der Nähe stehenden Möbelstücke hervortreten – zierliche Hepplewhite-Stühle, die Vorderfront eines Kabinetts und das klarettrote Schimmern von geschnitztem Mahagoni. Asher fragte sich, wer wohl nun, da Danny King tot war, im Haus Staub wischen und die Vordertreppe schrubben würde.

Mrs. Farren sagte: »Ich habe von Ihnen gehört, Doktor Asher.« Ebenso wie bei Ysidro schwangen keine Emotionen in ihrer Stimme. Während er so vor ihr in dem kleinen Flecken aus Licht stand, konnte er das Schimmern ihrer Fänge erkennen und die Tatsache, daß sich ihre weißen, prallen Brüste weder hoben noch senkten.

»Bitte entschuldigen Sie mein Eindringen«, sagte er mit einer leichten Verbeugung. »Wenn Sie von mir gehört haben, so wissen Sie auch, daß ich nach Informationen suche – und wenn Sie Don Simon Ysidro kennen, dann wissen Sie, daß ich nicht viel davon bekomme. War Daniel King ihr Diener?«

»Ja.« Sie nickte. Anders als bei Ysidro eröffnete sich in ihren großen, goldenbraunen Augen eine Welt der Helligkeit, Wachsamkeit und Gefühl, auch wenn ihre Stimme völlig unverbindlich blieb. »Er war der Diener meines Gatten«, fügte sie einen Augenblick später hinzu, und Asher stieß innerlich einen Seufzer der Erleichterung aus – einen Moment lang hatte er befürchtet, daß alle Vampire so verschlossen wären wie Don Simon. »Sein Stallbursche und Kutscher – ein Tiger, wie man sie zu nennen pflegte. Das war während unserer letzten ...« Einen Moment lang suchte sie, die dunklen Brauen leicht gerunzelt, nach dem richtigen Wort und schien plötzlich unendlich viel menschlicher. »Unserer letzten Periode der Weltlichkeit, würde man es vermutlich nennen können. Wir hatten eine ganze Anzahl von Bediensteten. In jenen Tagen wurden solch ausgefallenen Exzentrizitäten wie das Abriegeln eines ganzen Hausflügels und das Führen einer gänzlich des Nachts gelebten Existenz viel eher von der Dienerschaft hingenommen als heutzutage. Doch Danny begann, etwas zu vermuten.«

Sie stand mit dem Rücken zum Kamin, die Hände lässig vor ihrer schlanken Taille verschränkt, in einer Haltung, die sowohl königlich als auch leicht archaisch anmutete. Im Leben mußte sie wohl, wie Asher vermutete, ein wenig mollig gewesen sein. Ihr Kleid mit dem ausgestellten Tulpenrock war modern, doch die barocken Perlen, die sie an den Ohren trug, konnten nur in den Tagen der letzten Stuart-Könige gefaßt worden sein.

Wenn sie sich bewegte, so tat sie es mit der gleichen Plötzlichkeit, die auch Ysidros Bewegungen auszeichnete; eine momentane Unaufmerksamkeit und dann stand sie unvermittelt neben ihm. Doch sie sagte nur: »Ich vermute, daß nun, da er nicht mehr da ist, ich selbst Ihren Mantel entgegennehmen muß ...«

»Haben Sie ihn zu einem Vampir gemacht?«

»Nein.« Sie zögerte einen Augenblick, während sie gerade im Begriff war, seinen Ulster, Hut und Schal auf einer nahegelegenen Anrichte abzulegen, und ihre Augen trafen sich. Dann wandte sie den Blick wieder ab. »Grippen hat das getan, auf unseren Wunsch hin – und auf Dannys. Danny war Charles – meinem Gatten – sehr ergeben.«

»Hätten Sie es tun können?«

»Ist diese Frage von Bedeutung?« erkundigte sie sich mit tonloser Stimme. »Oder ist es bloße Neugier?«

»Die Antwort ist, daß wir es nicht getan hätten«, erwiderte eine Stimme aus den Schatten heraus, und Asher wirbelte auf dem Absatz herum, denn er hatte kein Knacken der Dielenböden vernommen, die zuvor unter seinem eigenen Gewicht gestöhnt hatten. Der Mann, der dort stand, das Gesicht im Dämmerlicht so weiß wie Kreide, schien mehr wie ein Geist denn als ein menschliches Wesen – hager, von mittlerer Statur und von einer undefinierbaren Aura des Alters umgeben, als würde man erwarten, in seinem kurzgeschnittenen, hellbraunen Haar Spinnweben zu entdecken. »Nicht ohne Lionels Zustimmung.«

»Lionel?«

»Grippen.« Der Vampir schüttelte den Kopf, als läge der Name schal und alt auf seiner Zunge. In seinen Bewegungen lag eine gewisse Mattigkeit, eine Langsamkeit, wie von einem hohen Alter, das sich bis jetzt noch nicht auf seinem Gesicht zeigte. Asher warf einen hastigen Blick zu Mrs. Farren hinüber und sah, daß ihr Blick voller Fürsorge auf den Neuankömmling gerichtet war.

»Er hätte es niemals hingenommen«, erklärte der Vampir. »Er hätte den armen Danny binnen eines Jahres aus jedem Loch und jedem Versteck treiben können. In dieser speziellen Angelegenheit ist er sehr eifersüchtig.« Er streckte eine dürre Hand aus und sagte: »Ich bin Ernchester«, in einer Stimme, in der noch der Nachhall dieses vergangenen Titels mitschwang.

Asher, dessen nachmittägliche Nachforschungen ihm eine gewissen Vertrautheit mit den Earls von Ernchester eingebracht hatten, fragte aufs Geratewohl: »Lord Charles Farren, der dritte Earl von Ernchester?«

Ein kaum wahrnehmbares Lächeln huschte über das weiße, breitknochige Gesicht, und für einen Augenblick trat ein lebendiges Flackern in die toten Augen. »Ich fürchte, ich ähnle dem Porträt nicht besonders«, sagte er. Eine große Anzahl von Porträts von längst dahingeschiedenen Gentlemen hing an den Wänden des Salons, zu verdunkelt von der Zeit und den Schatten, als das sie auch nur entfernt erkennbar gewesen wären. Doch Asher überlegte sich, daß dies, da der dritte Earl von Ernchester im Jahr 1682 gestorben war und jegliches Porträt zur Hälfte von einer großzügigen Perücke eingenommen sein würde, kaum einen Unterschied machte.

Und tatsächlich war der dritte Earl von Ernchester auch gar nicht gestorben.

Asher versuchte sich stirnrunzelnd an den Namen der Countess zu erinnern, und im selben Augenblick sagte Mrs. Farren mit jenem erstaunlichen Scharfsinn der Vampire: »Anthea.« Sie trat an die Seite ihres Mannes und geleitete ihn zu einem Sessel in der Nähe des seit langem erkalteten Kamins; in ihren braunen Augen lag noch immer jene Behutsamkeit, jene Fürsorge, wenn sie ihn ansah, und jene wachsame Feindseligkeit, wenn sie Asher betrachtete. Asher beobachtete die Art, wie Ernchester sich bewegte, als er in dem Sessel Platz nahm – mit der gleichen Sparsamkeit der Bewegungen, die er schon an Ysidro und auch an Lady Anthea beobachtet hatte, doch gänzlich bar jedweden Lebens.

»Hat Danny hier geschlafen?« fragte er.

»Nur sehr selten.« Anthea richtete sich auf und ging wieder zum Kaminsims hinüber; es war eine Erleichterung für Asher, sich nicht anstrengen zu müssen, um ihre Bewegungen verfolgen zu können, wie er es bei Ysidro tun mußte.

»Und wenn ich es richtig verstanden habe, so haben Sie seine Leiche nicht hier gefunden?«

Aus den Augenwinkeln heraus sah Asher, daß Ernchester den Blick abwandte und seine Stirn in die Hand stützte, so daß sein ganzes Gesicht verdeckt wurde. Es traf ihn wie ein Schlag, daß der Earl Trauer empfand, und wohl auch diesem Erstaunen gebührte der Zorn – ein fürsorglicher Zorn – in Anthea Farrens braunen Augen.

»Wenn es hier gewesen wäre«, erwiderte sie kühl, »so könnten Sie wohl sicher sein, daß der Mörder sich auch unserer entledigt hätte.«

Asher biß sich auf die Lippe. Dann sagte er, in Erwiderung auf ihren Zorn, nicht auf ihre Worte: »Es tut mir leid.«

Etwas von der Anspannung in ihrer kräftigen Gestalt schien sich zu lösen, und der Zorn verschwand aus ihren Augen. Ihre Erwiderung galt nicht seinen Worten. »Es war sehr unvorsichtig von Ihnen, hierherzukommen«, sagte sie. »Ysidro kann einen zur Verzweiflung treiben, doch, glauben Sie mir, wenn er Ihnen etwas vorenthalten hat, dann nur, weil es Dinge gibt, deren Kenntnis für einen sterblichen Menschen größte Gefahr birgt.«

»Das mag sein«, erwiderte Asher. »Doch solange er noch eine Pistole an meine Schläfe gepreßt hält – solange jemand, den ich liebe, dafür zahlen muß, wenn ich diesen Mörder nicht finde –, werde ich ihm nicht zugestehen, dieses zwiespältige Spiel mit mir zu spielen. Ich möchte diese Angelegenheit so bald wie möglich hinter mich bringen – bevor er herausfindet, wo ich die Frau, deren Leben ihm ein Unterpfand für meine Dienste ist, versteckt habe, bevor der Mörder erkennt, daß er auch bei Tage einen Jäger auf seiner Fährte hat, und herausfindet, wer ich bin. Doch ich kann nichts tun, wenn ich nicht mehr Informationen erhalte, als Ysidro willens ist, mir zu geben.«

Sie dachte lange darüber nach, den Kopf leicht zur Seite gelegt, als würde die schimmernde Masse ihres dunklen Haars ihn hinunterdrücken. »Er ist – ein sehr alter Vampir«, sagte sie schließlich. »Er ist vorsichtig wie eine alte Schlange in einem Loch; vielleicht irrt er, soweit es die Vorsicht betrifft. Vielleicht ist es auch nur, weil ihn niemals etwas wirklich anrührt.«

Es war sehr seltsam, sie von Ysidro als ›alt‹ sprechen zu hören, denn der Spanier hatte das merkwürdig anmutige Auftreten eines jungen Mannes, ja beinahe eines Knaben. Es war Ernchester mit seinen seltsam leblosen Bewegungen und seinen matten Augen, der alt schien. Asher blickte abermals zu dem Sessel hinüber, in dem der Earl Platz genommen hatte, doch der Vampir saß nicht mehr da. Asher konnte sich beim besten Willen nicht daran erinnern, wann er verschwunden war. Es war noch früh am Abend, kam es Asher in den Sinn, und keiner seiner beiden Gastgeber hatte bis jetzt Nahrung zu sich genommen. Doch irgendwie empfand er dennoch keine Angst, während er mit dieser ruhigen und schönen Frau sprach, die schon tot war, lange bevor er geboren wurde.

Er fragte sich, ob das so war, weil sie ihm kein Übel wollte oder weil sie eine subtile Variation der geistigen Kraft der Vampire anwandte, wie Ysidro es im Zug versucht hatte. Ysidros

Worte über andere Vampire klangen immer noch in beunruhigender Weise in seinen Gedanken nach.

Nach einer langen Pause fuhr Anthea fort: »Ich bin mir nicht sicher, ob Ysidro oder Grippen der ältere ist – sie sind beide zu ungefähr derselben Zeit gemacht worden, vom selben Meister. Rhys der Weiße war es. Ein Spielmann, der über Jahre der Meistervampir von London war.

Verstehen Sie, es war für einen Bürgerlichen kaum möglich als Vampir zu überleben, bevor die Städte groß genug wurden, daß die Todesfälle unbemerkt blieben«, fügte sie nach einer Weile hinzu. »Nur der Landadel hatte Geld genug und einen Platz, an dem sie während des Tages, wenn wir schlafen, geschützt waren. Simon hat mir erzählt, daß selbst zu seiner Zeit London noch einem kleinen Marktflecken glich.« Sie lächelte abwesend, die Zähne weiß gegen ihre vollen, doch wächsernen Lippen. »Und ich vermute, daß Sie schon das London, in dem ich aufgewachsen bin, für unbedeutend und erbärmlich halten würden – wir haben noch Weidenkätzchen in den Sümpfen gesammelt, wo jetzt der Liverpool-Bahnhof steht.

Es waren die Adligen, die ihre Sicherheit garantieren konnten, die weit genug in der Umgegend jagen konnten – die vom Blut des Viehs oder des Wildes leben konnten, wenn die Not es verlangte, um zu verhindern, daß Verdacht auf sie fiel. Doch wir können uns nicht zu lange von dem Blut von Tieren ernähren. Wir können nicht lange ohne das Töten auskommen. Sonst werden wir – stumpfsinnig, dumm, müde. Alles scheint plötzlich so ohne Sinn. Und aus dieser Abgestumpftheit heraus ist es sehr einfach, uns eine Falle zu stellen und zu töten.«

Sie hob die Augen und sah ihn an, während sie ihre weichen, starken Hände faltete. Ein kaltes Glitzern ging von ihren Ringen aus. »Das hört sich sehr abscheulich und gemein an, nicht wahr? Doch dieses Abstumpfen des Verstandes – dieses Nachlassen der Konzentration – ist der Tod für einen Vampir, den die aufgehende Sonne zu Asche verbrennen kann. Halten Sie uns für abscheulich?«

»Ich denke, daß das, was Sie sind, zutiefst abscheulich ist«, erwiderte Asher tonlos. »Aber bedeutet Ihnen das wirklich etwas?«

Abermals wandte sie den Blick ab, um ihre Perlen und die Mondsteine in ihren Ringen zu betrachten. »Wenn es wirklich so viel bedeuten würde, dann wäre ich wohl schon vor Jahren gestorben.« Eine andere Frau hätte vielleicht mit den Achseln gezuckt – sie schwieg nur und richtete dann den Blick wieder auf ihn. »Natürlich war Rhys schon lange fort, als Charles und ich wurden, was wir sind. Er lebte in den Grüften unter der alten Kirche von St. Giles und jagte bei Nacht die Seeleute unten am Hafen. Er hat sein Geld damit gemacht, in Tavernen zu spielen, in Eastcheap und dem Steelyard – die deutschen Hansekaufleute haben ihn geliebt. Simon hat mir erzählt, daß sein Lautenspiel einem die Tränen in die Augen steigen ließ. Dort hat auch Simon ihn getroffen, ein dürrer, kleiner, weißhaariger Mann, sagt Simon, so zerbrechlich anzuschauen wie eine Spinne, in einem seltsamen Gewand, das mindestens zwei Jahrhunderte aus der Mode war. In den Tagen des alten Königs James gab es viel Aufregung um die Hexenjagden, und jene in London, die es überlebten, gingen beim großen Brand zugrunde, alle außer Grippen und Simon. Gott allein weiß, wo sie in den Tagen schliefen, in denen das Feuer loderte.«

»Doch Sie selbst sind erst nach dem Brand zum Vampir geworden?« Das alles war längst vergangene Geschichte für ihn wie der Untergang Roms; die Holzschnitte jener unglaublichen Feuersbrunst, die London im Jahr 1666 verschlungen hatte.

»Jahre später«, sagte sie. »Ich erinnere mich, wie ich als kleines Mädchen in der Dunkelheit auf Harrow Hill gestanden und auf die Stadt hinuntergeschaut habe, die sich wie ein Flammenteppich unter mir ausbreitete, und spürte, wie der Wind mir die Hitze des Feuers ins Gesicht trieb. Es war die ganze Woche über windig gewesen, heiß und trocken . . . Ich erinnere mich an das Knistern der Luft in meinen Haaren, und daran, wieviel Angst ich hatte, daß das Feuer die ganze Welt verschlingen würde.« Sie schüttelte den Kopf, als würde sie sich über ihre eigene kindliche Naivität wundern. »Man sagt, es habe Häuser gegeben, deren Steine in der Hitze wie Bomben explodiert seien, und einige wollen gesehen haben, daß kleine Ströme von geschmolzenem Blei von den Dächern der Kirchen tropften und wie Wasser die Rinnsale hinunterliefen. Selbst nachdem ich geworden war, was ich bin, dauerte es noch Jahre, bis ich Ysidro zum ersten Mal zu Gesicht bekam; nach dem Wechsel des neuen Jahrhunderts. Sein Gesicht war immer noch mit Narben aus dem Feuer bedeckt, und seine Hände sahen aus wie die borkigen Zweige eines Baumes.«

»Und Grippen?«

Ihre Lippen preßten sich augenblicklich ein wenig fester zusammen. »Lionel hat in den Jahren nach dem Feuer eine große Anzahl von Zöglingen bekommen«, sagte sie. »Charles war bei weitem nicht der erste. Er brauchte Geld, Schutz . . .«

»Schutz?«

Ihre Stimme hielt sich gezwungen tonlos. »Es gibt immer Fehden. All seine Zöglinge waren beim Brand umgekommen. Über Jahre hinweg habe ich geglaubt, daß Charles tot sei.« Sie schüttelte kaum merklich den Kopf, als lege sie einen alten Brief, den sie gerade gelesen hatte, zur Seite, dann schaute sie wieder zu ihm auf. Das Licht der Öllampe ließ ihre Augen bernsteinfarben leuchten. »Aber das zu hören ist nicht der Grund, aus dem Sie hergekommen sind.«

»Ich bin hierhergekommen, um etwas über Vampire zu erfahren«, sagte Asher leise. »Darüber, wer Sie sind, und was Sie sind; was Sie tun, und was Sie wollen. Sie sind ein Jäger, Lady Farren. Sie wissen, daß man zuerst das Muster verstehen muß, bevor man erkennen kann, wo es abweicht.«

»Es ist gefährlich«, entgegnete sie.

»Ysidro hat mir keine andere Wahl gelassen«, sagte Asher.

Er stand immer noch vor ihr in dem kleinen Flecken aus Licht, der den massigen Marmoraufbau des gemeißelten Kaminsimses umgab, nahe genug nun, daß er die Hand ausstrecken und ihr Gesicht hätte berühren können. Ihr Gesicht veränderte nicht den Ausdruck, doch er sah, daß sich die Richtung ihres Blickes verlagerte, an seiner Schulter vorbei in die dunkle Höhle des Raums hinter ihm huschte; ihre Hände schossen nach vorn und zerrten an seinem Arm, während er herumwirbelte und den riesigen Schatten sah, der sich nur wenige Schritte hinter ihm erhob, und das schreckliche Funkeln roter Augen.

Anthea schrie: »Grippen, nein . . .!«

Im selben Augenblick riß Asher seinen Arm hoch, um mit dem Schlag die riesige Pranke abzuwehren, die seine Kehle zu packen suchte. Es war, als würde man auf einen Baum einschlagen, doch es gelang ihm, sich aus dem Griff zu winden. Behaart und unendlich stark schloß sich Grippens Hand um die Schulter seines Mantels anstatt um seinen Hals.

Asher gelang es, sich aus seinem Mantel zu winden. Grippen war so groß wie Asher und so breit wie eine Tür; fettige schwarze Haarsträhnen fielen ihm in die Augen, sein Gesicht war bedeckt mit alten Narben und hatte eine gesunde rote Farbe von dem Blut, das er zu sich genommen hatte. Für seine Größe war er unglaublich behende und schnell. Sein kräftiger Arm klammerte sich um Ashers Brust und hielt ihn fest, während seine eigenen Arme immer noch in dem halbabgestreiften Mantel verfangen waren. Er spürte, wie der Geist des Vampirs seinen eigenen Verstand erstickte und kämpfte dagegen an, wie er es damals im Zug gegen Ysidro getan hatte. Der Arm um seine Brust preßte sich noch fester um seinen Körper, und er versuchte mit beiden Händen, die Finger, die sich in seinem Mantel vergraben hatten, zu lösen – ebensogut hätte er versuchen können, die Finger einer Statue zu brechen.

Anthea zerrte ebenfalls an Grippens Handgelenken und versuchte mit aller Kraft, seinen Griff zu lösen. Er hörte, wie sie schrie: »Nicht . . .!« Und im selben Augenblick spürte er, wie die riesige, fleischige Hand des Vampirs seinen Hemdkragen herunterriß.

»Gottes Verderben!« Grippen riß seine Hand mit einem Ruck von der Silberkette zurück. Der Gestank von Blut, den sein Atem herübertrug, drehte Asher den Magen um. Er warf sich mit seinem ganzen Gewicht gegen Grippen und vermochte sich für einen Augenblick zu befreien, bevor der Vampir ihm einen Schlag gegen die Schläfe versetzte, der ihn gegen die gegenüberliegende Wand schleuderte. Er taumelte wie eine Stoffpuppe; der Schlag war mit einer unglaublichen Schnelligkeit ausgeführt worden. Während er benommen zu Boden sackte, bemerkte der Philologe in ihm die so deutlich auf das sechzehnte Jahrhundert weisenden, gerundeten Vokale – weit betonter als bei Ysidro –, als der Vampir brüllte: »Verfluchter Hurensohn, ich werde dir Silber geben!«

Mit verschwimmendem Blick sah er zwei Gestalten, schwarz und elfenbeinfarben im Schein der Lampe, die umeinanderzuwirbeln und miteinander zu verschmelzen zu schienen. Anthea hatte Grippen an beiden Handgelenken gepackt und versuchte, ihn zurückzuzerren, während ihr Haar, nunmehr von seinen haltenden Klammern und Nadeln befreit, um ihre Schultern tanzte. Obgleich sein Verstand immer noch wie benebelt war, erhob sich Asher taumelnd wieder auf die Füße und stolperte durch das Zimmer auf den säulengetragenen Bogengang zu. Ein äußerst unrühmlicher Abgang, dachte er benommen. Eigentlich sollte ein Gentleman dableiben und nicht einer Lady zumuten, für ihn die Last des Kampfes zu tragen, doch Tatsache war, daß sie weitaus geeigneter für diese Aufgabe war als er.

Savoy Walk lag schweigend und verlassen da, jetzt ganz in dichten Nebel gehüllt. Wenn er es bis zum Ende der Gasse schaffen konnte, über Salisbury Court hin zu den Lichtern der Fleet Street, dann wäre er in Sicherheit...

Er stolperte die steilen Stufen der Vordertreppe hinunter, sich kaum der schneidenden Kälte der Flußnebel bewußt, die wie Speerspitzen durch seine Hemdsärmel drang.

Es gab in der Tat Dinge, deren Kenntnis für einen sterblichen Menschen größte Gefahr barg, dachte er bei sich, während seine Füße durch die flache Pfützen des unebenen Kopfsteinpflasters platschten. Ohne einen Gedanken daran zu verschwenden, wie sein Verhalten auf mögliche Beobachter wirken mochte, begann er zu laufen.

Er kam nicht weiter, als bis zu dem pechschwarzen Rechteck, an dem der Hof in die Gassenschlucht mündete.

Plötzlich materialisierte sich in der finsteren Öffnung eine Gestalt, schien aus dem Nebel selbst heraus Form anzunehmen – ein zierliches Mädchen, deren rosige Locken sich auf ihrem Kopf türmten und deren dunkle Augen in dem schummrigen Lichtschein, der vom Haus herüberdrang, unheilkündend zu glühen schienen. Auf der Suche nach einem anderen Fluchtweg drehte er sich um und erkannte hinter sich im Nebel das bleiche Gesicht eines müden, kummervollen Geistes, das dem dritten Earl von Ernchester gehörte.

Mit eisigen Händen umfaßten sie seine Arme.

»Es tut mir leid«, sagte Ernchester leise, »aber Sie werden mit uns kommen müssen.«

8

»Sieben Jahre sind eine lange Zeit.« Der Honorable Evelyn Westmoreland rührte mit einem winzigen Löffel in seinem Kaffee und schaute gedankenverloren hinunter in die mitternachtsschwarzen Tiefen seiner Tasse.

»Ich weiß«, sagte Lydia leise und legte ihre Hand auf den Tisch, nahe genug, um ihn wissen zu lassen, daß, wenn sie nicht verheiratet wäre, er seine Hand über die ihre hätte legen dürfen. Die Federn ihres Hutes, die wie die rosa angehauchten Wolken eines Sonnenuntergangs anmuteten, bewegten sich leicht, als sie sich nach vorn beugte; unter dem Spitzenbesatz ihrer Ärmel traten ihre in Saffianleder gehüllten Hände wie die schlanken Stiele einer Rose hervor. Ihre braunen Augen waren weit geöffnet und sanft – sie konnte ihn nur als ein verschwommenes Muster aus Licht und Schatten erkennen, doch sie hatte entschieden, daß es in diesem Fall besser wäre, gut auszusehen, als gut zu sehen.

»Glauben Sie mir, ich wünschte, ich könnte die Angelegenheit auf sich beruhen lassen.«

»Das sollten Sie auch.« Eine Spur bitteren Widerwillens klang in seiner Stimme mit. »Es gehört nicht zu der Art von Dingen, mit denen Sie sich beschäftigen sollten ... Mrs. Asher.« Hinter ihm schwebte die rotschwarze Gestalt eines der Kellner des Gatti's herbei und brachte, obgleich es schon über die übliche Stunde war, in der der Tee serviert wurde, heißes Wasser, das er geräuschlos Lydias Teekännchen hinzufügte, um dann die Überreste des kleinen Mahls aus Kuchen und Sandwiches zu entfernen. Das Restaurant begann schon, sich mit den Gerüchen der warmen Dinnerspeisen zu füllen. Der Klang der Stimmen der vereinzelten Gäste, die hereinkamen, war anders; die verschwommenen Gestalten der Frauen waren mit anderen Farben angetan als zur Nachmittagszeit und funkelten von Juwelen. Draußen, vor den Fenstern des Restaurants, hatte sich eine neblige Dämmerung niedergesenkt.

Diese sieben Jahre, dachte Lydia insgeheim, waren nicht spurlos an dem Honorable Evelyn vorbeigegangen. Er war immer noch so stattlich, wie er es in jenen glücklichen Tagen der Rugbymatche gegen die Kings gewesen war; doch selbst ohne ihre Brille konnte Lydia erkennen, daß er unter seinem makellosen Maßanzug Fett angesetzt hatte. Als er ihren Arm genommen hatte, um sie an den kleinen Tisch zu geleiten, war Lydia ihm nahe genug gewesen, um zu erkennen, daß er, obgleich er noch nicht einmal dreißig war, schon die deutlichen Spuren eines ausschweifenden Lebens unter seinen blaugrauen Augen trug, die verbitterte Mattigkeit eines Mannes, der sich nicht ganz erklären konnte, an welchem Punkt sein Leben eine falsche Bahn genommen hatte; seinem Körper entströmte der schwache Geruch von teurer Pomade. Er war nicht mehr derselbe junge Mann, der ihr bei Konzerten so beharrlich seinen Arm angeboten hatte, nicht mehr Dennis Blaydons Waffenbruder gegen alle Angreifer auf dem Feld. Selbst damals, als sie noch sein gutes Aussehen bewundert hatte, war Lydia sein Gerede gestelzt und langweilig vorgekommen, und nun war es noch schlimmer geworden. Es hatte beinahe eine Stunde geduldigen Geplauders über den Tee hinweg gebraucht, bis er sich so weit entspannt hatte, daß er, wie sie hoffte, in einer redseligeren Stimmung war.

Sie schaute auf ihre Teetasse hinunter und spielte mit den Fingern an dem zierlichen, geschwungenen Bogen des Henkels. Es war ihr bewußt, daß er die Gelegenheit ihres abgewandten Blicks nutzte und eingehend ihr Gesicht studierte. »Wie *ist* er gestorben, Evelyn?«

»Es war ein Kutschenunfall.« Seine Stimme nahm einen scharfen, verteidigenden Tonfall an.

»Oh«, sagte sie leise. »Ich hatte gehört...«

»Was immer Sie gehört haben mögen«, erwiderte Evelyn, »und wer immer es Ihnen auch erzählt haben mag, es war ein Kutschenunfall. Ich würde es vorziehen, nicht...«

»Bitte...« Ihre Augen suchten abermals seinen Blick. »Ich muß mit Ihnen darüber sprechen, Evelyn. Ich wüßte nicht, an wen sonst ich mich wenden sollte. Ich habe Ihnen den Brief mit der Bitte, mich hier zu treffen, geschickt, weil... ich habe gehört, daß es da eine Frau gab.«

Zorn schwang in seiner Stimme mit. »Sie hatte nichts damit zu tun. Er ist bei einem...«

»Ich glaube, daß ein Freund von mir sich mit ihr eingelassen hat.«

»Wer?« Er bewegte den Kopf und verengte die Augen, und die wachsame Betonung des Wortes erinnerte sie an ihren Vater, wenn er kurz davor stand, Dinge wie ›Das tut man einfach nicht‹ zu sagen.

»Niemand, den Sie kennen«, stammelte Lydia.

Er hielt einen Augenblick inne und dachte darüber nach. Der Honorable Bertie, so tölpelhaft er auch war, war immer der klügere der beiden Brüder gewesen. Dann sagte er gedehnt: »Machen Sie sich keine Sorge deswegen, Lydia... Mrs. Asher. Wirklich«, fügte er sanfter hinzu, als er die Sorgenfalten sah, die sich zwischen ihren Brauen gebildet hatten. »Ich... Verstehen Sie, ich habe kürzlich gehört, daß jemand, den ich kenne, sich mit ihr getroffen hat. Natürlich waren Sie damals gerade mit der Schule fertig, als man Bertie gefunden hat... als Bertie gestorben ist, und es gab da viel, was wir Ihnen nicht erzählen konnten. Aber sie war eine verderbte Frau, Lydia, von ganzem Herzen böse. Und vor ungefähr einer Woche habe ich... äh... habe ich sie getroffen und davongejagt... habe sie bezahlt... habe ihr Geld gegeben und ihr gesagt, sie solle das Land verlassen. Sie ist fort.« Er schaute sie nicht an, während er sprach.

Verlegenheit? fragte sie sich. *Oder etwas anderes?*

»Wirklich?« Sie beugte sich leicht vor, die Augen auf sein

Gesicht gerichtet, und versuchte so unauffällig wie möglich, etwaige Veränderungen in seinem Ausdruck zu entdecken.

Sie vernahm den erschöpften Widerwillen, den Ekel in seiner Stimme, als er sagte: »Wirklich.«

Sie ließ schweigend längere Zeit verstreichen, dann fragte sie: »Was für eine Frau war sie? Ich habe guten Grund, diese Frage zu stellen«, fügte sie hinzu, als der Honorable Evelyn sich schon einmal aufplusterte, um sogleich einen Schwall von Ermahnungen über sie zu ergießen, wie unziemlich Neugier für eine Frau ihrer Klasse und ihres Standes sei. »Sie wissen ja, daß ich Ärztin geworden bin.«

»Ich weiß«, sagte er mit einer Spur von Empörung, als ob er das Recht hätte, es zu verbieten. »Obgleich ich nicht ganz verstehen kann, wie Professor Asher seiner Frau erlauben kann ...«

»Nun«, unterbrach sie seine Tirade mit vorgeblich naiver Eifrigkeit, »in meinen Studien bin ich auf zwei oder drei Fälle eines speziellen nervösen Leidens gestoßen, die mich an Dinge erinnerten, die J – mein Freund – mir über diese – diese Carlotta erzählt hatte. Ich habe den Verdacht, daß sie wahnsinnig sein könnte.«

Das erweckte sein Interesse, wie es das nach ihrer Erfahrung bei neun von zehn Leuten tat. Er beugte sich vor, die wäßrigen Augen plötzlich mit Leben erfüllt, und sie griff über den kleinen, mit einem gestärkten, weißen Leinentuch bedeckten Tisch und umfaßte seine Hand. »Doch ich bin ihr selbst nie begegnet und habe sie auch nie zu Gesicht bekommen, aber Sie haben es ... wenn Sie bereit sind, darüber zu sprechen. Bitte, Evelyn. Ich brauche Ihre Hilfe.«

In der Droschke, auf dem Rückweg zum Bruton Place, notierte sie eiligst die wichtigsten Punkte des anschließenden Gesprächs – es hätte recht unhöflich ausgesehen, hatte sie entschieden, Notizen zu machen, während Evelyn sprach. Die Kellner des Gatti's hatten mit geschultem Auge die Ernsthaftigkeit der Unterhaltung zwischen dem reich aussehenden Gentleman und dem zierlichen, rothaarigen Mädchen erkannt und hatten sie taktvoll unbehelligt gelassen.

Die Unterhaltung war enttäuschend gewesen, denn Evelyn war so gänzlich von Sport – und nun dem Börsenmarkt – eingenommen, wie sein Bruder es von Kleidung und Mode gewesen war, doch durch geduldiges Nachfragen war es ihr gelungen, bestimmte Dinge zusammenzusetzen.

Zum ersten hatte man Lotta manchmal schon knapp eine Stunde nach Sonnenuntergang gesehen, wenn der Himmel noch recht hell war – Evelyn glaubte, daß es wohl im Frühling gewesen sein mußte, doch er war sich nicht sicher.

Zum zweiten war sie an manchen Tagen blasser, an anderen rosiger gewesen, ein Anzeichen dafür, daß sie manchmal schon gespeist hatte, bevor sie sich mit dem Honorable Bertie und seinen Freunden traf. Evelyn vermochte sich nicht daran zu erinnern, ob sie jemals bei einer der Gelegenheiten, bei denen sie sich schon früh mit ihnen getroffen hatte, rosig ausgesehen hatte, was bedeuten würde, daß sie *direkt* nach Sonnenuntergang aufgestanden war, um zu jagen.

Drittens hatte sie häufig sehr starkes Parfüm benutzt. James hatte nichts davon gesagt, daß Vampire anders rochen als Menschen, doch es war vorstellbar, daß sie mit einer anderen Nahrung auch einen anderen Geruch annahmen – sie versuchte mit Mühe, nicht an den Geruch von Blut zu denken und an das merkwürdige Aroma, das ihr in der Dunkelheit des Hinterhofs in Covent Garden in die Nase gestiegen war.

Darüber hinaus glaubte er bemerkt zu haben, daß etwas an ihren Fingernägeln und ihren Augen ihm seltsam vorgekommen war, doch er konnte es nicht näher beschreiben und war deshalb darauf zurückgefallen, es ›einen Ausdruck des Bösen‹ zu nennen, was einer klinischen Analyse nicht sonderlich hilfreich war.

Über die Umstände des Todes seines Bruders weigerte er sich standhaft zu sprechen, doch Lydia vermutete, ausgehend von den Dingen, die James ihr über die Techniken der Spionage erzählt hatte, daß Lotta es, als sie schließlich ihr Opfer getötet hatte, so arrangiert hatte, daß die Leiche in Umständen gefunden wurde, die entweder ehrabschneidend oder kompromittierend waren, wie zum Beispiel angetan in Frauenkleider oder in einer Gasse hinter einer Opiumhöhle.

Und schließlich hatte Evelyn ihr noch erzählt, daß Bertie einmal einen Talisman hatte anfertigen lassen, einen Liebesknoten aus Lotta's rotgoldenem Haar. Es befand sich immer noch unter Berties persönlichen Dingen. Er würde es ihr mit der Morgenpost übersenden, an die Deckadresse, bei der sie ihre Korrespondenz abholte.

Sie lehnte sich zurück, während die Droschke über das belebte Pflaster der Gower Street ruckelte, und starrte geistesabwesend hinaus auf die verschwommenen, gelben Halos der Straßenlaternen. Der aufsteigende Nebel schien alle Geräusche zu dämpfen, so daß alles leicht unwirklich anmutete.

Als die Droschke Nummer 109 Bruton Place erreichte, bezahlte Lydia hastig den Kutscher und eilte ins Haus, während sie mit einiger Verärgerung bemerkte, daß ihr Herz zu rasen begann. Sie mußte feststellen, daß sie sich zunehmend unwohl fühlte bei dem Gedanken, nach Einbruch der Dunkelheit noch draußen zu sein, und sei es auch nur für wenige Augenblicke.

Der Raum, in den die Vampire Asher führten, war ein Keller, nicht der des Ernchester House, sondern der eines verlassenen Geschäfts, dessen schmale Eingangstür sich zur pechschwarzen Finsternis der Gasse hin öffnete. Ernchester fischte die Schlüssel zu den beiden Vorhängeschlössern aus seiner Westentasche und ging voran in das winzige Hinterzimmer. Der Raum war vollgestopft mit hochaufgetürmten, staubigen Kisten und Schachteln. In der einen Ecke befand sich ein altes Specksteinwaschbecken, dessen rostige Pumpe, wie ein schiefhalsiges Ungetüm anmutete, das mißmutig in der Dunkelheit kauerte. Neben dem Waschbecken stand eine Öllampe; Ernchester zündete sie an und ging zu einer anderen Tür hinüber, deren Vorhängeschloß und Riegel mit einer Brechstange herausgebrochen worden waren – erst kürzlich, nach den Eindrücken im Holz zu urteilen. Der erstickende Gestank von Schimmel und Nässe stieg zu ihnen auf und hüllte sie ein, während sie über die steile Wendeltreppe hinunterstiegen zum Keller, der offensichtlich weit breiter als das Gebäude über ihnen war. Grob behauene, durchgebogene Balken stützten eine Decke aus rauchverfärbtem Stein; direkt darunter, am anderen Ende des Raumes, waren zwei verriegelte Rolläden, die daraufhin deuteten, daß dahinter Fenster lagen, die sich entweder auf Höhe der Straße befanden oder in einem Lichtschacht ein wenig darunter lagen.

»Hinter den Läden sind sie vergittert«, bemerkte der Earl, während er einen altmodischen, langstieligen Schlüssel von einem Haken neben der Tür nahm. »Also selbst wenn Sie die Vorhängeschlösser daran öffnen könnten, würde es Ihnen nicht viel helfen. Chloé, meine Liebe, würdest du bitte so gut sein und Doktor Ashers Mantel holen? Und meinen bitte auch?«

Das blonde Vampirmädchen warf ihm einen Blick zu, der sowohl schmollend als auch mürrisch war, doch auf diesem engelsgleichen Gesicht nur kindlich wirkte. »Traust dich wohl nich, mich mit ihm alleinzulassen, während du ihn selber holst, was, Schätzchen?« frotzelte sie in einem Akzent, der ihren Ursprung auf einen Umkreis von ein paar Straßen um die Kirche von St. Mary-Le-Bow festlegte. Im flackernden Schein der Öllampe, die sie auf ihrem Weg hier herunter mit sich gebracht hatten, warf sie Asher einen Blick über die Schulter zu. »Und mach dir bloß nich ins Hemd wegen dem bißchen Blech, das du dir um den den Hals baumeln läßt, Professor – wir könn'n auch aus 'n Adern an deinen Handgelenken trinken, weißt du.«

Sie hob Ashers Handgelenk an ihren Mund und preßte ihre kalten Lippen in einem grinsenden Kuß gegen die dünne Haut. Dann drehte sie sich um und war auch schon mit einem kaum wahrnehmbaren Rascheln ihrer seidenen Unterröcke in der Dunkelheit verschwunden.

Asher bemerkte, daß er zitterte. Obgleich der Keller trocken war, war es darin doch schneidend kalt. Neben ihm stand Ernchester, die Lampe immer noch in der Hand, und starrte stirnrunzelnd auf das schmale, schwarze Rechteck der Tür, durch die das Mädchen verschwunden sein mußte. Ebenso wie Ysidro bewegte sie sich zumeist ungesehen.

»Ein impertinentes Kind.« Ernchester runzelte mißbilligend die Stirn, so daß seine Brauen im flackernden Licht wie seltsam stachelige Borsten aussahen. »Es ist nicht nur eine Frage der Abstammung – obgleich ich natürlich zugeben muß, daß alle Dinge sich ändern. Nur scheint es so, als ob heutzutage niemand mehr wüßte, wie man sich zu benehmen hat.« Er stellte die Lampe auf dem Boden neben sich ab und hielt seine mageren Hände über den Glaszylinder, um sie sich an der aufsteigenden Luft zu wärmen.

»Anthea ist ausgegangen, um nach Ysidro zu suchen«, fuhr er nach einer Weile fort. »Keinem von uns beiden gefiel Don Simons Plan, den Mörder zu jagen – aus Gründen, die sich aus Ihrer bloßen Anwesenheit hier erklären sollten. Doch nun, da er sie engagiert hat, stimme ich mit ihr überein, daß es höchst unfair sein würde, Sie einfach zu töten, und dabei ganz die Tatsache außer acht zu lassen, daß Sie in einem gewissen Sinne ein

Gast unter meinem Dach sind.« Die blassen, müden blauen Augen ruhten einen Augenblick auf ihm, als suchte er nach anderen Gründen als der alten Gewohnheit des *noblesse oblige*, um sein Leben zu schonen.

Asher erwiderte bitter: »Ich nehme an, daß Grippen ebenfalls dagegen gestimmt hat?«

»Oh, es war niemals die Frage einer *Abstimmung*.« Dem Ton seiner Stimme nach zu urteilen, hatte der ältliche Vampir Ashers Sarkasmus in keiner Weise wahrgenommen. »Don Simon hat seit jeher immer nur seinen eigenen Regeln gehorcht. Er war der einzige von uns, der es für nötig hielt, einen Menschen zu engagieren. Aber er hat die Nase immer schon sehr hoch getragen und setzt seine Launen gegen jedweden Widerstand durch.«

Asher rieb sich die Schulter, die immer noch schmerzte, wo Grippen ihn gegen die Wand geschleudert hatte. »Das hätte er mir gegenüber ruhig erwähnen können.«

Der Steinboden unter ihren Füßen begann zu vibrieren; der Glaszylinder summte leise in seiner metallenen Halterung. »Die Untergrundbahn verläuft sehr nah an diesem Keller entlang«, erklärte Ernchester, als sich das Zittern langsam legte. »Tatsächlich hatten wir sogar befürchtet, daß sie hier durchbrechen würden, als sie die Erde für den Bau aufrissen, wie sie es auch wirklich in einem anderen Haus, das wir ein paar Straßen weiter besitzen, getan haben. Der Keller lag tiefer als dieser, ganz ohne Fenster – es war das Weinlager einer alten Taverne, zugeschüttet und vergessen nach dem großen Brand. Es gab eine große Anzahl solcher Orte im alten Stadtkern, manche davon datierten zurück bis in die Zeiten der Römer. Es war schrecklich feucht und unbequem, was auch der Grund dafür war, daß niemand dort schlief, als die Arbeiter durchbrachen.«

Asher strich sich nachdenklich über den Schnurrbart und schlenderte über die unebenen Steinplatten des Bodens zu dem Sarg an der gegenüberliegenden Wand hinüber. Als er ihn öffnete, sah er, daß die gesamte Auskleidung am Boden verbrannt war. Nur eine feine Schicht abgekratzter Asche lag noch auf dem verbrannten Holz des Sargbodens.

Er fragte sich, in welcher Krypta sie wohl die Überreste begraben hatten. St. Brides, ohne Zweifel. Seltsam, daß sie sich nach all diesen Jahren noch Gedanken darüber machten ... oder vielleicht auch gar nicht so seltsam.

Er ließ den Sargdeckel wieder zurückgleiten und drehte sich um. »Waren die Vorhängeschlösser an den Fenstern offen, als Sie Dannys Leiche gefunden haben?«

Ernchester warf einen hastigen Blick zu den verriegelten Fensterläden und schaute dann wieder zurück auf den leeren Sarg. Einen Augenblick lang schien er angestrengt zu überlegen, wieviel er einem Sterblichen erzählen sollte; dann gab er mit einer erschöpften Geste auf. »Ja. Der Schlüssel lag auf dem Sims.«

Asher ging hinüber zum Fenster und streckte den Arm aus, um mit den Fingerspitzen über das Schloß zu fahren. Er wandte sich wieder zu dem Vampir um. »Aber die Gitter waren unberührt?«

»Ja. Wäre irgend jemand – ein Stadtstreicher oder ein Vagabund – in den Keller eingedrungen und hätte sich umgesehen, dann wäre es nur natürlich, wenn er die Läden geöffnet hätte, um Licht zu bekommen, verstehen Sie?«

»Gab es irgendwo sonst im Gebäude Anzeichen für einen Stadtstreicher? Geöffnete Schränke, aufgezogene Schubladen? Und im übrigen Teil des Hauses? Irgendwelche Anzeichen dafür, daß es durchsucht worden ist?«

»Nein«, gestand Ernchester ein. »Das heißt – zumindest glaube ich nicht. Ich weiß es wirklich nicht. Anthea wird es wissen.« Ein anderer Mann – ein lebender Mann – hätte vielleicht geseufzt und den Kopf geschüttelt, doch wie auch bei Anthea und Ysidro schien die Mattigkeit der dahingegangenen Jahrhunderte derartige Gesten in ihm ausgelöscht zu haben. »Anthea – kümmert sich dieser Tage um derartige Dinge. Ich weiß, daß es eigentlich dem Mann obliegt, sich um solche Angelegenheiten zu kümmern, doch ... es scheint, als ob die ganze Welt sich wandelt. Früher bin ich damit besser fertig geworden als heutzutage. Ich nehme an, es liegt nur am Ruß der Fabriken in der Luft oder an dem Lärm in den Straßen ... es war nicht immer so wie jetzt, wissen Sie. Manchmal glaube ich, daß die Lebenden genauso darunter leiden wie wir. Die Leute heutzutage sind anders, als sie es früher einmal waren.«

Nun doppelt auf der Hut vor einer neuerlichen Gefahr, bemerkte Asher, wie das Mädchen wieder den Keller betrat; sein eigenes Jackett und seinen Übermantel sowie Ernchesters abgewetzten Samtmantel trug sie über dem Arm. Er sah jetzt, daß sie in eine kostspielige, wunderschöne Robe aus dunkelgrünem Samt gekleidet war, die über und über mit Pechkohle besetzt war; ihre weichen, weißen Hände und das bleiche Gesicht schienen wie Blumen gegen den opulenten Stoff. Sie war jemand, dachte er bei sich, die keinerlei Schwierigkeiten haben würde, einem Fremden in einer dunklen Gasse einen Kuß zu entlocken. Als er seinen Mantel von ihrem Arm nahm, sagte er: »Vielen Dank«, und die braunen Augen sahen verwirrt zu ihm auf, erstaunt darüber, daß man ihr dankte. »Hast du mit Lotta Harshaw gejagt?«

Abermals lächelte sie, doch diesmal vermochte der Spott nicht ganz das verängstigte Zucken ihrer Lippen zu verstecken. »Immer noch ganz der Schnüffler, ja? Du hast doch gesehen, was es dir einbringt.« Sie streckte die Hand aus, um seinen Hals zu berühren, dann zog sie sie augenblicklich zurück, als seine Silberkette das Licht der Lampe reflektierte. »Du weißt doch, daß man sagt, Neugier sei der Katze Tod.«

»Dann ist es gut eingerichtet, daß Katzen neun Leben haben«, erwiderte er gelassen. »Hast du mit Lotta gejagt?«

Sie zuckte mit den Achseln, eine gewollt kokette Geste ihrer nackten weißen Schultern, und wandte den Blick ab.

»Ich weiß, daß du sie zu einigen Anproben begleitet hast. Wahrscheinlich auch bei anderen Einkäufen. Ich kann mir vorstellen, daß ihr beide sehr reizend zusammen ausgesehen habt. Ich persönlich empfinde es als ausgesprochen langweilig, allein zu speisen – wie steht es mit dir?«

Der plauderhafte Tonfall seiner Stimme ließ ihre Augen wieder den Blick der seinen suchen, diesmal aber höchst amüsiert. »Manchmal. Aber weißt du, wir speisen niemals wirklich ganz allein.« Sie lächelte, und ihre Zähne glitzerten weiß gegen das seidige Rubinrot ihrer Lippen.

»Hast du Lotta gemocht?«

Die langen Wimpern verschleierten abermals ihre braunen Augen. »Nun, sie hat mir beigebracht, wo's lang geht«, erwiderte sie nach einer Weile, und er erinnerte sich an Bully Joe Davies verzweifelten Ausruf: *Ich weiß nich, wie die andern es machen* ... Nur einfach Vampir zu werden, war offenkundig bei weitem nicht alles. »Und wir – Mädchen, meine ich – jagen anders als die Männer. Und das ...« Sie verschluckte die nächsten Worte im letzten Augenblick und warf einen hastigen, ängstlichen Blick zu Ernchester, der schweigend neben der Lampe stand. Nach einer langen Pause, in der sie nochmals ihre Worte überlegte, fuhr sie fort: »Lotta und ich, wir sind miteinander ausgekommen. Da gibt es immer Dinge, die eine Lady von einer anderen braucht, verstehst du?«

Das was? Wie würde diese hübsche, herausgeputzte Porzellanpuppe die stille, antiquierte Lady Anthea sehen? *Zweifellos,* dachte Asher bei sich, *als eine hochnäsige und unfreundliche Ziege.* Mademoiselle La Tour hatte auf den ersten Blick erkannt, daß Lotta und Chloé aus gleichem Holz geschnitzt waren, und daß Anthea – denn zweifelsohne war sie es, die sich des Namens Mrs. Wren bediente – ihnen völlig unähnlich war.

»Hast du ihre reichen jungen Galane kennengelernt?« fragte er. »Albert Westmoreland? Tom Gobey? Paul Farrington?«

Wieder lächelte sie und spielte die Verschwiegene. »Ach, die meisten hab' ich wohl getroffen«, sagte sie und spielte mit einer ihrer blonden Locken. »Das waren alles kleine Schafe – selbst Bertie Westmoreland, immer so steif und etepetete, als ob er auf der Stelle tot umfallen würde, wenn er zugegeben hätte, daß er sie wollte, aber trotzdem hat er sie immer mit den Augen verfolgt, wo immer sie auch hinging. Wir sind zusammen ins Theater gegangen – Berties Bruder, ich und Lotta und ein paar Mädchen, die Berties Freunde mitbrachten... Und es fiel mir manchmal ganz schön schwer, nicht einfach dort hinten im Schatten der Loge einen von ihnen auszusaugen. Das ist so, als würde einem der Geruch von gebratenen Würstchen in die Nase steigen, wenn man hungrig ist... Es wäre so einfach gewesen...«

»Das hättest du aber nur einmal machen können«, bemerkte Asher und erntete dafür einen wütenden Blick ihrerseits.

»Das hat Lionel auch gesagt. Nicht wenn die andren in der Nähe sind, egal, wie sehr ich es tun möchte – niemals dort, wo andre es bemerken könnten.« Sie kam näher an ihn heran, ihr Kopf nicht höher als der oberste Knopf seiner Weste; er konnte das Patchouli-Aroma ihres Parfüms riechen und den schwachen Geruch von Blut, der mit ihren Worten herübertrieb, während sie sprach. »Aber jetzt sind keine anderen hier – und niemand wird es je erfahren.«

Ihre Zunge stieß vor, um über die vorstehenden Spitzen ihrer Fänge zu lecken. Er konnte sehen, wie ihre Augen auf seinen Hals gerichtet waren und auf die schweren silbernen Glieder der Kette. Obgleich er sich nicht getraute, seinen Blick von ihr abzuwenden, um es zu überprüfen, so hatte er doch das Gefühl, daß

Ernchester sich nicht mehr im Raum mit ihnen befand. Vielleicht war es nur einfach so, daß es den adeligen Vampir nicht kümmerte, ob sie ihn tötete oder nicht.

»Ysidro wird es erfahren«, erinnerte er sie.

Sie ließ seine Hand los und wandte den Blick ab. Ein Schaudern durchfuhr sie. »Dieser kaltschnäuzige, spanische Bastard.«

»Hast du Angst vor ihm?«

»Du etwa nich?« Ihr Blick fand wieder den seinen. Braune Augen, die so engelsgleich hätten sein können, es jedoch nie gewesen waren, dachte er bei sich. Ihr roter Mund verzerrte sich. »Glaubst du etwa, er würde dich vor Lionel schützen? Das tut er nur so lange, wie er dich gebrauchen kann. Du solltest es lieber nicht so eilig haben, die Antworten auf deine Fragen zu finden.«

»Und ich habe ihm schon gesagt, daß er besser nicht zu viel Zeit dafür benötigen sollte«, murmelte die sanfte, klare Stimme Ysidros. Asher drehte sich um und sah den spanischen Vampir direkt neben sich stehen, so wie Grippen zuvor erschienen war. Sein Blick schoß schnell genug zu Chloé zurück, um ihr Erschrecken zu beobachten. Sie hatte ihn ebenfalls nicht gesehen.

»Also sollten wir vielleicht«, fuhr Don Simon fort, »die Dinge einfach belassen, wie sie sind, und nicht versuchen, sie so zu formen, wie sie unserer Meinung nach sein sollten. Sie hätten nicht hierherkommen sollen, James.«

»Ganz im Gegenteil«, erwiderte Asher. »Ich habe eine ganze Menge dazugelernt.«

»Genau das meinte ich. Doch da das Kind nun einmal unwiederbringlich in den Brunnen gefallen ist, erlauben Sie mir, Ihnen die Quelle zu zeigen. Eine von Calvaires Wohnstätten befindet sich oben. Ich kenne wenigstens zwei andere, die er zu benutzen pflegte. Es könnte noch weitere gegeben haben.«

»Deshalb also die Geheimniskrämerei«, sagte Asher, als er dem Vampir voran zu der dunklen Stiege vor der Tür ging. »Irgendwelche in Lambeth?«

»Lambeth? Nicht daß ich wüßte.« Asher spürte, wie sich die kalten, gelben Augen in seinen Rücken bohrten.

Sie stiegen die halsbrecherisch schmale, gewundene Stiege zu dem muffigen Hinterzimmer hinauf; obgleich er gebannt darauf lauschte, so konnte Asher doch keine Schritte hinter sich vernehmen, weder von Ysidro noch von Chloé, sondern hörte nur das leise Rascheln von den Unterröcken des Mädchens. Er glaubte, daß Ernchester wohl zur selben Zeit aus dem Raum gegangen sein mußte, zu der Ysidro ihn betreten hatte, denn der Earl war nirgends im Keller zu entdecken, als sie ihn verließen. Und tatsächlich erwarteten Charles und Anthea sie schon im Salon einer kleinen Wohnung, die im zweiten Stock eingerichtet worden war. Die Tiffanyleuchten, die überall im Raum entzündet waren, verliehen ihren seltsamen, weißen Gesichtern die rosige Illusion von Menschlichkeit.

»Ich nehme doch an, daß du nicht mehr in diesem Gebäude schläfst, Chloé?« erkundigte sich Ysidro, als sie eintraten und das Mädchen ihre Lampe auf dem Tisch abstellte.

»Nein«, erwiderte sie ungehalten. Sie zog sich in eine Ecke des Zimmers zurück und hockte sich dort auf einen der gemusterten Stühle; der Raum war in den verschiedensten Stilen ausstaffiert, wuchtige Sessel wechselten ab mit Sheraton- und Hepplewhitemöbeln, und hier und da stand ein kleines, lackiertes Kabinett, angefüllt mit Schnickschnack und Büchern. Der Salon war sehr ordentlich gehalten worden, und es fand sich hier nichts von dem Durcheinander, das Asher in den Räumen der anderen Vampire vorgefunden hatte. Durch eine geöffnete Tür hinter Lady Antheas Stuhl, konnte er ein sorgsam aufgeräumtes Schlafzimmer erkennen, dessen Fenster dicht verhängt und zweifellos unter den Gardinenschichten auch noch mit Läden verriegelt waren. Es war kein Sarg zu entdecken – Asher vermutete, daß er sich wohl in dem anschließenden Ankleidezimmer befand.

»Lionel ist fort«, sagte Lady Ernchester leise. Ihre teebraunen Augen wandten sich Asher zu. Sie hatte ihre Haare wieder aufgesteckt, und nichts deutete auf ihren Kampf mit Grippen hin, außer der Tatsache, daß sie ihr Kleid gegen eine dunkle Robe aus purpurschwarzem Taft getauscht hatte. Asher fragte sich, ob wohl Minette die Robe für sie gefertigt hatte.

»Sie haben sich einen gefährlichen Feind geschaffen: Seine Hand ist ganz verbrannt, wo er das Silber ihrer Kette berührt hat.«

Insgeheim dachte Asher, daß es dem Meistervampir nur recht geschehen war, doch er sprach diesen Gedanken nicht laut aus. Sein gesamter Körper war immer noch steif und schmerzte. Er befand sich immer noch, ermahnte er sich selbst, in tödlicher Gefahr, dennoch erfüllte ihn Grippens Abwesenheit mit einem Gefühl der Erleichterung. Er schlich hinüber zu dem kleinen

Kabinettschränkchen, das unter der Gasflamme stand, und öffnete die Schubladen. Sie waren leer.

»Lionel hat das getan«, drang Antheas Stimme zu ihm herüber. »Er sagte mir, er hätte das gleiche in Nettys Haus getan.«

»*Er* scheint derjenige zu sein, der den Brunnen zuschüttet, nachdem das Kind hineingefallen ist.« Asher wandte sich wieder um und begann, vorsichtig im Zimmer umherzustreifen, während er die französischen Bücher in den Regalen und die Kissen auf dem kamelrückigen Diwan inspizierte. Er warf einen Blick zu Ysidro hinüber, der nun seinen Platz neben Antheas Stuhl eingenommen hat. »Wenn Silber eine derartige Wirkung auf Sie hat, wie können Sie dann kaufen, was Sie benötigen?«

»So wie jeder Gentleman von Stand es zu tun pflegt«, erwiderte Anthea mit einem kaum wahrnehmbaren Lächeln. »Man kann über Jahre – selbst über Jahrhunderte – hinweg einhergehen, ohne jemals wirklich mit Bargeld in Berührung zu kommen. In früheren Zeiten haben wir Gold genommen. Papiergeld – Banknoten, und später Schatzbriefe – waren ein wahres Geschenk des Himmels für uns, doch man muß ja leider immer noch ein Trinkgeld geben. Ich habe festgestellt, daß es für gewöhnlich nächtens immer kühl genug ist, um das Tragen von Handschuhen zu rechtfertigen.«

»Aber sie müssen aus Leder sein«, fiel ihr Chloé unhöflich ins Wort. »Und ich meine gutes Leder, nicht diese Glacédinger; es brennt glatt durch Seide durch.«

Anthea runzelte die Stirn. »Tut es das? Das habe ich nie feststellen können.«

Ysidro hielt seine lange, weiße Hand hoch. »Ich vermute, daß man mit den Jahren etwas widerstandsfähiger wird. Ich weiß, daß dein Arm, Chloé, wenn du Silber auf diese Weise berührt hättest, wie Grippen es getan hat, wochenlang bis zur Schulter hinauf angeschwollen wäre, und außerdem wärest du noch krank geworden. So ist es auch mir ergangen, beinahe bis zu der Zeit des großen Brandes. Es ist ein seltsam empfindlicher Stoff, unser Fleisch.«

»Ich erinnere mich«, sagte Anthea langsam. »Das erste Mal, als ich Silber berührte – es waren die Silberfransen am Ärmel eines meiner alten Gewänder –, hat es mir nicht nur große Schmerzen bereitet, sondern mich auch sehr krankt gemacht. Ich erinnere mich, daß ich schrecklich durstig war, doch es war mir unmöglich zu jagen. Charles mußte für mich auf die Jagd gehen – er brachte mir . . .« Abrupt hielt sie inne und wandte den Blick ab. Ihr schönes Gesicht war völlig reglos. Als er darüber nachdachte, wurde Asher bewußt, daß die logische Beute, die man fangen und mit nach Hause bringen konnte, menschlicher Natur sein mußte – da es neben dem physischen Blut auch der Tod der menschlichen Psyche war, nach dem es dem Vampir verlangte – doch klein genug, daß man es noch mühelos transportieren konnte.

»Babys?« Chloé lachte. Es war ein kalter, klirrender Laut wie von aneinanderschlagenden Silberglöckchen. »Gott, du hättest die ganze Rasselbande meiner Brüder und Schwestern haben können – alles nur bettnässendes, krabbelndes Ungeziefer. Und die Jüngste von ihnen hat jetzt selber Gören . . .« Sie hielt inne und wandte unvermittelt ihr Gesicht ab, die Lippen fest aufeinandergepreßt; ein zartes schönes Gesicht, das niemals alt werden würde. Sie holte tief Luft, eine bewußte Geste, um sich wieder unter Kontrolle zu bekommen, dann fuhr sie unbeteiligt fort. »Komisch – ich sehe Mädchen, die damals mit mir im Opernballett waren, und sie sind viel zu alt, um noch zu tanzen – viel zu alt, um sich noch irgend etwas auf der Straße zu angeln, es sei denn einen ziemlich kurzsichtigen Seemann. Ich könnte noch heute in die Oper reinspazieren und würde meine alte Stelle im Ballett wiederbekommen, weißt du? Der alte Harry, der Bühnenmeister, würde mich sogar noch wiedererkennen, denn der war damals Bühnengehilfe.«

Abermals verfiel sie in Schweigen und starrte mit ihren großen braunen Augen ziellos in die Ferne, als würde sie in eine andere Zeit blicken – wie Anthea, dachte Asher, als sie auf Harrow Hill gestanden und gespürt hatte, wie die glühende Hitze des brennenden Londons über ihr sterbliches Fleisch strich. Nach einer Weile sagte Chloé mit seltsam fremder Stimme: »Es ist einfach merkwürdig, das ist alles.« Asher spürte, wie sich ihr Verstand drückend über den seinen legte, als sie plötzlich überstürzt das Zimmer verließ.

Anthea warf ihrem Gatten einen kurzen Blick zu; sehr viel stiller, beinahe unsichtbar, folgte Ernchester dem Mädchen nach draußen.

»Es wird einfacher«, sagte die Countess leise und wandte sich wieder an Asher, »wenn erst einmal alle, die wir im Leben gekannt haben – fort sind. Man wird nicht mehr – erinnert. Man kann – so tun als ob.« Ihre dunklen Brauen senkten sich wieder, und diese kleine Geste gab ihrem ruhigen Gesicht die Menschlichkeit zurück. »Selbst wenn man praktisch unsterblich ist, ist das Alter doch etwas sehr Beunruhigendes.« Mit diesen Worten erhob sie sich und folgte ihrem Mann unter dem Rascheln von dunklem Taft aus dem Zimmer.

Lange Zeit blieb Asher regungslos mit verschränkten Armen neben dem Kamin stehen und betrachtete Ysidro beim bernsteinfarbenen Schein der Lampen. Der Vampir verblieb neben dem nun verlassenen Stuhl, den Blick nachdenklich auf die Tür gerichtet, und Asher hatte den Eindruck, er lausche darauf, wie sich die entschwindenden Schritte der Lady mit den anderen Geräuschen Londons vermischten.

Lange Zeit verstrich, dann sagte Ysidro: »Es ist eine gefährliche Zeit in Chloés Leben.« Der rätselhafte Blick wandte sich wieder Asher zu, immer noch distanziert, ohne das Geringste von den inneren Gefühlen des Vampirs preiszugeben. »Das kommt bei Vampiren vor. Es gibt Stadien – ich habe sie selbst gesehen, habe sie selbst durchlebt, einige zumindest . . . Wenn ein Vampir für dreißig, vierzig Jahre existiert hat und mit ansieht, wie all seine Freunde sterben, der Senilität anheimfallen oder sich derart verändern, daß sie in nichts mehr an das erinnern, was sie in der Süße der gemeinsamen Jugend gewesen waren. Oder um die Hundert herum, wenn die gesamte Welt in etwas mutiert, das so völlig anders ist als das, mit dem er aufgewachsen ist; wenn die kleinen Dinge, die ihm so teuer waren, nicht einmal mehr erinnert werden. Dann ist es leicht, unvorsichtig zu werden, und die Sonne geht jeden Tag von neuem auf.«

Er schaute zu Asher hinüber, und der seltsame Schatten eines ehemals wehmütigen, bittersüßen Lächelns erschien für einen Augenblick wieder auf den zarten Zügen seines Gesichts. »Manchmal denke ich, daß Charles und Anthea auf diese Art – mürbe – werden. Sie verändern sich mit den Zeiten, wie wir es alle tun müssen, doch es wird immer und immer schwerer. Ich selbst werde immer noch von Zorn gepackt, wenn ein Ladenbesitzer sich mir gegenüber impertinent verhält, wenn diese dreckigen von Schindmähren gezogenen Droschken so durch die Straßen preschen, daß sie mich beinahe umfahren, oder wenn ich sehe, wie der schmierige, rußige Qualm der Fabriken den Himmel verschmutzt. Wir sind alte Leute, und wir haben eine Neigung zum unvernünftigen Konservativismus der

Alten. Nur wenig ist übriggeblieben von der Welt, wie sie in den Tagen König Charles gewesen ist, und ich fürchte, daß nichts mehr von der Welt verblieben ist, die ich einst kannte. Außer Grippen, natürlich.« Das Lächeln wurde sardonisch. »Was für ein Gefährte für die Unsterblichkeit.«

Er kam mit langsamen Schritten zum Kamin herüber, an dem Asher stand, und stocherte mit dem Schuh in den erkalteten Überresten darin, einem Haufen weißer Papierasche, wie sie schon Neddy Hammersmiths längst erkaltete Feuerstelle verziert hatte. »Das gilt natürlich nur unter der Voraussetzung«, fügte er ironisch hinzu, »daß man die ersten Jahre überlebt, die schrecklichen Gefahren des bloßen Erlernens, wie man sich als Vampir verhält.«

»Hat Rhys der Spielmann es Sie gelehrt?«

»Ja.« Es war das erste Anzeichen von Sanftheit, das Asher in diesen funkelnden Augen sah. »Er war ein guter Meister – ein guter Lehrer. Sie müssen wissen, daß es in jenen Tagen weitaus gefährlicher war, denn in jenen Tagen hat man an uns geglaubt.«

Es lag Asher auf der Zunge, nachzuhaken, doch statt dessen fragte er: »Wußten Sie, daß Calvaire einen Zögling geschaffen hat?«

Die kalten Augen schienen sich zu weiten und zu verhärten, die langgestreckten, schlanken Nasenflügel blähten sich auf. »Er hat *was*?«

»Er hat einen Zögling geschaffen«, wiederholte Asher.

»Woher wissen Sie das?«

»Ich habe mit ihm gesprochen«, erwiderte Asher. »Ein Mann namens Bully Joe Davies, aus Lambeth oder der umliegenden Gegend – er hat gesagt, daß er mir das Genick brechen würde, wenn ich irgend jemandem davon erzählte, besonders Ihnen. Sie scheinen«, fügte er trocken hinzu, »einen gewissen Ruf unter Ihresgleichen zu genießen.«

»Bezeichnen Sie etwa diesen Pöbel von Schauerleuten, Huren und Krämern als meinesgleichen?« fragte der Vampir verächtlich. »Die Farrens kommen dem wohl am nächsten, doch wenn man es genauer betrachtet, war sein Großvater nichts weiter als ein Emporkömmling ...«

»Ihre Gefährten dann also«, lenkte Asher ein. »Und in jedem Fall rechne ich darauf, daß Sie mich beschützen werden. Er sagt, daß er ebenfalls verfolgt werde. Ich soll ihn später noch treffen, um mit ihm zu einem weiteren Unterschlupf Calvaires zu gehen.«

Ysidro nickte; Asher konnte sehen, wie sich Gedanken in dem bleichen Labyrinth seiner Augen bewegten.

Er ging zu dem Kabinettschränkchen hinüber und fuhr mit einem träge umherstreifenden Finger über die geleerten Fächer, aus denen Grippen noch den letzten Fetzen eines möglichen Hinweises auf Danny Kings Umgang genommen und verbrannt hatte, für den Fall, daß jemand das tun würde, was Asher getan hatte – einen Namen aufspüren, ein Geschäft, eine Adresse, die ihn zu einem weiteren Keller führen würde, in dem vielleicht ein Vampir schlief. Er wandte seinen Blick wieder dem Vampir zu, der reglos im Schein der Lampe stand.

»Ich hatte nicht vor, es Ihnen zu sagen«, fuhr er nach einer Weile fort. »Doch ich habe heute nacht einige Dinge über Calvaire und über Vampire im allgemeinen erfahren. Ich verstehe jetzt, warum Sie mich die ganze Zeit über belogen haben. Auf eine Art hat Grippen recht. Sie wären ein vollkommener Narr, einen Menschen zu engagieren, um Ihren Mörder aufzuspüren, ganz zu schweigen davon, ihm zu erzählen, wer und was Sie sind – wenn Ihr Mörder ein Mensch ist. Doch Sie glauben nicht, daß er das ist. Tatsächlich glauben Sie, daß der Mörder ein anderer Vampir ist.«

9

»Ich wüßte nicht, wie das möglich sein sollte.« Lydia verschränkte die Arme über der Brust, während sie ging, um sich gegen die Kühle zu schützen, die selbst das unbeständige Sonnenlicht des herbstlichen Vormittags dämpfte. Gegen das matte Purpurbraun ihres Mantels schien ihr rotes Haar, aufgesteckt unter dem einzigen unauffälligen Hut ihrer umfangreichen Sammlung, wie ein loderndes Feuer; ihre Brillengläser blinkten wie ein Heliograph, wenn sie den Kopf bewegte. Trotz der Brille schien sie beinahe lächerlich jung und von einer zarten Anmut, die jedem anrührend verletzlich erscheinen mußte, der sie noch nie in einem der Sezierräume beobachtet hatte.

Asher, der neben ihr ging, warf ein wachsames Auge auf die Rasenflächen und Sträucher zu beiden Seiten des Weges, doch er konnte nur wenige andere Spaziergänger entdecken. Tief in der Nacht hatte es geregnet, und Hyde Park vermittelte einen leicht schwermütigen Eindruck; am Himmel versammelten sich schon wieder Wolken, die von Regen kündeten. Einige schwarzgekleidete Kindermädchen eilten mit ihren Schützlingen noch schnell auf einem Verdauungsspaziergang durch den Park, bevor der Regen von neuem einsetzte; doch das war alles.

»Ysidro geht es nicht anders«, erwiderte Asher. »Doch er hegt schon die ganze Zeit über den Verdacht, daß der Mörder nicht menschlicher Art ist. Deshalb mußte er einen Menschen engagieren und noch dazu einen finden, der an Vampire glaubte oder zu glauben bereit war und der bis zu einem bestimmten Grade eigenständig arbeiten konnte. Ich denke, daß Ysidros Gefährten vermutet haben könnten, es mit einem Vampir zu tun zu haben. Kein Mensch könnte je unerkannt einen Vampir belauern – ein Mensch kann sich schon glücklich schätzen, wenn er überhaupt einen sieht, ganz zu schweigen davon, einen als das zu erkennen, was er ist.«

»Du hast es getan«, gab sie zu bedenken.

Asher schüttelte den Kopf. »Nur einen unausgebildeten Zögling.« Sein Blick schweifte über die Bäume zu ihrer Linken. Er ertappte sich dabei, daß er wie Bully Joe Davies glaubte, überall etwas Verdächtiges zu entdecken.

»Ist Bully Joe Davies überhaupt zum Treffen erschienen?«

»Nein. Ysidro und ich haben beinahe bis zum Morgengrauen gewartet. Vielleicht hat er Ysidro gesehen und ist wieder verschwunden, was ich aber bezweifle. Dennoch glaube ich, daß wir Calvaires Zimmer in Lambeth ausfindig machen können, indem wir die seit Februar getätigten Grundstückskäufe überprüfen, denn zu jenem Zeitpunkt ist Calvaire aus Paris hierhergekommen. Wenn Calvaire versuchte, eine Machtbasis in London zu errichten – was er wohl vorgehabt zu haben schien, denn er hat einen Zögling gemacht –, dann wird er ein Haus erworben haben.«

Sie gingen eine Weile schweigend nebeneinander her, während der Wind in Böen an den Enden von Ashers Schal und an Lydias Röcken und Mantel zerrte.

Lydia nickte. »Ich frage mich, ob wohl alle Vampire zur selben Zeit in den Schlaf fallen – in den tiefen Schlaf. Denn daß die Fenster geöffnet waren, um das Sonnenlicht hereinzulassen, bedeutet natürlich noch lange nicht, daß sie auch geöffnet wurden, als die Sonne am Himmel stand.«

»Ich vermute, daß der Mörder, wenn er denn ein Vampir ist, wohl eine halbe Stunde haben wird, um sich in Sicherheit zu bringen«, sagte Asher. »Mehr als genug in London. Und es erklärt zweifellos die Frage, wie er überhaupt dazu kam, an Vampire zu glauben, ganz abgesehen davon, daß er wußte, wo er sie zu suchen hatte.«

»In allen Büchern treibt der Vampirjäger einen Pflock durch das Herz des Vampirs«, bemerkte Lydia nachdenklich. »Wenn dieser Jäger es getan hat, so ist doch alles zu sehr verbrannt, um es zu erkennen, doch Lottas Kopf ist ohne jeden Zweifel abgetrennt worden. Ich frage mich, ob das, wenn die Sonne nicht am Himmel steht, einen schlafenden Vampir wecken würde? Oder ob das Öffnen des Sarges es tun würde? Bist du sicher, daß ich meine Hand nicht in deine Tasche stecken kann?«

»Ganz sicher«, erwiderte Asher und kämpfte gegen sein eigenes Verlangen an, dichter neben ihr zu gehen, ihr seinen Arm anzubieten oder in irgendeine andere Art mit seiner Frau in körperlichen Kontakt zu treten. »Trotz aller Beweise dafür, daß der Mörder ein Vampir ist, fühle ich mich immer noch nicht sicher, dich zu treffen, selbst nicht bei Tageslicht . . .«

Sie sah ihn mit weit aufgerissenen Augen durch ihre Schulmädchenbrille an. »Vielleicht sollte ich mich als Taschendieb verkleiden? Oder ich tue so, als ob ich stolpere und hinfalle, und du fängst mich auf? Ich könnte auch in Ohnmacht fallen?« Mit einer dramatischen Geste legte sie die Hand gegen die Stirn. »Ich spüre schon, wie mir die Sinne schwinden . . .«

»Nein«, erwiderte Asher bestimmt und grinste.

Sie runzelte die Stirn. »Nun gut, aber das nächste Mal, wenn Onkel Ambrose wieder einmal über Plato und platonische Freundschaften doziert, dann werde ich ihm einiges erzählen können. Kein Wunder, daß Don Simon nie sonderlich besorgt zu sein schien, daß du dich mit dem Mörder verbünden könntest, wie du es anfänglich vorgehabt hattest. Hast du es eigentlich immer noch vor?«

»Ich weiß nicht«, erwiderte Asher. »Es ist noch nicht endgültig vom Tisch, doch ich muß erst noch eine ganze Menge mehr wissen, als ich es jetzt tue. Die Tatsache, daß der Mörder sie aus seinen – oder ihren – eigenen Gründen heraus vernichtet, bedeutet nicht, daß er mich nicht mit derselben Bereitwilligkeit vernichten würde.« *Oder dich,* fügte er insgeheim hinzu und betrachtete die schlanke Gestalt neben sich; sie erschien ihm wie die Heldin aus einer der alten Legenden, die neben dem Helden lag, getrennt durch ein gezogenes Schwert.

Lydia nickte und akzeptierte die Veränderung der Lage, von der ihr Leben abhing, mit dem ihr eigenen, stillen Vertrauen. Sie gingen eine Zeitlang nebeneinander her, Lydia offensichtlich in ihre eigenen Gedanken versunken; Asher zufrieden darüber, nur mit ihr zusammenzusein. Die Kiesel auf dem regengetränkten Weg knirschten leise unter ihren Füßen. Irgendwo auf der anderen Seite der grauen Rasenflächen bellte ein Hund.

»Hast du irgendeine Ahnung, wieviel Licht notwendig ist, um ihr Fleisch zu zerstören?«

Asher schüttelte den Kopf. »Ich habe Ysidro gestern nacht gefragt. Ich habe auch schon versucht, das herauszufinden – dieser Spielraum von ungefähr einer halben Stunde. Das ist es, was mich so beschäftigt. Ysidro wurde am zweiten Tag des Großen Brandes von 1666 vom Morgengrauen überrascht. Er sagt, das ganz schwache, graue Licht vor dem Sonnenaufgang habe ihm das Gesicht und die Hände verbrannt, als hätte er sie in einen Ofen gesteckt – darüber hinaus waren selbst seine Arme, seine Brust und Teile seiner Beine und seines Rückens unter der Kleidung verbrannt und blasig. Den Angaben von Lady Ernchester zufolge dauerte es beinahe fünfzig Jahre, bis die Narben verschwunden waren.«

»Aber sie sind verschwunden«, murmelte Lydia nachdenklich. »Also *regeneriert* sich Vampirfleisch ...« Ihre Brauen zogen sich noch weiter zusammen; und ein Gedanke, der ihr kam, verhärtete ihre braunen Augen. Sie griff zu ihrem Haar, um eine lange Strähne von der geflochtenen Tresse an ihrem Kragen zu befreien – Asher mußte seine Hände mit aller Macht in seinen Taschen halten, um ihr nicht behilflich zu sein. »Ich habe heute morgen von Evelyn den Liebesknoten erhalten. Ich habe mir ihn und die Wirbelknochen unter dem Mikroskop angesehen, und sie sehen aus ... Ich weiß nicht, wie ich es sagen soll, und wünschte, das Mikroskop hätte eine stärkere Vergrößerung erlaubt. Der Knochen war ziemlich beschädigt, aber die Haare ... Ich würde sie gern auf der subzellularen Ebene untersuchen – und ihr Fleisch und Blut ebenfalls.«

Natürlich, dachte Asher bei sich. Er selbst betrachtete die Vampire von der linguistischen und geschichtlichen Warte aus, wenn er nicht gerade einfach nach Wegen suchte, sie davon abzuhalten, ihm die Kehle aufzureißen; Lydia hingegen sah in ihnen ein medizinisches Rätsel.

»Weißt du, wie versteinerte Wälder entstehen?« fragte sie,

während sie sich Marble Arch mit seinen vereinzelten Bäumen und Spaziergängern näherten und umkehrten, um den Weg zurückzugehen, den sie gekommen waren, zwei einsame, namenlose Gestalten auf den weitläufigen Rasenflächen des Parks. »Oder wie Fische und Farne und Dinosaurierknochen im kambrischen Sandstein als Fossilien erhalten wurden? Es ist ein Prozeß des Ersetzens des Organischen durch das Inorganische, Zelle für Zelle. In der letzten Zeit sind viele Forschungen über Viren gemacht worden, Keime, die kleiner sind als Bakterien, so klein, daß wir sie nicht mal mit dem Mikroskop sehen können – zumindest jetzt noch nicht. Klein genug, so daß sie auf einer subzellularen Ebene operieren können. Ich habe Horace Blaydons Artikel über Viren im Blut gelesen; er hat viel darüber gearbeitet, als ich noch bei ihm studierte. Ich frage mich, ob die Unsterblichkeit der Vampire von einer Art zellularen Austausches oder Mutation herrührt – ob Vampirismus tatsächlich vielleicht ein Virus ist oder ein interagierendes Syndrom von Viren, die die grundlegende Substanz der Zelle verändern können. Das würde auch die extreme Lichtempfindlichkeit erklären und die schweren allergischen Reaktionen auf Dinge wie Silber, Knoblauch und verschiedene Hölzer – man muß den Mund mit Knoblauch vollstopfen, um das Gehirn zu töten, und das Herz mit einem Holzpflock durchstoßen, um das Herzgefäßsystem zu lähmen – man muß das zentrale Nervensystem abtrennen . . .«

»Und übertragen wird es durch Blutkontakt.« Abermals wunderte er sich kurz darüber, warum es, im Angesicht einer solch überwältigenden Menge an Beweisen, einen solchen Mangel an Glauben gab. »Alle Legenden sprechen davon, daß die Opfer von Vampiren ebenfalls zu Vampiren werden. Die Vampire selbst sprechen davon, ›Zöglinge zu bekommen‹, doch das ist offensichtlich eine Frage des Vorsatzes. Ernchester hat gesagt, Grippen würde niemals zulassen, daß jemand anders außer ihm selbst einen neuen Vampir macht, doch Calvaire hatte offenkundig keinerlei Schwierigkeiten, Bully Joe Davies zu initiieren.«

»Zu initiieren, aber nicht auszubilden«, sagte Lydia nachdenklich. »Oder – war es *wirklich* nur ein Mangel an Ausbildung, der ihn tölpelhaft genug sein ließ, so daß du ihn hast entdecken können? Entwickeln sich die psychischen Fähigkeiten, die noch ein Teil dieses Virussyndroms zu sein scheinen, erst mit der Zeit? Wie alt waren die Vampire, die ermordet wurden?«

»Das ist ein weiterer interessanter Punkt«, erwiderte Asher. »Lotta ist seit Mitte des achtzehnten Jahrhunderts Vampir gewesen; Hammersmith und King waren jünger, beinahe genau hundert Jahre alt. Ysidro hat miterlebt, wie sie alle gemacht wurden. Ich weiß nicht, wie es mit Calvaire steht. Eins der vielen Dinge«, fügte er trocken hinzu, »die wir nicht von Calvaire wissen.«

»Valentin Calvaire«, murmelte Ysidro, während er sich in die abgewetzten Lederpolster der einspännigen Droschke zurücklehnte und seine langen Finger wie eine Anzahl elfenbeinerner Spindeln ausstreckte. Er erinnerte Asher irgendwie an einen Kater, der so alt war, daß sein Fell beinahe weiß geworden war. »Seltsam, wie viele Spuren zu Valentin Calvaire zurückzuführen scheinen.«

»Er war das erste Opfer – vermutlich jedenfalls«, sagte Asher. »Zumindest das erste Opfer, das in London getötet wurde; das einzige Opfer, das nicht *aus* London stammte; das einzige Opfer, dessen Leiche wir niemals gefunden haben. Was wissen Sie über ihn?«

»Weniger, als ich mir wünschte«, erwiderte der Vampir, seine Stimme klang leise gegen das Rattern und den Lärm der zu den Theatern strömenden Menschenmengen, die sie auf der Drury Lane umgaben. »Er war, wie ich schon sagte, einer der Pariser Vampire – er ist vor acht Monaten hierher nach London gekommen.«

»Warum?«

»Das war ein Thema, das er nie zur Sprache kommen ließ.« Der Tonfall des Vampirs war völlig neutral, doch Asher spürte den Abscheu in dieser so kühl getroffenen Aussage. Ysidro, vermutete er mit einem versteckten Grinsen, wußte mit Monsieur Calvaire wohl recht wenig anzufangen. »Wenn ich es richtig verstehe, so war er nicht von Adel.«

»Was dieser Tage in Frankreich als Adel gilt«, erklärte Ysidro mit unterschwelliger Boshaftigkeit, »hätte früher nicht einmal die Tische derjenigen abräumen dürfen, deren Abstammung und Art der Herkunft sie so armselig zu imitieren suchen. Alles, was in jenem Land auch nur im entferntesten einer reinen Blutlinie ähnelte, wurde vor einhundertsiebzehn Jahren hinuntergespült in die Gosse des Place Louis-Quinze – verzeihen Sie bitte, des Place de la Concorde. Was übriggeblieben ist, ist der Samen derer, die geflohen sind, oder jener, die sich diesem *condottiere* Napoleon angebiedert haben. Wohl kaum das, was man eine ehrwürdige Herkunft nennen kann.«

Nach kurzem Schweigen fuhr er fort: »Ja, Calvaire hat vorgegeben, von nobler Geburt zu sein. Nichts anderes war von einem Mann wie ihm zu erwarten.«

»Wie lange war er schon Vampir?«

Ysidro runzelte nachdenklich die Stirn. »Nach meiner Schätzung weniger als vierzig Jahre.«

Asher zog erstaunt die Augenbrauen hoch. Er hatte, wie er feststellte, unterbewußt Alter mit Macht innerhalb der Vampirgemeinschaft gleichgesetzt – es waren die beiden ältesten Vampire, Ysidro und Grippen, vor denen sich die anderen in Furcht beugten. Die Jüngeren – Bully Joe Davies und die Ballettänzerin Chloé – schienen schwach, beinahe bemitleidenswert.

»Überlegen Sie einmal«, drängte Ysidro ihn tonlos. »Paris befindet sich seit dem Niedergang der Bourbonen-Könige in einem Zustand des beständigen Chaos. Vor fünfunddreißig Jahren erlebte es die Belagerung durch die Preußen, Bombardierung, Aufstände und eine Regierung von einer Bande von Aufständischen, die eine Kommune bildeten und mit jedermann kurzen Prozeß machten, den sie des Verrats verdächtigten – worunter sie schon die mangelnde Übereinstimmung mit ihren Idealen verstanden. Die Vampire, als Gruppe gesehen, bedürfen weitestgehend einer statischen Gesellschaft für ihren Schutz. Wölfe jagen nicht in einem brennenden Wald.«

Wie du meinst, dachte Asher finster. Während der Aufstände in der Provinz Shantung hatte er schon so genug Sorgen gehabt, ohne daß er sich auch noch immer wieder in den niedergebrannten Ruinen der lutherischen Mission, in der er sich versteckt hatte, umschauen mußte, ob sich ein rotäugiger *kuei* von hinten an ihn heranschlich. Nach einer Weile fragte er: »Und wie hat Grippen auf Calvaires Kommen reagiert?«

Ysidro verharrte eine Weile schweigend, während die Droschke sich ruckelnd einen Weg durch den immer stärker werdenden Verkehr Richtung Waterloo Bridge bahnte. Der Regen schlug einen leisen, flüsternden Rhythmus auf das gehärtete Lederdach der Droschke. Er hatte am späten Nachmittag wieder eingesetzt, während Asher im Public Record Office war, auf der Suche nach Häusern, die in den letzten acht Monaten in Lambeth entweder von Valentin Calvaire, Chrétien Sanglot oder von Joseph Davies erworben worden waren. Nun roch die ganze Stadt nach den Auspuffgasen der Automobile, dem Dung von Pferden und dem Salz- und Abwassergestank des Flusses.

»Nicht gut«, erwiderte Ysidro schließlich. »Verstehen Sie, wir – Vampire – finden Reisen im höchsten Maße unangenehm. Im Herzen sind wir konservativ; daher auch der Mythos, daß ein Vampir in seiner heimatlichen Erde ruhen muß. Eher ist es so, daß er eines sicheren Ruheplatzes bedarf, und solche Plätze sind auf Reisen nur schwer zu finden. Calvaire hatte natürlich sowohl von Grippen als auch von mir gehört. Als er ankam, hat er sich – zur Schau gestellt, würden Sie wohl vermutlich sagen – und hat kein menschliches Blut getrunken, bis der Meistervampir der Stadt Kontakt mit ihm aufgenommen hatte.«

»Grippen«, sagte Asher. »Nicht Sie.«

Zum ersten Mal sah er das Aufflackern von Zorn in den gelben Augen des Spaniers. Doch Ysidro erwiderte nur milde: »Wie dem auch sei.«

»Warum?« drängte er.

Ysidro wandte nur den Kopf leicht zur Seite und betrachtete herablassend unter gesenkten Augenlidern hervor die Menschenmengen auf den überfüllten Bürgersteigen.

»Ich habe von Grippens Fang gehört«, beharrte Asher. »Lord Ernchester, Anthea, Lotta, Chloé, Ned Hammersmith . . . Selbst obwohl Danny King der Diener der Farrens war, selbst obwohl seine Loyalität ihnen gehörte, war doch Grippen es, der ihn gemacht hat. ›Auf Charles Wunsch hin und auf seinen eigenen‹, so wie Anthea Farren sagte, wurden sie beide ungefähr gleichzeitig von demselben Meistervampir gemacht. Weshalb ist er der Meistervampir von London und nicht Sie selbst?«

Die Erinnerung an Antheas Gesicht stieg in ihm auf, eingerahmt von dem dunklen Haar mit den roten Strähnen. Sie hatte ihn gewarnt, hatte ihn aus Grippens Griff gerungen; sie hatte den erzürnten Vampir davon zurückgehalten, ihn zu töten, während er floh. Und dennoch gehörten sowohl sie als auch ihr Mann zu Grippens Fang – oder, wie Bully Joe Davies gesagt hatte, Grippens Sklaven.

Warum Sklaven?

Einen Augenblick lang dachte er, Ysidro würde sein verächtliches Schweigen beibehalten. Doch ohne den Kopf wieder zurückzuwenden, erwiderte der Vampir: »Vielleicht, weil es mir nicht der Mühe wert ist.« Der vertraute, hochmütige Ton fehlte in seiner Stimme, er hörte sich nur ein wenig müde an. Asher hatte für einen Moment das Gefühl, es nicht mit einem Vampir zu tun zu haben, sondern mit dem Mann, dessen seltenes, seltsam liebliches Lächeln über die schlanken Züge huschte.

Doch wie das Lächeln, war auch das flüchtige Durchschimmern von Resignation, von vergangener Menschlichkeit augenblicklich wieder verschwunden – wie die Dinge, die man im Licht der Sterne zu sehen glaubt. Ysidros Stimme war so nüchtern wie die Färbung seines Gesichts, als ob selbst der Besitz einer eigenen Meinung über die Jahre hinweg bedeutungslos für ihn geworden war. »Es würde große Mühe wie auch eine gewisse Gefahr bedeuten, Grippens Autorität anzugreifen. Ich persönlich habe nicht vor, die Ruhe meiner Existenz dadurch zu stören, mich soweit herabzulassen, mit einem *peon* wie ihm zu kämpfen. Calvaire war offensichtlich nicht so wählerisch. Er hat Grippen Gefolgschaft geschworen, doch es ist deutlich, daß er nie vorhatte, sich der Autorität unseres medizinischen Freundes zu unterwerfen . . .«

»Medizinisch?« wandte Asher ein, und Ysidro betrachtete ihn von neuem mit seinem alten, kühlen Desinteresse.

»Lionel Grippen war ein Doktor der Medizin und galt zu seiner Zeit als sehr gelehrt, auch wenn das, wenn man die heutigen Behandlungsverfahren betrachtet, nicht gerade bedeutet, daß man ihn in den Himmel gelobt hat. Aber einige Jahrzehnte nach seiner Initiation in das Vampirdasein hat er sich weiter über die medizinischen Fortschritte auf dem laufenden gehalten. Jetzt liest er die Journale, flucht und schleudert sie durch das Zimmer, erzürnt darüber, daß nichts, worüber sie schreiben, ihm noch bekannt ist. Obwohl ich gehört habe«, fügte er hinzu, »daß es schon beinahe zwei Jahrhunderte her ist, seit er zum letzten Mal seine medizinischen Obliegenheiten hatte.«

»Tatsächlich?« Asher strich sich nachdenklich über den Schnurrbart. »Sie wissen nicht zufällig, ob er noch seine alten Instrumente besitzt?«

»Ich bezweifle, daß die Originale noch existieren, doch er wird wissen, wo und wie er sich neue beschaffen kann.« Der Vampir betrachtete ihn nun mit Interesse, den Kopf leicht zur Seite geneigt, das lange, farblose Haar vom nächtlichen Wind an die zerbrechlich wirkenden Wangenknochen gepreßt.

»Interessant«, sagte Asher. »He, Kutscher! Halten Sie an!«

Der Mann riß an den Zügeln und lenkte fluchend die Pferde aus dem Strom des Verkehrs, der sich von der Waterloo Bridge ergoß. Auch auf den Bürgersteigen herrschte dichtes Gedränge. Ysidro huschte aus der Droschke und verschwand augenblicklich zwischen den unter dem gleißenden Laternenlicht der Brücke hin und her eilenden Gestalten. Auf Ashers Befehl hin, setzte sich der Kutscher unter gemurmelten Beschimpfungen über nichtsnutzige, feine Pinkel als Fahrgäste wieder in Bewegung und rollte auf das Durcheinander aus Droschken, Karren, Omnibussen und Fußgänger zu, die sich um den halbfertigen Riesen der Waterloo Station drängten. Asher streifte seine Handschuhe ab und zog ein dickes Päckchen aus der Tasche seines Ulsters, LAMBERT'S stand auf dem bescheidenen Etikett, unterlegt mit einem diskreten Wappen.

Mit frierenden Fingern holte er zwei Silberketten hervor, die derjenigen glichen, die er unter seinem gestärkten und korrekten Kragen um den Hals trug. Es war nicht leicht, die kleinen Verschlüsse um seine Handgelenke zu schließen; doch aus offensichtlichen Gründen war es unmöglich gewesen, Ysidros Hilfe in Anspruch zu nehmen. Er zupfte die Manschetten seines Hemdes darüber und zog die Handschuhe wieder an, denn die Nacht war ebenso kalt wie feucht. Es war noch ein weiterer Gegenstand unter dem Seidenpapier zu erkennen, schmal wie der Unterarmknochen eines Kindes. Er befreite ihn aus seiner Verpackung und hielt ihn gegen das regendurchzogene Licht – ein silberner Brieföffner in der Form eines Schmuckdolches. Da er ihn erst am Nachmittag erstanden hatte, hatte er noch keine Zeit gehabt, ihn zu schärfen, und er bezweifelte ohnehin, daß die Klinge größere Wirkung haben würde, doch die Klingenspitze war zweifellos scharf genug, um Haut und Fleisch zu durchdringen. Wie der *skean dhu* eines Schotten hatte der Dolch keine Parierstange. Er paßte mühelos in seinen Stiefel.

Vor dem Bahnhof bezahlte er die Droschke. Der Mann grunzte, ließ seine Peitsche über dem Kopf der räudigen alten Mähre knallen, die den Wagen zog, und verschwand so zielstrebig, wie es der Vampir getan hatte, im dahinströmenden Verkehr.

Eine Weile blieb Asher im Licht und Lärm vor dem Bahnhof stehen, hörte das Kreischen der bremsenden Züge, das Zischen des Dampfes und die Stimmen von vielen tausend, durcheinander schreienden Reisenden. Erschöpfung verlieh ihm ein leichtes Gefühl der Verwirrung, denn er hatte nach seiner Rückkehr von Ernchester House stundenlang in der Gasse hinter der Prince of Wales Colonnade auf Bully Joe Davies gewartet und hatte nur wenige Stunden geschlafen, bevor er wieder aufgestanden war, um sich mit Lydia im Park zu treffen. Er hatte sich vorgenommen gehabt, tagsüber ein kleines Nickerchen zu machen; doch aufgeteilt zwischen Chancery Lane und Lambert's in der Bond Street war der regnerische Nachmittag viel zu schnell dahingeflogen.

Nun fühlte er sich müde und fröstelte. Während er sich daran zu erinnern suchte, wann er das letzte Mal eine ganze Nacht durchgeschlafen hatte. Eine Frau schob ihn im Vorbeigehen beiseite, ohne ihn wirklich wahrzunehmen; während er ihrem zu bunten, karierten Kleid hinterher sah, wie es über den Platz auf die Bahnsteige zu verschwand, erinnerte er sich an die blonde Frau mit den beiden Kindern im Zug aus Oxford und erschauderte.

Während eines Einsatzes war so ein Bahnhof von der Größe der Waterloo Station ein Gottes Geschenk für Agenten; tausend Wege, um davonzulaufen, und so vollkommen unpersönlich, daß man auf dem Bahnsteig seinen eigenen Bruder anstoßen könnte und nicht einmal die Augen heben würde. Zweifellos war dies einer der Jagdgründe des Vampirs.

Den Bowler tief über die Augen gedrückt und die Schultern hochgezogen, um sich gegen den Regen zu schützen, überquerte er das mit Pfützen übersäte Straßenpflaster und schritt auf Lambeth Cut zu.

Während er den schmutzigen Boulevard entlangging, verstärkte sich sein Gefühl der Niedergeschlagenheit. Das Menschengetümmel um die Theater und Ginpaläste war kaum schwächer als das um den Bahnhof. Musik trieb durch die offenstehenden Türen herüber; Männer in Abendgarderobe drängten sich um die Eingänge, begleitet von Frauen, unter deren geöffneten Regenumhängen leuchtend bunte Kleider hervorblitzten; Juwelen funkelten im Licht der Laternen, einige echt, einige so falsch wie das Lächeln der Frauen. Hin und wieder rief eine einzelne Frau ihn an oder drängte sich durch Leute auf dem Gehsteig, um einige Schritte neben ihm herzugehen, fröhlich plappernd mit der charakteristischen, schludrigen Aussprache, die er auch in Bully Joe Davies Stimme erkannt hatte. Während er höflich lächelte und den Kopf schüttelte, fragte er sich, ob eine von ihnen Davies Schwester Madge sein mochte.

Auch diese Gegend war ein ideales Jagdrevier.

Das Wissen um diese lautlosen Mörder, die, wie Ysidro ihm erzählt hatte, jede vierte oder fünfte Nacht menschliches Leben tranken, bedrückte ihn. Es war, vermutete er, wie das Wissen, das er in all den Jahren im Department entwickelt hatte, das schon automatische Erkennen von Ausgängen und das gewohnheitsmäßige Mustern der Schuhe, Ärmel und Hände eines Mannes.

Horace Blaydons tiefdröhnende Stimme hallte durch seinen Kopf wie damals in dem nach Karbol riechenden Hörsaal in Radclyffe: »Ich kann Ihnen eins garantieren, was mit Ihnen geschehen wird, wenn es einem von Ihnen gelingen sollte, das Studium durchzustehen und Arzt zu werden, was ich jedoch, wenn ich in Ihre käsigen kleinen Gesichter blicke, im höchsten Maße für unwahrscheinlich halte – Sie werden auf ewig für die Schönheiten des Lebens verdorben sein. Sie werden niemals wieder das rosige Schimmern auf den Wangen eines Mädchens sehen können, ohne sich zu fragen, ob es sich dabei um Phthisis handelt, niemals das fröhliche Lachen Ihres fetten alten Onkels hören können, ohne dabei zu denken: ›Der alte Knabe steht knapp vor einem Schlaganfall.‹ Nie wieder werden Sie Dickens lesen können, ohne ihn auseinanderzunehmen nach Erbmerkmalen und kranken Familienzweigen.«

»Eine äußerst unglückliche Wahl von Beispielen«, hatte Lydia bemerkt, als sie zu Asher getreten war, der an der Tür auf sie gewartet hatte, um sie zum Tee am College ihres Onkels abzuholen, »denn bei seinem Aussehen und seinem vorzeitig ergrauten Haar ist es offensichtlich, daß er selbst geradewegs einem Schlaganfall entgegensteuert. Ich frage mich, ob der göttergleiche Dennis in zwanzig Jahren genauso aussehen wird?«

Und Asher, der darunter litt, auf ewig braun und unauffällig zu wirken und schon so nah an den schattengleichen Grenzen der mittleren Jahre stand, hatte sich über alle Maßen aufgemuntert und erfreut gefühlt ob dieser Bemerkung.

Und dennoch, dachte er bei sich, hatte der alte Blaydon natürlich völlig recht gehabt.

Er bog vom Cut in die Lower Ditch Street, einem schäbigen Durchgang, dessen wenige Gaslaternen kaum das regnerische Dämmerlicht zu vertreiben vermochten. Es war eine Gegend voller verfallener Häuserzeilen und mit Rolläden geschlossenen Geschäften, dreckig, beengt und elend. Ein Stück die Straße hinunter befand sich eine Kneipe, deren gelbes Licht auf den Bürgersteig schien; abgesehen davon lag die Straße im Dunkeln. Auf halbem Weg die dicht gedrängte Häuserzeile hinunter, fand er die Haustür, die er suchte: Nummer 216. Die Fenster waren dunkel; er sah an ihnen hinauf und stellte fest, daß sie alle mit schweren Läden versehen waren. Die Tür war mit einem Vorhängeschloß und einem Riegel gesichert.

Asher stand lange Zeit davor und lauschte, als ob er, wie die Vampire, schon von Ferne den Geruch von Gefahr wahrnehmen könnte. Ungeachtet seiner Erschöpfung, dem Ziehen in seinen Knochen, als ob er eine Treppe hinuntergefallen wäre, und dem schmerzlichen Verlangen seines Körpers nach Schlaf, zwang er all seine Sinne zur Wachsamkeit. Bully Joe Davies hatte gesagt, daß er verfolgt würde. Der Mörder, ein Vampir, der sich so lautlos bewegte, daß er tatsächlich andere Vampire beschatten konnte, könnte ihn von den Schatten jener dunklen Gebäude aus beobachten und nur darauf warten, daß er das schützende Licht der Straßenlaternen verließ.

Natürlich, dachte Asher, während er zurück zum Eingang der Gasse ging, die hinter der Lower Ditch Street verlief, konnte Davies selbst nach ihm auf der Lauer liegen. Der Vampirzögling hatte sich derart tölpelhaft gezeigt, daß er bezweifelte, daß Davies überhaupt die Fähigkeiten besaß, Ysidro zu entdecken. Wenn er damit jedoch falsch lag . . .

Nervös suchte Asher mit den Augen seine Umgebung ab. Aber er konnte nichts, kein Anzeichen eines Vampirs entdecken. Er war erinnert an das Bild, das ein alter Indianerkrieger in Arizona einmal für ihn gemalt hatte – ein weißes Blatt Papier, geteilt von einer Horizontlinie, auf dem zwei Kiesel und ein winziger Kaktus gezeichnet waren. Der Titel lautete: ›Arizonische Wüstenlandschaft mit Apachen‹.

Er zog das silberne Messer aus seinem Stiefel und hielt es versteckt gegen seinen Arm. 216 Lower Ditch Street war vor drei Monaten von Chrétien Sanglot erworben worden, kurz nachdem, wie Asher vermutete, Bully Joe Davies dem Franzosen begegnet war.

Vorsichtig schlich er die Gasse hinunter, während der Regen von seiner Hutkrempe tropfte und in seinen Kragen lief. Plötzlich ertönte ein lautes Scheppern von den überquellenden Mülleimern her, und winzige rote Augen funkelten ihn wütend aus der Dunkelheit heraus an. Der Dreck der Gasse ließ sich kaum beschreiben, Abfälle und Unrat jeglicher Herkunft vermengten sich unter dem stetigen Regen zu einer Art Großstadtschlamm.

Indem er die aneinandergedrängten kleinen Hinterhöfe zählte, fand Asher ohne Schwierigkeiten die Nummer 216 und zwängte sich mühelos durch die zerbrochenen Holzplanken des Zauns. Der Boden war von rötlichem Matsch bedeckt und glitschig; am anderen Ende des Hinterhofes, kaum erkennbar in der Dunkelheit, stand ein verfallenes Toilettenhäuschen. Geistesabwesend erinnerte er sich daran, daß derartige Gebäude in einigen Teilen Londons als ›Houses of Parliament‹ bezeichnet wurden . . .

Das Geräusch des Regens war nur noch ein leises Flüstern. Vorsichtig und mit gespitzten Ohren überquerte er den Hof, auf jedes Geräusch, auf jedes mögliche Anzeichen von Gefahr lauschend.

Im Hof befand er sich noch in relativer Sicherheit, zumindest vor Bully Joe. Er bezweifelte, daß sich der Zögling durch all das Wasser und den Schlamm hindurch an ihn anschleichen könnte, ohne ein Geräusch zu machen. Doch wenn er sich erst einmal im Haus selbst befand, wäre er, falls Davies wirklich bemerkt hatte, daß Ysidro ihm auflauerte, ein toter Mann.

Das nasse Holz der Hintertreppe knarrte laut unter seinem Gewicht. Die Tür selbst war nur ein vager, von Schatten verhüllter Umriß, doch er konnte kein Vorhängeschloß erkennen. Vorsichtig drehte er den Knauf herum. Die Tür öffnete sich knarrend nach innen.

»Machen Sie keinen Schritt weiter, bis ich das Gas angezündet habe«, drang Ysidros Stimme leise aus der Finsternis herüber und erschreckte Asher derart, daß ihm beinahe das Herz stehengeblieben wäre. »Ich glaube, Sie sollten sich das hier einmal ansehen.«

10

Eine winzige, gleißende Explosion von Gold blendete Ashers Augen, und der beißende Geruch von Schwefel stieg auf. Während sich seine Augen noch an die neue Umgebung gewöhnten, nahm sein Verstand schon die anderen Gerüche auf, die ihm in die Nase stiegen: der aschige, faulige Gestank von verbranntem Fleisch, der schwer in der klammen, von Schimmel und Staub geschwängerten Luft lag.

Langsam schwoll das goldene Licht um die stählerne Düse der Gaslampe an und breitete sich aus, bis es das schäbige Zimmer total füllte.

Kaum zwei Meter von Asher entfernt stand ein Sarg, gefüllt mit Asche und Knochen. Von Ashers Standpunkt neben der Tür sah es nach sehr vielen geschwärzten Knochen aus, doch ging er nicht sofort hinüber, um es näher zu begutachten. Statt dessen schaute er auf den Steinfußboden, auf dem der Sarg ruhte, und dann zur Seite, hinüber zu der sich ausweitenden Pfütze unter Ysidros Umhang, den der Vampir abgestreift und über den verzogenen, hölzernen Ladentisch gelegt hatte. Sonst war nirgends im Raum eine Spur von Wassertropfen zu entdecken, abgesehen einmal von dem Weg, den Ysidro von der Haustür bis zum Ofen zurückgelegt hatte.

»Soviel«, sagte er leise, »zu einem Vampir, der ein wenig länger aufbleibt als seine Brüder. Der Regen hat erst kurz vor dem ersten Licht des Morgens aufgehört. Der Boden kann also erst ein gutes Stück in den Tag hinein trocken gewesen sein.«

Er ging am Sarg vorbei hinüber zur Kellertür, ein geöffneter, schwarzer Schlund am anderen Ende des Raumes, und holte sein Vergrößerungsglas aus der Tasche. Frische Kratzer und kaum erkennbare, verwischte Spuren bedeckten das Linoleum des Bodens; hier und da war ein schwacher Fußabdruck auszumachen. Nachdem er alles eine Weile lang studiert hatte, steckte er das Vergrößerungsglas wieder fort und holte statt dessen das Maßband hervor.

»Es waren zwei«, sagte er, während er sich hinkniete, um die Länge eines der verwischten Flecken zu messen. »Einer ungefähr von meiner Statur, der andere drei oder vier Zoll größer, nach der Länge der Schritte zu urteilen. Gemeinsam haben sie den Sarg aus dem Keller herauf hierher getragen, wo schon das Tageslicht auf sie wartete.« Er hockte sich wieder hin und studierte die verwischte, zum Teil übereinanderliegende Spur.

»Ihr Freund Mr. Davies«, murmelte Ysidro leise. Durch eine schier unerträglich scheinende Schläfrigkeit hindurch beobachtete Asher, wie Ysidro zwei lange, schnelle Schritte zum Sarg machte; als die Schläfrigkeit vorüber war, stand der Vampir neben den geschwärzten Überresten wie ein Gespenst in einem fahlgrauen Anzug und mit spinnwebartigem Haar. »Die Knochen sind noch intakt.«

Er hockte sich hin und stocherte mit vorsichtigen Fingern in den Überresten herum. Sein dünnes Gesicht war bar jeder Regung. Asher steckte das Maßband wieder in die Tasche und trat zu ihm, während Ysidro gerade etwas aus den Knochen hervorzog, das selbst unter der unmenschlichen zarten Berührung Ysidros in sich zusammenfiel – etwas von knapp einem halben Meter Länge, das zu gerade war, um ein Knochen zu sein.

Ysidro ließ es beinahe augenblicklich wieder fallen und zog ein seidenes Schnupftuch aus der Innentasche seines Rockes, um sich damit die Finger abzureiben. Sein Gesicht zeigte immer noch keine Regung. »Weißdorn«, sagte er. »Beinahe zu Asche verbrannt, aber das Holz vermag immer noch zu stechen.«

Asher hielt die lange, schlanke Hand mit der seinen zurück und drehte die Handfläche zum Licht. Schon waren schwache rote Striemen auf dem weißen Fleisch zu erkennen. Die Finger fühlten sich vollkommen kalt an und so zerbrechlich wie die Streben eines alten Fächers. Nach kaum mehr als einem Augenblick zog Ysidro seine Hand wieder fort.

»Es scheint, sie wollten ganz sicher gehen.«

»Und offensichtlich wußten sie, was sie benutzen mußten.«

»Jeder Narr mit Zugang zu einer Leihbücherei würde das wissen«, gab der Vampir zurück.

Asher nickte und wandte seine Aufmerksamkeit den Überresten der Leiche zu. Wie er gehofft hatte, fanden sich eine Anzahl von Schlüsseln in der Gegend des verkohlten Beckenknochens – *Hosentaschen*, dachte er geistesabwesend, *der Ort, wo ein Mann, der nicht gewohnt ist, eine Jacke zu tragen, alles aufbewahrt*. Don Simon hatte recht gehabt, was die Entzündbarkeit der Vampire betraf: Die Knochen waren intakt, nicht verbrannt zu zerfallenen und unkenntlichen Fragmenten, wie Lottas es gewesen waren. Die Stelle, wo das Rückgrat zerteilt war, um den Kopf vom Körper zu trennen, war mit erschreckender Deutlichkeit zu erkennen.

»Ist Vampirismus *tatsächlich* eine Art Versteinerung, die zuerst das Fleisch und dann die Knochen in etwas anderes als sterbliche Substanz verwandelt?« fragte Asher leise. »Ist das der Grund dafür, weshalb junge Vampire wie Papier in Flammen aufgehen, während die älteren langsamer verbrennen und sich vollständiger auflösen?«

»Ich glaube nicht, daß die Antwort so einfach ist«, erwiderte Don Simon schließlich nach langem Zögern. »Es gibt da – ein Zusammenspiel von Effekten, psychischer sowie auch physischer Natur. Doch, ja – auch ich habe oft geglaubt, daß es so wäre, wie Sie sagen. Grippen ist einmal von der Sonne verbrannt worden, vor fünfzig oder siebzig Jahren. Es war nicht im entferntesten so schlimm wie meine eigenen Erfahrungen während des großen Brandes, und die Narben sind jetzt schon fast verschwunden. Wir werden ein wenig resistenter, wie ich schon sagte, selbst gegen Tageslicht. Doch nicht in diesem Ausmaß.«

Schweigend sahen sie einander an, über den aus Asche und von der Hitze gespaltenen Knöpfen bestehenden Inhalt des Sarges hinweg, braune sterbliche Augen, die in unsterbliches Gold schauten.

»Wie alt«, fragte Asher schließlich, »ist der älteste Vampir in Europa?«

»352 Jahre«, erwiderte Ysidro leise, »vielleicht auch ein paar Jahre mehr oder weniger.«

»Sie?«

Eine leichte Verneigung des seltsamen Dämonenkopfes. »Soweit ich weiß.«

Asher richtete sich wieder auf und durchsuchte die Schränke, bis er eine Messingleuchte fand, die er an der Gaslampe anzündete, während er in klassischem Latein einige milde Flüche ob dieser Umständlichkeit ausstieß und wünschte, daß elektrische Leuchten entweder klein genug wären, damit man sie mühelos am Körper bei sich tragen könnte, oder verläßlich genug, um den unnützen Umstand, sie mit sich herumschleppen zu müssen, zu rechtfertigen. Eine kurze Suche förderte weder Schlösser noch Riegel zutage, obwohl fünf der Schlüssel, die er aus der Asche gefischt hatte, offensichtlich zu billigen Vorhängeschlössern gehörten. Vielleicht hatte Davies wie Calvaire verschiedene Verstecke. Ysidro folgte ihm wortlos, als er zur Kellertreppe hinüberging. Der Gestank von Moder und feuchter Erde stieg wie Grubengas um sie herum auf, als sie hinabstiegen.

»Eine Zeitlang glaubte ich, daß Grippen vielleicht der Mörder sein könnte«, sagte er, und Ysidro nickte, nicht im geringsten überrascht von dieser Theorie. »Ich vermute, Sie haben es ebenfalls getan.«

»Der Gedanke ist mir durchaus gekommen. Das war der Grund, weshalb ich mir einen sterblichen Helfer gesucht habe. Natürlich nicht nur, weil ich ihn für einen Rüpel und Flegel halte: Er hatte gute Gründe, Calvaires Tod zu wünschen. Calvaire war ein Angriff auf seine Autorität. Es war offenkundig, daß Calvaire hier in London seine eigene Macht etablieren wollte, selbst wenn niemand von uns wußte, daß er Grundstücke und Häuser erwarb, ganz zu schweigen von einem Zögling, der seine Befehle befolgte. Und Grippen ist von einer Statur, daß er die Spuren an Neddy Hammersmith Fenster hätte hinterlassen können.«

Am Fuß der Treppe hielten sie inne, und Asher hob die Lampe bis beinahe an die niedrigen Deckenbalken hinauf, um den Keller um sie herum zu erleuchten. Der Schein tauchte die staubigen Bretter eines fast leeren Kohlenkasten in Licht und verfing sich in durchsichtigen Spinnweben, deren Fäden von einer dicken Staubschicht hinuntergezogen wurden.

»Hätte er wirklich seinen eigenen Zöglingen Schaden zugefügt? Davies glaubte nicht, daß er das tun würde.«

»Davies hat Grippen nicht gekannt.« Ysidro verfiel eine Weile in Schweigen. »Sie müssen verstehen, daß die Verbindung zwischen einem Meistervampir und dem Zögling, den er erschafft, unglaublich starker Natur ist. Das liegt nicht allein darin begründet, daß der Zögling ohne die Anleitung des Meisters nicht die geringste Hoffnung hat, in einer Welt zu überleben, in der schon die zarteste Berührung durch das Sonnenlicht jede Zelle in seinem Körper explodieren läßt – nicht die geringste Hoffnung, diese neue Welt auch nur zu verstehen, die in seinen Sinnen schreit und brennt, Sinne, die plötzlich weit aufgerissen sind wie offene Wunden.«

Er sprach nun zögernd, nicht weil er kontrollierte, was oder was er nicht mitteilen würde, sondern weil er mit Dingen kämpfte, über die er in dreihundertfünfzig Jahren noch nie mit jemanden gesprochen hatte. »Im Erschaffen eines neuen Vampirs verbinden sich ihre Psychen. Der Verstand des sterbenden Mannes oder der sterbenden Frau klammert sich an den Verstand von jemandem, der die Erfahrung des physischen Todes schon durchstanden hat. Es ist beinahe so«, fuhr er fort, sehr langsam wie ein Dämon, der versucht, den Lebenden zu erklären, wie es ist, umgeben von Verdammten zu existieren, »daß der Zögling dem Meister seine Seele geben muß, damit der Meister sie für ihn festhält, während er – hinübertritt. Ich kann keine Worte finden, es besser zu erklären.«

»Ein Mann muß das Leben wirklich über alle Maßen lieben«, sagte Asher nach langem Schweigen, »um das zu tun.«

»Es ist leichter, als Sie denken«, erwiderte Simon, »wenn Sie spüren, wie Ihr eigenes Herz die letzten, zögernden Schläge macht, bevor es stehenbleiben wird.« Dann lächelte er, zwar nur gezwungen, wie es im gedämpften Licht der Lampe schien, doch mit dem schwachen Nachhall alten Charmes, wie das verblichene Porträt desjenigen, der er einmal gewesen war. »Ein Ertrinkender stößt nur selten eine Planke von sich, egal, wer auch das andere Ende halten mag. Doch Sie verstehen jetzt wohl, wie vollkommen die Dominanz aufgebaut wird.«

Seltsam deutlich wie die Bilder eines Traums erhob sich vor

Ashers geistigem Auge die Vision eines schlanken, blonden Hidalgos in den perlenbestickten Samtgewändern des spanischen Hofes.

»Ist das der Grund dafür, weshalb Sie nie einen Zögling gemacht haben?«

Ysidro sah ihn nicht an. »*Si*«, flüsterte er und verfiel für einen Augenblick wieder in das antiquierte Spanisch seiner Vergangenheit. Seine Augen suchten nun abermals Ashers Blick, und das gezwungene, liebliche Lächeln kehrte zurück. »Aber noch aus anderen Gründen. Vampirmeister mißtrauen ihren Zöglingen natürlich, denn die Abneigung, die diese Dominanz, diese eiserne Intimität hervorruft, ist enorm. Noch mehr mißtrauen sie jedoch all denen, die nicht ihre Zöglinge sind, über die sie keine Kontrolle haben. In jedem Falle bedeutet ein Vampir zu sein, das beinahe fanatische Verlangen zu haben, alles und jeden um einen herum zu beherrschen. Denn wir sind, wie Sie bemerkt haben, auf unsere Art seltsam empfindliche Geschöpfe, wenn man davon absieht, daß wir notgedrungen von vornherein selbstsüchtig und willensstark sein müssen, um den Übertritt in das Vampirdasein überhaupt zu überstehen. Ich glaube, daß Grippen seine eigenen Zöglinge töten würde, wenn er vermutete, daß sie sich vielleicht mit einem anderen Vampir verbündet haben, um seinen Herrschaftsanspruch anzugreifen, sei es aus Zuneigung zu seinem Rivalen, wie bei Lotta, oder aus Schwäche, wie bei Neddy, oder aus Ablehnung; obwohl Danny King vielleicht Grippens Herrschaft über ihn selbst akzeptierte, so haßte er doch Grippen dafür, daß er sie auch über Charles und Anthea ausübte. Viele Dinge wiesen daraufhin, daß ein Vampir seine Brüder tötete, und der logische Kandidat war Grippen. Aber es sind zwei, wie Sie schon sagten, und Grippen ist wie wir alle ein Geschöpf der Nacht.«

Er hielt einen Augenblick inne und musterte Asher mit seinen kalten, blassen Augen. Dann fuhr er fort: »Ich glaube, das hier ist, wonach Sie gesucht haben?« Seine kalten Finger nahmen die Lampe aus Ashers Hand und hielten sie hoch, während er einige Schritte in den Keller trat.

Was Asher für einen nur etwas tieferen schwarzen Schatten gehalten hatte, erkannte er nun als einen kleinen Durchgang. Das Licht fing die Umrisse des alten Mauerwerks ein, das mittelalterliche Gewölbe der Decke und den Anfang einer Stiege mit steinernen Stufen.

»Früher einmal hat das Haus eines Kaufmanns an dieser Stelle gestanden«, sagte der Vampir, während er mit seinem seltsam schwebenden Gang den Keller durchquerte, dicht gefolgt von Asher. »Später war es dann eine Taverne – ›The Goat and Compasses‹; ehemals natürlich ›God Encompasseth Us‹, ein frommer Wahlspruch, der über der Tür gemalt stand, was die Taverne nicht davor geschützt hat, von Cromwells Truppen niedergebrannt zu werden.« Vorsichtig ging er Asher voran die von unzähligen Füßen ausgetretene Stiege zum Keller darunter hinab, in dem sich nichts weiter befand als die Überreste schimmelzerfressener Säcke, Rattennester und vier Ziegel, die in der Mitte des Raumes aufgestellt waren, um den hier plazierten Sarg von der Feuchtigkeit fernzuhalten.

»London ist voll solcher Orte«, fuhr Ysidro fort, seine Stimme kaum mehr als das Flüstern eines bleichen Gespenstes in der alles dämpfenden Finsternis. »Orte, an denen alte Prioreien, Tavernen oder Häuser niedergebrannt worden sind, auf deren Fundamenten später Männer bauten, die nichts von den darunterliegenden Kellern wußten.«

Asher ging zu den Ziegeln hinüber und studierte nachdenklich ihre Lage, dann kehrte er wieder zurück und hielt die Laterne dicht an den schmalen, steinernen Bogen, der den Fuß der Treppe bildete. Ohne ein Wort erklomm er abermals die Stiege, während er dabei sorgfältig die Wände untersuchte. Die Tür am oberen Ende war einmal, wie eine gründlichere Untersuchung erbrachte, von innen mit einem Vorhängeschloß versehen gewesen. Das Vorhängeschloß war immer noch ungeöffnet – es war einfach der Riegel aus dem Holz gerissen worden.

»Warum befand sich nicht für die Zeit, wenn er fort war, auch an der Außenseite ein Riegel?«

»Welchen Zweck würde ein Schloß dann erfüllen«, sagte Ysidro, »außer einem Eindringling zu verkünden, daß dahinter vielleicht etwas von Wert versteckt sein könnte? Ein leerer Sarg wird nicht so leicht gestohlen.«

Hinter ihm hallte das seltsam unnatürliche Echo der leisen Worte des Vampirs von den steinernen Wänden wider. »Ich hege keinen Zweifel darüber, daß dies einer der Plätze ist, an denen Calvaire geschlafen hat. Davies hat davon gewußt und ist hierhergekommen, als er Schutz brauchte.«

»Viel genutzt hat es ihm nicht.« Asher kratzte sich an seinem Schnurrbart, holte die Schlüssel, die er aus Bully Joes Asche gefischt hatte, aus der Tasche und versuchte, ob sie in das Schloß paßten. »Es hat nur mehr Arbeit für seine Mörder bedeutet, seinen Sarg hinauf in die Küche zu schaffen, damit das Sonnenlicht den Körper verbrennen konnte.« Der zweite Schlüssel ließ das Schloß aufschnappen – Asher markierte ihn, steckte ihn wieder in die Tasche und trat einige Stufen zurück, um nochmals die uralten Steinwände an der Biegung der Treppe zu untersuchen. »Calvaire war sein Meister; es ist offenkundig, daß er sich Bully Joes Kenntnis der Gegend zunutze machte, um die Pachtrechte für dieses Gebäude zu erwerben, und deshalb hatte natürlich auch Bully Joe Schlüssel dazu.« Er runzelte die Stirn – selbst mit Hilfe des Vergrößerungsglases konnte er nicht entdecken, wonach er suchte. »Er sagte, daß Calvaire tot sei – er schien sich dessen sehr sicher.«

»Vielleicht hat er ihn begraben, so wie Anthea und ich Danny und den armen Ned Hammersmith begraben haben. Der arme . . .« Ysidro hielt inne und sah sich auf der schmalen Stiege und den umschließenden Wänden um. »Aber wenn der Sarg vom untersten Keller hinaufgetragen wurde . . .«

»Dann müssen sie ihn aufrecht getragen haben, um ihn um die Ecke zu bekommen, ja. Ich bin mir nicht sicher, aber ich denke nicht, daß ein einzelner Mann das getan haben könnte, wenn noch ein Körper darin war – ihn so sicher und mühelos zu tragen, daß er keinerlei Kratzer an den Wänden oder an den Türpfosten hinterlassen hat. Selbst zwei Männer, die ihn in einem solch steilen Winkel trugen, hätten irgendwelche Spuren hinterlassen müssen. Im hier darüberliegenden Keller gibt es schon genug Licht, daß der Verbrennungsprozeß des Körpers dort eingesetzt hätte, also können sie ihn nicht getrennt transportiert haben. Und dann ist da noch die Tür selbst.«

Don Simon folgte ihm die Stufen hinauf und betrachtete den herausgerissenen Riegel mit den verbogenen Schrauben. Der Ausdruck seiner Augen im ockerfarbenen Schein der Lampe war ernst – er begann zu verstehen.

»Es finden sich keine Spuren eines Stemmeisens am Türpfosten«, sagte er.

»Nein«, sagte Asher. »Ebensowenig gibt es etwas, das man als Drehpunkt hätte benutzen können, um einen Hebel unter dem Türgriff anzusetzen. Der Riegel wurde mit einem einzigen Ruck herausgerissen. Nicht sehr wahrscheinlich, daß ein Mensch so etwas tun könnte.«

Es folgte ein langes Schweigen, in dem Asher weit entfernt das Trommeln des wieder stärker gewordenen Regens über ihnen hören konnte. Dann sagte Ysidro schließlich: »Aber es kann kein Vampir gewesen sein. Selbst wenn er Handschuhe getragen hätte, um sich gegen das Holz des Pflocks zu schützen, so hätte doch das Tageslicht ihn zerstört.«

»Hätte es das?« Asher stieg vor Ysidro die Stufen zur vom Gaslicht erhellten Küche empor. Der Sarg stand weit geöffnet auf dem Boden vor ihnen wie eine monströse Fischplatte, die ein scheußliches *chef d'œuvre* auf dem abgewetzten, häßlichen Linoleum darbot. In einer Schublade neben dem Ofen fand Asher einen Kerzenstumpen, schob ihn mühselig den Lampenzylinder hinunter, um ihn anzuzünden, und trug ihn dann vor sich her durch die Tür, die zum vorderen Teil des Hauses führte.

»Hat Calvaire je von Paris gesprochen? Davon, warum er dort fortgegangen ist?«

»Nein.« Ysidro schwebte neben ihm dahin, ein lautloser Geist in einem grauen Anzug. Im Gaslicht war deutlich zu erkennen, daß niemand das von dicken Staubschichten überzogene Wohnzimmer oder den Flur zur Vordertür durchquert hatte. »Er war kein Mann, der seine Zeit mit Erinnerungen an die Vergangenheit verschwendete. Vielleicht hatte er seine Gründe dafür, doch viele von uns halten es ebenso. Es ist besser so.«

»Sie sagten, daß er sich ›zur Schau gestellt‹ habe, als er hierhergekommen ist – daß er mit dem Töten gewartet hat, bis Grippen mit ihm Kontakt aufgenommen hatte, und Grippen Folgschaft geschworen hat, als Gegenleistung für Grippens Erlaubnis zu jagen. Doch es ist offensichtlich, daß selbst ein unerfahrener Zögling, wenn er vorsichtig ist, sich vor den beiden ältesten Vampiren Europas verbergen kann, zumindest eine Zeitlang.«

Abermals verfiel Ysidro in Schweigen, während er über die Implikationen dieser Tatsache nachdachte.

»Haben Sie jemals von Vampiren reden gehört, die älter sind als Sie selbst? Viel älter, sagen wir hundert Jahre älter? Zweihundert Jahre?«

Ein seltsamer Ausdruck flackerte in den Tiefen von Ysidros blassen Augen auf. Er hielt auf den Stufen zur ersten Etage inne, und das Gaslicht im Wohnzimmer hinter ihm ließ einen Heiligenschein um sein bleiches Haar entstehen. »Woran denken Sie, James?«

»An Vampirismus«, erwiderte Asher leise. »An die langsame Verwandlung des Körpers, Zelle für Zelle, in etwas, das nicht mehr sterbliches Fleisch und sterblicher Knochen ist – an das Anwachsen der Kräfte des Vampirs. Meine Frau ist Pathologin. Ich weiß, daß Krankheiten sich verändern, wie Syphilis, die Pest und Windpocken, ja selbst völlig neue Symptome hervorbringen, wenn sie nur lange genug im Körper bleiben, ohne den Patienten zu töten.«

»Und Sie glauben, daß das Vampirdasein eine Krankheit ist?«

»Es ist eine im Blut geborene Ansteckung, oder nicht?«

»Das ist noch längst nicht alles.«

»Alkoholismus verändert das Gehirn und treibt seine Opfer schließlich in den Wahnsinn«, sagte Asher. »Hohes Fieber kann den Verstand oder Teile des Verstandes zerstören; der Verstand selbst kann physische Leiden hervorbringen – Nervosität, Schwächeanfälle, die Ohnmachtsanfälle von Frauen, Gehirnentzündung. Emotionaler Schock kann alle möglichen Dinge von einen Schlaganfall bis zu einer Fehlgeburt hervorrufen. Wenn Sie schon einmal in Indien gewesen wären und die Dinge gesehen hätten, die die Fakire dort tun, dann wüßten Sie, daß der Verstand noch weit seltsamere Kunststücke hervorbringen kann.

Was ich damit sagen will, ist folgendes: Verfügt der Vampirismus über Symptome, Entwicklungen, die erst nach einer gewissen Zeitspanne zutage treten? Einer sehr langen Zeitspanne, länger, als die meisten Vampire leben oder sich erinnern können? Könnte es sein, daß man über die Jahre hinweg so resistent wird, daß einem selbst das Tageslicht nichts mehr anhaben kann? Und Sie haben immer noch nicht meine erste Frage beantwortet.«

Anstatt ihm augenblicklich zu antworten, setzte Ysidro seinen Aufstieg zum nächsten Stockwerk fort, dicht gefolgt von Asher, der immer noch die brennende Kerze in der Hand hielt. In der oberen Halle zündete er das Gas an und öffnete die beiden Türen, die sich dort befanden. Das eine Zimmer war ein Salon, das andere ein Schlafzimmer, beide offenkundig seit langer Zeit nicht mehr benutzt.

»Es ist schon merkwürdig«, sagte Ysidro, »aber es gibt nicht viele Vampire in Europa, die älter als zweihundertfünfzig Jahre sind. Heutzutage ist der Vampirismus ein Phänomen der Städte, wo die Armen ungezählt sind und Todesfälle relativ unerkannt bleiben. Doch Städte neigen dazu, Vampire in ihren eigenen Kataklysmus zu fangen.«

Er öffnete eine Tür am Ende des Flurs, hinter der sich die Treppe zum Dachboden befand. Asher hielt kurz inne, um die beiden schweren, ins Holz geschraubten Riegel auf der Innenseite der Tür zu studieren. Keiner von beiden war herausgerissen worden; die Vorhängeschlösser, säuberlich geöffnet, waren in die stählernen Ösen am Türrahmen eingehängt.

Aus reiner Gewohnheit probierte er Bullys verbliebene Schlüssel aus – zwei davon paßten. Anders als beim Keller hatte die Dachbodentür einen einzelnen Riegel auf der Außenseite, doch es war deutlich an den Schlössern zu erkennen, daß niemand sich gewaltsam seinen Weg hinein oder hinaus gebahnt hatte.

Sie tauschten einen Blick aus, und Asher zuckte mit den Achseln. »Wenn wir schon einmal hier sind, dann können wir uns auch anschauen, was es dort oben gibt – es könnten Papiere aufbewahrt sein.«

»Dr. Grippen und ich waren die beiden einzigen, die den großen Brand von London überlebt haben«, fuhr Ysidro fort, während sie die Treppe hinaufstiegen. »Ich habe es nur durch Glück überstanden. Soweit ich weiß, hat kein Münchner Vampir die Unruhen der Vierziger überlebt, und kein russischer Vampir Napoleons Invasion, Besetzung und Niederbrennung von Moskau. Rom ist schon immer eine äußerst gefährliche Stadt für die Untoten gewesen, besonders seit den Zeiten der Inquisition.«

Die Tür am oberen Ende der Stufen stand offen. Ein Rechteck schmierigen, gelben Lichts deutete auf ein Fenster und eine darunterstehende Straßenlaterne hin.

»*Qué va*?« flüsterte Ysidro hinter Asher im Dunkeln. »Wenn er hier geschlafen hätte, so wären die Fenster verhängt . . .«

Asher brauchte eine Weile, um zu erkennen, was in der vollkommenen Finsternis jenseits des schwachen Lichtkreises der Kerze auf halben Wege zwischen der Tür und der linken Wand auf dem Boden lag.

»Calvaire?« fragte er leise, während Ysidro an ihm vorbeistrich und mit schnellen Schritten zu dem abscheulichen Haufen aus Knochen, Asche und versengten metallenen Überbleibseln hinüberging. Knöpfe, Riemenschnallen, die Schnürhaken von Schuhen und die verkohlte metallene Hülse eines Füllfederhalters funkelten im flackernden gelben Schein der Lampe, als er herüberkam und sich neben den knienden Vampir stellte. Dann schaute er hinüber zur gegenüberliegenden Wand. Dort befand sich eine weitaufgerissene Tapetentür und gab den Blick frei auf einen Sarg, der in einem kleinen Wandschrank stand, der bei geschlossener Tür in keiner Weise vom Rest der Wand zu unterscheiden gewesen wäre. Die schweren Vorhänge und die Läden waren vom einzigen Fenster des Dachbodens gerissen worden. In der Stille hörte sich der Regen auf dem niedrigen Dach wie das unheilschwangere Siegesdonnern von preußischen Trommeln an.

»Zumindest ein Mann«, fügte Asher hinzu, während er die Kerze abermals senkte, um mit ihrem schwachen Schein die Überreste zu beleuchten, »denn es finden sich keine Korsettstangen.« Mit Interesse nahm er zur Kenntnis, daß Ysidro, nach der Unversehrtheit der Knochen zu urteilen, bezüglich des Alters des französischen Vampirs wohl recht gehabt hatte.

Der Vampir hob einen goldenen Ring aus dem unansehnlichen Haufen heraus und blies die dünne Schicht von Asche und Staub herunter. Ein unvermittelter Luftzug ließ die Kerzenflamme flackern; der eingesetzte Diamant blitzte wie ein glühendes, bösartiges Auge. »Calvaire«, bestätigte er leise. »Also muß er in der Tat durch das sengende Licht der Sonne erwacht und schon sterbend aus seinem Sarg getaumelt sein . . .«

»Eine höchst seltsame Angelegenheit«, bemerkte Asher, »wenn unser Mörder, da er selbst ein Vampir ist, von Anfang an wußte, daß der Kopf abgetrennt werden mußte, damit so etwas nicht geschieht. Beinahe so merkwürdig wie die Tatsache, daß die Tür unten nicht verschlossen war.« Er kniete neben Ysidro nieder, um zwei Schlüssel aus den schauerlichen Überresten zu fischen. Er hielt die Bärte gegeneinander und stellte fest, daß es Duplikate von Bully Joes Schlüsseln waren. »Es gibt auch keine Brandspuren zwischen dem Versteck des Sarges und der Leiche. Wenn, wie Sie sagten, das Fleisch augenblicklich Feuer fängt . . .«

»Er kann den Mörder nicht selbst eingelassen haben«, sagte Ysidro. »Was immer auch die Fähigkeiten des Mörders sein mögen, Calvaire zumindest konnte während des Tages nicht auch nur in die Nähe der Tür am Fuß der Treppe gehen.«

»Und dennoch ist der Mörder auf diesem Wege hereingekommen.«

Ysidro zog fragend die Augenbrauen hoch.

»Wenn er das nicht getan hätte, dann hätte er einfach wieder auf dem Weg verschwinden können, auf dem er gekommen war, ohne die Tür am Fuße der Treppe überhaupt aufschließen zu müssen. So wie es aussieht, kannte Calvaire seinen Mörder und hat ihn selbst eingelassen, während der Nacht... Ist es üblich, daß ein Vampir zwei Särge im selben Gebäude verwahrt?«

»Es ist nicht ungewöhnlich«, erwiderte Ysidro ruhig. »Zöglinge suchen oft Unterschlupf bei ihren Meistern. Und dann gibt es auch nur wenige Häuser, in denen Vampire sicher sind, und die, in denen sie es sind, werden häufig zu wahren Nestkolonien der Untoten, wie Sie selbst es im Savory Walk feststellen konnten. Das war einer meiner Gründe, Ihnen so viele Einzelheiten wie möglich zu verbergen. Nicht zum Schutze der Vampire, Sie verstehen, sondern zu Ihrem eigenen.«

»Ihre Fürsorge rührt mich zutiefst«, erwiderte Asher trocken. »Könnte der Mörder Calvaire auf irgendeine andere Weise getötet oder wehrlos und dann einfach den Körper zurück gelassen haben, damit er vom herannahenden Tageslicht zerstört würde?«

Der Vampir antwortete eine Weile nicht, sondern hockte neben dem verbrannten Skelett, die Arme ausgestreckt über die Knie gelegt. »Ich weiß es nicht«, sagte er schließlich. »Doch wenn er Calvaire Genick oder Rücken gebrochen hat – und der Schädel scheint in einem seltsamen Winkel zu liegen –, dann hätte ihn das wehrlos gemacht, so daß er hier auf dem Boden gelegen hätte, bei vollem Bewußtsein, doch unfähig, sich zu bewegen, während die aufgehende Sonne langsam am Fenster hinaufkroch. Wenn unser Mörder selbst immun gegen Tageslicht ist«, fügte er regungslos hinzu, »so ist es möglich, daß er hiergeblieben ist, um dabei zuzusehen.«

»Ein weiteres Argument«, sagte Asher, »für die Tatsache, daß Calvaire ihn gekannt haben muß, denn es ist weit weniger unterhaltend, die Leiden jener anzuschauen, denen wir unbekannt und teilnahmslos gegenüberstehen.«

»Interessant.« Ysidro drehte den Ring, den er in den Fingern hielt, hin und her, so daß das Kerzenlicht mit tausend farbigen Feuerpunkten sein Gesicht betupfte. »Seltsam ist, daß es unter den Vampiren *tatsächlich* eine Legende über einen uralten Vampir gibt, so alt und mächtig, daß ihn niemand mehr zu Gesicht bekommt – so alt, daß selbst andere Vampire nicht spüren können, wenn er an ihnen vorbeigeht. Selbst vor einhundertfünfzig

Jahren haben die Vampire die Gebiete gemieden, in denen er sich aufhalten sollte. Für sie war er beinahe wie eine Märchengestalt, wie ein Geist. Den Legenden unter ihnen nach, soll er schon vor den Tagen des Schwarzen Todes Vampir gewesen sein.«

»Und was waren die Gebiete, in denen er sich aufgehalten haben soll?« fragte Asher, auch wenn er schon wußte, was der Spanier erwidern würde.

Die ausdrucklosen Augen erhoben sich vom Funkeln des Juwels vor ihnen. »Er schlief – so sagte man zumindest – in den Krypten unter dem Gebeinhaus der Kirche der Heiligen Unschuldigen in Paris.«

11

»Dies ist nicht die Stadt, die es einmal war.«

Wenn es im Klang der sanften, hellen Stimme Nuancen von Bitterkeit, Wut oder Enttäuschung gab, dann hätte es wohl der hypersensiblen Wahrnehmung eines Vampirs bedurft, um sie herauszuhören – Asher jedoch hörte keine. Die geschlossene Droschke um ihn herum ruckelte und schwankte. Wenn sein Ellenbogen, auf gleicher Höhe mit der in den Halteriemen eingehängten Hand, gegen das Fenster stieß, spürte er durch den Ärmel seines Mantels hindurch die Kälte des Glases. Die Geräusche der Straße drangen nur gedämpft zu ihm: das Rattern der Räder auf dem Straßenbelag aus Holz und Asphalt; das gelegentliche Gehupe der Automobile; das laute Fluchen der Händler auf den Bürgersteigen; und der fröhliche Klang von Violine und Akkordeon.

Durch die Augenbinde hindurch konnte er nichts sehen, doch die Geräusche von Paris waren klar und deutlich und ein ebenso buntes Kaleidoskop wie die Ansichten der Stadt. Niemand, dachte er bei sich, der einmal hiergewesen war, würde sich je fragen, warum gerade diese Stadt der Geburtsort des Impressionismus war.

Ysidros Stimme fuhr fort: »Ich habe nicht das Gefühl, hier zu Hause zu sein – diese sterile Stadt, in der alles dreimal gewaschen wird, bevor und nachdem jemand es berührt. Natürlich ist es überall das gleiche, doch in Paris scheint es eine besondere Ironie. Sie scheinen diesen Pasteur sehr ernst zu nehmen.«

Die Geräusche veränderten sich; das Gedränge der Fahrzeuge um sie herum schien sich zu verdichten, doch das Echo der Gebäude war verschwunden. Der Gestank des Flusses stieg Asher in die Nase. Dann eine Brücke – nach seiner Vermutung konnte es nur die Pont Neuf sein, ein Name, der ebenso wie der des New Colleges in Oxford schon seit mehreren Jahrhunderten nicht mehr zutreffend war. Kurze Zeit später bogen sie nach rechts ab. Nach Ashers Berechnungen hielten sie auf den alten Marais Distrikt zu, die ehemals aristokratische Adresse, die weder von den Preußen, den Kommunarden noch von Baron Haussmann schwerere Schäden hatte hinnehmen müssen, doch er sprach seine Annahme nicht laut aus. Wenn Ysidro glaubte, daß eine Augenbinde ihn bezüglich des Aufenthaltsortes der Pariser Vampire in Unkenntnis halten würde, dann sollte er es nur weiter glauben.

Er war sich nur zu bewußt, daß die Pariser Vampire noch nicht einmal die drohende Gefahr eines bei Tage operierenden Mörders konnten, um sie der Gegenwart eines Menschen in ihrer Mitte gegenüber milde zu stimmen.

»Meine deutlichsten Erinnerungen an Paris sind natürlich an den hier allgegenwärtigen Matsch und Schlamm«, fuhr der Vampir mit leiser Stimme fort. »So ging es jedem, der die Stadt damals kannte. Es war ein ganz erstaunliches Zeug, *la boue de Paris* – schwarz und widerwärtig, wie eine besondere Spezies von Öl. Man konnte weder seine Flecken noch seinen Geruch jemals wieder abwaschen. Er klebte an allem, und man konnte Paris schon auf sechs Meilen Entfernung im offenen Gelände riechen. In jenen Tagen, in denen jeder Gentleman weiße Seidenstrümpfe trug, war es die reinste Hölle.« Der leiseste Unterton von Selbstironie hatte sich in seine Stimme geschlichen; und Asher stellte sich vor seinem geistigen Auge das reglose, stolze Gesicht unter einer weißen Gerichtsperücke vor.

»Auch die Bettler stanken danach«, fügte Ysidro hinzu. »In den Armenvierteln zu jagen war immer wie ein Alptraum. Jetzt jedoch ...« Er hielt inne, und die leise Stimme nahm einen merkwürdigen, neuen Klang an.

»Es würde lange dauern, bis ich mich wieder in Paris zurechtfinden würde. Es ist nun unbekanntes Terrain für mich. Ich kenne seine Schlupflöcher und Verstecke nicht; ich spreche nicht einmal mehr die Sprache richtig. Jedesmal, wenn ich *ci* anstelle von *ce* sage, *je ne láime point* statt *je ne l'aime pas*, jedesmal wenn ich *je fit quelque chose* anstelle von *je l'ai fait* sage, gebe ich mich als Fremder zu erkennen.«

»Sie geben sich nur als ein Ausländer zu erkennen, der Französisch aus einem sehr alten Lehrbuch gelernt hat«, erwiderte Asher leichthin. »Haben Sie je zum ersten Mal mit einem Brahmanen in London gesprochen? Oder einem amerikanischen Südstaatler zugehört?« Die Droschke hielt an; unter dem Rand des Seidenschals, der ihm um die Augen gebunden war, konnte er nur wenig Licht erkennen und wußte, daß die Straße selbst sehr dunkel sein mußte, besonders für eine so hell erleuchtete Stadt wie Paris. Außerdem war die Straße sehr ruhig, abgesehen von den gedämpft herüberdringenden Verkehrsgeräuschen irgendeines nahegelegenen Platzes – dem Place de la Bastille vermutlich –, doch der Geruch war der Gestank der Armut, von zu vielen Familien, die sich zu wenige Toiletten teilten. Mit der Marais war es, wie Asher wußte, seit jenen Tagen, da Louis XV. in den von unzähligen Kerzen erleuchteten Salons Jeanne Poisson den Hof gemacht hatte, unaufhaltsam bergab gegangen.

Es gab ein leichtes Rucken, als der Vampir aus der Droschke stieg, dann folgte der gedämpfte Austausch von Stimmen und Francs. Einen Augenblick später berührte eine sanfte, feste Hand seinen Arm, um ihn hinauszuführen, und er hörte das Klappern der Droschke, die über das Kopfsteinpflaster davonfuhr. »Sprechen Sie eigentlich manchmal noch Spanisch?«

Erst ging es über ebenes Pflaster, dann eine Stufe hinunter, und Asher spürte den kühlen Schatten ihn umgebender Wände – ein Vestibül, dessen Tor sich zum Innenhof eines der großen, alten *hôtels particuliers* öffnete. Neben sich vernahm er sehr leise Ysidros Stimme: »Ich bezweifle, daß ich mich selbst in Madrid noch verständlich machen könnte.«

»Sind Sie denn jemals dorthin zurückgekehrt?«

In dem nun folgenden Schweigen konnte Asher beinahe sehen, wie Ysidros ruhig-unergründlicher Blick auf ihm ruhte, während der Vampir alle möglichen Erwiderungen durchging, um die zu finden, die am wenigsten verriet. »Welchen Sinn würde das haben?« fragte er schließlich. »Meine Landsleute sind – und das schon seit der Reconquista – sehr argwöhnisch und intolerant.« Asher wurde mit einiger Überraschung bewußt, daß er mit *meine Landsleute* die Spanier und nicht die Vampire meinte. »Welche Chance hätte eine Vampir, wo die Inquisition jeden Keller nach Ketzern und Juden durchkämmt? Unter den meisten Umständen ist es möglich, das Berühren von Silber zu vermeiden, doch solcher Vermeidung wird in zivilisierten Ländern auch keine besondere Bedeutung beigemessen. Hätte man es jedoch in jenen Tagen in Spanien bemerkt, so wären die Konsequenzen tödlich gewesen.«

In diesem Moment hörte Asher ein leises Kratzen wie das verstohlene Rascheln einer Maus hinter einer Wandvertäfelung, als der Vampir mit seinen Fingernägeln über das Holz der Tür ratschte, ein Geräusch, das nur andere Vampire hören würden.

Doch andere Vampire hätten natürlich schon ihre Stimmen auf der Straße bemerkt.

Drinnen konnte Asher keinen Laut vernehmen, doch er spürte, wie Füße schwerelos die Treppe hinunterschwebten; sein Herz schien erschreckend schnell zu schlagen. »Wissen Sie über mich Bescheid?« fragte er.

Sie hatten die nächtliche Poststrecke via Calais genommen. Die Gepäckträger hatten ob der Größe und Unhandlichkeit des massigen, eisenbeschlagenen Lederschrankkoffers gemurrt, den das Kofferschild als Teil von Ashers Gepäck auswies, doch dann waren sie über seine vergleichsweise Leichtigkeit erstaunt gewesen. »Was hab'n Sie denn da drin, Kumpel, Federn oder was?«

»Ich bin mir sicher, daß es keine Schwierigkeiten bei den Reisearrangements geben wird, die wir getroffen haben«, hatte Ysidro bemerkt, während er an der Achterreling lehnte und zuschaute, wie die wenigen Lichter auf dem Admiralty Pier in der dünnen Suppe aus eisenfarbenem Nebel verschwanden. »Doch es zahlt sich nie aus, unnötige Risiken einzugehen.«

Er warf einen Blick auf Asher, dessen Verstand schon längst die leichte Rötung der weißen Wangen und die Wärme in den sonst so kühlen Fingern registriert hatte. Während er so neben Ysidro stand, die behandschuhten Finger auf der Reling liegend und den Kragen hochgeschlagen, um die schneidende Kälte der Nacht abzuhalten, war sich Asher eines unbestimmten Gefühls der Abscheu und der Beunruhigung bewußt, nicht gegen den Vampir gerichtet, sondern gegen sich selbst, weil er diese Zeichen als bloße deduktive Einzelheiten aufnahm und nicht als sicheren Beweis für den Mord an irgendeinem armen Geschöpf in einem Londoner Slum. Er war wütend über sich selbst gewesen und zutiefst frustriert, wie er es sooft während seiner letzten Zeit im Foreign Office gewesen war, niedergedrückt von dem Gefühl, etwas auszuführen, was nur marginal das kleinere von zwei kolossalen Übeln war.

Der Vampir hatte seinen Blick von Asher abgewandt und schaute nun über das Wasser, als könnte er immer noch die dunklen Umrisse der Klippen von Dover sehen, die nun unsichtbar im Westen lagen. »Selbst auf die Gefahr hin, unhöflich zu wirken«, war er vorsichtig fortgefahren, »möchte ich doch noch einmal darauf hinweisen, daß ich momentan der einzige bin, der Sie vor Grippen und seine Gruppe beschützt. Würden Sie mich töten, so könnten Sie vielleicht für eine Saison die Sicherheit Ihrer Gattin garantieren, da ich der einzige bin, der die Bedingungen unseres Abkommens kennt . . .«

Asher war aufgeschreckt, und im selben Augenblick hatte Erleichterung den Knoten der Besorgnis in seiner Brust gelöst, den er schon so lange empfand.

Während die Möglichkeit eines bei Tageslicht jagenden Vampirs beunruhigend auf ihm gelastet hatte, hatte er nicht gewagt, sich ein weiteres Mal mit Lydia zu treffen, doch es war einer der schwersten Momente in seinem Leben gewesen, mit einem anonymen Telegramm Abschied von ihr zu nehmen. Er vermutete, daß Ysidro ihn in Paris beschützen würde, doch es liefen ihm kalte Schauder der Angst über den Rücken, wenn er daran dachte, daß Lydia allein in London zurückblieb. Nur das Wissen, daß sie außerordentlich verständig war und warten würde, bis sie von ihm gehört hatte, bevor sie etwas unternahm, ließ alles erträglicher sein.

Er spürte, wie ein Gefühl der Dankbarkeit dem Vampir gegenüber ihn durchströmte, dessen er sich beinahe schämte – Dankbarkeit und Erstaunen darüber, daß Ysidro ihm das überhaupt erzählt hatte.

»Doch es wäre Ihnen auf immer versagt, sich ihr noch einmal zu nähern«, fuhr der Vampir fort. »Die anderen würden Sie verfolgen und Sie vernichten, denn Sie wissen zu viel. Und dabei würden Sie unweigerlich auch Ihre Frau finden.«

Asher schaute verärgert auf seinen Gefährten. »Und woher soll ich wissen, daß das nicht in jedem Fall geschehen würde, wenn diese Angelegenheit abgeschlossen ist?«

Der Blick des Vampirs war im schummrigen Schein der Decklampen des Dampfers schwer zu deuten gewesen, doch Asher glaubte, eine Spur unmenschlichen Amüsements in der Stimme erkennen zu können. »Auch davor werde ich Sie beschützen. Trauen Sie mir nicht so, wie ich gezwungen bin, Ihnen zu trauen?«

Wie gewöhnlich war es Asher unmöglich zu sagen, ob es Ironie von Ysidros Seite war oder nicht.

Lange bevor der Zug den Gare du Nord erreicht hatte, hatte Ysidro ihr gemeinsames Abteil verlassen; Asher hatte ihn weder während der leidigen Zollabfertigung im Salle des Bagages noch in der Bahnhofshalle oder in den Straßen draußen irgendwo entdecken können. Er gewöhnte sich langsam daran. Der Himmel begann schon, sich aufzuhellen; er hatte ein Telegramm voraus zum Chambrod geschickt, einem kleinen Hotel in der Rue de la Harpe, in dem er oft wohnte, wenn er als Oxforder Professor in Paris weilte; man hatte auch schon ein Zimmer für ihn gerichtet. Als er die winzige Eingangshalle mit ihrem muffigen Küchengeruch und ihren vergammelten Empire-Möbeln betreten hatte, war er zutiefst bedrückt gewesen, daß, in all den Jahren, in denen er Paris gekannt hatte, die Stadt die Wohnstätte von Vampiren gewesen war. Das traf auch auf London zu, und er fragte sich, ob er jemals wieder in der Lage sein würde, die Welt so zu sehen, wie er es früher einmal getan hatte.

Natürlich hatte er schon früh in seiner Karriere als Agent die Unschuld verloren, die Welt als die glitzernde Oberfläche eines wunderschönen Sees zu betrachten. Seine Erfahrungen mit dem Foreign Office, mit dem Schattendasein der Nachrichtendienste und die schändlichen Dramen, in die das verfluchte Department ihn mit der Forke des Teufels getrieben hatte, hatten schon dafür Sorge getragen. Doch unter seinem ständigen Wissen um Geheimnisse, Schlupflöcher und Gefahren lag ein neues, anderes Bewußtsein, als ob er plötzlich nicht nur erkannt hatte, daß Fische unter der Oberfläche des Sees schwammen, sondern daß es da Dinge gab, jegliche Vorstellungskraft übersteigende Dinge, die sich durch den schwarzen Schlamm am Grund des Sees bewegten.

Er hatte bis spät in den Nachmittag in seinem kleinen Zimmer unter dem Dach geschlafen, dann hatte er gebadet und sich angezogen. Er war in äußerst nachdenklicher Stimmung. Er hatte an Lydia geschrieben, um ihr zu versichern, daß er gesund und sicher angekommen war, und hatte den Brief eingeschlossen in einen weiteren an einen seiner Studenten gesandt, der sich bereiterklärt hatte, die Post an Miss Merridew weiterzuleiten. Der Brief würde erst mit einem Tag Verzögerung bei ihr eintreffen, doch das war immer noch besser, überlegte er sich, als daß die Vampire herausfanden, wo sie sich aufhielt. Nach einem leichten Abendessen in einem Café suchte er den Place des Innocents auf, einen Platz in der Nähe der weitläufigen Markthallen der Stadt, wo sich ehemals die Kirche der Heiligen Unschuldigen und ihr berüchtigter Friedhof befunden hatten.

Nun war dort nichts mehr davon zu finden – ein baumgesäumter *place* mit einem Brunnen, eingezwängt von dem riesigen, grauen Klotz der *Halles* auf der einen Seite und den hohen, mit braunen Fassaden versehenen *immeubles* auf den drei anderen. Der Vampir der Heiligen Unschuldigen hatte in der Krypta geschlafen, hatte Ysidro gesagt – wie Rhys der Spielmann, der die Krypten der alten Kirche von St. Giles durchstreift hatte, bevor die Stadt um ihn herum groß genug geworden war, daß die Bewohner einander wie Fremde waren und nicht bemerkten, daß ein weiterer weißgesichtiger Fremder nächtens unter ihnen einherging.

Während er nun neben Ysidro stand und angespannt in die Stille lauschte, um auch noch das leiseste Flüstern herannahender Füße auf dem kopfsteingepflasterten Hof jenseits des Tors zu erhaschen, fragte er sich, ob die Krypta wohl immer noch dort wäre, begraben unter der Erde wie der unterste Keller in Calvaires Haus in Lambeth.

Die Vampire würden es vielleicht wissen. Das und andere Dinge. Er war vom Place des Innocents abgebogen und der Rue St. Denis hinab zum grauen Band des Flusses gefolgt, der zwischen den taubenfarbenen Gebäuden an seinen Ufern glitzerte. Für die Vampire war diese erstaunlich saubere Stadt mit ihren makellosen Straßen, ihrem vom Herbst mit Rost überzogenen Kastanienbäumen nur ein Firnis über einem dunklen Sumpf der Erinnerungen, einer völlig anderen Stadt.

Er hatte lange Zeit am Ufer über den Quays der Seine gestanden und auf das graue Gewirr von Brücken flußaufwärts und -abwärts gestarrt, auf den gotisch anmutenden Wald, der sich auf der Île de la Cité drängte, und auf die eckigen, vor sich hinträumenden Türme von Notre Dame. Und direkt unter ihnen, an der Uferböschung, hatte er nachdenklich die massiven Eisengitter betrachtet, die den Passanten den Zutritt in die unterirdischen Labyrinthe der Pariser Abwässerkanäle versperrte.

»Die Abwässerkanäle?« Elysée de Montadour zog in einer übertriebenen Geste des Abscheus ihre lange Nase kraus, während ihre Diamanten im gleißenden Licht der Gaslampen funkelten. »Welcher Vampir bei klarem Verstand würde dort umherstreifen? Brrr!« Sie schüttelte sich affektiert. All ihre Gesten, beobachtete Asher, waren theatralisch, eher eine bewußte Imitation menschlicher Manierismen, denn eine Reminiszenz ihrer wirklichen Spontanität, als ob sie etwas einstudiert hätte, das ihr nicht eigen war. Er stellte fest, daß er Don Simons unheimliche Reglosigkeit bevorzugte – der spanische Vampir stand hinter dem Empire-Diwan der Dame, wobei die grau behandschuhten Finger wie pirschende Katzen auf der geschwungenen Rückenlehne ruhten.

»Haben Sie jemals dort gejagt?« Obwohl keiner der anderen Vampire in dem langgezogenen, mit goldenen Tapeten verzierten Salon sich ihnen näherte, war er sich doch des leisen Wogens ihrer Stimmen hinter seinem Rücken bewußt, während sie mit gespenstischer Schnelligkeit und Geschicklichkeit Karten spielten oder mit dem halbmurmelnden Geflüster des Windes miteinander plauderten. Während er selbst auf dem spindeldürren Louis-XVI-Stuhl Elysée gegenübersaß, wußte er, daß sie ihn beobachteten und lauschten, wie nur Vampire lauschen können, wie eine Bande höflicher, hämischer Haie, die direkt unter der Oberfläche eines Gewässers lauerten, dessen Ufer er niemals rechtzeitig erreichen würde. In einer Ecke des Salons saß ein hochgewachsenes Mädchen, deren dunkle Schultern sich wie Bronze aus einer Robe aus austernfarbenemSatin erhoben, und spielte Klavier – Tschaikowsky, doch mit einer seltsamen, düsteren Note, einer synkopengeschmückten Sinnlichkeit, wie Musik, die aus einem Spiegel tropfte, der direkt in die Hölle schaute.

»*Foi,* und mich dem Rheumatismus aussetzen?« Elysée lachte – ein kalter, klirrender Laut ohne jegliche Freude – und gestikulierte ausgiebig mit ihrem schwanendaunenbesetzten Fächer.

»Und wofür, *enfin?*« Einer der anmutigen jungen Männer, die ihre Gefolgschaft von Zöglingen ausmachten, schlenderte zum anderen Ende ihres Diwans hinüber. Er hatte braunes Haar, und seine blauen Augen waren wie leuchtende Diamanten in seine feingerundeten, wunderschönen Gesichtszüge gesetzt. Asher fragte sich, ob Elysée sie alle ihres Aussehens wegen zu Zöglingen gemacht hatte. Wie auch das andere halbe Dutzend von Elysées Anhang war er nach der neuesten Mode gekleidet, sein pechschwarzer Abendanzug maßgeschneidert und makellos und in scharfem Kontrast zu seinem schneeweißen Hemd und dem bleichen Fleisch darüber. »Für einen Gossenkehrer, den man ohne jegliche Konversation töten und verstecken mußte, wie ein Hund sein Aas vergräbt? Welcher Spaß soll darin liegen?« Seine Fänge funkelten, als er grinsend auf Asher hinabsah.

Elysée zuckte mit ihren Alabasterschultern, die aus einer dunkelgrünen Robe herausragten. »Und außerdem zählen die Vorarbeiter die Kehrer sehr genau, bevor sie hinuntersteigen und nachdem sie wieder heraufgekommen sind. Und sie sind nur *canaille* wie Serge sagt, es macht überhaupt keinen Spaß, sie zu jagen.« Sie lächelte kurz, und in ihren grünen Augen mit ihrem schrecklichen Vampirglitzern lag ein Ausdruck verträumten Vergnügens, wie bei einem gierigen kleinen Mädchen, das den Geschmack verbotenen Likörs genoß. »*Alors*, es gibt dort unten achthundert Meilen von Abflußkanälen. Er würde wie eine Pflaume verdorren, dieser Große, Schreckliche, uralte Vampir von Paris, den niemand je gesehen hat ...«

»Und was ist mit den Katakomben?« fragte Don Simon leise, ohne sich weiter um den Hohn in ihrer Stimme zu kümmern. Eine seltsame Stille senkte sich über den Raum wie ein angehaltener Atemzug. Das Klavier erstarb.

»Wir sind alle schon einmal dort gewesen, sicher.« Das dunkelhäutige Mädchen erhob sich von ihrem Sitz und durchquerte den Raum mit einer gewollten, genüßlichen Trägheit, die aus der gleichen unheimlichen Schwerelosigkeit geboren zu sein schien, aus der die Schnelligkeit der anderen Vampire entsprang. Instinktiv zwang Asher sich, sie mit äußerster Konzentration zu beobachten, denn er spürte, daß, wenn er es nicht tat, sie augenblicklich für sein Auge unsichtbar werden würde. Sie hatten Französisch gesprochen – Ysidro war nicht nur altmodisch, sondern manchmal von einer seltsam kindlichen Aussprache gekennzeichnet –, doch dieses Mädchen sprach Englisch mit der geschmeidigen, amerikanischen Dehnung der Worte. Trotz der beinahe schier unerträglichen Langsamkeit ihrer Bewegungen war sie hinter ihm, bevor er darauf vorbereitet war. Ihre winzige Hand glitt leicht und spielerisch über seine Schultern, als wollten sich die Finger ihre Konturen durch den Stoff seines Mantels hindurch einprägen. »Auch dort zählen sie ihre Leute, sowohl die Arbeiter als auch die Besucher. Du hast dich dort während der Belagerung versteckt, nicht wahr, Elysée?«

Eine Spur von Boshaftigkeit lag in ihrer Stimme wie der kunstvoll-zufällige Stich einer Nadel, und Elysées grüne Augen funkelten ob dieser Erinnerung an eine wohl eher unrühmliche Flucht vor den aufständischen Kommunarden. »Und wer hätte das nicht getan?« fragte sie nach einer Weile barsch. »Auch ich habe während des Schreckens der Revolution dort Zuflucht gesucht, mit Henriette du Caens. Damals waren es noch keine Gebeinhäuser, wißt ihr – nur alte Steinbrüche am Fuß des Montrouge, die sich in die Finsternis erstreckten. *Bien sûr,* Henriette sagte immer, sie glaubte, daß dort noch ... irgend etwas anderes wäre. Aber ich habe nie etwas gehört oder gesehen.« Es schwang eine Spur von Trotz in ihrer Stimme mit.

»Aber du warst damals noch ein Zögling«, bemerkte Don Simon mit leiser Stimme, »oder nicht?«

»Zögling oder nicht, ich war ja nicht blind.« Sie klopfte halb verärgert, halb spielerisch mit dem Fächer auf seine Knöchel. Sie wandte sich wieder an Asher, eine gutaussehende Frau, mit dem Gesicht und dem Körper einer Frau in der Blüte ihrer Jahre und Augen, die längst jeden menschlichen Ausdruck verloren hatten. Sie zuckte mit den Achseln.

»*Eh bien,* das liegt schon lange zurück. Und zu ihrem Ende hin fürchtete Henriette sich vor allem. François und ich mußten für sie jagen gehen, unter dem Mob, der bei Nacht durch die Straßen zog; wir haben sie dann zu ihr dort hingebracht. Aye, und wir haben unser Leben dabei aufs Spiel gesetzt, als schon das Tragen eines Tuches von falscher Farbe ausgereicht hätte, daß sie alle ›*à la lanterne*‹ schreien wie ein Rudel räudiger Hunde, und nichts anderes waren sie auch! Wissen Sie, François de Montadour war der Besitzer dieses *hôtels.*« Die weitschweifende Bewegung ihrer Hand war unwirklich wie ein Gemälde von David, die weißen Federn in ihrem Haar wippten. Neben den Gaslampen brannten noch ein Dutzend riesige Kandelaber – das Licht fing sich in den glitzernden Girlanden der Kristallüster, in den hochaufragenden Spiegeln, die eine Wand zierten, und in dem schwarzen Glas der vier Meter breiten Fenster.

»Er, Henriette und ich waren die einzigen, die dem Schrecken entkamen, und selbst François ist am Ende doch nicht entkommen. Als es vorüber war . . .« Sie zuckte abermals mit den Achseln, eine Geste, die dazu bestimmt war, ihre schneeweißen Schultern zur Geltung zu bringen. Hinter sich konnte Asher spüren, wie das dunkelhäutige, amerikanische Mädchen näher an seinen Stuhl herankam, ihr Körper berührte seinen Rücken, ihre Hände ruhten auf seinen Schultern; die Kälte ihrer Finger schien sein Fleisch zu durchdringen.

»Henriette hat sich nie wieder davon erholt, obgleich sie noch beinahe eine ganze Lebensspanne danach weiterlebte. *Eh bien*, schließlich war sie eine echte Versailler Dame. In den Nächten, in denen wir ihr irgendeinen Trank gebracht hatten, der auch ihr Blut mit Wein versetzte, sagte sie immer, daß niemand, der nicht die Süße jener Tage selbst erlebt hätte, jemals verstehen könnte, was auf ewig verloren gegangen wäre. Vielleicht konnte sie sich einfach nicht an die Tatsache gewöhnen, daß es vergangen war.«

»Sie war eine alte Dame«, sagte das dunkelhäutige Mädchen hinter Ashers Rücken, und ihre Stimme trof so schwer und süß wie Sirup. »Sie brauchte nicht das Blut eines Trinkers, um ihre Zunge zu lösen und über die alten Tage zu reden, über die Könige und über Versailles.« Ihre Fingernägel strichen spielerisch an Ashers Haarspitzen entlang, als ob sie mit einem Schoßhündchen spielte. »Sie war nur eine alte Dame, die dem Gestern nachweinte.«

»Wenn du eines Tages nach Charleston zurückkehren solltest, Hyacinthe«, sagte Ysidro leise in Englisch, »und siehst, wo die amerikanische Armee die Straßen zerbombt hat, in denen du aufgewachsen bist, wenn du feststellst, daß die Männer und Frauen selbst sich dort verändert haben, dann wirst du dich hoffentlich an deine Worte erinnern.«

»Männer verändern sich nie.« Sie bewegte abermals ihren Körper, so daß ihre Hüfte Ashers Schulter berührte, und ein beunruhigender Schauder lief durch seinen Körper, als hätte sie ihm einen leichten elektrischen Schlag versetzt. »Sie sterben nur . . . und es wird immer andere Männer geben.«

»Wie dem auch sei.« Asher bemerkte, daß er selbst völlig reglos dasaß und daß Don Simon sich bereit gemacht hatte, augenblicklich wie ein Blitz vorzuschnellen; er war sich ebenfalls bewußt, daß Hyacinthes Fingerspitzen kaum merklich gegen die Haut seines Halses stießen. Auf Ysidros Bitte hin hatte er seine Silberketten im Hotel zurückgelassen. Sie würden ihn niemals eingelassen haben, hatte Ysidro gesagt, wenn sie die Ketten vermutet hätten, und außerdem hätte eine solche Zurschaustellung von Mißtrauen Ysidros eigenem, leicht fragwürdigem Ansehen unter ihnen geschadet. Obgleich Asher es nicht sehen konnte, war er sich des Blickes der jungen Mulattin bewußt, der trotzig auf Simon ruhte, ihn herausforderte, es nur zu wagen, sie aufzuhalten, wenn sie sich entschloß, seinen menschlichen Protégé zu töten.

Ohne seine Augen auch nur einen Augenblick von ihr abzuwenden, fuhr Ysidro leise fort: »Soweit es Henriette betrifft, so war sie eine echte Dame von Versailles, sie sprach sogar die Sprache ›dieses Landes‹, wie man es damals zu nennen pflegte: eine verzauberte Cythera, die wie eine Mandelblüte vom Atem des Zephyrs getragen über einem Sündenpfuhl schwebte. Ich kann verstehen, daß sie die Welt, nachdem Napoleon durch sie hindurchmarschiert war, mit der verglich, die sie vorher gewesen war, und sie für schlechter befand. Ich glaube, sie ist einfach des Lebens müde geworden. Ich habe sie getroffen, als ich das letzte Mal Paris besucht habe, bevor die Preußen kamen, und ich war nicht überrascht zu hören, daß sie die Belagerung nicht überlebt hat. Hat sie jemals über den Vampir von den Unschuldigen gesprochen, Elysée?«

»Nein.« Elysée fächelte sich Luft zu, eine nervöse Geste, denn Asher hatte beobachtet, daß die anderen Vampire weder Hitze noch Kälte zu spüren schienen. Die anderen versammelten sich langsam hinter Hyacinthe im Halbkreis um seinen Stuhl, die Augen auf Elysée und den hinter ihr stehenden Don Simon gerichtet. »Ja. Aber nur, daß es einen gab.« Sie machte eine verächtliche Geste, die nicht ganz ihr Unbehagen ob dieses Themas verbergen konnte.

»Die Unschuldigen war ein scheußlicher Ort, der Boden matschig von den Leichen, die nur wenige Zentimeter unter den Füßen der Darübergehenden verwesten, und überall lagen Schädel und Knochen verstreut. Und es stank ganz erbärmlich. Bei den Bruch- und Wäschehändlern, deren Stände in die Gewölbe gebaut waren, konnte man nach oben schauen und durch die Ritzen in den Dachsparren hindurch die Knochen sehen, die in den Speichern darüber aufgestapelt waren. Den Großen Fleischfresser von Paris, haben wir es genannt. François und die anderen – Henriette, Jean de Valois, der alte Louis-Charles d'Auvergne – haben manchmal über die Geschichten gesprochen, die man über einen Vampir erzählte, der dort lebte, ein Vampir, den niemals jemand zu Gesicht bekam. Nachdem ich Vampir geworden war, bin ich ausgegangen, um ihn zu suchen, aber dieser Ort... ich mochte ihn nicht.« Eine alte Angst flackerte augenblicklich in den harten smaragdgrünen Augen auf.

»Das kann dir niemand übelnehmen, Schätzchen, da bin ich sicher«, schnurrte Hyacinthe voll boshaften Mitgefühls. »Ich denke, wenn er sich überhaupt je dort herumgetrieben hat, dann muß er verrückt gewesen sein.«

»Ist Calvaire je dorthin gegangen?« erkundigte sich Asher, während er den Kopf nach oben wandte, um ihr ins Gesicht zu sehen, und sie lächelte zu ihm hinab, so wunderschön wie eine lang ersehnte Sünde.

»Das war alles schon längst vorbei, bevor Calvaire überhaupt gebissen worden ist, Schätzchen.«

»Ist er denn in die Katakomben gegangen? Hat er jemals über diesen – diesen geisterhaften Vampir gesprochen?«

»Calvaire!« schnaubte einer der anderen Vampire, ein dunkelhaariger Junge, von dem Asher vermutete, daß wohl gerade der Bartwuchs bei ihn eingesetzt hatte, als Elysée ihn sich geholt hatte. »Der Große Vampir von Paris. Das würde gut zu ihm passen.«

Asher schaute neugierig zu ihm hinüber, wie er so in der schimmernden Pracht des Lichtes stand. »Wieso das?«

Hinter ihm erwiderte Hyacinthe mit seidigem Hohn: »Weil es genau die Art von Sache war, die der Große Vampir von Paris getan hätte.«

»Er war sehr davon eingenommen – einer von uns zu sein«, erklärte Elysée bedächtig.

Der braunhaarige junge Mann, Serge, ließ sich graziös zu Elysées Füßen auf dem Diwan nieder. »Wir haben alle ein wenig Spaß, wenn wir können«, erklärte er mit einem Grinsen, das entwaffnend gewirkt hätte, wären da nicht seine Fänge gewesen. »Calvaire war einfach immer nur ein wenig großspurig dabei.«

»Ich verstehe nicht.«

Hyacinthes Finger berührten sein Haar. »Wie solltest du auch, unter den Umständen.«

»Calvaire war ein Prahlhans, ein Aufschneider«, sagte Elysée, während sie ihren Fächer zusammenschob. »Wie einige andere auch.« Sie warf Hyacinthe einen flüchtigen, boshaften Blick zu. »Neben deinem Opfer in einer Opernloge, einem Café oder einer Kutsche zu sitzen – mit deinen Lippen das Blut unter ihrer Haut zu spüren, es so lange wie möglich hinauszuzögern, wartend . . . dann irgendwo anders zu trinken, nur um den Durst zu löschen, und in der nächsten Nacht zu ihm zurückzukehren, zu diesem persönlichen, unschuldigen Tod . . .« Abermals lächelte sie verträumt, und Asher war sich einer leichten Bewegung unter den Vampiren hinter sich und eines schnellen Zuckens von Ysidros Augen bewußt.

»Doch Valentin hat es noch einen Schritt weiter getrieben, einen gefährlichen Schritt. Vielleicht lag es zum Teil daran, daß er Macht wollte, daß er eigene Zöglinge wollte, obgleich er sich nicht getraute, sie hier in Paris zu machen, wo ich herrsche, wo ich ihn beherrschte, durch das, was er mir gegeben hatte, als er vom Leben in . . . das ewige Leben übertrat. Doch ich glaube, er hat es wegen des – des ›Kicks‹ getan, wie Sie im Englischen sagen – und nur deshalb. Manchmal ließ er es seine Opfer wissen, besonders jene Opfer, die es *piquant* fanden, zu wissen, wie sehr sie mit dem Tod flirteten.

Er führte sie hinein, verführte sie . . . er hatte eine feine Art und spielte den Tod wie ein Instrument, trank ihn, in all seiner perversen Süße. *Bien sûr* konnte man es ihm nicht erlauben, damit fortzufahren . . .«

»Es ist eine gefährliche Sache«, sagte der Vampirjunge zu Ashers Rechten, »jemanden wissen zu lassen, wer oder was genau wir sind, egal, welchen Grund man dafür haben mag.«

»Er ist sehr wütend geworden, als ich es ihm untersagt habe«, erinnerte sich Elysée. »Wütend, als ich ihm untersagte, eigene Zöglinge zu machen, seine eigene Gefolgschaft . . . denn das war der Grund, den er für sein Verhalten angab. Doch ich glaube, daß er einfach nur Spaß daran hatte.«

»Aber dann war es auch immer so«, murmelte Hyacinthe, »daß diejenigen, denen er es erzählte, glaubten, gewinnen zu können.«

Etwas in ihrer Stimme ließ Asher aufschauen; ihre Hand faßte ihn ganz leicht unter dem Kinn und drückte seinen Kopf nach hinten, so daß sich ihre Blicke trafen. Unter ihren Fingern konnte er das Schlagen seines eigenen Pulses spüren; sie schaute hinab in seine Augen und lächelte. Für einen Augenblick schien es ihm, als hätte er aufgehört zu atmen.

Elysées Stimme war sanft, als hätte sie Angst, ein zerbrechliches Gleichgewicht zu erschüttern. »Laß ihn in Ruhe.« Asher sah, wie sich Hyacinthes spöttisches Lächeln verbreiterte, und spürte, wie sich ihre Fingerspitzen fester gegen seinen Hals preßten.

Ganz absichtlich streckte er die Hand aus und umfaßte das kalte Handgelenk. Für einen Augenblick war es so, als würde er an dem Ast eines Baumes ziehen; dann trat sie zurück, während er sich von seinem Stuhl erhob. Doch sie lächelte immer noch in seine Augen, leicht amüsiert, als ob er eine Mutprobe nicht bestanden hätte, und in den honigdunklen Augen lag das Glück des Gefühls, ein Opfer zu verführen, das wußte, was ihm bevorstand. Seine Augen hielten ihrem Blick stand; dann wandte er sich ebenso absichtlich von ihr ab und drehte sich wieder zu Elysée um.

»Also glauben Sie nicht, daß Calvaire diesen – diesen ältesten aller Vampire von Paris aufgesucht hat?«

Mit einem Ruck wurde der Fächer wieder aufgeschlagen, zutiefst empört. Elysées Augen ruhten auf Hyacinthe, nicht auf ihm. *»Ich* bin der älteste Vampir von Paris, *Monsieur le Professeur«*, sagte sie mit Bestimmtheit. »Es gibt keinen anderen, und es hat schon seit vielen Jahren keinen solchen gegeben. Und *en tout cas,* würden Sie ... und die anderen ...« ihr Blick schoß giftig von Hyacinthe zu Ysidro, der irgendwie um den Diwan herumgekommen war und nun neben ihr stand, »... gut daran tun, sich an das oberste Gebot der Vampire zu erinnern. Das oberste Gebot, dem *alle gehorchen müssen,* lautet, daß kein Vampir einen anderen Vampir töten darf. Und kein Vampir ...« ihre Augen wurden zu schmalen Schlitzen und richteten sich auf Asher, dann bewegten sie sich wieder zurück zu dem schlanken, anmutigen Spanier an ihrer Seite, »... darf etwas tun, was andere Vampire in Gefahr bringt, indem er ihre Jagdgründe, ihre Gewohnheiten oder die bloße Tatsache ihrer Existenz der Menschheit preisgibt.«

Ysidro neigte den Kopf, so daß sein bleiches Haar nach vorn über den grauen Samt seines Kragens fiel wie Spinnenweben im Feuer der Gaslampen. »Habt keine Angst, Madame. Ich werde es nicht vergessen.« Seine Finger schlossen sich wie Handschellen um Ashers Handgelenk, und er führte ihn aus dem Salon.

12

»Sie hat Angst«, sagte Asher später. »Nicht, daß sie damit allein stünde«, fügte er hinzu, während er sich an Hyacinthes kalte Finger an seinem Hals erinnerte. »Sind alle Meistervampire so nervös ob ihrer eigenen Macht?«

»Nicht alle.« Hinter ihnen verlor sich das Klappern der davonziehenden Droschkenpferde auf dem Asphalt der Straße in der Ferne, bis sie wieder von der nächtlichen Stille umgeben waren. Unten an der Ecke drangen immer noch Stimmen aus einem mit Arbeitern besetzten *estaminet;* ansonsten lag der Bezirk von Montrouge schweigend da. Er hatte nicht die geringste Ähnlichkeit mit der schäbigen Eleganz der Gegend, in der sich das Elysées *hôtel* befand. Hier wurde die Straße von hochaufragenden, graubraunen Gebäuden gesäumt, deren schmutzige Geschäfte im Erdgeschoß fest verschlossen waren. Alles war dunkel, abgesehen von einem spärlichen Lichtschein, der hier und dort in einem Dachgeschoß durch einen Spalt drang, wo Bedienstete immer noch ihrer Arbeit nachgingen. Ysidros Schritte machten kein Geräusch auf dem schmalen Gehsteig. Seine Stimme war wie der Nachtwind, der träumend vor sich hinmurmelt.

»Es ist von Stadt zu Stadt verschieden, ebenso von Person zu Person. Elysée hat den Nachteil, kaum älter zu sein als ihre Zöglinge und daß sie selbst noch nicht lange Vampir gewesen war, als sie zum Meister von Paris wurde. Auch war sie nicht immer glücklich in der Wahl ihrer Zöglinge.«

»Glauben Sie, daß Calvaire mit dem Vampir von den Unschuldigen Kontakt aufgenommen hat?«

»Ich vermute, daß er es versucht hat.« Don Simon blieb unvermittelt vor einer unscheinbaren Tür stehen. Der Haupteingang zu den Katakomben lag am Place Denfert-Rochereau, auf dem selbst zu dieser Stunde unerfreulich viel Verkehr herrschte – das Rattern von Kutschen und Fiakern auf den Boulevards war selbst in dieser stillen Straße zu hören. Der Mond war untergegangen. Der Himmel hinter den wie Berge aufragenden Gebäuden und Schornsteinen hatte die Farbe von Ruß.

»Elysée zumindest ist davon überzeugt«, fuhr der Spanier fort. »Sie war, wie Sie bemerkt haben, auf das Äußerste bemüht, ihre Zöglinge – und insbesondere Hyacinthe, die, wie ich vermute, *nicht* zu ihrem Fang gehört – von etwaigen Absichten, es ihm gleich zu tun, abzubringen. Würde dieser Vampir von den Unschuldigen tatsächlich existieren, so wäre er bei weitem mächtiger als Elysée – bei weitem mächtiger als jeder von uns.«

»Ein Jäger, der auch nachts losziehen kann.«

Ysidro gab keine Erwiderung. Lange Zeit stand der Vampir wie in Gedanken versunken da, und Asher fragte sich, wie sich die Nacht wohl für einen Vampir anhören mochte, ob diese scharfen Ohren den Atem der Schläfer in dem Haus, neben dem sie standen, auffangen konnten, oder ob der seltsame, übernatürliche Verstand die sich bewegenden Farben ihrer Träume zu erspüren vermochte. Schließlich gab der Vampir ihm ein Zeichen, und Asher holte, nachdem er einen schnellen Blick die Straße hinauf und hinunter geworfen hatte, seine Dietriche aus einer Innentasche hervor und machte sich an die Arbeit.

»Der Wächter befindet sich in dem Bürostübchen am anderen Eingang«, murmelte der Vampir; seine Stimme klang mehr in Ashers Kopf als in seinen Ohren. »Zweifellos schläft er – wir dürften also kaum gestört werden.«

Die Tür gab unter Ashers vorsichtigen Versuchen nach. Er steckte die Dietriche wieder in die Tasche zurück und ließ Ysidro den Vortritt in das kleine Vestibül. Er hörte das leise Knarren einer Angel, das gedämpfte Geräusch von jemandem, der in einem Schrank wühlte, dann das Anreißen eines Streichholzes. Ysidro hatte die Laterne eines Wächters gefunden. Asher trat ein und schloß die Tür hinter sich.

Mit dem verkratzten Schreibtisch, der vor dem Eisengitter stand, das ein Ende des Raumes abschloß, war das Vestibül kaum groß genug, daß die beiden sich darin bewegen konnten. Die Laterne stand auf der einen Ecke des Schreibtisches und warf ein unheimliches Licht auf Ysidros lange Hände, während er die Schüssel an einem Schlüsselring durchschaute. »Die Franzosen sind so tüchtig«, murmelte der Vampir. »Hier ist eine Karte der Gänge, doch ich schlage vor, daß Sie sich dicht bei mir halten.«

»Ich werde das Licht auch noch aus einiger Entfernung sehen können«, bemerkte Asher, während er die abgegriffene Karte entgegennahm.

Ysidro, der gerade dabei war, das Gitter aufzuschließen, hielt inne. »Das meine ich nicht.«

Sie stiegen die schmale Wendeltreppe hinunter, deren Windungen sich endlos in die Finsternis erstreckten.

»Glauben Sie denn, daß er wirklich hier ist?« fragte Asher leise, die Hände fest gegen die steinernen Wände und den Mittelpfeiler gepreßt, um nicht auf den schmalen Stufen das Gleichgewicht zu verlieren. »Ich meine, daß er immer noch hier ist?«

»Es ist der einzige logische Platz. Wie Elysée schon sagte, sind die Abwässerkanäle immer feucht. Zwar können uns die gewöhnlichen körperlichen Krankheiten und Gebrechen nichts anhaben, doch wenn ein Vampir beginnt, älter zu werden, so beginnt er auch, an Gelenkschmerzen zu leiden. Einige der sehr alten Vampire, die ich hier in Paris kannte, Louis du Bellière-Fontages und Marie-Therèse de St. Arouac, taten es. Louis war ein Höfling Henri des Dritten gewesen. Ich glaube nicht, daß er sich jemals an die Art gewöhnte, wie der Sonnenkönig den Adel zähmte. *Les fruits de Limoges,* nannte er sie – chinesische Früchte, nur schimmernde Hülle, aber kein Saft. Doch Tatsache war, daß er Angst hatte, und deshalb hat er Versailles verlassen. Er war sehr alt und müde, als ich ihn zum letzten Mal sah; seine Gelenke schmerzten ihn, und sich aus seinem eigenen *hôtel* zu bewegen, ängstigte ihn. Er ging immer seltener auf die Jagd, ernährte sich statt dessen von Rinderblut, gestohlenen Hühnern und hin und wieder von einem Säugling, wenn eine schwarze Messe abgehalten wurde. Es überraschte mich nicht zu hören, daß man ihn aufgespürt und getötet hatte.«

»Wann war das?«

»Während einer der Hexenverfolgungen in der Zeit des Sonnenkönigs.« Simon hielt am Fuß der Treppe inne und lauschte in die Dunkelheit, wobei er den Kopf von einer Seite auf die andere wandte.

»Falls der Mörder, nach dem wir suchen, existiert«, murmelte Asher, und das Echo nahm seine Stimme auf, als würden all die Toten, die in der Dunkelheit schliefen, ihm flüsternd antworten, »dann wird er immer noch in London sein.«

Ysidro schüttelte den Kopf, eine Geste, die so zart war, daß man sie kaum wahrnehmen konnte. »Ich denke, daß Sie recht haben.« Seine Stimme war wie ein Windhauch, der durch die uralten Tunnel strich. »Ich spüre keine Präsenz hier«, hauchte er. »Nichts – weder einen Menschen, einen Vampir, noch einen Geist. Nur der gedämpfte Widerhall der Knochen selbst.« Er hielt die Laterne hoch, und der goldene Lichtschein glitzerte auf den feuchten Steinwänden, nassen Kieseln und dem Schlamm unter ihren Füßen, bevor es von der schieren Übermacht der unterirdischen Finsternis erdrückt wurde. »Dennoch sollten Sie lieber dicht bei mir bleiben. Die Stollen sind voller Kreuzungen und Abzweigungen – es ist leicht, sich zu verlaufen.«

Wie gespenstische Erscheinungen in einem Alptraum drangen sie weiter in die Dunkelheit vor.

Schier endlose Zeit bewegten sie sich durch die Stollen, schwarze Tunnel, in den Stein gehauen, deren Wände sich erdrückend um sie zu schließen schienen und deren Decken Ashers Kopf streiften, während er Ysidros schemenhafter Silhouette in den Abgrund hinab folgte.

Hin und wieder kamen sie an Säulen vorbei, die das übermächtige Gewicht der Erdschichten stützten, damit die darüberliegenden Straßen nicht herabsackten, und ihr Anblick erweckte Ashers übereifrige Einbildungskraft, so daß er sich vorstellte, wie es wohl wäre, wenn die Decke einstürzte und er in den Gängen begraben wurde. An anderen Stellen huschte das Licht der Lampe über die schwarzen Schlünde abzweigender Tunnel, so düster, wie es keine Dunkelheit über der Erde je sein konnte.

In diesem gesamten Totenreich, schoß es Asher durch den

Kopf, war er der einzige Lebende. Der Mann, der neben ihm ging, der so angestrengt in die Dunkelheit lauschte, war schon seit dreieinhalb Jahrhunderten nicht mehr am Leben; der Mann, dessen Unterschlupf sie suchten, war schon seit beinahe sechs Jahrhunderten tot.

Falls er tatsächlich je existiert hatte.

Wer war dieser Geist, an dessen Existenz die Toten glaubten?

»Offenkundig ist keiner der Pariser Vampire getötet worden.« Das Echo ließ die Bemerkung wie ein endloses Flüstern durch die verzweigten Gänge hallen. »Warum ist er wohl Calvaire gefolgt?«

»Vielleicht hat Calvaire ihm zuviel erzählt.« Ysidro hielt inne, um einen Kreidepfeil an die Wand zu malen, dann setzte er seinen Weg fort. »Calvaire wollte ein Meistervampir werden. Wenn er überhaupt mit dem Vampir von den Unschuldigen gesprochen hat, so hat er ihn vielleicht beleidigt oder in ihm den Entschluß geweckt, zu verhindern, daß Calvaire die Macht, die er suchte, erlangte; vielleicht hatte Calvaire noch etwas anderes im Sinn als bloße Macht. Wir wissen nicht, wann Calvaire mit ihm gesprochen hat. Vielleicht ist er seinetwegen aus Paris geflohen und nicht, weil Elysée seine Pläne vereitelt hat. Vielleicht hatte es auch einen ganz anderen Grund – die Tatsache, daß Calvaire ein protestantischer Ketzer war zum Beispiel. Vor hundert Jahren hätte auch ich Sie niemals engagiert, wenn ich Sie als Anhänger jener Ketzerlehre verdächtigt hätte, ganz egal, wie tüchtig Sie auch sein mochten.«

»Versuchen Sie doch mal, sich für einen Regierungsposten in Irland zu bewerben«, knurrte Asher. »All das erklärt immer noch nicht, weshalb er Calvaires Bundesgenossen in London töten mußte.«

»Wenn wir seinen Unterschlupf finden«, sagte der Vampir mit leiser Stimme, »werden sich diese Dinge vielleicht aufklären.«

Vor ihnen schimmerte etwas Weißes in der Dunkelheit – Säulen? Sie kamen näher heran, und die bleichen Flecken verbanden sich zu länglichen Balken, die sorgsam mit weißer Farbe auf den schwarz gestrichenen Pfeilern eines Tores ausgemalt worden waren. Umgeben von totaler Finsternis lag etwas Beängstigendes in ihrer kargen Schlichtheit – endgültig, schweigend, zwanzig Meter unterhalb des Straßenspiegels und aus dem örtlichen Gestein gehauen. Oberhalb des Türsturzes stand in schwarzen Lettern auf weißem Grund:

HALT!
DIES IST DAS REICH DER TOTEN

Jenseits des Tores begannen die Knochen.

Die Katakomben waren das Beinhaus von Paris. Alles aus den uralten Friedhöfen innerhalb der Stadtgrenzen war in diesen steingehauenen Stollen abgeladen worden, die Gebeine sorgsam aufgeschichtet zu grausigen Stützmauern, gebaut aus Schienbeinen und Schädeln, während alles andere dahinter in achtlosem Durcheinander lag wie Feuerholz in einer Kiste. Braun und schimmernd erstreckten sich die Gebeine in die Finsternis der verzweigten Stollen; die Augenhöhlen der aufgereihten Schädel schienen dem vorbeigleitenden Licht der Laterne zu folgen, hier und dort schien einer der knochigen Kiefer zu lächeln. Adlige, deren Köpfe die Revolution gefordert hatte, Straßenkehrer, Waschfrauen, Mönche, merowingische Könige – sie alle lagen hier irgendwo, Seite an Seite, ohne Unterschied.

In der Tat das Reich der Toten, dachte Asher bei sich. Sie kamen an einem Altar vorbei, wie das Tor schlicht schwarz und weiß gestrichen, ein schemenhafter Umriß, der aus der Dunkelheit zu treten schien. Hier und dort lagen Schilder vor den Gebeinen, die verkündeten, von welchem Friedhof die durcheinandergefallenen Überreste stammten oder den Betrachter ermahnten, seiner eigenen Sterblichkeit zu gedenken und sich zu erinnern, daß alle Dinge nur Staub waren.

Als Engländer war sich Asher eines Verlangens bewußt, vorzugeben, daß dieser Sinn für das Grausige die Manifestation eines Zuges des französischen Nationalcharakters war, doch er wußte nur zu gut, daß seine eigenen Landsleute in Scharen hierherkamen. Die ganze Zeit, während er Ysidro folgte, der tiefer und tiefer in die engen Tunnel des Beinhauses vordrang, war Asher sich der aus Schrecken geborenen Faszination dieses Ortes bewußt, dem morbiden Drang, wie Hamlet über diese Relikte früherer Zeiten nachzusinnen. Zu wie vielen dieser braunen, verwitterten Schädel mochte wohl *sein Gefährte* sagen können: »Ich kannte ihn gut . . .?«

Laut fragte er den Vampir: »Haben Sie jemals ein Porträt von sich malen lassen?« Ysidros Blick schweifte über die Reihen der Gebeine, die sich wie eine hüfthohe Vertäfelung um ihm herum an den Wänden türmten, und er nickte, nicht im mindesten überrascht.

ö »Nur einmal«, erwiderte er, »kurz bevor ich Spanien verließ. Ich habe nie danach geschickt, denn es war ein steifes und ziemlich häßliches Bild – die Renaissance hat Madrid erst viele Jahre später erreicht. Es ist eine sehr schwierige Angelegenheit, Porträts bei Kerzenlicht zu malen.«

Sie gingen weiter voran – eine dunkle Biegung, dann eine zweite.

Plötzlich fiel das Licht der Laterne in einen Seitenstollen, und Asher blieb wie angewurzelt stehen. Simon, der ihm ein, zwei Schritte voraus war, war augenblicklich wieder an seiner Seite, bevor er sich überhaupt bewußt war, daß der Vampir ihn gehört hatte; er erkannte, daß Ysidro unablässig über ihn wachte, wie er es auch im Hôtel Montadour getan hatte.

Schweigend nahm Asher die Laterne und richtete ihren Lichtstrahl in die Dunkelheit, nicht sicher, daß er wirklich gesehen hatte, was er zu sehen vermeint hatte.

Er hatte sich nicht getäuscht.

Ysidro warf ihm einen schrägen Blick zu, die feingeschwungenen Brauen ungläubig gerunzelt. Asher schüttelte den Kopf, ebenso erstaunt wie er. Nach einen kurzen, unruhigen Schweigen, bewegten sie sich gemeinsam in den schmalen Gang aus Stein und Knochen hinein.

Überall in dem Beinhaus waren aus den Knochen sorgfältige Wände gebaut worden, hinter denen sich die überzähligen Gebeine in Stapeln auftürmten. Doch hier waren diese Wände niedergerissen worden. Die Knochen lagen überall verstreut wie Haufen von zerbrechlichem Feuerholz; an einigen Stellen an der Wand entlang war der Boden hüfttief damit bedeckt. Asher hörte, wie sie knirschend unter seinen und Ysidros Füßen nachgaben – es war das erste Mal, daß er bemerkte, daß der Vampir beim Gehen ein Geräusch verursachte. Er schaute erstaunt blinzelnd auf das, was vor ihnen lag.

»Ein verrückter Arbeiter?«

Mit langsamen Bewegungen schüttelte Ysidro den Kopf. »Es ist kein Ruß an der Decke«, sagte er. »Es ist ein Ort, an den nie Touristen kommen. Sie können selbst sehen, daß unsere Füße die ersten waren, die diese Knochen zerbrochen haben.«

»Ich habe einmal etwas Ähnliches in jenem Kapuzinerkloster in Rom gesehen, aber ...«

Die Wände des Tunnels waren ab dieser Stelle ausschließlich von Beckenknochen gesäumt. Als Asher und Ysidro weitergingen, huschten Lampenlicht und Schatten über die Gebeine: Beckenknochen und nichts als Beckenknochen. Nach einer Weile gaben sie ihren Platz frei für Schädel, ein trauriges Publikum aus leeren Augenhöhlen, die sich in die dämmerungslose Nacht streckten. In anderen Seitenstollen entdeckte Asher Garben von Rippen wie gefrorenes Korn im Wind, so zerbrochen und zerfallen, daß sie beinahe unkenntlich waren. Am Ende des Tunnels befand sich ein weiterer Altar, der dritte, den Asher gesehen hatte, seit sie das Gebeinhaus betreten hatten.

Asher schüttelte den Kopf und drehte sich verwirrt zu Ysidro um. »Warum?«

»Das ist nur schwer zu erklären«, erwiderte der Vampir leise, »zumindest einem Mann aus Ihrem Jahrhundert – oder, um genauer zu sein, jedem, der nach der sogenannten Zeit der Aufklärung geboren wurde.«

»Verstehen Sie es?«

»Einst tat ich es.«

Asher bückte sich und nahm einen Fingerknochen vom nächstliegenden Haufen; sie türmten sich an den Wänden wie Kornberge in einem Getreidespeicher. Er drehte ihn in seinen Fingern herum, wobei er unbewußt Lydias Untersuchung von Lottas Wirbelknochen imitierte – klein, zierlich, so genial erdacht mit dem dünnen Schaft und den kugelförmigen Gelenken, nun entkleidet von dem zerbrechlichen Wunderwerk aus Muskeln und Nerven, die ihn auf die zärtliche Berührung eines Geliebten oder den Griff um den Abzug einer Pistole reagieren ließen. Er wollte sich gerade abwenden, den Knochen immer noch in seiner Hand, als er aus der Dunkelheit ein Flüstern vernahm: *Restitute.*

Er erstarrte.

Er konnte nichts erkennen – nur die Schatten der zu Garben zusammengestellten Rippen um sich herum. Er warf einen Blick zu Ysidro, doch die Augen des Vampirs huschten von Schatten zu Schatten, weitaufgerissen und erschreckt und offenkundig ebensowenig wie er in der Lage, etwas zu erkennen.

Gebt ihn zurück, hatte die Stimme in Latein geflüstert, und in derselben Sprache flüsterte Asher nun: »Warum?«

Er war sich nicht sicher, ob er überhaupt die Antwort hörte, die nicht mehr als ein leises, lateinisches Murmeln war, das halb aus seinem eigenen Schädel zu stammen schien.

»Sie wird danach suchen.«

»Wer?«

»Die, der er gehörte. Sie werden alle hierherkommen und suchen – nach Schädeln, Rippen, Zehen. Die Trompete wird ertönen – sie werden aller hierherströmen, um sich wieder zusammenzusetzen, um ihre Gebeine zu finden, die sie dann in Mäntel von Asche hüllen. Und wenn sie sie gefunden haben, dann erklimmen sie die Leiter, ein jeglicher mit seinen eigenen Gebeinen. Nur ich werde zurückbleiben.«

Etwas in der Dunkelheit veränderte sich; Asher spürte, wie sich die Haare in seinem Nacken aufrichteten, während er erkannte, daß das, was er für einen Haufen aus Knochen und Schatten gehalten hatte, tatsächlich die Gestalt eines Mannes war. Er spürte, wie Ysidro ebenfalls zusammenzuckte – selbst mit seinen übernatürlichen Sinnen war der Vampir nicht in der Lage gewesen, ihn zu sehen.

Die lateinische Stimme flüsterte abermals: »Nur ich werde zurückbleiben.«

Sein Gewand war wahrscheinlich einmal eine Mönchskutte gewesen, die nun verfault und zerschlissen an Gliedern hing, kaum weniger ausgezehrt als die Knochen, die sie nach allen Seiten hin umgaben. Er schien vom Alter gebeugt, zusammengekauert wie ein frierendes altes Weib, das sich zu wärmen sucht; in dem eingefallenen, wächsernen Fleisch wirkten die seltsam funkelnden Vampiraugen übergroß. Seine Fänge preßten sich lang und spitz gegen den zarten, haarlosen Kiefer. Unter dem offenstehenden Kragen seiner Kutte konnte Asher ein Kruzifix erkennen, schwarz von Alter und Schmutz.

Eine seiner zittrigen Hände hob sich wie die Klaue eines Vogels und deutete auf Ysidro; die Nägel waren lang und eingerissen. »Wir werden die Trompete in der Ferne erschallen hören«, flüsterte der Vampir, »doch wir werden ihrem Ruf nicht folgen können, du und ich. Wir werden weiter untot sein, ungerichtet und allein, nachdem alle anderen gegangen sind – wir werden niemals wissen, was auf der anderen Seite liegt. Vielleicht werden sie für mich gutsprechen – ich hoffe, daß sie verstehen werden, warum ich das getan habe und für mich gutsprechen . . .«

Ysidro schien verwirrt, doch Asher sagte: »Vor dem Thron Gottes?«

Der alte Vampir richtete seine leuchtenden grünen Augen auf ihn und sagte eifrig: »Ich habe getan, was ich konnte.«

»Wie ist dein Name?« fragte Isydro, wobei er sich des von

schwerem spanischem Akzent gekennzeichneten Lateins seiner eigenen frühen Schulzeit bediente.

»Antonius«, flüsterte der Vampir. »Bruder Antonius vom Orden der Minderbrüder: Ich habe sie gestohlen ...« Er berührte seine schwarze Kutte – ein Fetzen davon fiel unter seiner Berührung ab. »Habe es von den Benediktinern in der Rue St. Jacques gestohlen – habe es gestohlen und den Mann getötet, der es getragen hat. Ich mußte es tun. Es ist feucht hier. Die Dinge verfaulen schnell. Ich konnte nicht nackt vor den Augen der Menschen und Gottes fortgehen. Ich mußte ihn töten ... Ihr versteht, daß ich es tun mußte.«

Dann stand er plötzlich neben Asher; die Berührung seiner Finger war wie das leichte Ziepen von Insektenbeinen, als er den winzigen Knochen aus Ashers Hand nahm. Wie er in sein Gesicht hinuntersah, konnte Asher erkennen, daß Bruder Antonius nicht älter als Ysidro oder einer der anderen Vampire schien; es war einzig seine Haltung und das schlohweiße Haar, das strähnig über seine gebeugten Schultern fiel, die sein seltsames, weißes Gesicht unvorstellbar alt wirken ließen.

»Um Ihr eigenes Leben zu retten?« fragte er.

Bruder Antonius' Finger strich leicht über Ashers Handrücken, als wärme er sich an der pulsierenden Hitze des Blutes. Mit der anderen Hand hielt er Ashers kleinen Finger in einem kraftlosen Griff umklammert, von dem Asher jedoch wußte, daß er sich aus ihm ebensowenig befreien konnte, wie er seine Hand aus getrocknetem Zement hätte ziehen können. »Ich hatte seit Monaten nicht getrunken – nicht wirklich getrunken«, flüsterte der Vampir hastig. »Ratten – ein Pferd – Hühner. Doch ich konnte fühlen, wie mein Geist begann, mich zu verlassen, wie meine Sinne nachlässig wurden. Ich habe es versucht – immer wieder habe ich es versucht. Doch jedesmal wieder erfüllt mich die Angst. Wenn ich keine richtige Nahrung aufnehme, nicht den Tod von Menschen trinke, werde ich dumm werden und langsam. Das kann ich nicht zulassen. Nach all diesen Jahren, all diesen Toden, in denen ich vor dem Urteil des höchsten Richters davongelaufen bin ... Und jedes Leben, das ich auf meiner Flucht nehme, ist ein weiterer Punkt gegen mich in dem großen Buch, aus dem mein Urteil gesprochen wird, würde ich sterben. So viele – einst habe ich sie noch gezählt. Doch der Hunger hat mich in den Wahnsinn getrieben. Und ich werde niemals Vergebung erlangen.«

»Es ist eine der Lehren des Glaubens«, sagte Asher langsam, »daß es keine einzige Sünde gibt, *nichts*, was Gott nicht vergeben wird, wenn der Sünder wirklich von ganzem Herzen bereut.«

»Ich kann nicht von ganzem Herzen bereuen«, flüsterte Bruder Antonius, »wie könnte ich? Ich nähre mich von ihnen und werde mich weiter von ihnen nähren. Ich bin stärker als all jene, die suchten, mich zu töten. Der Hunger treibt mich in den Wahnsinn. Der Schrecken dessen, was mich jenseits der Mauer des Todes erwartet – ich kann ihm nicht gegenübertreten. Vielleicht, wenn ich denen helfe, die dorthin gehen werden, wenn ich es ihnen leichter mache, ihre Gebeine zu finden ... Wenn ich ihnen helfe, werden sie für mich gutsprechen. Ich habe für sie getan, was in meiner Macht stand. Sie müssen es tun. Sie müssen ...« Er zog Asher ganz nah an sich heran – sein Atem stank nach Blut – und deutete mit dem Kopf zu Simon. »Wenn er dich tötet«, flüsterte er, »wirst du dann für mich gutsprechen?«

»Wenn Sie mir drei Fragen beantworten«, erwiderte Asher, in Anlehnung an die alten Geschichten, mit denen der uralte Vampir vertraut sein würde, während er verzweifelt versuchte, im Geiste das, was er fragen wollte, in gutes Latein zu formen. Gott sei Dank, dachte er bei sich, sprachen sie Kirchenlatein, das nicht schwieriger als Französisch war.

Der Franziskaner erwiderte nichts, doch schien er zu warten, seine dürren, eiskalten Finger immer noch auf Ashers Hand. Simon, der schweigend daneben stand, beobachtete sie beide. Asher spürte, daß all seine Sinne und Muskeln angespannt waren, bereit sich zwischen sie beide zu werfen, obgleich er selbst keine Gefahr von dem kleinen Mönch ausgehen spürte.

Nach einer Weile fragte er: »Können Sie bei Tageslicht jagen?«

»Ich würde niemals derart das Angesicht Gottes beleidigen. Die Nacht ist mein; hier unten ist alle Nacht mein. Ich würde mir niemals den lichten Tag über der Erde nehmen.«

»Nicht, ob Sie es tun *würden ...«* sagte Asher, doch dann wurde ihm augenblicklich bewußt, daß er damit seine zweite Frage zu stellen begann, und verfiel eine Weile lang in Schweigen. Hunderte von Fragen tauchten in seinem Kopf auf und wurden wieder verworfen; er war sich bewußt, daß er mit äußerster Vorsicht vorgehen mußte, daß der alte Vampir ebenso mühelos wieder verschwinden konnte, wie er gekommen war. »Wer waren Ihre Zeitgenossen unter den Vampiren?«

»Johannes Magnus«, flüsterte der alte Vampir, »die Lady Elisabeth; Jeanne Croualt, der Pferdezähmer; Anne La Flamande; der walisische Bänkelsänger, der seine Kunst in den Krypten von London zum besten gab; Tulloch der Schotte, der in den Heiligen Unschuldigen begraben war. Sie haben die Unschuldigen niedergerissen. Sie haben die Gebeine davongekarrt. Seine haben sie verbrannt. Das Fleisch ist in der Mittagssonne zu Asche versengt und von ihnen abgefallen. Das war in den Tagen des Schreckens, jenen Tagen, in denen Männer einander abschlachteten, wie wir, die Untoten, es niemals wagen würden.«

»Und dennoch gibt es da jene, die beschwören, sie hätten den Schotten noch vor fünfzig Jahren in Amsterdam gesehen«, murmelte Ysidro in Englisch. Er schien zu verstehen, warum Asher gerade diese Frage gewählt hatte. »Soweit es die anderen betrifft . . .«

Asher wandte sich wieder an den alten Vampir. »Haben Sie jemals einen anderen Vampir getötet?«

Bruder Antonius wich von ihm zurück und bedeckte sein weißes Gesicht mit seinen skeletthaften, weißen Händen. »Es ist verboten«, flüsterte er verzweifelt. »›Du sollst nicht töten‹, sagen sie, und ich habe getötet – habe wieder und wieder getötet. Ich habe versucht, Gutes zu tun . . .«

»Haben Sie jemals einen anderen Vampir getötet?« wiederholte Don Simon sanft.

Der Mönch wich weiter zurück, das Gesicht immer noch in den Händen vergraben. Asher machte einen Schritt hinter ihm her und streckte die Hand aus, um den zerfallenen schwarzen Ärmel zu packen. In diesem Augenblick verstand er, wie all die Legenden entstanden waren, daß Vampire den Nebel herbeirufen und sich jederzeit darin auflösen konnten. Wie zuvor, spürte er nicht einmal, wie sein Verstand für einen Moment ausgelöscht wurde. Er stand einfach da, einen Fetzen zerfasernden schwarzen Stoffs in der Hand, und starrte auf das dunkle Gewirr von Knochen und den im Schatten gehüllten Altar dahinter.

In seinem Geist hörte er ein heiseres Flüstern. »Sprecht für mich gut. Sagt Gott, daß ich getan habe, was ich vermochte. Sprecht für mich gut, wenn er euch tötet . . .«

13

»Haben Sie vor, mich zu töten?« Asher schloß das Eisengitter hinter sich, drehte den schweren Schlüssel um und folgte Ysidro zurück in das verlassene Vestibül, wo dieser beiläufig in den Papieren auf dem Schreibtisch herumsuchte. Der Vampir hielt inne und musterte ihn mit kalten, gefühllosen Augen, und wie sooft bei Ysidro war es Asher unmöglich zu sagen, ob er über das menschliche Dasein nachdachte oder sich einfach nur fragte, ob er hungrig war. Auf jeden Fall antwortete er nicht.

Statt dessen fragte er: »Was halten Sie von unserem franziskanischen Bruder?«

»Abgesehen davon, daß er verrückt ist, meinen Sie?« Asher holte aus seiner Tasche einige Wachsplättchen hervor, von der Art, wie er sie während seiner Tage beim Foreign Office mit sich herumgetragen hatte, und nahm Abdrücke aller Schlüssel am Ring. »Ich glaube nicht, daß er unser Täter ist.«

»Weil er hier anstatt in London ist? Das sollte kein Grund sein. Er ist so lautlos wie fallender Staub, James; er könnte uns zurück nach Paris gefolgt sein, und ich hätte nie auch nur eine Ahnung davon gehabt; er könnte jede unserer Unterhaltungen belauscht haben und uns zuvor gekommen sein ...«

»In Latein?«

»In Englisch, wenn er ein Freund von Rhys und Tulloch dem Schotten gewesen ist. Die meisten von uns erlernen die Sprachen der anderen, wie wir auch immer auf jede kleinste Veränderung in der Sprache der Länder achten, in denen wir uns aufhalten. Die Tatsache, daß er versteckt in den Katakomben lebt, bedeutet nicht, daß er nicht ungesehen auf den Straßen der Menschen einhergegangen ist. Er weiß zumindest um einige der Veränderungen, die sich seit dem Fall der Könige eingestellt haben ... Interessant ist auch, daß er behauptet, gesehen zu haben, wie das Fleisch von Tulloch dem Schotten von der Mittagssonne verbrannt wurde und von den Knochen gefallen ist ...«

»Was bedeutet, daß er bei Tage umhergegangen ist?« Asher benutzte seinen Fingernagel, um den letzten Schlüssel vorsichtig aus dem Wachs zu heben, während er bei sich dachte, daß, wenn dies der Fall sein sollte, die Annahme des Franziskaners, daß Ysidro vorhatte, ihn zu töten, weit mehr als eine bloße Vermutung sein könnte. »Aber Sie haben selbst gesagt, daß der Schotte noch Jahre später gesehen worden ist ...«

»Ich sagte, daß es einige gibt, die schwören, ihn gesehen zu haben – eine ebenso unzuverlässige Behauptung wie die unseres religiösen Freundes, wenn – wie bei Antonius – Tullochs Fähigkeiten, ungesehen einherzugehen, mit der Zeit gewachsen sind. Es hat seit den Tagen des Schreckens keinen verläßlichen Bericht über seinem Verbleib mehr gegeben.«

Asher wischte die letzten verräterischen Wachsreste aus dem Schlüsselbart und hängte den Bund wieder an seinen Haken neben der Gittertür. »Und die anderen, die er erwähnte?«

»Zumindest von zweien weiß ich, daß sie tot sind – von dreien, wenn La Flamande dieselbe Frau ist, die ich während der Schlacht um Picardy kannte. Ich habe noch nie etwas von Croualt gehört ...« Er wartete, bis Asher die Außentür geöffnet hatte, dann drehte er den Docht der Laterne hinunter, bis die Flamme erlosch.

»Also haben wir jetzt drei – vielleicht vier, wenn man Grippen hinzurechnen will und einen Weg findet, wie er das Problem mit dem Tageslicht hätte lösen können.« Er trat durch die Tür hinaus auf die im Dunkeln liegende Rue Dareau.

»Keiner derjenigen, die er erwähnt hat, ist seit Jahrhunderten mehr aufgetaucht oder gesehen worden.«

»Was jedoch nicht bedeutet, daß sie sich nicht irgendwo versteckt haben können, wie Bruder Antonius sich versteckt hat«, erwiderte Asher ruhig. »Wenn einer von ihnen noch lebt, würde er ein Tagesjäger sein wie Bruder Antonius, unempfindlich, wie Sie sagten, gegen Knoblauch, Silber und andere Gegenmaßnahmen.«

»Es bedeutet nicht, daß nicht Bruder Antonius selbst der Mörder ist.«

»Glauben Sie, daß er es ist?«

Für einen kurzen Augenblick flackerte Ysidros Lächeln auf. »Nein. Doch es gibt andere Kandidaten für diese Rolle.« Ihre Schritte hallten von den zerbröckelnden, dunklen Ziegelmauern wider, während sie durch das Gewirr von Seitenstraßen und Hintergassen, die zu den breiteren Boulevards führten, gen Norden gingen. Es gab keine Möglichkeit zu sagen, wie spät es war, doch selbst in den bis weit in die Nacht geöffneten Bistros herrschte nun bleierne Dunkelheit. »›Ich habe wieder und wieder getötet. Ich habe versucht, Gutes zu tun‹, hat er gesagt. Die Tötung eines anderen Vampirs könnte als eine besonders gute Tat gewertet werden. Ist es nicht das, was auch Sie vorhaben, wenn Sie die Gelegenheit dazu bekommen?«

Asher warf ihm einen durchdringenden Blick zu, doch er sah nur ein unverbindliches Interesse in diesen kalten, seltsamen Augen. Anstatt zu antworten, sagte er: »Wenn er seine eigenen Vampirbrüder töten wollte, so hätte er hier genug gefunden, um damit anzufangen, ohne daß er aus diesem Grunde erst nach London fahren mußte. Und wenn der Mörder einer seiner Zeitgenossen ist, mit den gleichen Veränderungen seiner Kräfte, dann ist vielleicht Bruder Antonius unsere einzige Hoffnung, ihn aufzuspüren.«

»Wenn er will.« Sie überquerten eine Straße. Asher hatte augenblicklich das Gefühl, eine Bewegung in einer finsteren Gasse zu ihrer Rechten wahrzunehmen, doch es waren nur ein paar Trunkenbolde, die sich klugerweise entschlossen, dieses seltsame Paar unbehelligt zu lassen. »Und wenn er sich, gesetzt den Fall, daß Sie ihn aus seinem Versteck herauslocken können, bereit erklärt, uns zu helfen und sich nicht mit dem Mörder verbündet.« Asher erschauderte, als er sich erinnerte, wie unvermittelt der kleine Mönch aus der Dunkelheit aufgetaucht war. Er wußte, was seine eigene Reaktion auf einen Sterblichen sein würde, der sich mit einem Vampir verbündete. Vielleicht war es wirklich am besten, keine schlafenden Hunde zu wecken.

Sie überquerten einen im Dunkeln liegenden Platz, dessen Brunnen in der Stille unnatürlich laut zu plätschern schien; von dort bogen sie in den Boulevard St. Michel. Selbst dieser große Boulevard lag verlassen da. Die Kastanienbäume, die die Straße säumten, raschelten über ihnen wie ein ganzer Wald. Um die elektrischen Straßenlaternen schimmerten gleißende Halos, die die Dunkelheit noch undurchdringlicher wirken ließen. Hin und wieder durchbrach ein vorbeifahrender Fiaker die unheimliche Stille mit lautem Hufgeklapper, ansonsten war die Nacht totenstill und kalt. Asher band seinen Schal noch fester um seinen Hals und vergrub sich tief in den Falten seines Ulsters.

Nach einer Weile fragte er: »Wenn ein unbekannter Vampir in London operieren sollte – sei es Tulloch der Schotte, Rhys oder irgendein anderer –, könnten wir ihn dann nicht durch ungeklärte Todesfälle aufspüren? Muß ein so alter Vampir noch immer mit der gleichen Häufigkeit töten?«

»In jeder Stadt der Welt«, erwiderte Don Simon ernst, »gibt es eine solche Fülle an ungeklärten Todesfällen, sei es durch Krankheit, Kälte, Dreck oder mangelnde Fürsorge, daß es äußerst schwierig sein würde, die kläglichen Taten eines einzelnen Vampirs ausfindig zu machen. Soweit es das geringe Bedürfnis nach Blut betrifft – oder besser nach dem Todesschrei des Verstandes, um die geistigen Fähigkeiten zu nähren, von denen unser Überleben abhängt –, weiß ich darüber nichts zu sagen.«

Er hielt einen Augenblick auf dem Bürgersteig inne. Der auffrischende Wind flüsterte in seinem dunklen Mantel und hob das bleiche Haar von seinem Kragen. Für einen Augenblick schien es so, als würde auch er selbst schwebend von der Brise davongetragen werden wie ein großes, graues Blatt. Dann ging er weiter.

»Es ist nicht bloß, daß wir des Blutes bedürfen, James. Viele von uns sind süchtig danach geworden. Einige verspüren dieses Verlangen in einem größeren oder geringeren Maße, und einige empfinden sogar ein großes Vergnügen ob dieser Sucht. Lotta zog das Fasten so weit wie möglich in die Länge, um den Akt des Tötens selbst noch süßer werden zu lassen, doch das ist ein äußerst gefährliches Unterfangen. Für einige wird das Verlangen beinahe zum Wahnsinn. Es kann uns zu übereilt handeln lassen oder unvorsichtig machen, und in allen Angelegenheiten, die uns betreffen, bedeutet Unvorsichtigkeit den Tod.«

Sie näherten sich dem Gassenlabyrinth in der Nähe des Flusses, in dem das Hotel Chambrod stand; der kalte Geruch der Seine lag in der Luft, und schon konnte man in den kopfsteinbepflasterten Seitenstraßen Milchmänner umhergehen sehen. Aus den Augenwinkeln heraus betrachtete Asher Ysidros anmutiges Profil, die weiße Hakennase und die über die Schultern fallenden farblosen Haare. »Sie haben sich in den dreihundertfünfzig Jahren nicht einmal entspannt«, sagte er leise, »nicht wahr?«

»Nein.«

»Entspannen Sie sich, wenn Sie schlafen?«

Der Vampir sah ihn nicht an. »Ich weiß nicht. Wir alle erfahren erst viel zu spät, daß Schlaf nicht mehr dasselbe ist, was es einmal war.«

»Träumen Sie?«

Ysidro blieb stehen, und abermals hatte Asher den Eindruck, daß er augenblicklich in die Luft gehoben und von den Böen des Windes davongetragen werden würde. Ein kaum wahrnehmbares, bitteres Lächeln umspielte die Mundwinkel des Vampirs, dann verschwand es augenblicklich wieder. »Ja«, erwiderte Don Simon ausdruckslos. »Ich träume. Doch es sind keine menschlichen Träume.«

Asher fragte sich, ob Ysidro, wenn er sich in die Abgeschiedenheit des Unterschlupfes zurückzog, den er sich in Paris gesucht hatte, wohl von Bruder Antonius träumen mochte.

Dann war er plötzlich allein. Irgendwo in seinem Verstand hatte er das plötzliche Gefühl, einmal selbst von einer schlanken, in einen Umhang gehüllten Gestalt geträumt zu haben, die in den weißlichen Nebeln der Seine verschwand.

BLUTIGE MORDE IN LONDON
GEHT DER RIPPER WIEDER UM?

London wurde in der letzten Nacht von einer Serie grauenvoller Verbrechen erschüttert, als zwischen Mitternacht und vier Uhr früh in den Londoner Bezirken Whitechapel und Limehouse neun Menschen – sechs Frauen und drei Männer – brutal ermordet wurden. Die erste der Leichen, die der Varietékünstlerin Sally Shore, wurde von Straßenkehrern in der Gasse hinter der Limehouse Road entdeckt. Sie war derart durch Schläge und Schnitte zugerichtet, daß ihr Körper, als man sie fand, fast völlig ausgeblutet war. Die acht anderen Opfer, die an verschiedenen Orten in der umliegenden Gegend gefunden wurden, befanden sich in einem ähnlichen Zustand. Die Polizei wies besonders auf den Umstand hin, daß in keinem der Fälle Schreie oder Hilferufe gehört worden waren, und auf die Tatsache, daß nur wenig Blut an den Schauplätzen der Verbrechen gefunden wurde, weshalb die Polizei der Überzeugung ist, daß die Morde an anderer Stelle verübt und dann die Leichen an die Orte, an denen man sie gefunden hat, transportiert worden waren ...

Asher ließ die Zeitung neben sein mittägliches Frühstück aus Croissants und Kaffee auf den Tisch sinken. Er fröstelte bis auf die Knochen. *Neun!*

Was hatte Don Simon gesagt? Nach langem Fasten setzt unweigerlich erneut das Verlangen ein und läßt sich dann nicht mehr bezähmen.

Neun.

Ihm wurde übel.

Es waren nicht die Londoner Vampire gewesen. Dessen war er sich sicher. Sie mußten in London leben – Grippen, die Farrens, Chloé. Doch ein fremder Vampir, der sich in London vor ihnen versteckte, würde vielleicht tatsächlich durch seine Morde aufzuspüren sein, zumindest von denen, die wußten, wonach sie Ausschau halten mußten. Er hatte sich versteckt gehalten, solange er konnte, hatte gefastet und heimlich getötet ...

Er warf einen Blick auf das Datum. Es war die Morgenzeitung dieses Tages. Letzte Nacht, während er und Ysidro bei Simon Antonius in den Katakomben gewesen waren, hatte der Mörder wieder zugeschlagen. Diesmal waren seine Opfer keine Vampire, sondern Menschen.

Zugegebenerweise, dachte er, keine besonders wichtigen Menschen – die Frauen wurden alle als ›Varietékünstlerinnen‹, Näherinnen oder einfach als ›junge Frauen‹ aufgeführt. Wenn man die Gegend betrachtete, wo man sie gefunden hatte, und die Zeit, in der sie getötet wurden, gab es wohl keinen Zweifel an ihrem wirklichen Gewerbe. Doch das machte ihre Morde nicht weniger abscheulich.

Die Opfer hatten nicht geschrien. Für einen schrecklichen Augenblick tauchte das hagere, verträumte Gesicht der Frau im Zug wieder vor seinem geistigen Auge auf, die Art, wie ihre Hand willig ihre Kragenknöpfe geöffnet hatte, der glasige, schlafwandlerische Ausdruck in ihren Augen. Er erinnerte sich an Lydias rotes Haar, das im schummrigen Licht der Gaslampen schimmerte, und seine Handflächen wurden kalt.

Nein, befahl er sich selbst mit Bestimmtheit. Sie kennt die Gefahr – sie ist klug genug, im Hause zu bleiben, in der Nähe von Menschen, in der Nacht . . .

Doch diese Überzeugung half nichts.

Er hob den Kopf und starrte geistesabwesend auf den Verkehr, der vor dem Café, in dem er saß, vorbeiströmte. Der feine Nebel der frühen Morgenstunden hatte sich in ein kühles, unbeständiges Sonnenlicht verwandelt, das wie Kristall auf den Gebäuden auf der anderen Straßenseite glitzerte. Die Passanten spazierten über den Boulevard und genossen das vielleicht letzte gute Wetter des Herbstes. Offene Equipagen rollten vorbei, auf dem Weg zum Bois de Boulogne, und erlaubten einen Blick auf die eleganten Matronen.

Asher nahm nichts davon wahr. Er fragte sich, wo er wohl Don Simon finden konnte. Elysée de Montadours *hôtel* lag, dessen war er sich so gut wie sicher, irgendwo in der Marais; er vermutete, daß er, wenn er einen Tag gehabt hätte, um die Pacht- und Grundstücksverträge durchzusehen, das Gebäude ausfindig machen könnte. Doch es gab keine Garantie, daß Ysidro dort schlief – in seinem Innern bezweifelte er, daß sich dieser schlanke, rätselhafte Hidalgo auch nur in die Nähe von Elysées Machtbereich und ihren anmutigen Gefolgsleuten begeben würde – und sein Besuch im Ernchester House hatte ihm bewiesen, welche Torheit es war, allein ein Versteck der Vampire zu betreten. Davon abgesehen, war das, was er im Augenblick am dringlichsten zu wissen wünschte, etwas, daß er nur bei Tag feststellen konnte.

Geistesabwesend suchte er in seiner Tasche nach den Wachsplättchen und fragte sich, um welche Zeit die Wächter der Katakomben wohl Mittagspause hatten.

Einer der Vorzüge, wenn man für das Foreign Office arbeitete, war, daß man eine gewisse Bekanntschaft mit der Unterwelt in gut einem Dutzend von Städten Europas hatte. Seine Oxforder Kollegen wären ziemlich erstaunt gewesen, hätten sie gewußt, mit welcher Leichtigkeit ihr unscheinbarer Dozent der Philologie jegliche Art von seltsamen Diensten ausgeführt bekommen konnte, von Einbruch über Mord bis hin zu ›namenlosen Sünden‹ – von denen die meisten durchaus klangvolle Namen hatten, zumindest in Latein. Trotz der Tatsache, daß England und Frankreich engste Verbündete waren, hatte er doch in der Vergangenheit des öfteren in Paris eiligst Schlüssel anfertigen lassen; er wußte also genau, wohin er sich wenden mußte.

Da es weder der erste noch der dritte Samstag des Monats war, hatte er wenig Sorge, in den Katakomben Touristengruppen oder die Anzahl von Wärtern anzutreffen, die die Stadtverwaltung für nötig erachtete, um diese Gruppen durch die Gewölbe zu schleusen. Die Katakomben würden mit einem oder höchstens zwei alten Rentnern besetzt sein, und vielleicht würden sie, entsprechend menschlicher Natur, zusammenhocken und plaudern, statt beide Eingänge zu bewachen, obgleich die Mittagspause schon lange vorüber war, als Asher Montrouge erreichte.

Und warum sollten sie auch Wache halten? Die Türen waren verschlossen, und wer bei rechtem Verstand würde schon versuchen, in das Reich der Toten einzudringen?

Das Glück schien an diesem Nachmittag Überstunden zu machen, als Asher die unauffällige Hintertür zu den Katakomben erreichte, durch die sie in der letzten Nacht hineingekommen waren. Sie war verschlossen. Obgleich ihn ein Schild anwies, sich im Falle eines Ansuchens mehrere Straßen weiter zum Place Denfert-Rochereau zu begeben, klopfte er dennoch eine Weile an die Tür.

Nur Schweigen antwortete ihm, worauf er auch gehofft hatte. Die Schlüssel, die Jacques la Pruce an diesem Nachmittag für ihn angefertigt hatte, paßten – selbst in dieser ruhigen Straße hätte zweifellos jemand bemerkt, wenn er versucht hätte, das Schloß mit einem Dietrich zu öffnen. Er schlüpfte hinein, besorgte sich eine Blechlaterne und machte sich auf den Weg die Stufen hinunter, nachdem er das Gitter wieder hinter sich verschlossen hatte. Es war kurz nach drei Uhr am Nachmittag; in dieser Jahreszeit war es schon um sechs herum völlig dunkel.

Wenn schon nichts anderes dabei herauskam, dachte er bei sich, so würde er zumindest vielleicht herausfinden, ob Vampire über einem bestimmten Alter frei von der bleiernen Trance der lichten Tagesstunden waren. Darüber hinaus . . .

Er wußte es nicht. Es war lächerlich zu glauben, daß er als Sterblicher Bruder Antonius in dem gespenstischen Labyrinth aufspüren konnte. Doch es war nicht jenseits aller Wahrscheinlichkeit, daß seine Anwesenheit vielleicht die Neugier des uralten Mönchs wecken und ihn aus seinem Versteck locken würde, wie es in der letzten Nacht geschehen war.

Nach einem langen inneren Ringen hatte er seine Silberketten im Hotel zurückgelassen, da sie ihm aller Wahrscheinlichkeit sowieso keinen Schutz spenden würden, sollte Bruder Antonius sich gegen ihn wenden. In der letzten Nacht war es bloß eine Frage des Benehmens gewesen – so als würde man auf einem Hochzeitsempfang eine Pistole bei sich tragen, hatte Ysidro gesagt; Asher hatte nicht erwähnt, daß er es schon bei einigen Gelegenheiten getan hatte. Doch er war sich nicht sicher, wieviel Bruder Antonius mit seinen Sinnen wahrnehmen konnte, und es war unbedingt notwendig, daß er noch an diesem Nachmittag mit dem alten Mann sprach.

Sechshundert Jahre, dachte Asher bei sich, als der erste von Ysidros Kreidepfeilen im flackernden Licht der Laterne auftauchte. Der letzte der CAPETS hatte auf dem Thron gesessen, als Antonius sich geweigert hatte, zu sterben – als er die Entscheidung traf, Unsterblichkeit zu finden, zu welchen Bedingungen auch immer. Asher fragte sich, ob der Mönch sich wohl die ganze Zeit über versteckt gehalten hatte oder ob er langsam in den Wahnsinn getrieben worden war, während er zwischen den Leichen lebte.

Sein Atem stieg im Schein der Lampe in kleinen Rauchwölkchen auf; es war kalt in den endlosen Stollen. Die einzigen Geräusche waren das leise Knirschen der nassen Kiesel unter seinen Füßen und das gelegentliche Quietschen des Laternengriffs. Es war äußerst zermürbend gewesen, in der letzten Nacht hierherzukommen, mit Ysidro als Schutz, obgleich sie zu der Zeit nicht erwartet hatten, jemanden hier anzutreffen. Nun war es im höchsten Maße beängstigend, so ganz allein, während die unterirdische Finsternis jenseits des Scheins der Lampe lauerte. Seltsamerweise waren Ashers Ängste jedoch weniger auf den Vampir gerichtet, den er suchte, sondern vielmehr auf die völlig irrationale Furcht, daß die Decke einstürzen und ihn lebendig in der Dunkelheit begraben könnte.

Mit einer Art Erleichterung erspähte er vor sich das dunkle Tor – denn er hatte auch befürchtet, einen von Ysidros Kreidepfeilen übersehen zu haben. Die sorgsam aufgetürmten Wände aus braunen Knochen und starrenden Schädeln schienen ihm weniger schrecklich als die schweigenden Gänge aus nacktem Fels.

Er brauchte länger, als er gedacht hatte, um Bruder Antonius' privates Refugium im Beinhaus zu finden. Zweimal verlief er sich und wanderte – er wußte nicht, wie lange – zwischen den braunen Wänden aus Gebeinen herum, immer auf der Suche nach dem Seitentunnel und dem winzigen Altar. Schließlich vermeinte er, Ysidros schlanke Stiefelabdrücke in dem wäßrigen Schlamm zwischen den Kieselsteinen auf dem Boden erkennen zu können, und kurz darauf entdeckte er den Pfeil. Es wurde ihm bewußt, daß das psychische Miasma, das die Vampire um sich herum aussenden konnten, sich auf Antonius' gesamtes Reich ausgedehnt hatte. Ganz einfach gesprochen, war es leicht, an dem Ort vorüberzugehen, leicht, an etwas anderes zu denken. Kein Wunder, daß keiner der Wärter auch nur in die Nähe kam. Sie waren sich wahrscheinlich noch nicht einmal bewußt, daß sie diesen Ort überhaupt mieden. Sie taten es einfach nur. Das erklärte auch einiges von den Dingen im Ernchester House.

Er ging vorbei an dem Durcheinander aus Knochen, dann an den sorgfältig aufgereihten Becken und den verrottenden Schädeln. Mit einer gewissen mittelalterlichen Morbidität war das Beinhaus errichtet worden, um den Geist an die menschliche Sterblichkeit zu gemahnen; und so sehr er sich auch wehrte, spürte Asher doch, wie seine Gedanken sich den Männern zuwandten, die er getötet hatte, und jenen, die zweifellos in jedem zukünftigen Krieg sterben würden wegen all der Karten und Pläne, die er aus Österreich, China und Deutschland herausgeschmuggelt hatte.

Vor den mit Knochen übersäten Altarstufen blieb Asher stehen und lauschte in die schreckliche Stille, die ihn von allen Seiten her umgab. Die an den Wänden aufgereihten Schädel beobachteten ihn mit traurigen Augen.

Sein Flüstern lief wie Wasser über die Knochen, bevor es sich in der steinernen Finsternis verlor. »*Frater Antonius . . .*«

Nur das Echo des Zischlautes antwortete ihm.

»In nomine Patris, Antonius . . .«

Vielleicht schlief er gar nicht in der Nähe dieses Ortes. Asher setzte sich vorsichtig auf den nackten Stein der Stufen und stellte die Laterne neben sich ab. Er holte seine Uhr hervor und war sowohl erstaunt als auch verärgert darüber, wieviel Zeit es ihn gekostet hatte, diese Stelle zu erreichen. Er zog den Mantel fester um sich herum, legte das Kinn auf die angezogenen Knie und bereitete sich darauf vor, zu warten.

Das Metall der Laterne zischte leise in der vollkommenen Stille. Er lauschte gespannt, doch außer dem gelegentlichen Vorbeihuschen einer Ratte, die sich ihren Weg über die Gebeine suchte, konnte er keinen Laut vernehmen. Die Kälte schien durch seine reglose Haltung noch schärfer und durchdringender zu werden – er rieb sich die Hände über der Wärme der Laterne, während er wünschte, daß er daran gedacht hätte, Handschuhe mitzubringen. Einmal funkelten ihn die roten Augen einer Ratte aus der Finsternis heraus an, dann waren sie wieder verschwunden. Ysidro hatte gesagt, daß Vampire bestimmte Tiere herbeirufen könnten, wie sie es auch mit Menschen tun konnten – er fragte sich, wie lange wohl Bruder Antonius schon auf diese Fähigkeit angewiesen war, um sich sein Abendessen zu beschaffen. Dieser Gedanke führte zu der beunruhigenden Überlegung, daß er sich vielleicht gerade jetzt wieder dieser Fähigkeit bediente. Wie *genau* funktionierte der Bann der Vampire eigentlich, wenn die Augen des Vampirs sich erst einmal mit denen eines auserwählten Opfers getroffen hatten? War das der Grund, warum es ihm als eine so gute Idee erschienen war, hierherzukommen, allein und bei Tageslicht? *Ich hätte sie von überall her aus dem Zug herbeirufen können . . .*, hatte Ysidro gesagt, während er den Schal vom Hals der armen Frau gewickelt und vorsichtig die Nadel aus ihrem Haar gezogen hatte.

Sicher, er verspürte keine Schläfrigkeit, nichts von dem Gefühl träumerischer Unwirklichkeit wie bei jener Episode im Zug, doch das mochte auch nur bedeuten, daß Bruder Antonius nach jahrhundertelanger Übung sehr, sehr geschickt zu Werke ging.

Das Verlangen wird unerträglich . . .

Er erinnerte sich an die Zeitungsüberschrift und erschauderte.

Immer noch kam Bruder Antonius nicht hervor.

Das Kerosin in der Laterne war nun fast verbraucht. Ihm

wurde bewußt, daß er bald schon von hier fortgehen mußte, wenn er den Weg zurück durch die Dunkelheit finden wollte. Der Gedanke, daß das Licht vielleicht ausgehen könnte, während er sich noch in den Gängen befand, war zutiefst erschreckend, und er fluchte über sich selbst, weil er im Vestibül nicht auch nach den Stumpen der Kerzen der Touristen gesucht hatte. Er streckte seinen Rücken und schaute sich in der Dunkelheit um. »Antonius?« flüsterte er. »Ich bin hier, um mit Ihnen zu reden. Ich weiß, daß Sie hier sind.«

Er erhielt keine Antwort. Nur die Schädel starrten ihn aus leeren Augenhöhlen heraus an, hundert Generationen von Parisern, deren Gebeine auf das Jüngste Gericht warteten.

Obwohl er sich ein wenig albern dabei vorkam, wandte sich Asher abermals an das leere Dunkel ringsum. Wenigstens würde Antonius ihn – wenn das stimmte, was Ysidro und Bully Joe Davies gesagt hatten – auch noch aus großer Entfernung hören können. »Mein Name ist James Asher; ich arbeite mit Don Simon Ysidro zusammen, um einen abtrünnigen Vampir in London ausfindig zu machen. Wir glauben, daß er nicht nur in der Nacht, sondern auch bei Tageslicht jagen kann. Er ist ein brutaler Mörder von Menschen und Vampiren, der nicht einmal jene Gebote beachtet, die Sie und Ihresgleichen sich selbst gegeben haben. Werden Sie uns helfen?«

Es war keine Bewegung in der Dunkelheit zu erkennen, nur Stille wie das langsame Fallen von Staub.

»Antonius, wir brauchen Ihre Hilfe. Sowohl die Menschen als auch die Vampire. Er muß einer Ihrer Zeitgenossen sein. Nur Sie können ihn aufspüren, können ihn für uns finden. Werden Sie uns helfen?«

Ein Reim kam ihm in den Sinn und begann, in seinem Kopf herumzutanzen und sich zu wiederholen wie der Gesang eines spielenden Kindes:

Doch die Stille gab kein Zeichen,
nur ein Wort ließ hin sie streichen
Durch die Nacht, das mich erbleichen
ließ: Das Wort ›Lenor'?‹ so schwer –
Selber sprach ich's, und ein Echo
murmelte's so schwer:
Nur ›Lenor'!‹, nichts weiter mehr.

Poe, dachte er, wie treffend das doch in diese Stimmung erwartungsvoller Stille paßte, in diese Dunkelheit, die nicht ganz leer war und nicht ganz tot.

Nur ›Lenor'!‹ nichts weiter mehr... Nichts weiter mehr.

Aus einem Impuls heraus holte er die Zeitung aus seiner Tasche und legte sie auf die Altarstufen, so gefaltet, daß der Artikel über die Morde oben lag. Er hob die beinahe leere Laterne auf, und das sich bewegende Licht huschte über die toten Gesichter wie ein plötzlicher Ausbruch hämischen Gelächters, das Gelächter jener, die das Geheimnis gelüftet hatten, das auf der anderen Seite der unsichtbaren Mauer des Todes lag.

»Ich muß gehen«, sagte er in die Dunkelheit hinein. »Ich werde morgen nacht wieder zurückkommen, solange, bis Sie mit mir reden. Bitte helfen Sie uns, Antonius. Neun Menschen und vier Vampire mußten schon sterben, und nun wissen wir, daß es noch mehr Tote geben wird. Wir brauchen Ihre Hilfe.«

Er bewegte sich durch die schweigenden Gänge, und die Dunkelheit schloß sich hinter ihm wie ein zufallender Vorhang. Ob jemand ihn auf seinem Rückweg beobachtete, wußte er nicht.

14

Wie konnte man einen Vampir töten, der alle Empfindlichkeit gegen das Sonnenlicht verloren hatte? fragte er sich. Und vermutlich auch gegen Silber und Knoblauch und all die anderen Dinge? Er wünschte, daß er mit Lydia darüber reden und ihre Mutmaßungen zu dem Problem hören könnte, und versuchte sich vorzustellen, wie sie wohl lauten mochten.

Wenn Antonius ihnen nicht half ...

Entwickelte diese Mutation im Laufe der Zeit vielleicht andere Anfälligkeiten – gegenüber Kälte zum Beispiel? Don Simon hatte eine bei sehr alten Vampiren auftretende extreme Empfindlichkeit gegenüber Kälte erwähnt. Doch wenn er den Mörder nicht gerade in einen gigantischen Eisschrank locken wollte, so wußte er nicht, wie ihm dieses Wissen, selbst wenn es der Wahrheit entspräche, dienlich sein könnte. Ein verzerrtes Grinsen spielte um seine Mundwinkel, als er sich vorstellte, wie er selbst und Ysidro, in Felle gehüllt wie Eskimos, mit grimmigen Gesichtern einen Eiszapfen durch das Herz des Renegaten trieben, seinen Kopf abtrennten und seinen Mund mit Schneebällen ausstopften.

Wenn Lydia recht hatte und Vampirismus wirklich einfach nur eine krankhafte Veränderung des Blutes war, konnte man vielleicht ein Serum entwickeln, mit dem man ihn bekämpfen könnte. Vielleicht eine konzentrierte Lösung aus jener geheimnisvollen Essenz, die dem Knoblauch seine Kraft verlieh, direkt in die Blutbahn gespritzt ...

Von wem? Dir und Sexton Blake?

Und außerdem war Vampirismus nicht einfach nur ein physisches Krankheitsbild. Es hatte ebenso seine psychischen Elemente, und die schienen sich genau wie die physischen Fähigkeiten mit der Zeit zu verstärken. Konnte man dem Vampir vielleicht von dieser Seite her beikommen?

Während er über die verlassenen Seitenstraßen auf die Lichter der Boulevards zuging, schauderte ihm bei dem Gedanken an diese langsam heranreifenden Kräfte, Vampir-Bauern, die machtlos über das Schachbrett voranschritten, bis sie Königinnen werden konnten ...

Plötzlich löste sich vor ihm in der einsamen Dunkelheit der Straße eine Gestalt aus dem Nebel. Ein noch verschwommenes Gesicht erhob sich über dem weißen Widerschein eines Kleides, eingerahmt von herunterhängemden schwarzen Haar. Kleine, weiche Hände streckten sich ihm entgegen, und er spürte, wie er vor Angst erstarrte. Es gab noch einen anderen Grund, erinnerte er sich, weshalb er gewünscht hatte, die Katakomben zu verlassen, so lange noch das Tageslicht den Himmel erhellte.

Die weiße Gestalt bewegte sich auf ihn zu, mit derselben beinahe unerträglichen Langsamkeit, die er in Elysées Salon beobachtet hatte, als würde sie nur hin und wieder von einer zufälligen Brise vorangetrieben. Doch wenn er die Augen von ihr abwendete, würde sie sich augenblicklich mit Blitzesschnelle auf ihn stürzen; dessen war er sicher. Das Murmeln der weichfließenden, sirupsüßen Stimme war so leise, daß es unmöglich war, sie über diese Entfernung so deutlich zu verstehen, wie er es tat: »Aber, James, es gibt keinen Grund davonzulaufen. Ich möchte nur mit Ihnen reden ...«

Sie war schon viel näher, als sie es eigentlich sein sollte, so langsam, wie sie sich bewegte; er konnte das Lächeln in ihren sündigen Augen erkennen. Er fühlte sich nackt und schutzlos. Mit langsamen Schritten begann er zurückzuweichen, ohne auch nur für einen Moment die Augen von ihr abzuwenden ...

Hände wie aus Granit packten ihn von hinten, zerrten seine Arme auf den Rücken, preßten sich gnadenlos über seinen Mund, so daß er beinahe zu ersticken drohte. Der ekelerregende Gestank alten Blutes stieg ihm in die Nase, während andere Hände von allen Seiten nach ihm griffen und ihn kalt und mit unglaublicher Kraft in die Dunkelheit einer Gasse zerrten. Sein Körper wand sich und kämpfte wie ein Lachs an einer Angel, doch er wußte längst, daß sein Schicksal besiegelt war.

Sie drängten sich immer dichter an ihn heran, weiße Gesichter, die in der Finsternis schwammen; er trat nach ihnen, doch seine Füße traten ins Leere, und ihr Gelächter klang süß wie silberhelle Glocken in seinen Ohren. Eine Hand riß seinen Kragen fort; er versuchte »Nein!« zu schreien, doch die Handfläche über seinem Mund erstickte seinen Schrei, und der brutale Griff, der seinen Kopf nach hinten zerrte, hätte ihm beinahe das Genick gebrochen. Die Nachtluft schlug kalt gegen das entblößte Fleisch seines Halses, so kalt wie die Körper, die sich enger und enger an ihn heranpreßten ...

Ein stechender, reißender Schmerz, dann der langausgedehnte, schwimmende Tropfen von Schwäche. Er spürte, wie seine Knie nachgaben, und nur noch der unlösbare Griff an seinen Armen ihn aufrecht hielt. Er glaubte, Hyacinthes kehliges Lachen zu hören. Kleine Hände, die Hände einer Frau, streiften seine Ärmelmanschette zurück, und er spürte, wie sie die Ader aufriß und trank. Dunkelheit schien sich wie mit großen Flügeln über seinen Verstand zu senken, ein dumpfes Bewußtsein von kühlschimmernden, leuchtenden Kerzen, die irgendwo in weiter Ferne über einem schrecklichen Abgrund tanzten; einen Augenblick lang hatte er das Gefühl, diese Leute wären bei ihm gewesen, als er Jan van der Platz in Pretoria erschossen und mit Lydia im Garten ihres Vaters Krocket gespielt hatte.

Die Arme einer Frau schlangen sich um seinen Körper. Er öffnete die Augen und erblickte Elysées Gesicht dicht über seinem; ihr kastanienbraunes Haar kitzelte sein Kinn, als sie sich hinabbeugte, um zu trinken. Hinter ihr war Grippen, aufgeschwemmt und rot; Blut troff von seinen rissigen, grinsenden Lippen. Andere drängten sich heran – Chloé, Serge, der dunkelhaarige Junge – und bettelten mit lieblichen, dünnen Stimmchen, auch an die Reihe zu kommen. Abermals versuchte er zu flüstern, »Nein...«, doch er hatte keinen Atem mehr.

Rote Dunkelheit verschluckte ihn und wurde augenblicklich schwarz.

»Tut mir leid, Liebes.« Mrs. Shelton trat aus der schmalen Eßzimmertür unter der Treppe und wischte sich die Hände an der Schürze ab – sie mußte sie abgepaßt haben, dachte Lydia bei sich, während sie hastig von dem kleinen Stapel Abendgazetten auf dem Tisch in der Halle aufblickte. »Ich fürchte, für Sie ist nichts dabei.«

Angesichts dieser Freundlichkeit konnte Lydia nur mit einem Lächeln antworten und, die Büchertasche unhandlich unter dem Arm, langsam die Treppe hinaufsteigen, während sie versuchte, mit einer Hand die Nadel herauszuziehen, die ihren Hut hielt. Mrs. Shelton folgte ihr einige Stufen nach und legte fürsorglich eine Hand auf ihren Arm. »Es ist schwer, Liebes«, sagte die Zimmerwirtin sanft. »Ihr junger Mann?«

Lydia nickte. Sie löste sich aus dem Griff und stieg weiter die Treppe hinauf, während ihr durch den Kopf schoß, *Ich werde ihn erwürgen.* Und dann: *Er wird bald wieder zurückkommen.*

Gründe dafür, warum er es nicht tat – oder nicht konnte –, drängten sich ungebeten in ihren Kopf. Sie schob sie beiseite und gestattete sich nur zu denken: *ich muß irgendwie Verbindung mit ihm aufnehmen...*

Ich muß ihn wissen lassen...

Die Nachricht an die Putzfrau war noch immer mit einer blauköpfigen Stecknadel an die Tür geheftet: VORSICHT – VERSUCHSAUFBAUTEN. BITTE NICHT SAUBERMACHEN. Sie hatte schon erwartet, daß sie um die Unantastbarkeit ihres Zimmers kämpfen müßte, so wie sie mit jeder Frau hatte kämpfen müssen, mit der sie zusammengelebt hatte, von ihrem Kindermädchen angefangen bis zu Ellen, doch offenkundig schätzte Dolly, die Frau, die für Mrs. Shelton putzte, ihre Muße weit mehr als das, ›was sich gehörte‹. Lydia war zuversichtlich, daß die Frau nicht einmal die Türschwelle überschritten hatte.

Sie ließ ihre Büchertasche neben einem Stapel von Journalen auf den Boden liegen, nahm den Hut ab und drehte das Gaslicht auf. Obgleich sie wußte, daß James in irgendeiner Form mit ihr in Kontakt getreten wäre, wenn er schon nach London zurückgekehrt wäre, ging sie doch zum Schlafzimmer hinüber und schaute hinaus, über die dreckstarrende Gassenschlucht hinweg zum Fenster der Nummer 6 Prince of Wales Colonnade.

Beide Vorhänge waren geschlossen. Keine Lampe brannte dahinter.

Verdammt sollst du sein, James, dachte sie bei sich und ging wieder in das Wohnzimmer hinüber, während ein seltsames, schreckliches Gefühl von ihr Besitz ergriff. *Verdammt sollst du sein, verdammt, verdammt. SCHREIB mir! Komm zurück. Ich muß es dir erzählen.*

Sie lehnte sich an den Türrahmen zwischen den beiden Räumen, kaum der Kopfschmerzen gewahr, die sie seit zwei oder drei Uhr heute nachmittag quälten, und schaute geistesabwesend auf ihren Schreibtisch, auf dem sich Journale, Notizen und Bücher türmten: Peterkins *Ursprünge von psychischen Fähigkeiten.* Freiborgs *Neurochemie und der siebte Sinn.* Masons *Pathologische Mutationen.* Darüber lag die hastig geschriebene Nachricht von James, in der er ihr mitteilte, daß es ihm schrecklich leid täte, doch er und Ysidro hätten unerwartet nach Paris aufbrechen müssen; daneben lag der Brief, den er ihr aus Paris selbst geschrieben hatte und in dem er ihr versicherte, daß er gut angekommen wäre und noch am selben Abend die Pariser Vampire aufsuchen würde.

Ihr Herz schien beunruhigend laut unter ihrem Korsett zu klopfen. Sie verstand, daß er sich, bei der Möglichkeit eines bei Tageslicht jagenden Vampirs, nicht mit ihr hatte treffen können, um sich von ihr zu verabschieden; es war ihre Sicherheit, die er zu wahren suchte, und sie hatte vermutet, daß er das Netz der Vampire wohl näher um sich herum spürte als je zuvor. Wut auf ihn war irrational, sagte sie sich selbst beruhigend; Wut über ihre Lage war irrational, denn es gab weit schlimmere Dinge, die einem zustoßen konnten; Wut auf ihn, weil er nicht schrieb, war irrational, denn Gott allein wußte, wo er sich gerade befand, und er würde schon schreiben, wenn er die Gelegenheit dazu hatte. Schreien und gegen die Wände zu treten würde weder ihm noch ihr helfen.

Aber ich habe die Antwort, dachte sie. *Ich weiß, wie wir sie finden können. Jamie, komm zurück und sage mir, daß ich das Richtige tue.*

Jamie, bitte komm zurück.

Mechanisch streifte sie den Mantel ab und zog die Nadeln aus ihrem Haar, so daß es sich mit dem trockenen Rascheln von Seide über ihre Schultern und ihren Rücken ergoß. Eine Weile stand sie vor den Bergen von Papieren, den Artikeln über Porphyria, jenem schrecklichen und entstellenden Leiden aus Anämie und Lichtempfindlichkeit, über die Pest, über Vampire – darunter waren sogar zwei, die James verfaßt hatte – und über Telepathie. Sie hatte tagelang den ganzen Tag über im Somerset House, in den Büros der Zeitungen und in der Chancery Lane gearbeitet, war dann wieder in die Bücherhallen geeilt, um sich medizinische und völkerkundliche Journale auszuleihen, und war dann jeden Abend hierher zurückgekehrt, zu derselben Hoffnung und derselben Angst.

Sie hob etwas Goldenes aus dem Gewirr von Papieren, etwas, das wie eine flachgepreßte Blume anmutete – der Liebesknoten, geknüpft aus Lottas längst nicht mehr menschlichen Haaren von einem Geschäft, das sich auf derartige Dinge spezialisiert hatte. Als sich die winzige Blüte der Erkenntnis wie eine Rose vor ihren Augen öffnete, hatte sie bei sich gedacht: *Ich muß James davon berichten und ihn fragen, was er dazu meint.* Für sie selbst ergab es einen Sinn, war alles völlig klar, doch sie wußte nicht, ob es wirklich möglich war, und nun gab es buchstäblich niemanden, an den sie sich damit wenden konnte.

Aber es ist die Antwort! dachte sie bei sich. *Ich weiß, daß sie es ist!*

Sie hatte es James versprochen.

Doch sie wußte, daß ihr nichts anderes übrigblieb, als in diesem Zimmer auszuharren und abzuwarten.

Wie lange zu warten? Sie mußte mit ihm sprechen, mußte es ihm sagen.

Sie ging zum Fenster hinüber und zog die Vorhänge zu – in der letzten Zeit überkam sie auch dabei ein leichtes Unbehagen. In den letzten beiden Nächten hatte sie geträumt, im Halbschlaf im Bett zu liegen und einer tiefen, murmelnden Stimme zu lauschen, die ihren Namen rief – die von irgendwo ganz in der Nähe ihren Namen rief. Doch etwas an dieser Stimme hatte sie mit Angst erfüllt, und sie hatte sich in den Decken vergraben, hatte versucht, sich zu verstecken, während sie verzweifelt nach James rufen wollte, doch sich nicht getraute, auch nur einen Laut von sich zu geben ...

Und dann war sie erwacht, als sie gerade im Begriff war, aus dem Bett zu klettern.

Sie hatte sich angewöhnt, zusätzliches Kerosin zu kaufen und eine kleine Lampe die ganze Nacht über mit schwachem Schein brennen zu lassen. Dieses kindische Verhalten beunruhigte sie, doch sie entschied, daß es sie bei weitem weniger beunruhigte, als mitten in der Nacht in der Dunkelheit zu erwachen.

Er mußte bald zurückkommen.

Sie setzte sich an den Schreibtisch, nahm das oberste der Journale vom Stapel und schlug es auf. Alles, was sie für den Moment tun konnte, war zu arbeiten, bis James aus Paris zurückkehrte.

Mit einem Seufzer vertiefte sie sich in ihre Studien, während sie für eine weitere Nacht sorgsam die Frage umging, was geschehen würde, wenn er es nicht tat.

Ein unerträglicher Durst plagte Asher, als er erwachte. Jemand gab ihm etwas zu trinken – Orangensaft, wohl das letzte, was er erwartet hätte –, und er schlief wieder ein.

Ein paarmal wiederholte es sich, und er trank. Nie hatte er dabei die Kraft, die Augen zu öffnen. Er glaubte Wasser zu riechen und den fauligen Gestank von Erde, den man nur in unterirdischen Gewölben fand; alles um ihn herum war gespenstisch still. Dann schlief er wieder.

Als es ihm schließlich gelang, die Augen zu öffnen, blendete ihn das Licht einer einzelnen Kerze, die in einem reichverzierten, vergoldeten Ständer an der gegenüberliegenden Wand brannte. Er brauchte alle Kraft, die er aufbringen konnte, um den Kopf zur Seite zu wenden, und er sah, daß er auf einem schmalen Bett lag, das sich in einer kleinen Zelle befand, die ein halbes Dutzend verstaubter Weinkisten beherbergte. Ein offener Durchgang gab den Blick frei auf einen dahinterliegenden, größeren Raum; der Durchgang war versperrt. Auf der anderen Seite der Gitterstäbe standen Grippen, Elysée, Chloé und Hyacinthe.

Chloé sagte mit kokett tadelnder Stimme: »Ich dachte, du hättest gesagt, du könntest Silber berühren.«

»Ein Mann kann die Kraft haben, einen Feuerhaken zu verbiegen, bis er zerbricht, und vermag dennoch nicht, dies auch mit einem glühenden Schürhaken zu tun«, erwiderte Grippen barsch. »Stell dich doch nicht dümmer, als du bist.«

Das Vorhängeschloß mußte aus Silber sein, dachte Asher bei

sich, denn sein benebelter Verstand ging fürs erste davon aus, daß sich die Unterhaltung um den Zugang zu seiner Zelle drehte. Der Philologe in ihm bemerkte Grippens Akzent; weitaus archaischer als Ysidros glich er ein wenig der Sprache, die er unter den Bergbewohnern der amerikanischen Appalachen gehört hatte. Er bemerkte Verbände um seinen Hals und seine Handgelenke und spürte das Kratzen eines Stoppelbartes an seinem Kinn.

»Kannst du ihn dazu bringen, herzukommen und es zu tun?« erkundigte sich Hyacinthe, während sie Asher mit zusammengekniffenen Augen betrachtete. Etwas in ihrer Stimme veränderte sich, und sie murmelte: »Willst du nicht herkommen und mich hereinlassen, Schätzchen?«

Einen Augenblick lang erschien dieser Vorschlag Ashers erschöpften Verstand ganz logisch; er fragte sich nur, wo Don Simon wohl den Schlüssel hingelegt haben mochte. Dann wurde ihm bewußt, was er da dachte, und er schüttelte den Kopf.

Ihre großen dunklen Augen bohrten sich wie glühende Pfeile in seine. »Bitte! Ich werde dir nicht weh tun – und ich werde auch nicht zulassen, daß sie dir weh tun. Du kannst die Tür hinter mir wieder verschließen.«

Einige Sekunden lang glaubte er ihr von ganzem Herzen, trotz der Tatsache, daß sie es gewesen war, die in jener Gasse seine Aufmerksamkeit abgelenkt hatte. Das war es wohl, vermutete er, was Ysidro gemeint hatte, als er sagte, daß Lotta ein ›guter Vampir‹ gewesen wäre.

»Bah«, sagte Grippen. »Ich hege größten Zweifel daran, daß er auch nur auf den Beinen stehen könnte und es tun würde.«

Hyacinthe lachte.

»Habt ihr euren Spaß, Kinder?«

Die Worte waren noch nicht ganz ausgesprochen, da hatte Grippen schon seinen Kopf umgewandt, als hätten sie ihn erschreckt, bevor sie überhaupt noch an sein Ohr gedrungen waren; die drei Frauen wirbelten herum, die weißen Gesichter hart und kalt im goldenen Schein der einzelnen Kerze, die sich unter einem Windhauch verneigte. Beinahe im selben Augenblick trat Ysidro aus der Finsternis, so anmutig wie immer, doch Asher bemerkte, daß er wohlbedacht darauf achtete, den anderen nicht zu nahe zu geraten.

»Ich hätte wissen sollen, daß eine spanische Ratte wie du einen Unterschlupf in den Abflußkanälen hat«, knurrte Grippen.

»Wenn die französische Regierung sie schon gräbt, so wäre es doch eine Schande, sie nicht zu nutzen. Hast du jemals Tulloch den Schotten kennengelernt? Oder Johannis Magnus?«

»Der Schotte muß schon lange tot sein, und dieser verdammte Schreiberling hat dich dazu bekommen, Fragen zu stellen wie ein verdammter Jesuit. Diese Angelegenheiten liegen längst nicht mehr in unseren Händen – schon seit dem Moment, als der letzte Atemzug aus unseren Lungen entwichen ist und die letzten Ausscheidungen der Sterblichkeit aus unseren Körpern und wir mit dem Geschmack von Blut auf unseren Lippen und dem Hunger nach mehr davon in unseren Herzen erwacht sind. Die Toten haben keinen Anteil an den Belangen der Lebenden, Spanier.«

»Es gibt Dinge, die die Lebenden tun können, die den Toten versagt sind.«

»Ja – zu sterben und den Toten zur Nahrung zu dienen. Und wenn dein teurer Professor je wieder seinen Fuß nach London setzt, dann wird ihm genau das widerfahren.«

»Es sei denn, du willst ihn für immer gefangenhalten«, gurrte Elysée höhnisch. »Hast du ihn gern, Simon? Das hätte ich nie von dir gedacht.«

Chloé stieß ein silberhelles Lachen aus.

»Die Toten können immer noch sterben«, sagte Don Simon mit leiser, ruhiger Stimme. »Wie Lotta euch bestätigen würde, wenn sie es könnte; oder Calvaire oder Neddy . . .«

»Lotta war ein Narr und Calvaire ein noch größerer«, fiel Grippen ihm barsch ins Wort. »Calvaire war ein Prahlhans, der einmal zu oft vor der falschen Person darüber geprahlt hat, wer und was er war. Glaubst du etwa, daß es uns größere Sicherheit geben wird, wenn wir noch einem Sterblichen mehr erzählen, wer und was wir sind? Ich habe immer schon gedacht, daß Spanier nur Pferdemist in ihrem Schädel haben, und nun bin ich mir völlig sicher.«

»Die Zusammensetzung meines Gehirns«, erwiderte Ysidro, »macht weder Lotta, Neddy, Calvaire noch Danny weniger tot, noch ändert sie etwas an der Tatsache, daß keiner von uns auch nur den kleinsten Schatten von dem gesehen hat, der sie verfolgt und getötet hat. Nur ein sehr alter, erfahrener Vampir kann ihnen gefolgt sein, ohne von ihnen entdeckt zu werden. Viel älter als du oder ich . . .«

»Das ist doch alles Unsinn.«

»Es gibt keine älteren Vampire«, fügte Elysée hinzu. »Mir scheint, du bist schon . . .« Sie warf nervös einen Blick zu Grippen hinüber, als erinnere sie sich daran, daß er und Simon gleich alt waren, bevor sie das Wort *senil* aussprach.

»Er ist ein Tagesjäger, Lionel«, sagte Ysidro. »Und eines schönen Tages wirst du vielleicht erwachen, und das Sonnenlicht scheint dir in die Augen.«

»Und eines schönen Tages wirst du erwachen, wenn dir dein teurer Professor gerade einen Zeigestock aus Eschenholz ins Herz hämmert«, erwiderte Grippen zornig. »Wir kümmern uns schon um unseresgleichen. Das kannst du deinem kleinen Worteschmied sagen. Und wenn er nach London zurückkehrt, solltest du lieber nicht mehr von seiner Seite weichen.«

Mit diesen Worten packte er Chloé unsanft am Handgelenk und marschierte wütend aus dem Keller, wobei er das Mädchen heftig hinter sich herzog, während ihre monströsen Schatten durch den flackernden Schein der Kerze und die Dunkelheit hinter ihnen herschwebten wie große schwarze Raubvögel.

»Du bist ein Narr, Simon«, sagte Elysée sanft und folgte ihnen, verschwand, wie es die Art der Vampire war, im augenblicklichen Aufwirbeln eines spinnwebartigen Gazeschals.

Hyacinthe blieb zurück und blinzelte den spanischen Vampir gelangweilt mit ihren rehbraunen Augen an. »Hast du ihn gefunden?« fragte sie mit ihrer goldenen Sirupstimme. »Diesen Geist der Beinhäuser und Friedhöfe, den ältesten Vampir der Welt?« Mit einer schnellen, flatternden Bewegung streckte sie die Hand aus und berührte seinen Hemdkragen, befühlte ihn mit ihren Fingern, wie sie alles befühlte, als würde sie überlegen, ob sich eine Verführung lohnte.

»Als ich dich und Grippen und die anderen von James weggezerrt habe, hast du da gesehen, wer ihn fortgetragen hat?«

Hyacinthe wich zurück, so verwirrt, wie es die Sterblichen wohl sein mußten, dachte Asher bei sich, wenn sie mit der Unfaßbarkeit der Vampire konfrontiert wurden.

Ohne zu lächeln, fuhr Don Simon fort: »Ich auch nicht.«

Immer noch verwirrt, folgte nun auch Hyacinthe den anderen, schien zu erlöschen wie eine Kerze, die von einem Windhauch ausgepustet wurde. Doch Ysidro sah sie, nach der Neigung seines Kopfes zu schließen, offenkundig davongehen.

Eine ganze Weile stand er auf der anderen Seite der Gitterstäbe und schaute sich in dem dunklen Keller um. Er war ganz offensichtlich schon seit Jahren nicht mehr benutzt worden. Als sich seine Augen mehr an das Licht gewöhnt hatten, konnte Asher hinter ihm die Gitterroste im Boden sehen, die zu den Abwasserkanälen führten, obgleich die anderen Vampire in einer anderen Richtung verschwunden waren, vermutlich hinauf zu einem Gebäude über ihnen. Vielleicht einem der alten *hôtels particuliers* im Marais oder dem Faubourg St. Germain, die die liebevollen Zuwendungen der Preußen überstanden hatten? Oder einfach eines dieser allgegenwärtigen Gebäude, die im Lauf der Jahrhunderte von dem einen oder anderen Vampir erstanden worden sind, als Schlupflöcher für den Notfall?

Dann begann Ysidro wieder zu sprechen, so leise, daß Asher es nur wahrnehmen konnte, weil er an die flüsternden Stimmen der Vampire gewöhnt war. »Antonius?«

Aus den staubigen, alles verhüllenden Schatten kam keine Antwort.

Nach einer Weile holte der Vampir einen Schlüssel aus seiner Tasche und hielt, nachdem er zuvor die Finger in mehrere gefaltete Lagen seines Umhangs gewickelt hatte, das Schloß fest, um den Schlüssel einzuführen und umzudrehen. Dann nahm er eine kleine Tasche vom Boden in einer Ecke auf, wo er sie vermutlich abgestellt hatte, bevor er die anderen angesprochen hatte, und betrat die Zelle. »Wie fühlen Sie sich?«

»Wie ein Hummer in dem Bassin im Maxim's.«

Ein flüchtiges Grinsen spielte um die Mundwinkel des Vampirs, dann verschwand es wieder. »Bitte nehmen Sie meine Entschuldigung an«, sagte er. »Ich konnte nicht sicher sein, daß ich es vor ihnen hierherschaffen würde.« Er schaute auf etwas neben Ashers Liege hinunter. Als er es aufhob, sah Asher, daß es ein Krug war, aus feinem Porzellan und wohl einst sehr schön gewesen, nun allerdings war er alt und angeschlagen, doch es war etwas Wasser darin. »Ist er hiergewesen?«

»Antonius?« Asher schüttelte den Kopf. Seine heisere Stimme war so schwach, daß nur ein Vampir sie hören konnte. »Ich weiß nicht. Es war jemand hier.« Ein Traum – eine Halluzination? – von knorrigen, dürren Fingern, die über das silberne Vorhängeschloß strichen, trieb aus irgendeinem Winkel seines Bewußtseins heran; doch wie den Lichtschein eines Wassers konnte er das Traumbild nicht fassen.

»Ich hatte es auf der anderen Seite der Zelle stehen lassen.« Der Vampir holte eine mit einer großen Öffnung versehene

Feldflasche aus der Tasche und einen Karton, aus dem es schwach nach Brot roch.

Als Ysidro eine dickflüssige Brotsuppe aus der Flasche goß, bemerkte Asher: »Was, kein Blut?«

Abermals lächelte Ysidro. »Ich vermute, in den Romanen ist es üblich, daß die Opfer von Vampiren von all ihren Freunden Transfusionen erhalten, doch irgendwie erschien es mir äußerst unpassend, Passanten um ihre freundliche Mithilfe zu bitten.«

»›Kommen Sie doch bitte mit mir in den Keller hinunter, ich brauche ein wenig von Ihrem Blut?‹ Ich vermute, Hyacinthe würde damit Erfolg haben. Aber es würde nicht funktionieren, oder zumindest hat Lydia es mir so erklärt. Offenkundig gehört das menschliche Blut nicht zu einem einzigen Typus.«

»Natürlich hat man sich unter den Vampiren schon darüber Gedanken gemacht, seit Mr. Harveys interessante Artikel zum ersten Mal erschienen sind.« Ysidro reichte ihm die Suppe und half ihm, sich aufzusetzen, um sie zu essen. »Wir sind schon seit langem mit den ganzen Vorrichtungen für Transfusionen und hohlen Nadeln vertraut. Tatsächlich habe ich gehört, daß einige Wiener Vampire ihren Opfern Kokain injiziert haben, bevor sie tranken. Als im letzten Jahr Dewar-Behälter erfunden wurden, hat Danny einige Experimente mit der Lagerung von Blut gemacht, doch es scheint so, als ob es buchstäblich schon wenige Augenblicke, nachdem es den lebenden Körper verlassen hat, sowohl seinen Geschmack als auch seine Wirkungskraft verliert. Auf jeden Fall ist es nicht das Blut allein, von dem wir uns ernähren. Wenn es das wäre«, fügte er hinzu, ohne die sanfte Betonung seiner Stimme zu verändern, »glauben Sie dann, daß irgendeiner von uns so wäre, wie wir sind?«

Asher setzte die Schüssel auf den Knien ab, denn seine Hände zitterten vor Schwäche so stark, daß er sie nicht mehr halten konnte. Ysidros stützende Hand war so kalt wie die Hand einer Leiche. Ihre Blicke trafen sich. »Seien Sie doch nicht naiv.«

Die bleichen Augenbrauen des Vampirs zogen sich zusammen. »Damit könnten Sie recht haben.« Ob er damit nun Lotta, Hyacinthe oder sich selbst meinte, war unmöglich zu sagen. Er nahm die leere Schüssel und wandte sich ab, jede Bewegung so knapp und sparsam wie ein Sonnett. »Ich glaube nicht, daß Sie sich im Augenblick um Grippen sorgen müssen. Er und Chloé sind wieder auf dem Weg nach London . . .«

»Simon . . .«

Der Vampir schaute sich zu Asher um, und das vergoldete Kerzenlicht schien beinahe durch ihn hindurch zu scheinen – ein tausendfacher Dämon und Mörder und der Mann, der Ashers Leben gerettet hatte.

»Danke.«

»Sie stehen in meinen Diensten«, erwiderte der Vampir. »Und wir haben den Mörder noch nicht unschädlich gemacht. Ich bin immer noch nicht ganz überzeugt«, fuhr er fort, während er Schüssel, Feldflasche und Löffel sorgsam wieder in seiner Tasche verstaute, »daß nicht doch Grippen selbst der Mörder ist. Ich habe über Ihre Annahme nachgedacht, daß unser Dasein im medizinischen Sinne eine Krankheit ist. Wenn es da bestimmte Veränderungen gebe, die so um das dreihundertfünfzigste Jahr eintreten . . .«

»Würden Sie dann nicht auch diese Veränderungen spüren?«

»Nicht notwendigerweise.« Er wandte sich wieder ganz um und erhob seine weiße, langfingrige Hand auf Schulterhöhe, so daß Asher das farblose Fleisch neben dem strähnigen, aschfahlen Haar sehen konnte. »Obgleich ich schon recht blaßblond und hellhäutig war, als ich noch lebte, hatte ich doch mehr Farbe als jetzt, und meine Augen waren sehr dunkel. Dieses – Ausbleichen – ist nicht üblich, doch ist es unter unseresgleichen auch nicht ganz unbekannt. Vielleicht ist es das, was man eine Mutation des Virus' nennt, wenn es denn ein Virus ist. Der älteste Vampir, den ich kenne, mein eigener Meister Rhys, war ebenfalls ›gebleicht‹, obgleich andere Vampire, die er erschaffen hat, es nicht waren. Dieser Zustand mag vielleicht einen Einfluß haben auf andere Veränderungen, die auftreten, wenn ein Vampir altert. Und da es so scheint, als hätte Calvaire Paris aus eben den gleichen Gründen verlassen, die Grippen in London gegen ihn aufgebracht haben . . .«

»Nein.« Asher sackte erschöpft wieder in sein Kissen zurück und wünschte sich nichts mehr, als wieder schlafen zu dürfen. »Haben Sie die Zeitung nicht gelesen? Sie war in meiner Manteltasche . . .« Er zögerte. »Nein, das war sie nicht, ich habe sie in den Katakomben zurückgelassen. Ein Artikel in der Londoner *Times.* Grippen wird zumindest eine Nacht gebraucht haben, um hierherzukommen, und in der Nacht bevor ich überfallen wurde, sind in London neun Menschen von einem Vampir getötet worden. Oh, die Polizei rätselt natürlich noch darüber, warum sich in den Leichen kein Blut finden ließ, aber es war . . .«

»Neun!«

Es war das erste Mal, daß er Simon je wirklich zutiefst entsetzt sah.

»Ich dachte nicht, daß es sich nach einem der Londoner Vampire anhörte. Grippen mag ein grober Klotz sein, doch er hat nicht dreihundertfünfzig Jahre überlebt, indem er sich solch mordgierigen Ausflügen hingegeben hätte. Und nun weiß ich mit Sicherheit, daß es weder Grippen noch Chloé gewesen sein können, und es hört sich schon gar nicht nach den Farrens an. Wonach es sich anhört, ist ein Vampir, der sich lange Zeit versteckt gehalten hat.«

»Und der die erste Gelegenheit nutzte, als Grippen fort war«, murmelte Ysidro leise, »um ein Verlangen zu befriedigen, das zu diesem Zeitpunkt wohl schon schier unerträglich gewesen sein mußte. Doch *neun* ...«

»Auf jeden Fall bedeutet es«, fügte Asher hinzu, »daß wir es zweifelsfrei mit einem Vampir zu tun haben.«

Ysidro nickte. »Ja«, sagte er. »Und so wie es sich anhört, aller Wahrscheinlichkeit nach mit einem Wahnsinnigen.«

Asher seufzte. »Mein altes Kindermädchen hat immer gesagt: ›Mit jedem neuen Tag kann es nur besser werden.‹ Es tröstet mich, daß sie recht hatte.« Und er ließ seinen Kopf auf das dünne Stroh des Kissens sinken und war augenblicklich eingeschlafen.

15

ACHT MENSCHEN STERBEN
BEI BRAND IN LAGERHALLE

VERMUTLICH BRANDSTIFTUNG
(Aus dem *Manchester Herald*)

Ein Feuer hat in der letzten Nacht das Baumwollager von Moyle & Co. in der Liverpool Street verwüstet und das Leben von acht Landstreichern gefordert, die offenbar in der Lagerhalle vor der Kälte Schutz gesucht hatten. Die Polizei berichtete jedoch von einer kleinen Blutlache auf dem Pflaster der Gasse, die hinter der Lagerhalle entlangführt, was darauf hindeuten würde, daß hier ein Verbrechen begangen worden sein könnte. Alle acht Leichen lagen im hinteren Teil der Lagerhalle, als man sie fand, und es gibt keinerlei Anzeichen dafür, daß einer der Landstreicher versucht hat, den beginnenden Brand zu löschen. Tatsächlich geht die Polizei davon aus, daß alle acht schon tot gewesen waren, bevor das Feuer ausbrach. Das Feuer loderte schon hell, bevor es von Nachtwächter Lawrence Bevington entdeckt wurde, der aussagte, daß er keine Anzeichen von Rauch oder anderen Auffälligkeiten bemerkt hätte, als er kurz zuvor an der Lagerhalle vorbeigegangen war...

Nein, überlegte Lydia bei sich, *das würde er nicht tun. Wenn ich versuchte, meine Morde zu verdecken, indem ich die Leichen verbrenne, dann würde ich sicherstellen, daß der Nachtwächter zu dem betreffenden Zeitpunkt schläft.*

Ihre Hand zitterte, als sie die Zeitung ablegte.

Manchester. Gesichtslose Massen von Fabrikarbeitern, Stauern und Kohlenträgern, die keiner vermißte, außer jenen, die sie kannten.

Sie schaute auf die Liste, die sie angefertigt hatte und die nun auf dem *Journal der vergleichenden Völkerkunde* lag, und fragte sich, wie lange sie sich nun wohl noch zu warten getraute.

Sie hatte James versprochen, nichts zu tun, bevor sie es nicht mit ihm besprochen hatte. Sie wußte, daß sie hier wie ein Kind in einem Sumpf hockte; sie wußte, daß irgendwo die Vampire lauerten. Die Angst, mit der sie über Wochen gelebt hatte, stieg wieder in ihr auf, die Angst vor jener kehligen Stimme, die sie in ihren Träumen rief, die Angst vor der heranschleichenden Dunkelheit, die Angst, die sie im kalten Nebel des Hofes verspürt hatte, in jener Nacht, als sie ausgegangen war, um einen Vampir aufzuspüren. Alles, was sie gelesen hatte, hatte nur noch mehr Angst in ihr geschürt.

Doch wie lange würde sie noch warten können? Das letzte, was sie von James gehört hatte, war, daß er die Pariser Vampire aufsuchen würde, unter dem etwas fragwürdigen Begleitschutz von Don Simon Ysidro. Sie verschloß ihr Herz, versuchte, es in die Unterwerfung zu zwingen, versuchte, keine Verbindung herzustellen zwischen jenem Brief und seinem langen Schweigen. Doch ihr Herz flüsterte ihr zu, daß die Vampire keinen Grund hatten, ihn am Leben zu lassen.

Ich werde noch einen Tag warten, sagte sie sich selbst. *Seine Briefe müssen viele Umwege über Oxford zurücklegen... vielleicht ist der Brief aufgehalten worden...*

Sie schaute abermals auf die Liste, die sie in der vergangenen Nacht zusammengestellt hatte, und auf die neben ihr liegende Zeitung. Den mörderischen Streifzügen des Vampirs waren in den letzten drei Tagen siebzehn Menschen zum Opfer gefallen.

Mit immer noch zittrigen Fingern nahm sie ihre Brille ab und legte sie beiseite, dann ließ sie den Kopf auf die verschränkten Arme sinken und weinte.

Als Asher erwachte, fühlte er sich gestärkt, doch immer noch niedergedrückt, nicht allein von der Erschöpfung, sondern auch von einer mitleidlosen Mattigkeit des Geistes, die er schon von seinen etwas aufregender verlaufenen philologischen Forschungsreisen her kannte. Seine Träume waren von dem unbändigen Gefühl geplagt, daß es da etwas gab, was er übersah, irgendein Detail, das er vergessen hatte. Er war wieder im Haus der Familie van der Platz in Pretoria und suchte verzweifelt nach irgend etwas. Er mußte sich beeilen, denn die Familie mußte jeden Augenblick zurückkommen, die Familie, die ihn für einen so freundlichen und vertrauenswürdigen Gast hielt, einen Professor, der sich einzig mit dem linguistischen Austausch unter verschiedenen Sprachen beschäftigte.

Doch er hatte vergessen, wonach er eigentlich suchte. Er wußte nur, daß es von größter Bedeutung war, nicht nur für den Krieg zwischen England und seinen widerspenstigen Kolonien, sondern auch für sein eigenes Leben, für das Leben aller, die ihm am Herzen lagen. Notizen, dachte er bei sich, oder eine Liste – das war es, eine Liste von Artikeln, die er veröffentlicht hatte; sie durften sie nicht finden, durften ihn nicht mit ihrer Hilfe aufspüren ... Also suchte er verzweifelt weiter. Er wußte, daß die van der Platzes, obgleich sie Buren waren, nicht zögern würden, ihn dem deutschen Geheimdienst zu übergeben, würden sie herausfinden, daß er nicht war, was er vorgab zu sein. Ihm war auch bewußt, daß er hinter einer jener Türen, die er in so zielloser Eile öffnete und schloß, Jan finden würde, den sechzehnjährigen Sohn der Familie und sein Freund: Der obere Teil seines Schädels würde weggerissen sein von einer Kugel ...

»Ich habe ihn getötet«, sagte er, als er die Augen öffnete.

Kalte, zarte Finger berührten seine Hand. Gegen die Dunkelheit der niedrigen Decke sah er das hagere weiße Gesicht, grüne Augen, die seltsam funkelten gegen die eingesunkenen Schatten des totenschädelgleichen Kopfes. Er hatte Englisch gesprochen, und eine flüsternde Stimme antwortete ihm auf Englisch: »Habt Ihr diesen Jungen aus Zorn getötet oder aus Gewinnsucht?«

Er wußte, daß Bruder Antonius seinen Traum gesehen hatte, ihn gesehen hatte wie die Bilder eines Cinematographen.

»Es wäre besser gewesen, wenn ich es deshalb getan hätte«, erwiderte Asher leise. »Das hätte er vielleicht verstehen können. Aber nein.« Sein Mund verzog sich unter dem bitteren Geschmack seiner eigenen Erkenntnis. »Ich habe ihn aus taktischen Gründen getötet, um die Informationen zu schützen, die ich gefunden hatte, damit ich mit ihnen nach England zurückgehen und wiederkehren konnte, um noch mehr herauszufinden. Ich wollte nicht . . .« Er zögerte bei dem Wort ›auffliegen‹, ein Ausdruck, den der alte Mönch nicht verstehen würde, und beendete dann den Satz: »als Spion entdeckt werden.«

Was für ein Euphemismus, dachte er bei sich, während er darüber nachsann, wieviel Sinn durch das einfache Austauschen von Worten ausgelöscht wurde. Nein, er hatte nicht gewollt, daß diese Leute ihn entdeckten, die ihm, dem Spion, vertrauten, der ihr Vertrauen benutzte, wie er ein gestohlenes Fahrrad benutzt hätte, nur um es dann einfach im Straßengraben liegenzulassen, wenn er es nicht mehr brauchte.

»Es ist nicht länger rechtens, daß ich Euch Absolution erteile.« Die dürren Finger strichen wie abgeknickte Strohhalme über seine Hände; die grünen Augen waren wahnsinnig und gehetzt und voller Schmerz, doch Asher hatte keine Furcht vor ihm, spürte keine Lust nach Blut in ihm. Die flüsternde Stimme fuhr fort: »Ich, der ich meine Stimme erhoben habe gegen simonische Priester, käufliche Priester und Priester, die Ablaßbriefe verschleuderten, um im voraus die Sünden zu vergeben, die ihre Kunden zu begehen wünschten – wie kann ich erwarten, daß Gott die Worte eines Mörderpriesters, eines Vampirpriesters anhört? Und dennoch sagt der Heilige Augustinus, daß es rechtens ist, daß Soldaten im Kriege töten, und daß man diese Tode nicht gegen sie halten wird, vor dem Thron Gottes.«

»Ich war kein Soldat«, sagte Asher leise. »In der Schlacht schießt man auf Männer, die auf einen selbst schießen. Es ist Notwehr, um das eigene Leben zu schützen.«

»Um das eigene Leben zu schützen«, wiederholte der Vampir mit matter Stimme. Der Totenschädel zeigte keine Regung, nur die eingesunkenen grünen Augen blinzelten. »Wie viele sind gestorben, um mein Leben zu schützen, meine – Unsterblichkeit? Ich behaupte gern, daß ich nicht selbst wählte zu werden, was ich nun bin, doch ich tat es. Ich habe es gewählt, als der Vampir, der mich gemacht hat, mein Blut trank, sein blutendes Handgelenk gegen meine Lippen preßte und mir befahl zu trinken, mir befahl, den Geist zu packen, den ich vor mir in der Finsternis brennen sah wie eine Flamme, und mir das Leben reichte. Damals habe ich mich entschieden zu leben und nicht zu sterben. Ich habe damals gewählt, und ich habe seitdem in jeder Nacht von neuem die Wahl getroffen.«

Erschöpfung drückte Asher nieder wie eine bleierne Decke – die Unterhaltung schien nicht mehr als eine weitere Episode seines Traums zu sein. »Gab es einen Grund dafür?«

»Nein.« Die kalte, kleine Hand des Mönches lag reglos auf der seinen. Sein riesiger, mißgestalteter Schatten wurde vom Kerzenlicht an die niedrige Decke geworfen – der schimmernde Widerschein des Lichtes fing sich auf den scharfen Fängen, wenn er sprach. »Nur, daß ich das Leben liebte. Das war meine Sünde von Anbeginn an, meine Sünde durch all meine Tage bei den Minoriten, den minderen Brüdern des Heiligen Franziskus. Ich liebte den Körper, den wir angehalten waren zu verachten, genoß die kleinen Freuden, die kleinen Annehmlichkeiten, von denen uns unsere Lehrer warnend sagten, daß wir sie uns versagen müßten. Vielleicht war es eine wohlgemeinte Warnung. Sie sagten, daß eine solche Freude an den vergänglichen Dingen die Seele abhängig machen würde. Und das hat sie auch getan.

Vielleicht war es, daß ich Gott nicht gegenübertreten wollte, da die Sünde der Genußsucht auf mir lastete. Und nun lasten mehr Morde auf mir, als ich zählen kann. Ich habe ganze Armeen dahingerafft, Mann für Mann; ich werde bis zu den letzten Haarspitzen auf meinem Kopf eingetaucht werden in den See aus kochendem Blut, den Dante in der Hölle gesehen hat. Wahrlich eine passende Strafe für einen, der nach dem heißen Blut in den Adern der Unschuldigen verlangt hat, um seine eigene Existenz zu verlängern. Und das ist es, was ich nicht ertragen konnte.«

Unwirklich folgte ihm die Stimme wieder hinab in seine Träume, und diesmal wanderte er an den steinernen Ufern eines scharlachroten Sees entlang, dessen kochende Dämpfe zum Horizont einer schwarzen Höhle zogen, die sich so weit erstreckte, daß man ihr Ende nicht sehen konnte. Der Gestank von Blut füllte seine Nase und erstickte ihn beinahe, und das zähe, tiefdröhnende Blubbern füllte seine Ohren. Er schaute hinunter und sah, wie sich in den von der Flut zurückgelassenen Teichen das gelbliche Serum aus dem Blut trennte, wie es das in Lydias Versuchsschalen tat. In dem See selbst konnte er sie alle sehen: Grippen, Hyacinthe, Elysée, Anthea Farren, deren samtige Brüste nackt und blutbespritzt dalagen, und sie alle schrien vor Schmerz ... Am Ufer dieses Höllensees ging Lydia umher; die rostbraunen Locken ihres Haares fielen wie eine Kaskade über ihre Schultern den Rücken hinab, und ihre Brillengläser waren leicht beschlagen von der Hitze, während sie sich hinabbeugte, um eine Probe von dem aufsprudelnden, kochenden Phlegethon zu nehmen. Asher versuchte, sie zu rufen, doch sie ging einfach davon, während sie ein Reagenzglas gegen das Licht hielt und den Inhalt mit der ihr eigenen, ganz in sich versunkenen Konzentration betrachtete. Er versuchte, zu ihr zu laufen, doch er konnte sich nicht bewegen, seine Füße schienen fest verwurzelt in dem zerklüfteten, schwarzen Lavagestein; er wandte sich um und sah, daß sich der Spiegel des schäumenden roten Sees langsam hob und schon die ersten kleinen Rinnsale aus Blut auf ihn zuliefen, um ihn wie die Vampire von allen Seiten einzuschließen für seine Sünden.

Er öffnete die Augen und erblickte Ysidro, der in der Nähe der Kerze saß und die Londoner *Times* las, und wußte augenblicklich, daß es Nacht war. »Höchst interessant«, sagte der Vampir leise, als Asher ihm von seiner Unterhaltung mit dem alten Priester berichtete. »Dann ist er tatsächlich während der Tagesstunden wach, ob er nun die Berührung des Sonnenlichts selbst ertragen kann oder nicht. Und das silberne Schloß an der Tür ist geöffnet und wieder verschlossen worden.«

»Er muß ja auf irgendeine Weise hier hereingekommen sein.«

Ysidro faltete sorgfältig die Zeitung zusammen und legte sie beiseite. »Er könnte die Abwasserkanäle benutzt haben. Vielleicht wußte er aus anderen Jahren, daß dies mein Haus ist; vielleicht ist er mir einfach nur in jener ersten Nacht aus den Katakomben hierhergefolgt und hat, als er mich hat kämpfen sehen, um Sie zu retten, vermutet, daß ich Sie hierherbringen wollte. Es erübrigt sich zu sagen, daß ich meine Wohnstatt verlegt habe, nun da Grippen und Elysée von diesem Haus wissen ... Fühlen Sie sich stark genug aufzustehen?«

Asher versuchte es, doch selbst die kleine Anstrengung, sich an der Wasserschüssel, die Don Simon mitgebracht hatte, zu waschen und zu rasieren, erschöpfte ihn maßlos. Er war dankbar, wieder auf sein Lager zurückkehren zu können. Später, nachdem er sich ausgeruht hatte, bat er um Briefumschläge und Papier, die er auch erhielt. Im Laufe des folgenden Tages schrieb er zwei Briefe an Lydia, einen an sie selbst unter ihrem richtigen Namen in Oxford, den anderen adressiert an Miss Priscilla Merridew, mit der Bitte um Weiterleitung in einen Umschlag an einen seiner Studenten gesteckt. Er versicherte ihr, daß er sich in relativer Sicherheit befände, obgleich ihn die Ironie dieser Redewendung traf. Die Lage mußte schon sehr ernst sein, wenn er die hilflose Gefangenschaft in einem Keller in der Obhut zweier Vampire als einen Grund für Optimismus erachtete. Ysidro erklärte sich ohne Murren bereit, die beiden Briefe abzuschicken – Asher konnte nur hoffen, daß die recht simple Tarnung ausreichen würde oder daß es ihm, sollte es zu Schlimmsten kommen, gelingen würde, Lydia in irgendeine andere Unterkunft zu schaffen, bevor der Spanier nach Oxford gelangen und sie aufspüren konnte.

Er blieb noch zwei weitere Tage in dem Keller, wobei er die meiste Zeit schlief, die Bücher und Zeitungen las, die Simon ihm brachte, oder mit wissenschaftlicher Befriedigung zuhörte, wie der Vampir ihm Shakespeare in seiner ursprünglichen Diktion vorlas, und langsam spürte, wie seine Kräfte zurückkehrten. Bruder Antonius sah er nie, außer in seltsamen, verworrenen Träumen, doch hin und wieder war der Wasserkrug in seiner Zelle aufgefüllt, wenn er erwachte.

Am zweiten Nachmittag erwachte er und entdeckte zwei Eisenbahnfahrkarten, die gegen den Kerzenhalter lehnten, und sein Gepäck, das sorgsam am Fußende seines Lager abgestellt war. Bei den Fahrkarten war eine kurze Nachricht, in einer Handschrift aus dem sechzehnten Jahrhundert auf neues, cremefarbenes Papier geschrieben: *Können Sie bei Sonnenuntergang bereit sein, nach London abzureisen?*

Darunter lag eine zusammengefaltete Ausgabe der Londoner *Times*, mit der Schlagzeile MASSAKER IN LIMEHOUSE.

Sieben weitere Menschen, zumeist Chinesen von den Docks, waren getötet worden. Schwach und zitternd kroch Asher von seinem Lager und stolperte zu den Gitterstäben hinüber. Sie waren massiv und stark, um selbst der übermenschlichen Kraft eines Vampirs standzuhalten – das silberne Vorhängeschloß, das anscheinend nicht ausgereicht hatte, um Bruder Antonius abzuhalten, sicherte immer noch die Tür. Er lehnte sich gegen die Gitterstäbe und sagte leise in die Dunkelheit hinein: »Antonius? Bruder Antonius, hören Sie. Wir brauchen Sie in London. Wir brauchen Ihre Hilfe. Wir können die Reise in einer einzigen Nacht machen; wir haben Vorsorge getroffen, sollte uns das Tageslicht überraschen. Sie müssen mit uns kommen – Sie sind der einzige, der uns helfen kann, der einzige, der diesen Mörder aufspüren kann. Bitte, helfen Sie uns.«

Doch aus der Finsternis drang kein Laut.

»Es überrascht mich nicht«, erklärte Don Simon später, als Asher ihm davon berichtete, während der Zug aus dem Gare du Nord dampfte und durch die dünnen, abendlichen Nebelschwaden rollte. »Es ist schwer zu sagen, wieviel er von dem, was vor sich geht, weiß oder vermutet. Es könnte sein, daß er den Tod von Vampiren einfach als rechtens empfindet; und es könnte ebenso sein, daß er mehr über die Angelegenheit weiß, als wir es tun, und uns den Namen des Mörders nicht sagen will, weil er selbst ihn kennt. Unter Vampiren ist Freundschaft selten, aber nicht völlig unbekannt.«

Er entfaltete die Zeitung, die er mitgebracht hatte, auf seinen knochigen Knien und studierte die Schlagzeile mit unbeteiligtem Blick. »Das gefällt mir nicht, James«, sagte er leise, und Asher beugte sich vor, um einen Blick darauf zu werfen. LIMEHOUSE VAMPIR, verkündete die Schlagzeile. POLIZEI STEHT VOR EINEM RÄTSEL. »Es gab vor zwei Tagen eine weitere Reihe von Morden in Manchester – die Londoner Blätter haben bis zum heutigen Massaker nicht darüber berichtet. Ein Vampir wie auch ein Sterblicher könnte die Strecke in wenigen Stunden zurücklegen. Nach einem solch blutigen Festmahl aus neun Menschen würde ein normaler Vampir wenigstens für eine Woche kein weiteres menschliches Wesen ansehen, selbst wenn keinerlei Gefahr dabei bestünde. Nur wenige von uns trinken mehr als zweimal pro Nacht und die meisten nicht öfter als einmal alle vier oder fünf Nächte. Dies hier ...« Die feingeschwungenen Augenbrauen zogen sich zusammen. »Dies hier erfüllt mich mit Sorge.«

»Sind Sie zuvor schon einmal auf ein derartiges Verhalten gestoßen?«

Die schlanken Hände falteten die Zeitungen wieder zusammen und legten sie beiseite. »Nicht persönlich, nein. Doch Rhys hat davon erzählt, daß etwas Ähnliches während der Pest vorgekommen ist.«

Er ist schon lange vor dem Schwarzen Tod Vampir gewesen ...

»Bei denen, die das Blut von Pestopfern getrunken haben?«

Ysidro verschränkte die Hände über dem Knie und saß schlank und bleich in seinem grauen Anzug da, ohne Asher anzusehen. »Ach, das haben wir alle getan«, sagte er tonlos. »Rhys hat es während der großen Pestepidemie getan und hat keinen Schaden davon genommen; Grippen und ich haben es beide getan, während des letzten Ausbruchs der Pest in London 65. Vor dem Morgengrauen konnte man nicht sagen, wen die Pest holen würde. Eines Nachts habe ich das Blut einer Frau getrunken, während sie neben ihrem Mann im Bett lag; als ich sie tot wieder zurückgelegt habe, zog ich die Decken zur Seite und sah, daß er schon längst tot war, und die schwarzen Beulen begannen gerade, in seinen Achselhöhlen und Lenden aufzubrechen. Ich rannte völlig kopflos auf die Straße hinaus, und dort hat Tulloch der Schotte mich dann gefunden, als ich mir das Herz aus dem Leibe erbrach, und hat mich gefragt, warum ich mir darüber Sorgen machte. ›Wir sind schon tot‹, hat er gesagt. ›Gefallene Seelen, mit denen der Tod schon sein Spiel gehabt hat. Was soll also diese jungfräuliche Furcht?‹«

Der Vampir sprach ohne jegliche Gefühlsregung, während seine unergründlichen gelben Augen in die Ferne starrten; doch als Asher das feingeschnittene, hakennasige Profil betrachtete, entdeckte er zum ersten Mal die Abgründe düsterer Erinnerung, die sich unter dieser hochmütigen Ruhe verbargen.

»Selbst in seinen späteren Jahren war Rhys ein Umherstreifer, ein Reisender – ein seltener Umstand unter den Untoten. Er war für Jahre, manchmal für Jahrzehnte verschwunden – tatsächlich war es purer Zufall, daß ich ihn eine Woche vor dem großen Brand in London gesehen habe. Er hat mir einmal von den Vampiren in Paris und Bayern erzählt, die während der Pestjahre umhergestreift sind und wahllos Menschen abgeschlachtet haben, die in einer einzigen Nacht wieder und wieder getötet haben, obgleich er nicht zu sagen wußte, ob es etwas mit der Pest selbst zu tun hatte oder einfach eine Reaktion auf das Grauen war, das sich überall um sie herum abspielte. Doch es gab da einige, hat er gesagt, die ohne jegliche Vorwarnung noch Jahre und oft Jahrhunderte später von dem Drang gepackt wurden, wieder und wieder auf diese Weise zu töten. Ich weiß, daß Elisabeth die Schöne in Pesthäuser zu gehen pflegte und die Familien tötete, bei denen die Seuche noch nicht ausgebrochen war – sie wurde nach einem, in meinen Augen äußerst dummen Beutezug getötet.«

»Aber Sie selbst haben es nie getan?«

Immer noch wich der Vampir seinem Blick aus. »Noch nicht.«

Sie erreichten London in dem herbstlich-schwarzen Nebel der frühen Morgenstunden vor dem Sonnenaufgang. Statt wie sonst lautlos zu verschwinden, bevor der Zug noch am Bahnsteig eingefahren war, fuhr Ysidro gemeinsam mit Asher in einer Droschke zu dessen Unterkunft und wachte darüber, daß er sich auch sogleich in sein Bett legte, bevor er schließlich in der Dunkelheit verschwand, in der sich am Horizont schon das erste gefährliche Dämmern des Morgengrauens zeigte. Obgleich der Vampir die Angelegenheit einfach als Teil seiner Verpflichtung gegenüber einem Angestellten behandelte, der unter allen Umständen dienstfähig gehalten werden mußte, war Asher doch dankbar und von Herzen froh über die Hilfe. Er hatte auf der Reise geschlafen, wann immer er die Gelegenheit dazu hatte; als sie schließlich die Prince of Wales Colonnade erreicht hatten, fühlte er sich, wie Mrs. Grimes es so gerne bezeichnete, als ob er durch die Mangel gezogen worden wäre.

Die Sonne weckte ihn Stunden später. Seine Zimmerwirtin, die zutiefst erschreckt über sein ausgemergeltes Aussehen gewesen war, brachte ihm das Frühstück auf einem Tablett und fragte, ob es irgend etwas gäbe, was sie für ihn tun könnte. »Ist da jemand, nach dem ich schicken könnte, Sir?« fragte sie besorgt. »Wenn Sie krank gewesen sind, dann brauchen Sie jemanden, der sich um Sie kümmert, und der Himmel weiß, auch wenn wir auf der Welt sind, um unseren Mitmenschen zu helfen, aber mit vier Mietern und dem ganzen Haushalt hab' ich einfach nicht die Zeit dafür.«

»Nein, natürlich nicht«, versuchte Asher, sie zu beruhigen. »Und ich stehe schon tief in Ihrer Schuld für das, was Sie tun konnten. Ich habe eine jüngere Schwester hier in London; wenn Sie so freundlich wären, Ihren Jungen zum Telegraphenbüro zu schicken, dann werde ich sie treffen können, und sie wird mir alles besorgen, was ich brauche.«

Es war ein umständliches und zeitaufwendiges Arrangement, doch er wußte, daß sie sich, wenn er einfach eine Nachricht zum Bruton Place schicken würde, wundern würden, warum sie nicht einfach mit dem Überbringer der Botschaft herüberkäme, und er wollte auf keinen Fall riskieren, daß man Lydia mit der Prince of Wales Colonnade in Verbindung brachte, wenn er es verhindern konnte. Er hatte einen der Vorhänge zugezogen, um Lydia darauf vorzubereiten, daß ein Telegramm folgen würde. Während er mit immer noch unsicherer, zitternder Hand die Nachricht schrieb, entschied er sich mit größtem Bedauern, daß es sicherer wäre, wenn sie sich überhaupt nicht treffen würden – sondern statt dessen einfach nur Päckchen mit Informationen über den verabredeten stummen Briefkasten in der Garderobe des Museums austauschten. Mit ganzem Herzen sehnte er sich danach, sie zu sehen, sie zu berühren und sich zu versichern, daß sie sich in keiner Gefahr befand, doch da er wußte, wie wenig ihm über den Mörder bekannt war, wagte er noch nicht einmal, ein Treffen bei Tageslicht im Park zu arrangieren.

Die bloße Tatsache, daß er das schon einmal getan hatte, ließ sein Herz vor Furcht fast zerspringen. Der Mörder könnte sie beobachtet und aus der Ferne jedes Wort belauscht haben, das sie wechselten – ein Tagesjäger, wahnsinnig und fiebernd vom Hunger der langvergessenen Pest. Bully Joe Davies Gesicht tauchte wieder vor seinem geistigen Auge auf – die kehlige, verzweifelte Cockney-Stimme, die flüsterte: »Mein Gehirn verbrennt sich danach! ... Es tut so weh und es läßt mich nicht los ...«

Bittere Abscheu gegen sich selbst stieg in ihm auf – der gottgleiche Dennis Blaydon, schoß es ihm wie Gift durch den Kopf, hätte sie niemals in eine solche Gefahr gebracht.

Er schickte das Telegramm mit bezahlter Rückantwort und wartete geduldig zwei Stunden lang, während er seine Abenteuer und Ergebnisse in Paris niederschrieb. Selbst das erschöpfte ihn, und Niedergeschlagenheit ergriff von ihm Besitz. Er dürstete nach einer Ruhepause, wie er in jenen Tagen unten in Ysidros Keller nach Wasser gedürstet hatte, nachdem sein Blut ausgesaugt worden war. Er sehnte sich nach Ruhe und danach, nicht einmal über die hypothetischen Vampire der Legenden und Mythen nachdenken zu müssen, ganz zu schweigen von den echten, die unter dem Pflaster von London und Paris lauerten, auf die Schritte der vorbeieilenden Passanten auf den Bürgersteigen über ihnen lauschten oder sie aus den finsteren Schatten von kleinen Gassen heraus mit ihren gierigen, abschätzenden, unmenschlichen Augen beobachteten.

Müde wischte er sich den Schweiß mit einer Ecke des Kissenbezuges von seinem Gesicht und fuhr fort, seinen Federhalter über das Blatt Papier auf seinem Schoß zu treiben, während er mit gespitzten Ohren auf das Klopfen lauschte, das die Rückkehr des Boten verkünden würde.

Doch es kam keine Antwort.

Mit einiger Mühe zog er sich an und schickte nach einer Droschke, zum einen, um den Eindruck zu vermitteln, daß er eine größere Entfernung zurücklegen würde, zum anderen, weil es sehr gut möglich war, daß er Lydia erst in der Chancery Lane oder dem Somerset House nachspüren müßte.

»Miss Merridew, Sir?« fragte die Zimmerwirtin am Bruton Place mit einem mittelenglischen *i*, an dem er sie schon zuvor unbewußt als eine Frau aus dem östlichen Lancashire identifiziert hatte. »Gott steh Ihnen bei, Sir, Sie sind derjenige, auf den wir schon gewartet haben, denn der Himmel weiß, daß das arme Mädchen keine Sterbensseele in London zu kennen schien . . .«

»Was?« Asher spürte, wie eisige Kälte seinen Körper erfaßte. Die Zimmerwirtin sah, wie die Farbe aus seinem ohnehin schon bleichen Gesicht wich, und führte ihn eilig zu einem Sessel in ihrem vollgestopften Salon.

»Wir wußten nicht, was wir tun sollten, mein Mann und ich. Er sagt, die Leute wohnen hier, weil sie nicht wollen, daß jeder seine Nase in ihre Angelegenheiten steckt, und wenn Sie mir verzeihen wollen, Sir, er sagt, so ein hübsches Mädchen wie sie, da ist es kein Wunder, wenn die mal einen Abend nicht nach Hause kommt. Aber ich erkenne solche Dinger, wenn ich sie sehe, Sir, und Ihre Miss Merridew war nicht eine von der Sorte . . .«

»Was ist geschehen?« Seine Stimme war sehr ruhig.

»Lieber Gott, Sir – Miss Merridew ist jetzt schon zwei Nächte nicht nach Hause gekommen, und wenn sie morgen früh nicht aufgetaucht wäre, dann wäre es egal gewesen, was mein Mann sagt, dann wäre ich zur Polizei gegangen.«

16

Lydias zwei Zimmer in der Pension waren wie alle Räumlichkeiten, die sie für mehr als einen Tag oder so bewohnte, über und über vollgestopft mit Papieren, Notizbüchern und Journalen – die ermüdenden Kleinigkeiten ihrer Suche nach den Spuren der Vampire: Unterlagen der Gaswerke, alle abgeschrieben in ihrer sauberen Handschrift; Abnehmer des Elektrizitätswerkes; und Tausende von Zeitungsartikeln. Asher verspürte ein unangenehmes Kribbeln in seinem Nacken, als er neben den niedergeschriebenen Einzelheiten der vorherigen Verbrechen zwei Berichte über die Limehouse-Morde fand. Namen und Adressen waren ebenfalls notiert. Lydia war offenbar die Gemeindebücher durchgegangen, hatte die Pacht- und Kaufverträge für Grundbesitz mit den Testamenten verglichen und war so auf eine kleine, aber unleugbare Anzahl von Leuten gestoßen, die über die Jahre irgendwie vergessen hatten zu sterben.

Wie er die Tatsachen so auf diese Weise aufgelistet und dargelegt sah, fragte er sich, warum nicht schon früher ein Verdacht auf die Earls von Ernchester gefallen war. Absonderlichkeiten beim Besitzwechsel und den Eigentumsverhältnissen befleckten den Familienstammbaum wie eine Blutspur. Grundbesitz wurde gekauft, gepachtet und wieder verkauft an Leute, die danach nie wieder in den Urkunden und Unterlagen auftauchten – Häuser, die niemals an jemanden vererbt oder daraus folgend verkauft wurden. Andere Unstimmigkeiten waren aufgeführt – fiktive Personen, die Gebäude kauften, doch niemals Testamente hinterließen. An die grünliche Zentifolientapete der einen Wand war eine amtliche Straßen- und Gebäudekarte von London und seinen Vororten geheftet, die mit rot-, grün- und blauköpfigen Stecknadeln gespickt war. Adressenlisten. Namenslisten. Er entdeckte Anthea Farrens Namen in zweien von ihnen, ebenso fand er Lotta Harshaw, Edward Hammersmith und Lionel Grippen neben vielen anderen. Da waren ausgeschnittene Photographien von Bertie Westmoreland, seinem Bruder, dem Honorable Evelyn, Arm in Arm mit einem strahlenden Dennis Blaydon, Thomas Gobey, Paul Farrington und Dutzende von anderen, und ein unscharfes und vergilbtes Zeitungsphoto einer blonden Frau, die Lotta sein konnte.

Wie Lydias Schreibtisch daheim war auch der kleine Sekretär hier ein nach allen Seiten hin überquellendes Durcheinander an Notizen, zwischen denen er auch den Brief fand, den er in Ysidros Keller in Paris geschrieben hatte, mittlerweile weitergeleitet aus Oxford – das Siegel war noch nicht erbrochen. Daneben lag ebenso ungeöffnet das Telegramm, das er ihr an diesem Tage geschickt hatte, und darunter der Londoner *Standard*, aufgeschlagen auf dem Artikel über das zweite Massaker in Limehouse.

Das war, wie es schien, das letzte, was sie gelesen hatte, bevor sie fortgegangen war.

Angst zog seinen Magen zusammen, das schreckliche, hoffnungslose Gefühl, das er in Pretoria gespürt hatte, als er erkennen mußte, daß man ihn entdeckt hatte, und dann erfüllte ihn kalte, tödliche Wut.

Grippen.

Als sie nichts mehr von ihm hörte, war sie auf eigene Faust auf Vampirjagd gegangen.

Lydia, nein, dachte er, bestürzt über ihre Tollkühnheit. Es war schwer, sich vorzustellen, daß Lydia unbesonnen genug war, ein solches Unterfangen allein anzugehen, und dennoch...

Sie hatte ihm versprochen, nichts zu unternehmen, das stimmte – doch das war gewesen, bevor er selbst verschwunden war. Bevor der ›Limehouse Vampir‹ seine todbringenden Beutezüge begonnen hatte. Soweit sie wußte, konnte er irgendwo tot in einer Pariser Gosse liegen – und er hatte in der Tat außerordentlich viel Glück gehabt, daß dem nicht so war. Sie hatte offensichtlich erkannt, daß die Übertreibungen liebende Fleet Street ausnahmsweise, wenn auch ohne es selbst zu wissen, nichts als die ungeschminkte Wahrheit verkündet hatte.

Wie viele Mediziner in der Forschung war Lydia absolut kaltblütig – die weichherzigeren Altruisten eröffneten gemeinhin eine Praxis. Doch tief im Herzen brauchte es schon eine gewisse Selbstaufopferung, um überhaupt in die medizinische Profession zu gehen. Er hatte nie erlebt, daß Lydia ein Versprechen gebrochen hatte, doch an diesem speziellen Punkt war sie vielleicht einfach davon überzeugt gewesen, daß weitere Nachforschungen bei Tageslicht ›sicher‹ waren.

Was hatte Ysidro gesagt? Daß Vampire sich gewöhnlich der Gegenwart von Vampirjägern bewußt waren? Grippen brauchte ihre Nähe also nur zu spüren, und schon wußte er, nach wem er unter den gesichtslosen Massen von London suchen müßte.

Mit geübter Schnelligkeit durchsuchte er abermals das Zimmer.

Im Schreibtisch fand er einige Dinge, von denen er wußte, daß Lydia sie zuvor nicht besessen hatte – ein kleines silbernes Messer, einen Revolver, der mit Silberkugeln geladen war. In ihrem Schlafzimmer hatte sie eine kleine chemische Apparatur aufgebaut, ein Mikroskop, einen Bunsenbrenner und eine größere Menge Knoblauch sowie eine Flasche mit einer Flüssigkeit, die sich nach Entfernen des Korkens durch ihren unverkennbaren, alles überdeckenden Geruch als Knoblauchdestillat entpuppte.

Trotz all seiner Auftritte als Abenteurer beim Foreign Office war Asher doch in erster Linie ein Wissenschaftler und hatte es so angelegt, die Vampire mit wissenschaftlichen Methoden aufzuspüren. Lydia, die Ärztin, würde sich zu ihrer Verteidigung medizinischer Mittel bedienen.

Medizinische Journale stapelten sich überall im Raum und lugten unter den aufgeschlagenen Decken des Bettes hervor –

er hatte sich schon längst daran gewöhnt, daß sie mit Büchern schlief. Kleine Streifen Notizpapier markierten bestimmte Seiten, und ein kurzes Überfliegen zeigte ihm, daß alle Bücher Artikel enthielten, die entweder Spekulationen über Krankheitsbilder des Blutes behandelten oder Fallstudien über eine pathologische Zunahme übersinnlicher Fähigkeiten. Auf dem Nachttisch fand er eine Spritze und ein braunes Samtetui, in dem sich zehn Ampullen mit Silbernitrat befanden.

Es dauerte einen Augenblick, bis ihm bewußt wurde, was das bedeutete.

Es bedeutete, daß sie keine davon bei sich hatte, als sie fortging – oder verschleppt wurde.

Wortlos kehrte Asher in das Wohnzimmer zurück, in dem die Zimmerwirtin stand und sich voller Erstaunen ob der Flut an Papieren umsah. Sie war eine kleine braune Frau mit einer guten Figur, einige Jahre jünger als Asher; sie warf nur einen Blick auf sein Gesicht und sagte eiligst: »Ich hole Ihnen einen Sherry, Sir.«

»Vielen Dank.« Asher setzte sich still an Lydias Schreibtisch. Wenn noch irgendwelche Nachwirkungen der Erschöpfung in ihm steckten, dann spürte er nichts davon.

Nach Pretoria hatte er sein Leben mühsam wieder aufgebaut, hatte die gespleißten Enden der Fäden verknüpft, die siebzehn Jahre im Dienst des Foreign Office von seiner Seele übriggelassen hatten. Vor langer Zeit hatte er einmal ein Mädchen in Wien geliebt und hatte sie, als er sie schließlich verließ, auf eine solche Weise betrogen, daß sie von ihrem wachsenden Verdacht in bezug auf seinen wahren Beruf abgelenkt wurde. Es war eines der schwersten Versehen gewesen, die er je getan hatte. Doch er hatte seine Wahl getroffen und hatte sein Leben anschließend geduldig wieder zurechtgerückt, gleichwohl hatte es Jahre gedauert, bis er es ertragen konnte, bestimmte Lieder zu hören.

Wenn Lydia tot war, so glaubte er nicht, daß er diesen nervenzehrenden, langwierigen Prozeß noch einmal durchstehen könnte.

Ohne Eile ging er noch einmal Lydias Listen durch.

Neben vielen Adressen fand er zwei, die mit einem Sternchen versehen waren.

Eine davon war Ernchester House.

Die andere Adresse war ein Stadthaus in der Nähe der Great Portland Street, ein Bezirk, der schon bessere Tage gesehen hatte. Das fragliche Haus war im Jahr 1754 als freier Grundbesitz von einem Verwandten des sechsten Earl von Ernchester erworben worden und dann als urkundlich bezeugte Schenkung an Dr. Lionel Grippen gegangen.

Die Sonne hing schwer und verschwommen wie eine in ein Leichentuch gehüllte orangefarbene Scheibe über Harrow Hill, während seine Droschke gen Westen ratterte. Asher fragte sich, ob Lydia wohl noch andere silberne Waffen hatte oder ob sie völlig unbewaffnet ausgegangen war – oder ob sie überhaupt ausgegangen war. Grippen konnte ebensogut eines Nachts mühelos in ihre Zimmer eingedrungen sein und sie verschleppt haben.

Woher hatte er gewußt, wer sie war und wo er sie finden konnte?

Hör auf damit, befahl er sich selbst, als die Erinnerung an den Spaziergang im Hyde Park wiederkam. *Dafür ist später noch Zeit.* Und ebenso bestimmt weigerte er sich zu überlegen, was dieses *später* wohl bedeuten würde.

Das Haus Nr. 17 Monk Circle vermittelte wie alle Gebäude in der Straße den Eindruck, in seiner Zeit versunken zu sein. Alle Häuser hatten Dienstboteneingänge, die nach hinten heraus lagen, bemerkte Asher, während er den Kutscher bezahlte.

Gut, dachte er. *Nichts geht über ein wenig Ungestörtheit, wenn man irgendwo einbricht.*

Er entdeckte die fest verschlossenen Fensterläden, während er auf der Suche nach dem unverzichtbaren Eingang zu den nach hinten gelegenen Ställen am Haus vorbeiging. Einst war der Durchgang verschlossen gewesen, doch das Tor war schon vor langer Zeit herausgenommen worden, so daß nur noch die an das zerbröckelnde Mauerwerk geschraubten, verrosteten Pfosten übriggeblieben waren. Direkt in dem schmalen Durchgang stand eine geschlossene Kutsche, ein Einspänner, wie ihn Ärzte fuhren. Er machte sich im Geiste eine Notiz, daran zu denken, daß dies sowohl mögliche Zeugen als auch die Erschwernis einer schnellen Flucht bedeuten konnte, dann zwängte er sich an der Kutsche vorbei, während er mit den Dietrichen in seiner Tasche rasselte. Er fragte sich, ob Grippen wohl selbst im Schlaf seine Nähe spüren konnte.

Falls Grippen überhaupt hier war. Charles Farren hatte erwähnt, daß ihm auch das Haus gehörte, in das er nach dem

Fiasko im Ernchester House gebracht worden war, neben einem anderen, ein paar Straßen weiter; Lydias eingehendere Nachforschungen hatten noch verschiedene andere zutage gefördert, die Decknamen desselben Paares gehörten. Aus dem, was Ysidro ihm erzählt hatte, schloß er, daß der Spanier seine Schlafstätte recht häufig wechselte – eine etwas ungemütliche Lebensweise, wie Asher von seinen eigenen Erfahrungen im Ausland wußte. Er fragte sich, ob die Vampire nicht einfach der Unvorsichtigkeit anheimfielen, wenn der Druck vorzugeben, ein Mensch zu sein, unerträglich wurde.

Mit Ausnahme einiger weniger, dachte er. Bruder Antonius, der Minorit, war statt dessen langsam und unauffällig in den Wahnsinn verfallen.

Und – wer noch? Tulloch der Schotte, der sich in den Friedhöfen von St. Germain herumtrieb? Elisabeth die Schöne, die das verdorbene Blut der Pestopfer getrunken hatte? Der unergründliche Rhys, der seit 1666 nicht mehr gesehen worden war? Oder irgendein anderer, noch viel älterer Vampir, der sich in London versteckt gehalten hatte, bis selbst die Legenden über ihn verstummt waren...

Bis schließlich Calvaire ihn aufgespürt hatte?

Asher schlich sich vorsichtig an den beinahe gänzlich verlassenen Hinterhöfen entlang, während er die kleinen Häuschen und die Stallgebäude abzählte. Viele davon hatten schon seit Jahren weder Pferde noch Kutschen beherbergt, sondern dienten statt dessen als Lagerräume oder wurden für ein paar Shilling vermietet. Der Schuppen, der zur Nummer Siebzehn gehörte, war zerfallen und dreckig, die Türen hingen in ihren rostigen Angeln, die Fenster waren zerbrochen. Die Tür zum Hof stand offen.

Ashers Kopfhaut kribbelte wie ein Ameisenhaufen, als er näher heranschlich. Er konnte die beiden massiven Vorhängeschlösser an der Innenseite der Tür erkennen und über den mit alten Kisten und verottenden Möbeln vollgestellten Hof bis zum Haus sehen. Moos wuchs auf den Steinplatten, mit denen der Hof gepflastert war, und um das Toilettenhäuschen herum. Schon seit Jahrzehnten hatte kein Bediensteter mehr diese Küche benutzt. Über der Küche klafften zwei schwarze, traurige Flügelfenster – die übrigen Fenster waren fest mit Läden verschlossen.

Der rationale Engländer des zwanzigsten Jahrhunderts

mochte sich noch mit einem schwachen Reflex gegen die offensichtliche Schlußfolgerung sträuben, doch in seinem Herzen hegte Asher keinen Zweifel. Dieses Haus war ganz offenkundig ein Unterschlupf der Vampire.

Und das Tor stand offen. Er warf einen Blick zurück auf den Einspänner, der so unauffällig in dem Durchgang abgestellt war, und wartete . . .

Auf wen?

Als wollte sie ihm Mut zusprechen, schüttelte die zwischen den Deichseln der Kutsche angeschirrte rotbraune Mähre ihre Mähne und kaute an ihrem Gebißstück. Die letzten Sonnenstrahlen glitzerten auf dem Messinggeschirr.

Fuhren Vampire nachmittags mit der Kutsche aus?

Er konnte sich einen vorstellen, der es vielleicht tun würde.

Etwas in ihm schien sich zusammenzuziehen, als er in den verfallenen, unkrautbewachsenen Hof schlüpfte. Wenn er und Lydia dieses Haus hatten finden können, dann würde es mit Sicherheit auch jemand anders können – es sei denn, daß Ysidro doch recht hätte und Grippen selbst imstande war, sich bei Tage frei zu bewegen.

Wie auch immer, er stand kurz davor, zu diesem finsteren Rätsel vorzudringen und sich in große Gefahr zu begeben.

Es bestand eine ziemlich große Möglichkeit, daß Lydia sich in diesem Haus befand.

Vorsichtig überquerte er den Hof. Wenn der Tagjäger – sei es nun Grippen oder Tulloch der Schotte oder irgendein namenloser Urahn – hier war, dann würde der Vampir ihn hören können, egal, was er tat. Sie waren zu zweit, erinnerte er sich – er mußte auf seinen Rücken achtgeben, soweit einem das möglich war, wenn man es mit Vampiren zu tun hatte. Und zumindest einer von ihnen war wahnsinnig.

Er trat auf die kleine Erhöhung, die sich links neben dem tiefer gelegenen Hintereingang befand, und versuchte, eins der hohen Fenster zu öffnen; unwirsch biß er die Zähne aufeinander, als der Riegel mit einem lauten Klicken nachgab. Lange Zeit stand er vor Blicken geschützt wartend hinter der Ecke der Umfassungsmauer und lauschte. In der Ferne hörte er etwas fallen, irgendwo im Haus – dann folgte das hastige Hämmern von Schritten, die in blinder Panik flohen.

Auf die Kutsche zu, dachte er. *Das waren niemals die Schritte eines Vampirs. Ein menschlicher Komplize*? Wenn man Calvaires fatale Neigung bedachte, sich seinen Opfern zu offenbaren, war das nur eine logische Folgerung. Sollte Grippens Körper vielleicht gerade in diesem Augenblick in Flammen aufgehen, in einem der oberen Räume zu Asche zerfallen, während die letzten Strahlen der Abendsonne durch die aufgebrochene Läden strömten . . .?

Asher mußte feststellen, daß er das um seiner selbst willen hoffte, während er gleichzeitig auf die Richtung lauschte, die die fliehenden Schritte nahmen. Die Treppe würde in die Eingangshalle münden; von dort aus konnte der Mörder entweder durch die Vorder- oder die Hintertür verschwinden. Er könnte durch das halbgeöffnete Fenster schlüpfen, ihn abfangen, bevor er das Haus verließ . . .

Doch er schreckte vor dem Gedanken zurück, in diese unergründlichen Schatten auf der anderen Seite des Fensters einzudringen – was ihm wahrscheinlich das Leben rettete. Er wollte sich gerade umdrehen, um zu versuchen, den Flüchtenden an der Kutsche abzufangen, als plötzlich eine Hand aus der Dunkelheit des Hauses durch den Fensterspalt vorschnellte. Sie bewegte sich mit unglaublicher Geschwindigkeit und zerrte ihn mit beängstigender Kraft zurück in die Finsternis hinter dem Fenster. Im dahinschwindenden Tageslicht konnte er einen verworrenen Blick auf eine lepröse Klaue, zum Bersten gespannte Muskeln und Nägel wie Krallen erhaschen, während die Kreatur im Innern des Hauses nichts weiter war als ein monströser, verschwommen weißer Flecken, der von der Dunkelheit des Fensters eingerahmt wurde. Als eine zweite Hand hervorschnellte, um ihn im Nacken zu packen, zog Asher mit einer flinken Bewegung eins der silbernen Messer aus der Tasche seines Ulsters und ließ es auf das sehnige Handgelenk hinabsausen.

Blutstropfen verbrannten ihn, als hätte man ihn mit kochendem Wasser bespritzt. Das Kreischen aus der Dunkelheit hatte nichts Menschliches an sich, ein nackter Aufschrei von animalischer Wut und Schmerz. Er wand sich aus dem gelockerten Griff, bevor er gegen die Wand geschleudert werden konnte, wie Grippen es schon einmal mit ihm getan hatte, zog seinen Revolver und feuerte auf die vage Gestalt, die aus dem Dunkel hinter den Flügelfenstern brach.

Die Gestalt veränderte die Position und bewegte sich mit nicht zu verfolgender Schnelligkeit. Er spürte etwas hinter sich und wirbelte herum, um noch einmal mit dem Messer zuzustechen, das er immer noch in der linken Hand hielt. Der Vampir war jetzt hinter ihm, die schräg einfallenden letzten Strahlen des Sonnenlichts huschten über sein abscheuliches Totenschädelgesicht. Die Fänge unter den gefletschten Lippen waren riesige, abgebrochene Stoßzähne, die tiefe, nässende Furchen in die von Eiterpusteln übersäte Haut seines Kinns gegraben hatten. Abermals schrie die Kreatur auf und fiel zurück, die Klaue über die klaffende Schnittwunde gepreßt, die Asher in seiner Handfläche hinterlassen hatte, während es ihn aus riesigen blauen Augen anstarrte, deren Pupillen von unmenschlichem Haß angeschwollen waren.

Asher hatte das Gefühl, als wäre sein Verstand von einem umstürzenden Baum erschlagen worden. Benommenheit überflutete sein Bewußtsein. Er versuchte verzweifelt, diese tote Finsternis von sich abzuschütteln, während das Wesen ihn schon von neuem packte und zurück zur Hausmauer schleppte. Seine Klaue preßte sich über die Hand, in der Asher den Revolver hielt, und drückte zu, bis die Knochen zersplitterten. Asher schrie auf, und der Revolver glitt ihm aus den Fingern – die Kreatur packte das Handgelenk der Hand, in der er das Messer hielt, dann zuckte sie mit einem Schrei wieder zurück ...

Silber, schoß es Asher durch den Kopf, *die Silberkette*. Wieder stach er mit seinem Messer nach der Kreatur.

Mit einem erneuten Wutschrei, der sich seiner Kehle entrang wie aus den Tiefen der Hölle selbst, packte die Kreatur Ashers Ärmel, riß ihn nach vorn und schleuderte ihn abermals mit solcher Wucht rücklings gegen die Wand, daß Ashers Kopf gegen das Mauerwerk schlug. Sein Bewußtsein schwand, auch wenn er mit aller Macht darum kämpfte, daran festzuhalten, denn er wußte, daß er, wenn er zuließ, daß der Geist des Vampirs die Kontrolle über seinen Verstand gewann, sein Leben verwirkt hatte.

Eine Stimme rief etwas. Der Vampir schleuderte ihn abermals gegen die Hauswand, und sein Blick verschwamm, während der Schmerz sich wie eine traumgleiche, graue Flut über seinen Verstand ergoß. Er klammerte sich an den stechenden Schmerz, der unerträglich in seinem rechten Arm pochte, und zwang sich mit aller Kraft, nicht das Bewußtsein zu verlieren ...

Ein Name. Die Stimme rief einen Namen.

Er versuchte, ihn zu behalten, versuchte, sich an dem Schmerz in seinem gebrochenen Handgelenk festzuklammern, während er zu Boden sackte. Benommen war er sich der Feuchtigkeit des Mauerwerks neben seiner Wange, und des fauligen Geruchs der zertretenen Blätter bewußt, der ihm in die Nase stieg.

Schreie durchschnitten die Luft, und Schritte näherten sich bedrohlich. Sein ganzer Körper schmerzte, doch die linke Hand gehorchte ihm noch und schloß sich um den Knauf des Messers, obwohl er wußte, daß er hoffnungslos unterlegen war. Er dachte daran, wie die grausamen Morde in den Zeitungen beschrieben worden waren.

»Heda! Was ist denn hier los?«

»Ist bei Ihnen alles in Ordnung, Sir?«

Es gelang ihm, sich auf dem Ellenbogen aufzurichten, um die beiden blaugekleideten Riesen zu begrüßen, die unvermittelt aus dem Nebel auftauchten. Londons Elite, dachte er benommen bei sich. Die Sonne war hinter Harrow Hill versunken. Die Kälte der Abenddämmerung kroch in seine Knochen.

»Nein«, erwiderte er, während einer der Bobbys ihm half, sich aufzusetzen. »Ich glaube, mein Handgelenk ist gebrochen.«

»Gott steh mir bei, Sir, was, zum Teufel . . .«

»Ich bin hierhergekommen, um in diesem Haus einen Freund von mir zu besuchen. Ich glaube, ich habe ein paar Einbrecher auf frischer Tat überrascht. Einer von ihnen hat mich angegriffen, aber es waren zwei – sie hatten einen Einspänner . . .«

Die Bobbys tauschten Blicke aus – sie waren beide große, rosagesichtige Männer, einer aus Yorkshire, seinem Akzent nach zu urteilen, und der andere Londoner mit kantigen Zügen. Asher konnte nicht anders, als sich den Blick sardonischer Abschätzung vorzustellen, mit dem Ysidro die beiden mustern würde. »Das Ding ist an uns vorbeigerast und hätte uns beinahe über den Haufen gefahren.«

»Ein rotbrauner Wallach, vorne mit weißen Fesseln«, berichtete Asher automatisch.

»Das hier hat er fallen lassen, Charley«, sagte der aus London stammende Polizist und nahm Ashers Revolver vom Boden auf; der Yorkshiremann warf einen Blick darauf, dann schaute er auf das blutige Messer, das Asher immer noch in der Hand hielt.

»Haben Sie immer eine Waffe dabei, Sir?«

»Nicht immer«, sagte Asher mit einem schiefen Grinsen. »Mein Freund – Dr. Grippen – sammelt antike Waffen. Dies hier hat man mir als Antiquität verkauft, und ich wollte wissen, was er darüber denkt.« Er zuckte augenblicklich zusammen; seine rechte Hand begann anzuschwellen und stechende Schmerzwellen durch seinen Arm zu jagen; seine linke war mit Schwellungen und Abschürfungen übersät.

»Hol lieber den Doktor, Bob«, sagte der Yorkshiremann. »Kommen Sie rein, Sir«, fügte er hinzu, während Bob mit eiligen Schritten den Weg hinunterlief. »Wahrscheinlich haben die gehört, daß niemand zu Hause ist.«

Als sie eintraten, schaute Asher sich in dem still daliegenden Salon um. »Da bin ich mir nicht sicher.«

Schwere Möbel aus dem siebzehnten Jahrhundert erhoben sich drohend aus den undurchdringlichen Schatten des Salons; hier und da war das Schimmern von Metall oder Glas zu erkennen. Der Bobby mit Namen Charley führte Asher zu einem massigen Eichensessel. »Sie bleiben am besten mal hier sitzen, Sir«, sagte er. »Sie sehen so aus, als hätte man Sie ganz schön in die Mangel genommen.« Doch im Klang seiner Stimme lag nicht nur tiefempfundenes Mitgefühl – Asher wußte, daß der Mann seine Geschichte nicht ganz glaubte. Doch jetzt hatte das kaum eine Bedeutung. Das einzige, was eine Bedeutung hatte, war die Tatsache, daß er nun eine Rückendeckung und einen guten Grund hatte, das Haus nach Lydia zu durchsuchen. Mit etwas Glück hatten die Mörder Grippen vernichtet, sie jedoch nicht gefunden, falls sie überhaupt hier war ...

»Wie haben Sie noch gesagt, war der Name von Ihrem Freund, Sir?«

»Der Besitzer des Hauses heißt Dr. Grippen«, sagte Asher. »Mein Name ist Professor James Asher – ich bin Dozent am New College in Oxford,« Er hielt seine geschwollene Hand auf die Brust gestützt; das Pochen war mittlerweile seinen ganzen Arm hochgezogen, und sein Kopf begann zu schmerzen. Er fischte eine Visitenkarte aus seiner Tasche. »Ich sollte mich heute nachmittag hier mit ihm treffen.«

Charley studierte die Visitenkarte eingehend, dann steckte er sie in eine Tasche seines Uniformrocks; offenkundig beruhigte es ihn etwas, daß er es mit einem Mann von Stand zu tun hatte. »Gut, Sir. Sie ruhen sich jetzt erst mal ein bißchen aus. Ich werd' mich mal ein wenig umschauen.«

Asher lehnte sich im Sessel zurück und kämpfte dagegen an, das Bewußtsein zu verlieren, während der Polizist das immer noch dunkler werdende Zimmer verließ. Der Schrecken des

Kampfes traf ihn nun mit ganzer Macht und benebelte seinen Verstand. Sein ganzer Körper schmerzte. Die Fratze des seltsamen Vampirs trieb durch seine Gedanken, farblos wie auch Ysidros Gesicht, doch ganz und gar nicht glatt und makellos – eher geschwollen, aufgedunsen, voller Eiterbeulen. Dünnste Strähnen blonden Haars hatten am Schädel geklebt; er versuchte, sich an Augenbrauen zu erinnern, doch er konnte es nicht – nur an diese riesigen Zähne, grotesk und überdimensional, und an den Haß, der ihn aus jenen blauen Augen angestarrt hatte.

Er zwang seinen Verstand wieder zur Wachsamkeit, dann fischte er die Dietriche aus seiner Manteltasche und legte sie unauffällig auf eine Anrichte in der Nähe der Balkontüren. Er vermutete, daß wohl schon genug Verdacht auf ihn fallen würde, ohne daß man auch noch diese Dinger bei ihm finden müßte. Nachdem er zum Sessel zurückgetaumelt war, begann er, im Geiste noch einmal die Einzelheiten durchzugehen: braune Jacke, Cord oder Tweed, etwas ländlich und nicht im geringsten zu dieser massigen Gestalt passend. Er schaute auf seinen linken Arm hinunter. Verkrustetes Blut klebte an den Rissen, die die Krallen in seinen Mantelärmel geschlagen hatten.

Lieber Gott, war es das, wozu Vampire wurden, wenn sie lange genug lebten? War es das, was die Pest zusammen mit anderen Organismen des Vampir-Syndroms anrichten konnte? Würde er schließlich Ysidro zur Strecke bringen und töten müssen, um zu verhindern, daß auch er sich in so etwas verwandelte?

Ihm wurde bewußt, wie unermeßlich viel Glück er hatte, überhaupt noch am Leben zu sein.

Der Name, schoß es ihm durch den Kopf. Die Stimme hatte einen Namen gerufen, gerade als sein Kopf gegen die Mauer geschlagen war. Seine Erinnerung war verschwommen: Da war das Scheppern des Pferdegeschirrs gewesen und das Rattern der davonrollenden Räder ...

Die Bilder verschwanden, und sein Bewußtsein glitt langsam in die Dunkelheit hinab.

»Sie!«

Eine kräftige Hand packte ihn und warf ihn wieder nach hinten gegen die Rückenlehne des Sessels. Sein Verstand klärte sich, und er sah Grippen, der sich drohend aus den Schatten des nunmehr völlig dunklen Zimmers erhob.

Die geschwollene Hand immer noch stützend gegen die Brust gepreßt, erwiderte Asher matt: »Lassen Sie mich in Ruhe, Lionel. Der Mörder ist hiergewesen. Grippen ...!« Denn der Vampir hatte sich mit einem Ruck umgedreht, und hätte Asher nicht noch einen Zipfel seines Umhangs zu fassen bekommen, so wäre er schon halb die Treppe hinauf gewesen. Grippen wirbelte herum, das vernarbte Gesicht dunkelrot vor ungeduldigem Zorn. Leise sagte Asher: »Das rothaarige Mädchen.«

»Welches rothaarige Mädchen? Laß mich gehen, Mann!«

Mühsam kämpfte Asher gegen eine Welle der Benommenheit an und erhob sich aus dem Sessel, um dem Vampir hinterher die Treppe hinaufzutaumeln.

Er fand Grippen in einem der oberen Schlafzimmer, einer Dachbodenkammer, die einst die Dienstmädchen beherbergt hatte. Er mußte erst eine der Kerzen aus dem Schlafzimmer anzünden, bevor er die schmale Stiege erklomm, keine sonderlich leichte Aufgabe, wenn man nur eine funktionstüchtige Hand zur Hilfe hatte. Obgleich draußen noch der letzte Hauch des Abendrots am Himmel schimmerte, waren alle Dachbodenfenster fest mit Läden vernagelt; in der Kammer war es so stockfinster wie in einer Pechgrube. Er konnte keinen Laut des Polizisten Charley hören, der sich in den oberen Regionen des Hauses herumbewegen wollte. Vermutlich lag er in einem der Schlafzimmer, versunken in eine Trance, die der Verstand des Meistervampirs über ihn gelegt hatte. Auch auf seinem eigenen Bewußtsein lastete dieser unnatürliche Schlaf schwer und wollte von ihm Besitz ergreifen, während er die Stufen hinaufwankte.

Aus der Dunkelheit drang Grippens Flüstern zu ihm herüber, so stimmlos wie der Hauch des Windes: »Um Gottes willen.« Das Kerzenlicht fing das samtene Schimmern seines ausgebreiteten Umhangs ein, und dahinter glitzerte poliertes Gold – die Beschläge eines Sarges.

Auf dem Dachboden stand ein Sarg.

Asher stolperte in das Zimmer hinein. Dabei stieß er mit dem Fuß gegen etwas, das sich mit einem leisen, scharrenden Geräusch über den Boden schob – eine Brechstange. Grippen kniete neben dem Sarg und starrte entsetzt auf das, was darinlag. Ashers Blick glitt zu den Fenstern hinüber; die Bretter waren teilweise gelockert und mit Kerben übersät, doch ansonsten unversehrt. Die Mörder schienen durch sein Auftauchen gestört worden zu sein.

Grippen flüsterte abermals: »Um Gotten willen.«
Asher trat wortlos an seine Seite.
Im Sarg lag Chloé Winterdon, den Kopf zwischen den gelösten Locken ihres goldenen Haars leicht zur Seite gewandt, den Mund geöffnet, die Augen in einem Ausdruck des Grauens erstarrt. Sie war offenkundig tot, beinahe verwelkt, das weiße Fleisch eingesunken bis auf die Knochen.
Das leicht blutige, flachgehämmerte Ende eines Pflocks ragte zwischen ihren Brüsten auf.
An ihrem Hals waren aufgerissene, weiße Bißwunden zu erkennen.
Mit leiser Stimme sagte Grippen: »Ihr ist das ganze Blut ausgesaugt worden.«

17

Zumindest, überlegte Asher mit bitterer Ironie an irgendeinem Punkt während der langen Stunden zwischen halb sieben und zehn, als er endlich wieder aus dem Charing Cross Revier entlassen wurde, konnten sie ihn nicht wegen des Mordes an Chloé Winterdon anklagen. Doch nur, weil Grippen die Leiche des blonden Mädchens zärtlich auf seine Arme gehoben hatte und damit durch irgendein Schlupfloch im Dach verschwunden war, so daß Asher sich allein der ermüdenden Aufgabe gegenübersah, irgendeine Geschichte zu erfinden, die er der Polizei erzählen konnte.

Im Verhör erklärte er, daß er ein Freund von Dr. Grippen wäre, daß er ob der vagen Möglichkeit zu dem Haus gekommen sei, daß eine gemeinsame Bekannte, Miss Merridew, bei dem Doktor Zuflucht gesucht hätte; sie war schon seit mehreren Tagen vermißt. Nein, er hatte es zuvor noch nicht der Polizei gemeldet – er war gerade erst aus Paris zurückgekehrt und hatte bei seiner Rückkehr feststellen müssen, daß sie verschwunden war. Nein, er wußte nicht, wo man Dr. Grippen erreichen konnte. Nein, er konnte sich nicht vorstellen, weshalb die Einbrecher silberüberzogene Kugeln in ihrem Revolver hatten. Sie ließen keine Bemerkung über die Bißwunden an seinem Hals und seinen Handgelenken fallen, was ihm mehr als recht war.

Es regnete, als er nach draußen trat, ein feiner, melancholischer Nieselregen. Erschöpfung und Müdigkeit ließen ihn bis ins Mark frösteln, als er die Stufen des Polizeireviers hinunterging. Sein brauner Ulster flatterte wie ein Segel um ihn herum, während er den rechten Arm in einer Schlinge darunter verschränkt hielt. Selbst mit der Spritze, die er erhalten hatte, waren die Schmerzen noch höllisch. Beinahe die Hälfte der Nacht war verstrichen, und er war auf seiner Suche nach Lydia noch nicht einen Schritt weitergekommen.

Am Ende der Straße war ein Droschkenstand. Er wollte sich gerade dorthin begeben, als sich plötzlich neben ihm eine dunkle Gestalt aus den nebligfeinen Regenschwaden materialisierte. Eine kräftige Hand packte seinen Ellenbogen. »Sie kommen mit mir.«

Es war Grippen.

»Gut«, sagte Asher matt. »Ich möchte mit Ihnen reden.« Nach dem Vampir, der ihn angegriffen hatte, beeindruckte ihn Grippen längst nicht mehr so wie zuvor.

Ysidro wartete ein kleines Stück die Straße hinunter in einer vierrädrigen Droschke auf sie. »Sie haben ganz schön lange gebraucht«, bemerkte er, und Asher unterdrückte mühsam den Wunsch, ihm einen Faustschlag zu versetzen, während er sich neben ihm in den Sitz fallen ließ.

»Ich hab' mir ein paar Stunden für ein Abendessen im Café Royal und ein kleines Nickerchen freigenommen«, erwiderte er statt dessen. »Wenn Sie etwas früher aufgetaucht wären, dann hätten Sie mir beim Kaffee Gesellschaft leisten können. Sie haben dort sehr hübsche Kellner.« Die Droschke setzte sich mit einem Ruck in Bewegung, und die Räder rutschten mit einem leisen zischelnden Laut über das nasse Pflaster; Ashers Arm pochte schmerzhaft in seiner Schlinge. »Lydia ist verschwunden. Und ich habe den Mörder gesehen.«

»Lydia?« fragte Grippen verwirrt.

»Meine Frau.« Ashers braune Augen verengten sich zu kleinen Schlitzen, als er zu dem Vampir in seinem regennassen Abendumhang hinüberschaute, dessen flacher, eckiger Kopf im Schatten unter der Krempe seines seidenen Zylinders kaum zu erkennen war. »Das rothaarige Mädchen, nach dem ich Sie gefragt habe und deren Leben der Lohn ist, den man mir angeblich für meine Nachforschungen zahlen will.« Kalte Wut stieg in ihm auf, über Ysidro, über Grippen, über die ganze Bande und am meisten über sich selbst, weil er Lydia in diese Sache hineingezogen hatte.

»Ah«, stieß der Vampir leise hervor, und seine harten, grauen Augen wanderten zu Ysidro. »Ich hatte mir schon Gedanken darüber gemacht.«

»Sie ist die ganze Zeit über in London gewesen und hat mir bei meinen Nachforschungen geholfen«, sagte Asher.

»Ich wußte natürlich, daß sie Oxford verlassen hatte. Ich hätte nicht gedacht, daß Sie sie hierherbringen würden.«

»Damals erschien es mir als eine gute Idee«, erwiderte Asher unwirsch. »Es ist ihr gelungen, die meisten Ihrer Schlupfwinkel und all Ihre Decknamen herauszufinden, bevor sie verschwunden ist. Und wenn Sie sie nicht verschleppt haben«, fügte er hinzu und schaute zu Grippen hinüber, dessen Gesicht röter und röter wurde, als sich Wut zu dem Blut gesellte, an dem er sich an diesem Abend verköstigt hatte, »dann vermutete ich, daß sie auch den Mörder gefunden hat. Also sagen Sie mir jetzt die Wahrheit: Haben Sie sie verschleppt? Und ist sie tot?«

»Sie vergeuden Ihren Atem«, erwiderte der Meistervampir von London langsam. »Ich hab' keine rothaarige Dirne gesehen. Das schwör' ich bei allem, was mir heilig ist.«

Asher holte tief Luft. Ein leichtes Zittern lief in nervösen Wellen über seinen ganzen Körper, die Reaktion auf Wut, Erschöpfung und Schmerz. An irgendeinem Punkt der Geschehnisse hatte er seinen Hut verloren, und sein braunes Haar fiel ihm nun in die Stirn.

Aus der Ecke der Droschke ertönte Ysidros helle, uninteressiert klingende Stimme: »Erzählen Sie uns von dem Mörder.«

Asher seufzte. «Er war – monströs«, sagte er langsam und gedehnt. »Abscheulich. Wie von gräßlichen Krankheiten zerfresssen. Doch ohne Zweifel ein Vampir. Er war ausgebleicht, wie Sie es sind, Ysidro, doch seine Haut war von Aussatz bedeckt und pellte ab. Er war größer als ich, wohl einen Zoll größer als Grippen. Blondes Haar, doch nicht viel davon; es fällt aus, glaube ich. Blaue Augen. Er hatte einen menschlichen Gehilfen – ich habe seine Schritte gehört, als er die Treppen vom Dachboden hinuntergelaufen ist, und später hat er die Kreatur von mir fortgerufen; und das ist höchst seltsam, wenn man bedenkt, daß das Wesen auf Mordzüge geht und sieben oder neun Menschen auf einmal abschlachtet. Ich persönlich würde es mir sicher zweimal überlegen, ob ich mit dieser Kreatur irgendwo in einer geschlossenen Kutsche hinfahren würde.«

»Kreatur«, sagte Don Simon leise.

»Es war kein Mensch.«

»Das sind wir auch nicht.«

Die Droschke hielt am oberen Ende des Savoy Walk. Grippen bezahlte den Fahrer, und die beiden Vampire gingen mit ihrem menschlichen Gehilfen den langen Tunnel der Schatten hinunter zu der hochaufragenden, barocken Schwärze von Ernchester House am anderen Ende. In dem Moment, als sie die rußbeschmierten Marmorstufen hochstiegen, öffnete sich ein Flügel der geschnitzten Tür und gab den Blick frei auf die Farrens, die als eine Silhouette direkt im Eingang standen.

»Ich fürchte, sie ist wirklich tot.« Anthea führte sie die lange Treppe hinauf zu einer kleinen Kammer im hinteren Teil des Hauses, die früher einmal als Näh- oder Schreibzimmer gedient hatte. Das Dunkelrot ihres Kleides schien wie getrocknetes Blut gegen die milchig-samtige Weiße ihres Busens und ihres Gesichts. Ihr dickes Haar war nach der neuesten Mode aufgesteckt. Dagegen wirkte ihr Gesicht angespannt, erschöpft und verängstigt, als würde ihr Geist nun gegen all den Druck ankämpfen, der sich über die Jahre aufgebaut hatte. Ernchester, der dicht an ihrer Seite ging, sah noch weitaus mitgenommener aus. »Der Zersetzungsprozeß ist noch nicht weit fortgeschritten, doch er hat begonnen.«

»Das kann nicht sein«, knurrte Grippen. »Nicht, wenn es so kalt ist . . . Sie dürfte kaum steif sein.«

»Sprechen Sie aus Ihrer Erfahrung mit menschlichen Leichen?« erkundigte sich Asher. »Die Pathologie eines Vampirs ist völlig anders.«

Anthea hatte eine ihrer Samtumhänge über das zierliche Regency-Sofa in dem kleinen Salon gelegt. Gegen den dicken, kirschschwarzen Samt wirkte Chloés Haar beinahe weiß. Es lag in Wellen und schweren Lockenringen ausgebreitet und ergoß sich von dort bis auf den Boden. Es erinnerte Asher daran, wie

Lydias gelöstes Haar ausgesehen hatte, damals im Schein der Lampe in seinem Arbeitszimmer. Chloés Augen und ihr Mund waren geschlossen worden. Doch auch das änderte nichts an dem schrecklichen, eingesunkenen Aussehen ihres Fleisches und der grausigen, wächsernen Bleiche ihrer Haut. Sie war wunderschön gewesen, erinnerte sich Asher, wie eine in Renaissance-Gold gefaßte barocke Perle. Versteinert, hatte Lydia gesagt, jede einzelne Zelle ersetzt durch etwas, das kein menschliches Fleisch mehr war, und eine Psyche, die ersetzt war durch etwas, das kein menschlicher Verstand mehr war.

Ein zweiter Umhang deckte sie zu; über die Jahre mußte Anthea mit der wechselnden Mode Hunderte davon angesammelt haben. Dieser Umhang war ebenfalls schwarz und mit Rüschen und Stickereien verziert; darunter leuchtete Chloés rosafarbenes Kleid wie ein letzter Strahl der untergehenden Sonne, der sich durch zwei Wolkenbänke drängt. Asher griff mit der linken Hand nach vorn und zog den Umhang beiseite, um einen Blick auf die riesigen Bißwunden an ihrem Hals zu werfen. Dann schüttelte er nachdenklich den zweiten Ärmel seines klammen Ulsters herunter und ließ das schwere Kleidungsstück zu Boden gleiten. Mit einer leichten Bewegung ließ er den Ärmel seines Cordjacketts ein paar Zoll nach oben rutschen, so daß sein Handgelenk freilag, und streckte seine Hand Anthea entgegen. »Würden Sie mir bitte die Manschette öffnen?«

Sie tat es, wobei sie vorsichtig darauf achtete, nicht mit der Silberkette in Berührung zu kommen, die immer noch um sein Handgelenk lag. Selbst der flüchtige Griff, mit dem die Kreatur ihn gepackt hatte, hatte genügend Kraft besessen, um einen schmalen Kranz aus Abschürfungen und rotverfärbten Fingerabdrücken zu hinterlassen.

Direkt unterhalb Ashers Daumen befanden sich Bißwunden, die die Fänge der Vampire hinterlassen hatten, mittlerweile verschorft wie auch das wohl halbe Dutzend an seinem Hals. *Ein Souvenir aus Paris,* dachte er mit trockenem Galgenhumor. Er kniete sich neben Chloés Leiche und verglich die Bißspuren. Sie waren nicht halb so groß wie die zerfetzten weißen Löcher in der Haut des Mädchens.

»Seine Fänge waren riesig«, sagte er leise. »So grotesk lang wie die eines Vampirs auf einer Laienbühne; es wäre fast komisch, wenn es nicht so beängstigend und schrecklich wäre. Sie sind über die Lippe gewachsen, so daß sie das Fleisch aufreißen...« Seine Finger bezeichneten die Stelle unter seinem buschigen Schnurrbart, und Ysidros Augen verengten sich augenblicklich zu Schlitzen. »Es hatte sich noch keine Hornhaut gebildet, also ist es etwas, was erst vor kurzem entstanden ist.«

»Das ist die reinste Narretei«, knurrte Grippen unwirsch. »Hätten wir nicht längst gewußt, wenn ein Vampir umgeht, der sich von anderen Vampiren nährt?«

»Was geschieht mit einem Vampir«, fragte Asher und sah von Chloés Hals auf, »der das Blut anderer Vampire trinkt?«

Grippens Stimme klang barsch. »Die anderen Vampire töten ihn.«

»Warum?«

»Warum steinigen die Menschen diejenigen, die die Leichen der Toten essen, Kindern Gewalt antun, Tiere lebendig aufschneiden, um ihre Schreie zu hören? Weil es abartig ist.«

»Es gibt so wenige von uns«, fügte Anthea leise hinzu, während ihre kräftigen Finger über die massigen Juwelen aus Gagat und Hämatite strichen, die auf ihrem Busen glitzerten, »und das Leben, das wir im Schattenreich des Todes führen, ist ein solch gefährliches, daß wir keinen Verräter in unserer Mitte dulden können, aus Furcht, daß sonst alle sterben müßten.«

»Und weil es«, flüsterte Ysidros helle Stimme, »die größte Versuchung, die größte Trunkenheit von allen bedeutet, den Tod eines Vampirs aufzusaugen, von einem Geist zu trinken, der so reich ist, so tief und so voller Farben des Lebens.«

Schweigen füllte den Raum. Das seidige Trommeln des Regens drang schwach durch die Stille hindurch, gedämpft vom schimmelnden Brokat der Fenstervorhänge. Dann knurrte Grippen plötzlich:

»Du sodomistischer spanischer Hurensohn — so was muß ja von *dir* kommen.«

Von einem Sessel nahe der Couch aus in seiner üblichen aufrechten Haltung, fuhr Ysidro unerschütttert fort: »Doch die Frage ging nicht um Leben oder Tod, sondern einfach um Blut. Wir können physische Nahrung auch im Blut eines Tieres finden oder in dem eines Menschen, auch wenn wir ihn nicht dabei töten — wie Sie selbst bestätigen können. James.« Von dem hellen, kühlen Tonfall hätte man nie erahnen können, daß er in Paris darum gekämpft hatte, Asher vor diesem Tod zu bewahren. »Auch nur eine kleine Menge des Blutes eines anderen Vampirs zu trinken, ist abstoßend für uns, nachdem unser Körper die Verwandlung durchgemacht hat. Ich habe gehört, daß es oft zu Übelkeit führt.«

»Dann ist es also versucht worden.«

Der Vampir verschränkte die schlanken Hände um sein Knie. Ein kaum wahrnehmbares Lächeln spielte um seine Mundwinkel, doch seine schwefelgelben Augen lagen weiterhin in tiefem Schatten verborgen. »Alles ist schon einmal versucht worden.«

Die anderen, die immer noch um die auf der Couch liegende Leiche von Chloé herumstanden, schauten ihn mit unruhigen Augen an, mit Ausnahme von Ernchester, der einfach nur in der Dunkelheit einer Ecke auf einem Stuhl saß und auf seine weißen, unbeschäftigten Finger hinunterstarrte, die er hin und her wandte, als wären sie irgendein seltsames, unbekanntes Geschwür, das er plötzlich am Ende seiner Arme entdeckt hatte.

»Dann würde das Trinken des Blutes eines anderen Vampirs, ob man ihn dabei nun tötete oder nicht, nicht diese Art von Veränderung hervorrufen?«

»Nein«, erwiderte Ysidro in jenem vorsichtigen Ton, den er zu Beginn der Nachforschungen benutzt hatte, »zumindest nicht bei denen, die ich kannte.«

»Und wer war das?« knurrte Grippen unwirsch.

»Da sie nun schon lange tot sind«, erwiderte der spanische Vampir, »ist es wohl kaum von Bedeutung.«

»Und wie steht es mit Vampiren, die noch älter waren, als Bruder Antonius es jetzt ist, und die Sie gekannt oder von denen Sie gehört haben?«

Ysidro dachte eine Weile nach, noch immer so reglos wie ein Votivbild aus Alabaster, die Augen halb geschlossen. »Rhys der Spielmann war beinahe fünfhundert Jahre, als er im Feuer umkam – wenn er umgekommen ist. Wie bei Antonius waren seine Kräfte und sein Geschick größer geworden; wie Antonius ist er zumindest in einem gewissen Rahmen unempfindlich gegen Silber geworden und vielleicht auch gegen Sonnenlicht, obgleich ich mir da nicht sicher bin. Man hat ihn immer weniger zu Gesicht bekommen. Ich weiß, daß er regelmäßig Blut trank und nie irgendwelche Anzeichen einer Anormalität zeigte. Ich habe nie herausgefunden, wie alt Johannes Magnus wirklich war . . .«

Anthea, die mit der Hüfte gegen das geschwungene Kopfende der Couch lehnte, meldete sich zu Wort: »Tulloch der Schotte hat mir einmal von Vampiren in China und Asien erzählt, die Tausende von Jahren lebten: todeslos.«

»Und leblos«, flüsterte ihr Mann hinter ihr, beinahe unhörbar.

Zu Asher gewandt, der immer noch neben Chloés leblosem Körper hockte, bemerkte Ysidro: »In der Regel ist es etwas, das uns nicht betrifft, und ich vermute, daß die meisten von uns auch nichts davon wissen wollen.«

»Was wäre auch der Punkt dabei?« fragte Grippen trotzig.

»Der Punkt ist, meine teurer Doktor, zu wissen, ob dieses anormale Krankheitsbild etwas ist, dem wir alle entgegensehen müssen.«

»Solch ein Gewäsch kann auch nur von einem Popenanbeter kommen!«

»Was ist das?« Asher hob Chloés Arm hoch, der leblos und schlaff in seinem Griff hing. Er fragte sich, ob das Vampirfleisch wohl in Totenstarre verfiel, wenn sie starben. Das war auch eins der Dinge, die Lydia sicher wissen wollte . . . Hastig verdrängte er den Gedanken an Lydia wieder aus seinem Bewußtsein. Die Knöpfe an Chloés Ärmel waren alle geöffnet worden, und der weiße *point d'esprit* fiel von dem eisigen Fleisch zurück, um den Blick auf eine kleine Wunde, wie den Einstich einer Nadel, auf der Innenseite des Ellenbogens freizugeben. »War ihr Ärmel auf diese Art aufgeknöpft, als Sie sie fanden, Lionel?«

Von Gram gebeugt schüttelte er den Kopf. »Gottes Leib, ich weiß es nicht! Als wenn ich nicht andere Sachen nachzusehen hatte . . .«

»Ja, er war es«, erwiderte Anthea. »Warum?«

»Weil hier eine kleine Wunde ist – sehen Sie.«

Sie drängten sich näher um ihn herum – Ysidro stand aus seinem Sessel auf, und selbst Ernchester erwachte stolpernd aus seiner Lethargie, um einen Blick über die Schulter seiner hochgewachsenen Frau zu werfen.

»Das ist gemacht worden, als sie starb oder danach«, sagte Ysidro nach einer Weile, während seine langen Finger über das durchstochene Fleisch strichen. »Eine derart kleine Wunde würde bei einem von uns beinahe augenblicklich verheilen. Sehen Sie?« Mit teilnahmsloser Gewandtheit zog er die perlenbesetzte Nadel aus seiner grauen Seidenkrawatte und stieß die Spitze tief in sein eigenes Handgelenk. Als er sie wieder herauszog, trat ein kleiner Blutstropfen aus, und er wischte ihn anmutig mit einem Schnupftuch fort. Für einen Augenblick konnte Asher ein kleines Loch erkennen, das sich sofort, buchstäblich vor seinen Augen wieder schloß.

»Das Ding hatte sie auch nicht, als sie gemacht wurde«, warf Grippen ein und beugte sich vor. Seine Worte wurden von dem unerträglichen Gestank von Blut begleitet. Asher wurde bewußt, daß der Meistervampir auf Jagd gewesen sein mußte, während er und Ysidro darauf gewartet hatten, daß er selbst seine Angelegenheiten mit der Polizei in Charing Cross regelte; es war für ihn beinahe etwas geworden, das nur noch akademisches Interesse in ihm weckte. »Ich hab' jeden Zoll ihres Körpers gekannt, und er war so makellos wie frisches Leinen.«

Er warf Asher einen schrägen Blick zu, und in seinen grauen Augen funkelte ironische Boshaftigkeit. »Wir sind, wie wir waren, als wir gemacht wurden, mein Herr. Ich hatte dies hier . . .« Er streckte eine massige, haarige Pranke vor, um eine kaum sichtbare Narbe zu zeigen, die über den Rücken verlief. ». . . von so einem verdammten Langobarden, dem ich einen Abszeß rausgeschnitten hab', und bei dem Holzkopf war jeder Zentimeter mit dem Skalpell ein Kampf auf Leben und Tod, verdammt soll er sein.«

»Wie Dantes Verdammte«, murmelte Ysidro leichthin, »erneuern wir uns auf ewig von den Wunden, die man uns in der Hölle zugefügt hat.« Ernchester vergrub das Gesicht in den Händen und wandte sich ab.

»Interessant.« Asher wandte seine Aufmerksamkeit wieder dem weißen Arm in seinem zarten Leichentuch aus Spitze zu. »Es ist so, als hätte man ihr Blut nicht nur getrunken, sondern mit einer Nadel abgezapft.«

»Ein genügsamer Schurke.«

»Nicht ganz so genügsam, wenn er die Angewohnheit hat, neun Menschen in einer Nacht abzuschlachten.« Antheas dunkelbraune Brauen zogen sich zu einem Stirnrunzeln zusammen.

»Dann also sein menschlicher Freund?«

»Welche Verwendung hätte ein Lebender für das Blut eines Vampirs?«

Grippen zuckte mit den Achseln. »Wenn er ein Alchimist wäre. Ich hab' viel davon verkauft in jenen Tagen, als meine eigenen Adern noch nicht davon überquollen . . .«

»Ein Alchimist«, wiederholte Asher langsam und erinnerte sich daran, wie Lydia an dem steinigen Ufer eines Sees aus kochendem Blut entlangschlenderte, ein Reagenzglas in ihrer Hand. Wie sie sich hinunterbeugte, um eine Probe zu nehmen . . . *Ich wollte ihn medizinisch untersuchen,* hatte sie gesagt ... Die Artikel über die Viren des Blutes in ihrem Zimmer ...

»Oder ein Arzt.« Abermals schaute er zu den Vampiren auf, die sich um ihn versammelt hatten – Ysidro, Grippen und die Vampircountess von Ernchester. »Bringen Sie mich wieder zu Lydias Unterkunft. Es gibt dort etwas, was ich mir unbedingt ansehen muß.«

»Ein Arzt hätte die Instrumente, um Blut abzuzapfen und um es aufzubewahren, wenn es erst einmal abgezapft ist.« Asher saß an Lydias Schreibtisch und durchblätterte das Durcheinander von Notizen und Listen, die seine Frau in ihrer ausschweifenden Handschrift niedergeschrieben hatte, nahm sie auf, legte sie wieder fort und suchte dann unter den aufgetürmten Papieren nach mehr. Er war so müde, daß sein ganzer Körper schmerzte, doch er verspürte auch eine seltsame, brennende Leichtigkeit wie sooft mitten bei einem seiner Einsätze.

»Das ist schon sehr peinlich«, bemerkte Ysidro, während er die Straßenkarte mit all ihren bunten Stecknadeln studierte. »Ich wußte ja gar nicht, daß du nach einem so klar erkennbaren Muster jagst, Lionel.«

»Wenigstens lasse ich mein Aas nicht überall liegen, wo die jungen Mädels drüber stolpern, wenn sie zu ihren jungen Burschen gehen«, gab Grippen zurück und drehte unwirsch einen Zeitungsausschnitt um. »›Bermondsey Schlitzer‹, fürwahr!«

»Ich glaube, das war Lotta.« Ysidor kam herüber und stellte sich neben Asher, der seine Aufmerksamkeit einem Stapel medizinischer Journale zugewandt hatte, die auf dem Bett lagen. Er schlug die markierten Artikel auf und machte sich im Geist eine Notiz über die behandelten Themen: *Einige Aspekte von Bluterkrankungen; übersinnliche Phänomene, Erbmerkmal oder Scharlatanerie; Das Heranzüchten eines besseren Briten.* »Was könnte ein Arzt mit einem Vampir anfangen?«

»Ihn studieren«, erwiderte Asher prompt. »Sie müssen einem wissenschaftlichen Verstand einiges nachsehen – wenn Lydia Sie treffen würde, dann würde sie Ihnen schon binnen der ersten fünf Minuten in den Ohren liegen, Ihnen eine Blutprobe abnehmen zu dürfen.«

»Hört sich wie Hyacinthe an«, bemerkte Ysidro. »Doch das erklärt immer noch nicht, wie diese Partnerschaft zustandegekommen ist – warum ein Vampir für einen Menschen arbeitet, selbst wenn es ein Arzt ist . . .«

»Nicht?« Asher blickte von den Seiten der Journale auf. »Ich kann mir nur einen Grund vorstellen, warum ein Vampir eine Partnerschaft mit einem Arzt eingehen und ihm offenbaren würde, wer und was er ist – derselbe Grund, weshalb Sie eine Partnerschaft mit mir eingegangen sind. Weil er seiner Dienste bedurfte.«

»Alles Geschwätz«, knurrte Grippen und kam näher heran, so daß er wie ein hoher Turm über ihm aufragte. »Wir sind frei von allen sterblichen Zipperlein . . .«

»Und wie steht es mit den unsterblichen?« schnitt Asher ihm das Wort ab. »Falls der Vampirismus-Virus begonnen hätte, sich zu mutieren, sei es als Resultat eines vor langer Zeit erfolgten Kontakts mit der Pest oder aus anderen Gründen . . .«

»Virus fürwahr! Krankheiten kommen von den Säften des Körpers . . .«

»Dann sind es eben die Säfte. Und wenn die Säfte des Vampirkörpers aus dem Ungleichgewicht geraten«, fuhr Asher gelassen fort, »was soll ein Vampir dann machen? Sagen wir, ein Vampir, der im geheimen gelebt hat, sich versteckt gehalten hat, selbst vor anderen Vampiren; wenn er plötzlich ein unstillbares, verzweifeltes Verlangen nach dem Blut anderer Vampire verspürte oder sich in Gefahr wüßte, jeden Augenblick auszubrechen und wahllos alles abzuschlachten auf der Suche nach menschlichem Blut, was ja, wie Sie gesagt haben, manchmal als Symptom bei einigen von denen aufgetaucht ist, die der Pest ausgesetzt waren. Wenn er feststellen würde, daß er sich in jenes Monstrum veränderte, das ich in Ihrem Haus gesehen habe, Grippen – wenn er wüßte, daß eine solche Entwicklung unweigerlich zu seiner Vernichtung führen würde – wäre es dann nicht nur logisch, wenn er sich Hilfe suchte, wo immer er sie finden kann?«

Grippen sah verwirrt und wütend aus, die schwarzen Brauen zusammengezogen wie die eines gereizten Stieres; Ysidros Gesicht neben ihm war so unergründlich wie immer.

»Das mag auch die neuerliche Sensibilität gegenüber Silber erklären«, bemerkte der Spanier. »Und natürlich auch die Wunden in seinem eigenen Fleisch, die durch den Wuchs der Fänge herbeigeführt wurden. Und Sie glauben also, daß dieser Vampir, wer immer er war, seinen Mediziner auf dieselbe Weise ausgewählt hat, wie ich Sie ausgesucht habe -- durch Artikel in Journalen?«

»So muß es gewesen sein«, erwiderte Asher. »Abhängig davon, wer es ist, könnte er den Arzt zur Arbeit zwingen, wie Sie mich zwingen – mit einer Drohung gegen das Leben eines Menschen, der ihm lieb ist. Vielleicht ist das noch nicht einmal nötig. Manche Ärzte wären begeistert von der Möglichkeit, einen bisher unbekannten Virus zu erforschen, und es würde ihnen auch nichts ausmachen, wenn sie dabei mit einem Mörder zusammenarbeiten müßten. Oder vielleicht«, fügte er scharf hinzu, und sein Blick richtete sich plötzlich starr auf Ysidro, »glaubt er ja auch wie Calvaires Freunde, daß er am Ende siegen wird und daß sein Partner ihn nicht töten wird, wenn es vorüber ist.«

Ysidros frostkalte Augen erwiderten ausdruckslos seinen Blick. »Ich bin ganz sicher, daß er sich in keiner Gefahr befindet, solange es noch eine Verwendung für ihn gibt.« Er wandte sich ab und blätterte durch die Unterlagen, die auf dem Bett verstreut lagen. »Und wenn ich Sie recht verstehe, so hat Mistress Lydia den medizinischen Helfershelfer auf dieselbe Art und Weise aufgespürt? Durch die Journale?«

»Das denke ich.« Asher wandte sich wieder seiner eigenen Suche zu, wobei er die Seiten ungelenk mit seiner einen gesunden Hand umblätterte. »Vielleicht hatte sie vorerst nur eine Liste mit Verdächtigen und hat sie einen nach dem anderen ausgesucht. Das würde erklären, weshalb sie ihre Waffen nicht mitgenommen hat – das silberne Messer, den Revolver oder das Silbernitrat ...«

»Silbernitrat?« Ysidro schaute von der Liste auf, die er vom Boden gefischt hatte. »Nun denn«, fügte er milde hinzu. »Ich sehe schon, daß wir uns alle wieder einmal dem ermüdenden Umstand des Wohnungswechsels unterziehen müssen. Besitzt du wirklich unter dem Namen Bowfinch ein Haus am Caswell Court, Lionel?«

»Das geht dich gar nichts an!«

»Sowieso eine ganz scheußliche Gegend. Überall Kneipen – man kann nicht auf die Jagd gehen, ohne dabei total besoffen zu werden. Dies hier ist mir allerdings nicht bekannt ...«

»Das war eins von Dannys'.«

»Ich bin überrascht, daß er keine Flöhe bekommen hat. Und in dem Haus in Hoxton möchte ich noch nicht einmal begraben sein, ganz zu schweigen davon, darin bei Tage zu schlafen. Woher hat sie denn eigentlich das Silbernitrat?«

Asher deutete mit dem Kopf auf das kleine Samtetui. Ysidro nahm vorsichtig die Spritze hoch, doch berührte nicht die schimmernden Kristallampullen. »Als Ärztin hatte sie Zugang dazu – es wird als ein Antiseptikum verwendet, glaube ich. Ich weiß, daß die meisten Ärzte kleine Mengen bei sich tragen.«

»Das hier ist wohl kaum eine kleine Menge«, bemerkte der Vampir, während er die Spritze zurück in das Etui legte. »Es muß eine ganze schöne Summe gekostet haben.«

»Das kann gut möglich sein«, sagte Asher. »Doch Lydia ist eine reiche Erbin, und sie hatte immer die Kontrolle über ihr eigenes Geld – obgleich ich vermute, daß ihr Vater es nicht auf diese Weise geregelt hätte, wenn sie einen etwas respektableren Mann als einen mittellosen Dozenten vom College ihres Onkels geheiratet hätte. Ich vermute, sie hatte vor, das Silbernitrat intravenös zu verabreichen. Das würde einen Menschen mit Sicherheit töten, ganz zu schweigen von einem Vampir. Es war sehr naiv gedacht von ihr«, fügte er leise hinzu. »Der psychische Schutzschild eines Vampirs allein hätte schon verhindert, daß sie nahe genug herangekommen wäre, und sie hatte offenkundig keine Vorstellung, mit welcher Schnelligkeit ein Vampir zuschlagen kann.«

»Hier ist noch mehr von den verdammten Dingern.« Grippen kam mit einem Stapel Journalen herüber, die auf dem Sekretär aufgetürmt gewesen waren.

Asher schlug die mit Eselsohren markierten Seiten auf. *Virus-Mutationen. Die Interaktion von verschiedenen Viren in einem Medium. Die Pathologie übersinnlicher Phänomene. Eugenik für die nationale Verteidigung. Physische Ursprünge sogenannter übersinnlicher Phänomene. Das Isolieren eines Viruskomplexes in einer Serumlösung.*

Er hielt inne und ging noch einmal die Artikel durch.

Sie stammten alle von Horace Blaydon.

Leise sagte er: »Dennis Blaydon war ein Freund von Bertie Westmoreland. Er muß Lotta gekannt haben. Und durch ihn hätte Calvaire – und mit wem auch immer Calvaire sich verbündet hat – natürlich auch von Blaydon erfahren.«

18

Es war beinahe drei Uhr früh, und die Fenster von Horace Blaydons hohem, braunem Backsteinhaus an der Queen Anne Street waren allesamt dunkel.

»Können Sie etwas hören?« flüsterte Asher aus dem Schutz der Straßenecke zur Harley Street. »Ist niemand im Haus?«

Ysidro stand im Schein der Straßenlaternen da und beugte den Kopf nach vorn, so daß sein farbloses Haar über seine hageren Züge fiel; die schweren Lider seiner Augen schlossen sich. Die Stille in diesem Teil des West Ends war vollkommen, tief eingesunken in den Schlaf der Wohlhabenden und der Selbstgerechten, die nichts von Vampiren wußten, was über die Titelseiten der Groschenhefte hinausging, und kaum einen Gedanken darüber verschwendeten, wie ihre Regierung an ihre Informationen über die Deutschen kam. Der Regen hatte aufgehört. In einer Gasse fauchten zwei Katzen einander an – Liebhaber oder Rivalen der Liebe. Asher konnte kaum den Ruck erkennen, mit dem Ysidro den Kopf zur Seite neigte, um zu lauschen und die Geräusche zu identifizieren.

Nach einer Weile flüsterte er zurück: »Auf diese Entfernung ist das schwer zu ergründen. Mit Sicherheit befindet sich niemand im oberen Teil des Hauses, doch manchmal haben die Bediensteten ihre Zimmer auch im Keller.«

»Es muß hier sein«, hauchte Asher. »Sein Landsitz ist schon seit Jahren unbewohnt und liegt gut dreißig Meilen entfernt. Er ist mit der medizinischen Forschung beschäftigt – er hat also keine Praxis, um die er sich Sorgen machen muß. Seine Frau ist vor einigen Jahren verstorben, und sein Sohn ist bei der königlichen Leibgarde. Es dürfte nicht schwerfallen, ihn unter irgendeinem Vorwand von hier fernzuhalten. Er ist nicht sonderlich klug.«

»Er müßte schon sehr dumm sein«, sagte Ysidro murmelnd, »wenn er nicht merken würde, daß man seinen Vater in ein ebensolches Bündnis gezwungen hätte, wie ich Sie gezwungen habe.«

Asher preßte sich flach gegen die Ecke des Hauses und ließ seinen Blick über die verlassene Straße schweifen. »Seien Sie ganz ruhig.«

Es war schwer zu sagen, ob das leise Geräusch, das aus der Dunkelheit zu ihm herüberdrang, ein Kommentar oder ein Lachen war. Dann sagte Ysidro leise: »Sie kennen diesen Blaydon. Ist es möglich, daß wir ihn für unsere Seite gewinnen könnten – ihn umdrehen könnten, wie man es in ihrem Foreign Office auszudrücken pflegt?«

»Das hängt davon ab, was sein Verbündeter ihm erzählt hat.« Die Straße vor ihnen war völlig still. Das Licht der Laternen schimmerte wie Metallsplitter auf dem Wasser der Rinnsteine. Wenn Ysidro nichts hören konnte, dann war es nur verständlich, daß auch Asher nichts wahrnahm. Dennoch waren Ashers Nerven aufs äußerste gespannt, um auch nur den kleinsten Laut zu erhaschen. »Ich habe Blaydon nie wirklich kennengelernt – ich habe Lydia hin und wieder von seinen Vorlesungen abgeholt und war ein paarmal in The Peaks gewesen. Ich glaube, es gefiel ihm nicht, daß ich das Vermögen der Willoughbys geheiratet hatte, statt es seinen Sohn tun zu lassen. Horace ist ein halsstarriger und selbstgerechter alter Scheinheiliger, doch er ist ehrlich. Er war einer der wenigen Professoren, die sich gegen Lydias Vater stellten, als er sie von der Universität holen wollte –

obgleich Horace zu diesem Zeitpunkt natürlich eigene Interessen hatte, um sie dort behalten zu wollen.

Wenn ich der Vampir wäre, würde ich sicherstellen, daß er denken würde, die Limehouse-Morde gingen auf das Konto der Vampire, die wir jagen.«

»Denken Sie, daß er das wirklich glauben würde?«

»Ich denke, wenn Dennis' Leben in Gefahr wäre – wenn der Vampir sein Leben bedrohte, wie Sie Lydias bedrohen, um meine Willfährigkeit zu gewinnen –, dann würde er es glauben wollen. Im Department haben wir das die ganze Zeit so gemacht. Das alte Zuckerbrot-und-Peitsche-Spiel: Auf der einen Seite ist Dennis' Leben in Gefahr; auf der anderen kann Blaydon an dem Blut, das er abzapfen kann, Untersuchungen über den Virus anstellen und sich selbst gratulieren, daß er gleichzeitig auch noch Vampire unschädlich macht. Vielleicht weiß er noch nicht einmal, daß Lydia gefangengehalten wird, oder vielleicht weiß er, daß es einen Gefangenen gibt, aber nicht, daß es Lydia ist. Es ist erstaunlich, wie unwissend die rechte Hand sein kann, wenn sie in Wirklichkeit lieber gar nicht wissen möchte, was die linke tut.«

Sie verließen den Schutz der Mauerecke und glitten wie zwei Gespenster zurück durch die nasse Schwärze der Oktobernacht. »Die Ställe müssen kurz hinter der nächsten Straße liegen«, flüsterte Ysidro. »Haben Sie vor, mit diesem Blaydon zu sprechen?«

»Wenn ich kann«, erwiderte Asher, während sie über den kopfsteinbepflasterten, nach Pferdemist stinkenden Weg zwischen den Stallungen schlichen »Wie Lydia – in der Tat wie viele Mediziner – trägt Horace einen schwachen Zug des *saint manqué* in sich, in seinem Fall die halsstarrigere schottische Variante. Es könnte sein, daß der Vampir sich auch das zunutze macht.«

»Ich würde viel darum geben, zu wissen, wer es ist.« Die Hand des Vampirs ruhte leicht auf seinem Ellenbogen und führte ihn um die nur halb zu erkennenden Hindernisse herum. Der schwache Schein der Laternen, der von der Straße hereinfilterte, glitzerte auf den Pfützen in der Gasse, doch vermochte er es nicht, die samtenen Schatten zu durchdringen; in der Luft lag der liebliche Geruch von frischem Heu. »Ich vermute, daß Calvaire nach London kam, um ihn als Verbündeten in seinem Machtstreben zu gewinnen, doch ich finde es immer noch seltsam, daß er überhaupt von ihm gehört hatte, da ich es nicht getan hatte, ganz zu schweigen davon, daß er ihn ausfindig machen konnte.«

»Vielleicht hat Bruder Antonius ihm erzählt, nach wem er suchen mußte und wo er ihn finden könnte.«

»Vielleicht.« Ysidros Stimme war absolut gefühllos, doch Asher, der sich mehr und mehr daran gewöhnte, selbst die kleinsten Nuancen seiner Rede wahrzunehmen, hatte das Gefühl, daß er damit nicht zufriedengestellt war. »Es gibt in dieser Angelegenheit so viele Punkte, die ich nicht verstehe, zum Beispiel, warum Calvaires Erscheinen hier diese Mordserie ausgelöst hat – wenn er sie ausgelöst hat, und all diese Dinge scheinen mir durchaus mehr zu sein als zufällig zur selben Zeit eintretende Geschehnisse. Es mag sehr wohl sein, daß Ihre geschätzte Lydia uns in diesem Punkt eine Klärung bringen kann, wenn wir sie finden, oder Blaydon. Wenn ich mich recht erinnere, war Tulloch der Schotte ein großer Mann, wenn auch nicht so groß, wie Sie beschrieben haben. Ihre Größe etwa, doch massiger . . .«

»Nein«, sagte Asher. »Ich habe zu ihm aufgeblickt – er hat sich von oben auf mich gestürzt wie eine Woge.«

Sie bewegten sich weiter vorsichtig durch die Dunkelheit der Stallungen, während ihre Augen über das hohe Massiv der Häuser schweiften, die man hinter den Ställen sehen konnte. Alle waren dunkel; es war die Stunde, in der die Fluten der Seele sich der Ebbe ergaben. Leise fuhr er fort: »Doch es wäre vorstellbar, daß dieser Virus, diese Mutation, einen abnormen Wuchs auslöst. Er könnte . . .«

Der Vampir neben ihm blieb plötzlich stehen, und die schlanke Hand klammerte sich fester um seinen Arm; Asher wandte mit einer schnellen Bewegung den Kopf und sah das Funkeln der leuchtenden Augen.

»Was ist?«

Der Vampir hob warnend einen Finger. Eine Weile stand er da und lauschte wie ein Gejagter auf die Geräusche, die er zu hören vermeint hatte. Dann schüttelte er den Kopf, auch wenn seine Augen weiterhin ihren gespannten Ausdruck behielten.

»Nichts.« Das Wort klang mehr in Ashers Kopf, als daß es seine Ohren berührte. In einem der Ställe wieherte und stampfte schlaftrunken ein Pferd. »Ich – wir alle – haben uns an den Gedanken gewöhnt, daß wir, von Gewaltakten einmal abgesehen, unsterblich sind, ebenso wie an den Gedanken, daß solche Gewaltakte das einzige sind, was wir zu fürchten haben. Es ist zutiefst verwirrend, feststellen zu müssen, daß auch wir vielleicht nicht gegen derartige Belange gefeit sind.«

Ashers Finger tasteten in der Tasche seines Ulsters ungelenk nach Lydias Revolver, der mit Silberkugeln geladen war – es war erstaunlich, was man alles in den Waffenschmieden des West Ends erstehen konnte. Außerdem trug er auch die beiden silbernen Messer und das kleine Spritzenetui mit den Silbernitratampullen bei sich. In den medizinischen Journalen hatte er einige achtlos als Lesezeichen benutzte Rechnungen von Lambert's gefunden, die den Kauf mehrerer Silberketten und zumindest eines silbernen Brieföffners belegten, also war sie nicht ganz unbewaffnet ausgegangen. Seine eigenen Silberketten lagen schlank und kalt über den halb verheilten Bißwunden an seinem Hals und seinem linken Handgelenk; dennoch fühlte er sich hoffnungslos ungeschützt.

Eine sehr oberflächliche Überprüfung von Blaydons Ställen hatte einen Brougham und einen schlanken rotbraunen Droschkengaul mit einer weißen Fessel zutage gefördert. Nach einem kurzen, gespannten Lauschen flüsterte Ysidro: »In den oberen Räumen ist niemand, obgleich dort noch kürzlich jemand gewohnt hat – vor nicht mehr als ein paar Monaten.«

»Er hat die Dienstboten natürlich entlassen«, erwiderte Asher leise.

Von der Hintertür des Stalles aus konnten sie an den wenigen kahlen Bäumen und nackten Sträuchern einer schmalen städtischen Grünanlage vorbei die hohe Rückwand des Hauses sehen. »Sie können nicht hören, ob sich jemand im Keller befindet?«

Ysidros Augen lösten sich nicht einen Augenblick vom Haus, doch Asher wußte, daß er dennoch nach allen Richtungen hin lauschte. Im Hauch der Nacht lag etwas Unsichtbares, Lauerndes. Ein unangenehmes Kribbeln lief über Ashers Körper. Er empfand die sichere Gewißheit, daß sie aus nächster Nähe beobachtet wurden; daß irgend etwas auf sein Atmen und den einsamen Schlag seines Herzens lauschte. In schweigender Übereinkunft wichen sie beide aus dem kleinen Stall zurück auf die Gasse, wo jegliches Geräusch, jegliches Anzeichen von Unruhe wohl jeden Kutscher und Hund augenblicklich auf die Beine bringen würde.

»Ich gehe hinein.« Asher schüttelte den Ulster von seinem Arm ab; Ysidro fing ihn auf und legte ihn auf die Heuballen, die direkt neben dem Stalltor aufgetürmt waren. Mit der linken Hand fischte Asher den Revolver und ein silbernes Messer aus der Tasche; den Revolver verstaute er in seinem Cordjackett, das Messer verschwand – da er Schuhe anstatt Stiefel trug – bequem in der Armschlinge. »Können Sie mir den Rücken freihalten?«

»Seien Sie doch kein Narr.« Ysidro ließ seinen schwarzen Umhang von den Schultern gleiten, legte ihn mit einem leisen, wolligen Rascheln auf das Heu und griff in Ashers Jackettasche, um den Revolver wieder hervorzuholen. Er beklopfte mit der anderen Hand vorsichtig ein paarmal die Trommel wie ein Mann, der feststellen wollte, ob aus dem Innern Hitze zu spüren war. Befriedigt versteckte er die Waffe in seinem eigenen Jackett. »Es würde mich sehr überraschen, wenn Sie letzte Nacht auf dem Schiff von Calais aus auch nur vier Stunden Schlaf gehabt hätten. Nein, Sie bleiben hier – Sie sollten hier vorerst sicher sein. Ein Schrei von Ihnen wird jeden Stallknecht und jeden Kutscher rings in den Ställen aufwecken, und dieser Vampir muß nun schon um seines bloßen Überlebens willen unerkannt bleiben.«

Und schon war er fort, verschwunden in der momentanen Blindheit eines abgelenkten Bewußtseins; Asher verfluchte seine eigene Unwachsamkeit.

Dennoch war er sich bewußt, daß der Vampir zweifellos recht hatte. Die Anstrengungen der Nacht begannen, ihren Tribut von ihm zu fordern. Selbst wenn er nicht mit den Nachwirkungen der Attacke der Pariser Vampire zu kämpfen gehabt hätte und dem Schmerz seiner gebrochenen Hand, hätte dieses Unternehmen ihn erschöpft. Die Wirkung des Novokains begann nachzulassen, und mit jedem Schritt, den er machte, schoß ein scharfes Pochen durch seinen in der Schlinge ruhenden Arm.

Asher wußte genau, was Ysidro für ihn auf sich nahm. Der Vampir, obgleich er während des ganzen Wegs durch die stillen Straßen vom Bruton Place zur Queen Anne Street sichtlich nervös gewesen war, schien keinen Augenblick mit dem Gedanken gespielt zu haben, ihn nicht zu begleiten. Vielleicht, weil er wußte, daß Asher nie von seiner Suche nach Lydia ablassen würde, aber auch nicht die Kraft hatte, den Mörder allein zu besiegen, sollte er ihm begegnen. Asher vermutete, daß Ysidro immer noch die Ehre eines alten Edelmannes in sich trug. Er mochte arrogant sein und hochmütig und ein tausendfacher Mörder, doch er würde niemals seine Verantwortung gegenüber seinem Lehnsmann oder dessen Frau vergessen. Das war mehr, als man über Grippen oder die Farrens sagen konnte, die ihn mit unterschiedlichem Taktgefühl davon in Kenntnis gesetzt hatten, daß das Einrichten neuer Schlupflöcher für sie selbst absoluten Vorrang vor jedem möglichen Schicksal Lydias hatte.

Wenn Lydia alle – oder beinahe alle – Verstecke der Vampire aufspüren konnte, dachte Asher bei sich, während er sich gegen die Heuballen sinken ließ, dann bestand eine große Wahrscheinlichkeit, daß auch Blaydon und jeglicher Vampir, mit dem er zusammenarbeiten mochte, es tun könnten, besonders, wenn Calvaire seinem Verbündeten in spe irgendwelche Informationen bezüglich ihrer Aufenthaltsorte preisgegeben hatte. Er fragte sich, ob er selbst wohl in der Lage sein würde, bei irgendeinem gut getarnten Zufluchtsort Ysidros Wache zu halten. Erschöpfung legte sich über seinen Verstand, und er kämpfte mit aller Kraft dagegen an.

Das schwindsüchtige Husten eines Mannes schreckte ihn aus dem Schlaf, und kalter Schweiß brach auf seinem Gesicht aus. Während er herumwirbelte und in der verzweifelten Suche nach dem Revolver an der Manteltasche zerrte, sich jedoch sofort daran erinnerte, daß Ysidro ihn an sich genommen hatte, sah er, daß es nur ein Stallbursche gewesen war, der vom Toilettenhäuschen am Ende des Stallgeländes zurückgeschlendert kam. Ein Hund bellte. In einer oder zwei der Kutscherunterkünfte über den Ställen brannte Licht. Der Geruch des Morgengrauens lag in der Luft.

Mit klopfendem Herzen und vom unterbrochenen Schlaf keuchenden Atem, fingerte Asher nach seiner Uhr.

Im Widerschein der vereinzelten Laternen, die nun in den Fenstern der Kutscherlogen und anderen Häuschen brannten, sah er, daß es beinahe fünf Uhr war. Neben ihm auf dem Heu lag Ysidros schwarzer Umhang wie ein schlafendes Tier.

Etwas in ihm zog sich klein und kalt zusammen.

Es war natürlich möglich, daß der Vampir einfach Asher und den Umhang zurückgelassen und sich irgendwo versteckt hatte, als er den noch entfernten Anbruch des Tages gespürt hatte.

Doch Asher glaubte nicht einen Augenblick daran. Furcht flutete wie Gift durch seinen Körper. Das Morgengrauen rückte immer näher.

Asher fluchte, als er den Ulster von seinen Schultern gleiten und ihn wie eine Leiche auf dem Heuballen zurückließ. Dann schlüpfte er durch die eng eingeschlossene, dunkle Wärme des Stalles hinüber in den Garten hinter Blaydons Haus.

Eine bleierne Müdigkeit tobte in seinem Körper, während er einen Augenblick knietief in den feuchten Gräsern und Unkräutern stand und zu dem stillen Haus hinüberschaute. Er fragte sich, ob es nur Einbildung war oder ob sich wirklich ein leiser Lichtschein am Himmel zeigte? Aufs äußerste gespannt versuchte er mit allen benebelten Sinnen, einen Blick auf das Unsichtbare zu erhaschen, das Geräusch von Schritten aufzufangen, die selbst für einen Vampir unhörbar gewesen wären.

Wieviel Tageslicht konnte ein Vampir in Simons Alter ertragen? Wie lange würde es dauern, bis sein Fleisch sich wie eine Fackel entzündete?

Mit dem silbernen Messer in seiner linken Hand schlich er vorwärts, auf die drohend aufragende, schwarze Mauer des Hauses zu.

In der Nähe stand eine Straßenlaterne, und es drang genug Licht zu ihm herunter, um erkennen zu können, daß die Küche verlassen war ebenso wie das Frühstückszimmer, dessen Fenster zum Garten hinausschauten. Der Keller hatte zwei Fenster, direkt auf Höhe des Bodens; sie waren geschlossen, doch weder vergittert noch verriegelt. Beim bloßen Gedanken daran, dieses Haus zu betreten, standen ihm die Haare zu Berge.

Er trat wieder zurück in den Hof und schaute zu den Fenstern im ersten Stock hinauf. Selbst von hier aus vermeinte er zu erkennen, daß das Fenster über der Küche vergittert war.

Mittlerweile zitterte er am ganzen Leibe; die frühmorgendliche Dunkelheit schien auf ihm zu lasten wie eine geflüsterte Drohung. Leere Kisten, mit den Namen verschiedenster Lieferanten wissenschaftlichen Geräts versehen, standen aufgestapelt neben der Küchentür. Fluchend hakte Asher seine gesunde Hand um eine Regenrinne und benutzte die Kisten, um sich zu den über ihm liegenden Fenstern hinaufzuziehen.

Das am nächsten gelegene Fenster gab den Blick auf eine Werkbank frei; durch den Spalt am oberen und unteren Fensterrand drang ein so übelriechender Gestank zu ihm heraus, daß ihm schlecht wurde, der Geruch von Chemikalien, vermischt mit dem süßlichen Hauch organischer Verwesung. Unterhalb des vergitterten Fensters befand sich nur ein Ziersims, und er stieß eine Reihe angelsächsicher Kraftausdrücke aus, während er seine gebrochene Hand aus ihrer Schlinge befreite und seine geschwollenen Finger über das schmierige Mauerwerk führte, um sich daran entlangzuhangeln. Zumindest, dachte er mit bitterem Humor, war dies endlich ein Platz, an dem er mit *Sicherheit* wußte, daß sich der uralte Vampir nicht von hinten an ihn anschleichen würde. Doch das war nur ein kleiner Trost.

Der Raum hinter den Gitterstäben war sehr klein – ein Vorbau wie die Küche darunter, angefügt an das schon fertige Haus – und völlig nackt, mit Ausnahme eines Sarges, der in der Mitte stand. Der Lichtschein von den nahegelegenen Ställen zeigte undeutlich, daß der Sarg geschlossen war. Asher konnte sich in der Dunkelheit nicht sicher sein, doch er vermeinte, daß die Gitterstäbe des Fensters im schwachen Dämmerlicht des herannahenden Morgens einen silbernen Schimmer annahmen.

In zwanzig Minuten würde es zu spät sein, um noch irgend etwas zu tun.

Restlos erschöpft lehnte Asher seine Stirn gegen das feuchte Glas. Mehr als er es je zuvor getan hatte, selbst als Grippens Zähne sich in der Finsternis der Pariser Gasse in seinen Hals gebohrt hatten, wünschte er sich in diesem Augenblick, wieder in Oxford zu sein, im Bett mit Lydia und mit keiner anderen Sorge auf der Welt, als der Qualität der in Butter gebratenen Spiegeleier zum Frühstück und den Dummheiten, die sich seine Studenten wieder einfallen lassen würden. Ob Horace Blaydon sich nun in dem Haus befand oder nicht, so gab es doch keine Möglichkeit zu sagen, wo sich der Vampir aufhielt.

Doch während dieser Gedanke Asher noch durch den Kopf zog, hangelte er sich schon an dem Sims entlang zum Fenster des Laboratoriums. Er zumindest konnte die Kreatur mit Silber bekämpfen, etwas, das Ysidro aus naheliegenden Gründen verwehrt war.

Beim Gedanken an Lydia begann sein Herz schneller zu schlagen. *THE HOSTAGES WE MORTALS GIVE TO FORTUNE,* hatte Ysidro über das rothaarige Mädchen gesagt, das damals so totengleich in ihrem unnatürlichen stillen Haus gelegen hatte.

Das Fenster des Laboratoriums gab leise unter seinem leichten Druck nach. Ob der Mördervampir wohl für den Tag nach Hause zurückkehrte? War das vielleicht *sein* Sarg, geschützt vor den anderen Vampiren durch die silbernen Gitterstäbe am Fenster, so wie Asher in Paris durch das silberne Schloß an der Tür beschützt worden war? Doch wenn das der Fall wäre, weshalb wich er dann dem Tageslicht aus?

Während er sich vorsichtig durch das geöffnete Fenster in das dunkle Laboratorium gleiten ließ, kam es ihm in den Sinn, sich zu fragen, wieviel wohl Dennis von den Dingen wußte, die hier vorgingen, und ob es irgendwie möglich wäre, die unzähmbare Energie und Liebe des jungen Mannes für Lydia zum Guten zu nutzen. Es war äußerst unwahrscheinlich, daß Blaydons Kompagnon ihn irgendwo als Geisel gefangenhielt – jemanden physisch gefangenzuhalten, nahm sehr viel Zeit, Aufwand und Energie in Anspruch, wie Ysidro zweifellos wußte. Asher würde Dennis höchstwahrscheinlich in seinen Räumen im Guard's Club treffen . . . Der Gedanke hielt sich nicht einmal so lange in seinem Bewußtsein wie eine Welle auf einem kleinen See.

Der Gestank im Laboratorium war abscheulich, mit einem leichten Beigemisch von getrocknetem, verkrustetem Blut. Mit zusammengebissenen Zähnen hob Asher mit der linken Hand seine rechte wieder zurück in die feuchte und verdreckte Schlinge, er tastete sich an der Wand entlang, weil er dort am ehesten dem Knarren der Dielenböden entgehen konnte. Seine Finger glitten über die Oberflächen von Tischen, Stühlen und Schränken. Die Tür am anderen Ende des Raums ließ sich lautlos öffnen.

Soweit, so gut. Wenn der Vampir ihn unsichtbar aus der Dunkelheit heraus beobachtete, war dies alles natürlich völlig nutzlos; das Pochen seines Herzens allein war laut genug, daß selbst sterbliche Ohren es hätten hören können. Doch er wußte nicht, ob die Kreatur hier war, und von seiner Lautlosigkeit mochten vielleicht sein eigenes und Ysidros Leben abhängen.

Wie lange? fragte er sich. Wieviel Sonnenlicht?

Die Tür der kleinen Kammer über der Küche war mit Stahl verstärkt und von außen mit einem massiven Riegel verschlossen, der ein kaum wahrnehmbares Klicken von sich gab, als er ihn vorsichtig zurücklegte. Dahinter lag der Raum im schwachen Schein der Straßenlaternen nackt und leer da – bis auf den geschlossenen Sarg.

Arizonische Wüstenlandschaft mit Apachen, dachte er und erinnerte sich an die Zeichnung des alten Indianerkriegers. Er holte tief Luft und ging mit schnellen, lautlosen Schritten hinüber zum Sarg.

Der Himmel hinter den vergitterten Fenstern war deutlich heller als zuvor. Sie mußten eiligst irgendwo Schutz suchen, dachte er bei sich – nach dreihundertfünfzig Jahren würde Ysidro zweifelsohne jedes Schlupfloch in London kennen ...

Wenn es Ysidro war und nicht der Tagesjäger, der dort in dem Sarg lag.

Der Sargdeckel war schwer. Es war mehr als anstrengend, ihn mit einer Hand hochzuheben. Schließlich hatte Asher es geschafft. Ysidro zuckte zusammen und wand sich, versuchte verzweifelt, sein Gesicht mit seinen hemdsärmeligen Armen zu bedecken, während sein Geisterhaar unter seinem Kopf über die dunkle Auskleidung des Sarges ausgebreitet lag. »Nein ...«

Plötzlich hörte Asher, wie sich hinter ihm die Tür schloß und die Riegel wieder vorgeschoben wurden. Er war selbst zu müde, zu erschöpft, um zu fluchen; er hatte alles auf eine Karte gesetzt und verloren.

»Machen Sie ihn wieder zu.« Die langen Finger, die die Augen des Vampirs verdeckten, zitterten; darunter konnte Asher die vor Schmerz zusammengekniffenen Augen erkennen. Die helle Stimme war nur mehr ein Flüstern, zitternd wie seine Hände vor Erschöpfung und Verzweiflung. »Bitte, schließen Sie ihn. Es gibt nichts, was wir tun können.«

Asher gehorchte, denn er wußte, daß der Vampir recht hatte. Ob er nun hierher gelockt, getrieben oder mit Gewalt verschleppt worden war, als erst einmal die Türen hinter ihm verschlossen worden waren, gab es buchstäblich nichts, was Don Simon hätte tun können, außer den einzigen Ort aufzusuchen, der ihm Schutz gegen das herannahende Tageslicht spenden würde. Den Rücken gegen den Sarg gestemmt sackte Asher in sich zusammen. Er wußte, daß er Wache halten sollte, daß es ihm aber niemals gelingen würde, diese Aufgabe zu erfüllen.

Als das erste Tageslicht durch die Fenster drang, war er schon in tiefen Schlaf versunken.

19

Asher trieb benommen aus den trüben Tiefen des Schlafs an die Oberfläche. Durch die grauen Nebelschwaden seines Verstandes drängte sich das Gefühl, daß Hände an ihm zerrten, seinen Kragen aufrissen, um die schützende Silberkette um seinen Hals zu öffnen, und sein Jackett herunterzogen, um die Tasche zu durchsuchen. Seltsamerweise war er sich jedoch vor allem des Atemgeräuschs des Mannes bewußt, dem heiseren Atmen eines alten Menschen. Dann begann der Schmerz seines geschwollenen Arms sich in ihm auszubreiten; wie ein schreckliches Gift schoß der pochende Schmerz durch jede einzelne Nervenbahn seines Körpers.

Gegen seinen Willen stöhnte er auf und öffnete die Augen, um Horace Blaydon zurückweichen zu sehen, einen Revolver in der einen Hand, während er mit der anderen die silbernen Ketten und das Messer in seiner Tasche verschwinden ließ.

»Versuchen Sie gar nicht erst zu schreien«, sagte Blaydon hastig. »Die Wand ist auf dieser Seite schallisoliert – das Haus auf der anderen Seite steht schon seit Monaten leer.«

Für eine ganze Weile lag nur Schweigen zwischen den beiden Männern. Asher ließ sich müde wieder gegen den Sarg sinken und schaute blinzelnd in das kühle Tageslicht, das den Raum durchströmte. Blaydons Hand, die den Revolver hielt, zitterte einen Augenblick. Er nahm die andere Hand zu Hilfe, um die Waffe ruhigzuhalten.

»James, es tut mir wirklich leid, Sie hier zu sehen.« Die gewohnte Arroganz in seiner Stimme klang falsch und aufgesetzt. »Ich muß sagen, daß ich zutiefst erstaunt bin über Sie – erstaunt und enttäuscht.«

»*Sie* sind erstaunt über *mich*?« Asher wollte sich aufsetzen, doch Blaydon kroch augenblicklich den Revolver im Anschlag ein Stück zurück. Asher ließ sich abermals mit zusammengebissenen Zähne zurücksinken. Seine Hand fühlte sich an, als hätte man sie mit einem Hammer zertrümmert, und sein ganzer Körper schmerzte von den Verspannungen jedes einzelnen Muskels, der bei seinem Zusammentreffen mit dem Vampir in Grippens Hinterhof malträtiert worden war.

Und dennoch sah Blaydon noch weit schlimmer aus.

Horace Blaydon war immer ein gesunder aktiver Mann gewesen, der nur Verachtung für die Krankheiten hatte, die er studierte. Er war beinahe so hochgewachsen wie sein Sohn; sein Gesicht unter der Mähne schlohweißen Haars hatte immer noch den rosigen Schimmer der Jugend gehabt. Dieser Schimmer war nun verschwunden, und mit ihm auch der gesunde Glanz seines Haars und all seine frühere, überschäumende Vitalität; er schien kraftlos und gebrochen. Asher fragte sich, ob Blaydons Vampirpartner wohl in irgendeinem Augenblick der Verzweiflung seine Fänge in *seinen* Hals geschlagen hatte.

Der Pathologe leckte sich die Lippen. »Zumindest habe ich das, was ich getan habe, für einen guten Zweck getan.« Er bewegte den Revolver nervös in seinen Händen. Schweiß glitzerte auf seinem grauen Gesicht. Hätte Asher zwei gesunde Hände gehabt und sich nicht im Stadium völliger Erschöpfung befunden, dann hätte er sich auf ihn gestürzt, doch etwas sagte ihm, daß Blaydon, ohne zu überlegen, schießen würde. »Ich – ich mußte tun, was ich tat, was ich immer noch tue. Es ist zum Wohl der Allgemeinheit ...«

»Ihr Vampirpartner hat vierundzwanzig Menschen zum Wohle der Allgemeinheit ermordet?« Er war selbst über die Ruhe seiner eigenen Stimme erstaunt.

»Das waren wertlose Menschen – wirklich wertlos – der Abschaum der Straßen, Prostituierte, Chinesen. Ich habe ihm gesagt, ich habe ihn ganz speziell instruiert, nur Menschen zu töten, die für niemanden einen Wert hatten; schlechte Menschen, verderbte Menschen.«

»Und das macht alles gut?«

»Nein, nein natürlich nicht.« Blaydons Stimme erinnerte ihn an Dennis, wie er halbherzig im Guards Club bekundete, daß man natürlich nicht die Gehöfte der Buren niederbrennen *sollte*, um den Rückhalt der Kommandos im Hinterland zu zerschlagen, aber Krieg wäre nun einmal Krieg ... »Aber wir mußten etwas tun. Die Vampire versteckten sich immer mehr, und das Verlangen wurde immer stärker. Früher einmal konnte er ganze Wochen ohne auskommen – nun brauchte er schon innerhalb von Tagen neues Blut, und es ... es scheint sich immer mehr zu beschleunigen. Ich bin jedem Hinweis aus den Zeitungen nachgegangen, die ich in Calvaires Zimmern finden konnte, und in Hammersmiths ...«

»Und so haben Sie Ihren Segen dazu gegeben, daß Ihr Partner im großen Stil in Manchester und London auf Beutezug ging?«

»Sonst wäre er doch gestorben!« Echter Schmerz und Verzweiflung lagen in seiner Stimme. »Wenn er dieses Verlangen bekommt, ist er nicht mehr verantwortlich für das, was er tut! Ich – ich habe von Manchester erst hinterher erfahren ... Schon einen Monat lang geht er durch die Hölle, und nun haben Sie ihn noch kranker gemacht.«

»Ich?«

»Sie haben ihn verletzt.« Blaydons Stimme war leise, heiser, beinahe rasend; seine Hände mit dem Revolver zitterten. »Sie haben ihm ein silbernes Messer in den Leib gestoßen. Dieses Silber frißt sich nun wie eine Entzündung durch seinen Körper, wie Wundbrand und Fieber. Ich kann es nicht aufhalten. Es verschlimmert seinen Zustand; er braucht mehr und mehr Blut, um es zu bekämpfen. Oh, ich verstehe, daß Sie von seinem Aussehen erschreckt waren, doch ...«

»Ich habe um mein Leben gekämpft«, sagte Asher trocken, »falls Sie es noch nicht bemerkt haben.«

»Es tut mir leid, James, wirklich ...«

Plötzlich öffnete sich hinter ihm die Tür. Eingerahmt in der Öffnung stand der Vampir.

Blaydon hatte recht, dachte Asher bei sich. Jene Aura der Aussätzigkeit, der Krankheit hatte sich verstärkt – doch ebenso auch die fiebrigen, monströsen Kräfte des Vampirs. Wie er so im vollen Sonnenlicht stand, hatte er kaum noch etwas Menschliches an sich. Auf der feuchten weißen Haut schimmerten Flecken der Verwesung; das meiste des bleichen Haars war aus der abschälenden Kopfhaut ausgefallen. Aus den aufgeschabten Stellen auf dem pickelübersäten Kinn unter den zu lang gewachsenen Fängen näßte immer noch farbloser Eiter vermischt mit Blut. Die Kreatur zog mit völlig unpassender Anmut ein weißes Schnupftuch aus der Tasche seines Tweedjacketts, um die glitzernden Gräben abzutupfen. Riesig, blau und funkelnd stürzten sich seine Augen mit bitterer Bösartigkeit auf Asher.

Den Revolver immer noch auf Asher gerichtet, fragte Blaydon über seine Schulter: »Irgendwelche Anzeichen von anderen?«

Die Kreatur schüttelte den Kopf. Ein paar Haarbüschel lösten sich aus seinem schon fast kahlen Schädel und schwebten wie Gräserpollen auf die breite, in Tweed gehüllte Schulter.

»Bei Tage ganz sicher nicht«, bemerkte Asher.

»Die Vampire nicht«, erwiderte Blaydon. »Doch sie könnten sehr wohl noch andere Menschen außer Ihnen engagiert haben, James. Obwohl es mir unverständlich ist, wie anständige Männer es über sich bringen können, sich mit Mördern zu verbünden . . .«

»Ich glaube, Ihr eigenes Haus weist ein wenig zu viel Glas auf, als daß Sie hier anfangen könnten mit Steinen zu werfen«, erwiderte Asher unwirsch, und Blaydons Mund verzog sich augenblicklich in einem Anfall von Wut.

»Das ist etwas anderes!« In seiner Stimme schwang der Tonfall eines Mannes, der kurz vor einem hysterischen Anfall stand.

Asher war zu müde, um sich darum zu kümmern. »Ist es das nicht immer?«

Blaydons Stimme überschlug sich förmlich. »Sie wissen doch gar nichts!« Mit größter Mühe brachte sich der Pathologe wieder unter Kontrolle; der Vampir hinter ihm würdigte ihn keines Blickes, doch Asher war sich unangnehm des gierigen, bösartigen Starrens bewußt, mit dem es seinen ungeschützten Hals fixierte. Blaydons Stimme zitterte noch immer, doch war sie schon ruhiger geworden, als er sagte: »Es ist nicht seine Schuld. Ich habe es getan, es war mein Experiment, verstehen Sie.«

Asher richtete sich auf einem Ellenbogen auf, die Augen zu schmalen Schlitzen verengt. »Ihr *was*?«

Der Vampir stellte sich neben Blaydon auf. Der alte Mann erhob sich auf die Füße; trotz seiner Größe überragte die Kreatur ihn immer noch. Die Arme der Gestalt baumelten grotesk aus den Jackenärmeln heraus, und die krallenbewehrten Hände waren in Bandagen gewickelt, auf denen sich dunkle Flecken von den darunterliegenden eitrigen Entzündung gebildet hatten.

»Erkennen Sie ihn denn nicht, James?« fragte Blaydon; seine Stimme war leise und seltsam sanft. »Es ist Dennis.«

»Guter Gott.« Während er noch die Worte aussprach, wurde sich Asher bewußt, daß er nun, da er wußte, wer es war, die kleine Nase wiedererkannte. Das war ohne Zweifel alles, was von der göttergleichen Schönheit geblieben war. Der Vampir war ein ganzes Stück größer, als Dennis es gewesen war. Auch das mußte ihm große Schmerzen bereitet haben. Asher fühlte sich benommen, als hätte man ihm einen Schlag auf den Kopf versetzt, und wußte nicht, was er sagen oder tun sollte – er war voller Mitleid, zutiefst erschreckt, und sich gleichzeitig des bösartigen Funkelns in Dennis' haßerfüllten Augen bewußt.

»Sie sind froh, nicht wahr?« Die Deformation, die durch den Wuchs der Fänge entstanden war, bewirkte, daß Dennis nur sehr undeutlich sprechen konnte. Er fuhr sich abermals mit dem befleckten Taschentuch über das Kinn. »Froh, mich so zu sehen. Sie hoffen, daß auch Lydia mich so sehen wird, nicht wahr? Aber das wird sie nicht. Sie wird mich nicht zu Gesicht bekommen, bevor es mir wieder besser geht.«

»Natürlich wird sie das nicht, Dennis«, versicherte ihm Blaydon. »Und es wird dir bald wieder besser gehen. Ich werde ein Serum finden, um dir zu helfen . . .«

Ganz langsam schien Asher sich aus seiner Lethargie zu befreien. »Wo ist sie?«

»Das ist nicht wichtig für Sie«, sagte der Vampir. »Sie werden sie niemals wiedersehen.«

Unter einem lauten, protestierenden Aufschrei seines ganzen Körpers richtete Asher sich mühsam auf und packte Blaydon bei den Kragenaufschlägen. »*Wo ist sie*?«

Als wäre er von einem durch die Luft sausenden Amboß getroffen worden, schlug er rücklings auf dem Boden auf, bevor er sich überhaupt bewußt geworden war, daß Dennis sich bewegt hatte. Schwarze Nebelschwaden zogen vor seinen Augen dahin, und er schmeckte Blut in seinem Mund. Von irgendwoher hörte er Blaydons scharfen Ausruf: »Dennis, nein!« Asher spürte, wie sich die erdrückende dunkle Last von Dennis' Geist über seinen Verstand legte; die dumpfe, bellende Stimme fuhr fort: »Er macht sich Sorgen um sie, das ist doch verständlich . . .«

»Ich will ihn haben.«

Asher kämpfte gegen die Bewußtlosigkeit an; der Gestank von verwesendem Fleisch drang in seine Nase, als die Kreatur sich über ihn beugte.

»Und du wirst ihn auch bekommen, natürlich wirst du das.« Es war seltsam, die Angst in Blaydons Stimme zu hören – Blaydon, der immer bereit gewesen war, Tod und Teufel und Gott die Stirn zu bieten. »Aber jetzt brauche ich ihn noch, Dennis. Laß ihn in Ruhe.«

»Er wird uns sagen, wo die anderen sind«, knurrte Dennis, und ein Tropfen Flüssigkeit – Speichel oder Eiter – fiel auf Ashers Nacken. »Du hast gesagt, wir müßten ihm eine Falle stellen, damit er uns verrät . . .«

»Ja, aber wir haben jetzt einen lebenden Vampir, Dennis . . .«

»Wann kann ich ihn haben?« Gier erstickte die nuschelnde Stimme. »Es tut so weh, Dad, der Durst bringt mich um. Das Mädchen heute nacht war bei weitem nicht genug, und du hast noch das meiste davon bekommen. Dad, ich kann ihn durch das Holz des Sarges riechen, kann ihrer beider Blut riechen . . .«

»Bitte, meine Junge. Bitte, hab Geduld.« Blaydons Stimme kam näher heran und zog seinen Sohn sanft zurück. »Ich habe jetzt einen anderen Plan, einen besseren Plan, doch für deine Gesundung ist es notwendig, daß beide am Leben bleiben, zumindest bis heute nacht. Ich . . . ich . . . tu, was du tun mußt, um es dir angenehm zu machen, aber, bitte, faß keinen von ihnen an.«

Die Stimme entfernte sich und verschwamm, während Asher in die Dunkelheit hinabglitt. Er hörte Lydias Namen. ». . . vollkommen sicher, du weißt, daß ich ihr niemals weh tun würde. Und jetzt hol mir bitte etwas Brandy. Ich bin sicher, daß James ihn brauchen kann.«

Während er weiter hinab in die Bewußtlosigkeit glitt, war auch Asher sich sicher, daß er ihn brauchen würde.

Der Geschmack des Brandys erweckte ihn prustend wieder zum Leben. Er saß abermals mit dem Rücken gegen den Sarg gelehnt – Blaydon, mit dem Glas in der Hand, starrte auf die roten Bißspuren, die immer noch unter dem geöffneten Kragen seines Hemdes zu sehen waren. Dennis stand neben der geschlossenen Tür, einen Kristalldekanter mit Brandy in der knotigen Hand. Asher vermutete, daß er sich wohl geschmeichelt fühlen sollte, daß sie ihn immer noch für fähig hielten, sich auf Blaydon zu stürzen.

Wortlos nahm Blaydon Ashers linkes Handgelenk hoch und schob den zerfressenen Hemdsärmel zurück, um die Wunden zu studieren, die zwischen den schwarzblau angelaufenen Fingerabdrücken von Dennis' Pranke zu erkennen waren.

»Was haben sie mit Ihnen gemacht?«

Asher holte tief Luft und löste seine Hand aus Blaydons Griff, um sich das Blut abzuwischen, das aus seiner Nase über seinen Schnurrbart und an der Seite seines Gesichts hinuntertropfte. »Es war ein Mißverständnis.«

»*Was haben sie mit Ihnen gemacht?*« Blaydon packte seinen Arm und schüttelte ihn nachdrücklich. »Haben sie einfach nur Ihr Blut getrunken – oder war es mehr als das?«

Sein Kinn zitterte so sehr, daß die Fettlappen unter seinem Gesicht bebten; Asher starrte mit zusammengekniffenen Augen zu ihm auf. »Wenn es noch mehr als das gewesen wäre, wäre ich jetzt tot.«

»Wären Sie das?« Seine Stimme wurde leiser, doch er konnte die unheilige Begierigkeit, diese kaum kontrollierbare, plötzliche Dringlichkeit nicht aus ihr heraushalten. »Ihr Spezialgebiet war doch die vergleichende Völkerkunde, James. Sie kennen sich in diesen Dingen aus. Ist es wahr, daß Sie, wenn Ihr Blut von einem Vampir – einem echten Vampir – getrunken wurde, selbst zu einem Vampir werden, wenn Sie sterben? Wird es so gemacht?«

Etwas in dem gierigen Funkeln seiner Augen ließ Asher die Haare zu Berge stehen. »Ich schätze, daß Dennis Ihnen das sagen kann«, erwiderte er langsam. »Was meinen Sie mit ›ein echter Vampir‹?« Sein Blick wanderte an ihm vorbei zu Dennis, dem monströsen, mißgestalteten Dennis, hinüber. »Wieso sagen Sie, daß Sie es getan haben, daß Sie Dennis zu dem gemacht haben, was er ist?«

Eine leichte Röte kroch über Blaydons käsige Haut, und er wandte hastig seine kleinen blauen Augen ab.

Mit leiser Stimme fuhr Asher fort: »Wofür brauchen Sie das Blut der Vampire? Warum lassen Sie Dennis davon trinken und zapfen es außerdem noch mit einer Nadel ab? Warum ist Dennis, wie er ist und nicht wie die anderen Vampire? Hatte Calvaire oder wer immer ihn zum Vampir gemacht hat, eine Infektion, die er auf ihn übertrug? Oder . . .?«

»Es ist im Blut, nicht wahr?« sagte Blaydon, immer noch mit abgewandtem Blick. »Der Organismus oder die Konstellation von Organismen, Virus oder Serum oder Chemikalien, die zum Vampirismus führt. Ist es nicht so?« Seine Stimme hob sich, war beinahe schon ein Schrei. »*Ist es nicht so?*«

»Lydia glaubt, daß es so ist.«

Blaydons Mund zog sich zusammen wie eine Falle, als er Lydias Namen hörte, und seinen Augen huschten nervös unter Ashers schweigendem Blick hin und her. »Sie – sie hat mich wiedererkannt, verstehen Sie? In den Büros der *Daily Mail,* als ich nach Zeitungsausschnitten und Spuren suchte. Ich hatte alle Spuren über die Aufenthaltsorte der anderen Vampire aufgebraucht. Ich brauchte neue. Sie hatte auch meine Artikel gelesen. Sie war schon auf der Suche nach einem Arzt. Sie sagte, es wäre offensichtlich, daß ich bereit wäre, an Vampire als ein medizinisches Phänomen zu glauben, wo andere es nicht tun würden. Dennis sagte, daß er sie einmal in London gesehen hatte, als er diesen Zögling von Calvaire verfolgte. Damals konnte er ihr nicht folgen, doch als sie hierherkam, um herumzuschnüffeln . . . Dennis hat sie eingefangen . . .« Er lachte, und es klang wie das Krächzen einer Krähe. »Nur ein kleines Schulmädchen, und sie ist klüger als wir alle zusammen. Sie hat sofort erraten, was ich getan hatte.«

»Sie haben künstlichen Vampirismus erschaffen.«

Asher stellte es nicht als Frage in den Raum, und Blaydon ließ nur in einem Seufzer die Luft aus seiner Lunge, als wäre er froh, daß er es nicht länger geheimhalten mußte.

»Es hat nicht so angefangen.« Seine Stimme klang müde, beinahe flehend. »Ich schwöre, daß es so war. Sie wissen, James – natürlich wissen Sie es –, daß es nur eine Frage der Zeit ist, bis wir uns im Krieg mit Deutschland und seinen Verbündeten befinden. Der Kaiser lauert schon darauf. O ja, ich habe die Gerüchte über Sie gehört und darüber, wo und wie Sie Ihre

Ferien verbracht haben. Sie kennen die Dringlichkeit der Lage. Also tun Sie jetzt nicht so selbstgerecht, und verurteilen Sie mich nicht für etwas, das Sie selbst in anderer Weise ebenfalls getan haben. Ich wage zu sagen, daß Sie für den Tod von mehr als vierundzwanzig Menschen verantwortlich sind, und zwar für einen genauso guten Zweck.«

Blaydon holte tief Luft und drehte nervös das noch halbgefüllte Brandyglas in seiner Hand. »Sie wissen ja – oder vielleicht auch nicht –, daß neben meiner Arbeit über Viren mein Interesse schon lange Zeit den physischen Ursachen sogenannter übersinnlicher Phänomene galt. Eine Zeitlang glaubte ich, wie auch Peterkin und Freiborg, daß solche Dinge angeboren sein könnten. Gott allein weiß, wie viele Medien und Tischerücker ich über die Jahre untersucht habe! Ich kam zu dem Ergebnis, daß es eine Veränderung der Neurochemie ist, die diesen Leuten ihre sogenannten Kräfte verleiht: eine Schärfung der Sinne; eine außersinnliche Wahrnehmung und dieser unglaubliche, ungreifbare Zugriff über den Verstand anderer Menschen.

Sie verstehen sicher die Notwendigkeit, diese Kräfte nach Belieben duplizieren zu können. Sie haben für den Geheimdienst gearbeitet, James. Denken Sie nur, was ein Corps solcher Männer, dem Wohle Englands ergeben, in dem Krieg bedeuten würde, von dem wir beide wissen, daß er kommen wird! Ich habe hart daran gearbeitet, den betreffenden Faktor zu isolieren, doch es hatte keinen Erfolg. Und dann hat mich Dennis Valentin Calvaire vorgestellt. Er hat Calvaire über eine gemeinsame Freundin kennengelernt . . .«

»Die Sie später ermordet haben.«

»Ach, was soll denn das, James!« rief Blaydon unwirsch. »Eine Frau ihres Standes! Und ich würde jeden Schwur ableisten, daß Albert Westmorelands Tod bis zu ihr zurückverfolgt werden könnte, egal, wieviel seine Familie dem Arzt bezahlt hat, damit er bestätigt, daß es ein Kutschenunfall war. Außerdem hatten wir zu dem Zeitpunkt keine weiteren Spuren mehr. Ich brauchte ihr Blut für weitere Experimente, und Dennis brauchte es um des bloßen Überlebens willen.«

»Sie wußten also, daß Calvaire ein Vampir war?«

»O ja. Er hat das in keiner Weise verhehlt – er schien es zu genießen, mich zu überraschen, sich über die kompliziertesten Versuche lustig zu machen, die ich an ihm vornehmen konnte. Er prahlte mit den Kräften, die er besaß. Und Dennis war äußerst fasziniert – nicht, und das schwöre ich, von Calvaires Perfidität, sondern von seinen Kräften. Calvaire war ebenfalls fasziniert, wenn auch aus seinen ganz eigenen Gründen, schätze ich. Er ließ mich Proben, substantielle Proben seines Blutes nehmen, damit ich versuchen konnte, die Faktoren zu isolieren, die das Wirken des telepathischen Zentrums des Gehirns verstärken, und sie von jenen zu trennen, die die Mutation der Zellen selbst in jenes photoreaktive Pseudofleisch und die physiologische Abhängigkeit von menschlichem Blut bewirken. Und ich hätte auch Erfolg gehabt, wäre vielleicht sogar in der Lage gewesen, Calvaires Zustand zu ändern. Ich weiß, ich hätte . . .«

»Sie hätten nicht.« Asher schaute hinüber zu der mißgeformten, drohend blickenden Gestalt neben der Tür und ahnte schon, was geschehen war. Mitleid und Abscheu vermischten sich in ihm wie der Geschmack des Blutes und des Brandys in seinem Mund. »Nach Aussage der Vampire selbst stammen diese Kräfte vom psychischen Trinken der Tode ihrer menschlichen Opfer her. Er ist die psychische Absorption des Todes, die ihnen übersinnliche Kräfte verleiht.«

»Nonsens«, sagte Blaydon barsch. »Das kann nicht wahr sein. Es gibt keinen Grund, weshalb es wahr sein sollte. Was wissen die Vampire schon davon? Sie sind ungebildet. Calvaire hat niemals etwas darüber gesagt . . .«

»Ich bin sicher, daß Calvaire niemals lange genug mit dem Töten von Menschen innegehalten hat, um zu wissen, ob es wahr ist oder nicht.« Die einzige Art, wie Ysidro es wissen konnte, oder die einzige Art, wie Anthea es wissen konnte, dachte er bei sich, war, daß sie es selbst versucht hatten. »Calvaire wollte Macht. Er hätte Ihnen nie mehr erzählt, als er unbedingt mußte, bevor er sie bekam.«

»Ich bin sicher, daß das nicht der Fall ist.« Blaydon schüttelte störrisch den Kopf, wütend über die Unterstellung, daß alles, was er getan hatte, umsonst gewesen war, und daß er tatsächlich nicht mehr als Calvaires Narr gewesen war. »Für alles gibt es physische Ursachen – unbekannte Organismen, chemische Veränderungen in der Gehirnflüssigkeit selbst. Auf jeden Fall habe ich ein Serum entwickelt, das äußerst vielversprechend war. Ich – ich habe den Fehler gemacht, Dennis davon zu erzählen. Er verlangte, es auszuprobieren, verlangte, der erste dieses Corps von – von übersinnlich begabten Helden zu werden. Ich habe es ihm natürlich verweigert . . .«

»Und natürlich«, sagte Asher trocken, »ist Dennis in Ihr Laboratorium eingebrochen und hat die Sache selbst in die Hand genommen.« Es war, überlegte er, genau die Art von Sache, die Dennis tun würde. Er war der perfekte Held, der nur mal so versuchsweise ein Reagenzglas mit einem unbekannten Tränklein austrank.

Armer Dennis. Armer, dummer Dennis.

Dennis' Augen verengten sich zu bösartigen Schlitzen, als ob er, wie Bruder Antonius, Ashers Gedanken lesen konnte. »Was hätten Sie getan?« nuschelte er, seine Stimme tief und belegt, als ob sich seine Stimmbänder selbst zu lockern begannen. »Wären Sie zurückgelaufen in Ihr nettes, gemütliches Arbeitszimmer und hätten einen anderen Mann das Risiko übernehmen lassen, wie Sie es tun werden, wenn diese verdammten Sauerkrautfresser uns schließlich in einen Krieg zwingen werden? Was haben Sie ihr erzählt, Asher? Was haben Sie Lydia über mich erzählt, das sie dazu getrieben hat, einen durchtriebenen alten Mann zu wählen, statt eines Mannes, der sie lieben und behüten würde, wie ich es werde? Doch Sie haben sie dazu gebracht, für Sie zu arbeiten, haben sie dazu gebracht, sich in Gefahr zu begeben. Ich hätte niemals zugelassen, daß sie hier nach London gekommen wäre.«

Du hättest sie in Unwissenheit über die Gefahr, in der sie sich befand, in Oxford zurückgelassen, nicht wahr? dachte Asher und fühlte sich seltsam ruhig dabei. *Du hättest gesagt, daß es sie nichts anginge.* So wie er Lydia kannte, hätte es nur dazu geführt, daß sie noch dreimal schneller in die Gefahr hineingelaufen wäre, und zwar, ohne zu wissen, auf was sie sich dabei einließ.

Dennis trat vor und streckte die Hände in die Luft. Um alle Kanten der Bandagen herum, die seine Handflächen bedeckten, konnte Asher Ränder aus grünschwarzem Fleisch erkennen. »Es ging mir gut, bis Sie das hier getan haben«, sagte er schleppend. »Es wird mir großen Spaß bereiten, Sie wie eine ausgelutschte Apfelsine auszusaugen.«

Dann war er verschwunden.

Offenkundig erschüttert sagte Blaydon: »Es ging ihm nicht gut. Sein – sein Zustand verschlechtert sich zusehends, zumal die Infektion, die durch das Silber hervorgerufen wurde, den Prozeß noch stark beschleunigt zu haben scheint. Es scheint, daß ich doch nicht in der Lage gewesen bin, diesen Faktor zu isolieren. Wie ich schon sagte, das Serum war bei weitem noch nicht perfekt. Und er braucht das Blut von Vampiren, so wie gewöhnliche Vampire das Blut von Menschen brauchen. Es scheint dem Voranschreiten der Symptome für einige Tage Einhalt zu gebieten. Er hat Calvaire in der ersten Nacht getötet, in der es geschehen ist – ich war sehr wütend über ihn, denn Calvaire wäre eine große Hilfe gewesen. Doch Dennis hatte ein – ein Verlangen. Und er war verwirrt, wie wahnsinnig von den Veränderungen seiner Sinne; er ist es immer noch, in einem gewissen Maße. Ich habe noch nicht einmal davon gewußt, bis es schon geschehen war . . .«

Asher fragte sich, ob Calvaire wohl versucht hatte, Dennis zu kontrollieren, dort oben in seiner Dachbodenkammer in Lambeth, wie er auch Bully Joe Davies kontrolliert hatte.

Blaydon leckte sich abermals die Lippen und warf einen weiteren nervösen Blick über seine Schulter zu der geschlossenen Tür. »Danach haben wir Calvaires Zimmer nach Notizen durchsucht, die uns sagen würden, wo wir die anderen Vampire finden konnten. Dennis kannte einige von Lottas Jagdgründen und ist ihr zu dem Hammersmith-Haus in der Half Moon Street gefolgt und zum Unterschlupf eines anderen Vampirs, den sie kannte. Ich bin mit ihm gegangen – ich wollte verzweifelt etwas von ihrem Blut haben, nicht nur, um mein Serum zu vervollkommnen, sondern auch, um ein Heilmittel gegen Dennis' Zustand zu finden. Mehr als alles andere wollte ich einen vollständigen Vampir, unverletzt, doch es war natürlich unmöglich, sie während des Tages fortzuschaffen. Also mußte ich – ich mußte ihre Körper zerstören, damit die anderen es nicht mit der Angst zu tun bekamen und sich versteckten. Ich mußte mich mit dem Blut begnügen, das ich ihnen abnehmen konnte . . .«

»Und Dennis hat den Rest erhalten?« Mit zitternden Fingern nahm Asher das Brandyglas aus Blaydons Hand und leerte es mit einem Zug. Die goldene Wärme des Branntweins erinnerte ihn daran, daß er seit dem Sandwich letzte Nacht im Charing Cross Revier nichts mehr gegessen hatte.

»Er brauchte es«, beharrte Blaydon. Etwas gereizt fügte er hinzu: »Alle diejenigen, die getötet wurden, waren Mörder, die immer und immer wieder getötet hatten, über Hunderte von Jahren!«

»Diese Chinesen und die ›jungen Personen‹, wie die Zeitungen sie genannt haben, auch?«

»Er kämpfte um sein Leben! Ja, er hätte keine Menschen töten sollen. Das ist in die Zeitungen gekommen; wenn das noch einmal geschieht, werden sie Jagd auf uns machen. Das habe ich ihm nach Manchester auch gesagt. Und es befriedigt ihn auch nicht wirklich, egal, wie viele er tötet. Doch es hilft ein wenig . . .«

»Sagen Sie.« Immer noch gegen den Sarg gelehnt, richtete Asher sich ein wenig auf. Er wußte, daß es eine große Dummheit war, diesen Mann zu verärgern, der so offenkundig auf dem zerklüfteten Grad der Normalität balancierte, doch er war selbst viel zu wütend über diese Heuchelei und Unverantwortlichkeit. »Und ich vermute, daß er tun wird, ›was er tun muß‹, um es sich ›angenehm zu machen‹, wie Sie es, wenn ich mich recht entsinne, formuliert haben . . .«

Blaydon sprang auf die Füße, die Hände zu Fäusten geballt, obgleich sie zitterten. »Es tut mir leid, daß Sie so darüber denken«, sagte er steif, als hätte er sich diese Formulierung schon vor langer Zeit als die geeignete Beendigung jeglicher Unterhaltung eingeprägt. »Auf alle Fälle macht es keinen Unterschied, jetzt zumindest nicht mehr. Ich kann Dennis am Leben erhalten und habe genügend Vampirblut, von einem echten Vampir, um damit zu experimentieren, bis ich ein Gegenmittel gefunden habe . . .«

»Und wie wollen Sie Dennis davon abhalten, ihn zu töten, wenn Sie ihm auch nur ein einziges Mal den Rücken zukehren?« verlangte Asher mit leiser Stimme zu wissen. »Irgendwann einmal müssen Sie schlafen, Horace; wenn Dennis wieder sein Verlangen bekommt, dann sind Sie wieder ganz am Anfang . . .«

»Nein«, sagte Blaydon. »Ich kann ihn kontrollieren. Ich bin immer in der Lage gewesen, ihn zu kontrollieren. Und auf jeden Fall wird das auch kein Problem mehr sein. Sehen Sie, nun, da ich diesen Vampir habe, kann er mir andere machen – eine Vampirzucht, wenn man es so nennen will, von der sich Dennis ernähren kann. Und so leid es mir tut, James, ich glaube, Sie werden der erste sein.«

20

»Was sie von mir verlangen, ist unmöglich.« Im Schein der Öllampe, die Blaydon auf dem Boden abgestellt hatte, mutete Ysidros Gesicht, eingerahmt in seinen langen, farblosen Haaren, so starr und seltsam an wie eine Zeichnung von Beardsley. Seine aufgerollten Hemdsärmel ließen seine sehnigen Arme zutage treten, die wie sein Hals und seine Brust so weiß waren wie das Leinen des Kleidungsstücks selbst. Einem Götzenbild irgendeines dekadenten Kultes gleich saß er mit gekreuzten Beinen auf seinem eigenen Sarg, während Asher, an Händen und Fußgelenken gefesselt, zu seinen Füßen lag.

Blaydon und Dennis waren gegen Sonnenuntergang hereingekommen und hatten ihm die Fesseln angelegt. Bevor er an jenem Morgen, kurz nachdem Blaydon ihn verlassen hatte, wieder eingeschlafen war, hatte Asher Blaydon ausgehen hören, jedoch nicht, ohne Dennis zuvor mit gedämpfter Stimme zu ermahnen, nicht das Haus zu verlassen, sie zu bewachen und ihnen unter keinen Umständen ein Leid zuzufügen. *Iß nicht die Gefangenen, während Daddy fort ist,* hatte er sarkastisch bei sich gedacht. Seine lauschenden Ohren gespitzt, hatte Asher gehört, wie Blaydon The Peaks erwähnte, jene weitläufige Backsteinvilla in der Nähe von Oxford, die einmal Blaydons Frau gehört hatte, wo sie gelebt und an den Wochenenden die fürsorgliche Gastgeberin für die Oxforder Kollegen ihres Gatten oder für Dennis' Freunde aus London gespielt hatte.

Dort mußten sie Lydia gefangenhalten, dachte Asher, die Wut in ihm nun seltsam distanziert, als wären es die Emotionen eines anderen. Kein Wunder also, daß Blaydon so schäbig herumlief. Selbst wenn er die Dienerschaft nach dem Tode seiner Frau vor drei Jahren dort gehalten hätte – und Asher wußte, daß er das Anwesen einfach verriegelt hatte, als er seine Residenz nach London verlegte –, so hätte er ihnen doch nicht trauen können. The Peaks mochte sehr abgelegen sein; doch Dienstboten, wie die Vampire es immer wieder feststellen mußten, haben so eine Art, Dinge herauszufinden. Nachdem Blaydon Lydia erst einmal gefangengenommen hatte, mußte er sie irgendwo festhalten und auf sie aufpassen. Das bedeutete anderthalb Stunden im Zug nach Prince's Risborough und weitere vierzig Minuten per Kutsche durch die Wiesen und Felder zu dem abgeschiedenen Haus. Hinzu kam, daß die Vampire sich immer besser versteckten und sich Dennis' physischer Zustand zunehmend verschlechterte und er schwerer zu kontrollieren war. Kein Wunder also, daß Blaydon aussah, als hätte er seit einer Woche nicht mehr geschlafen.

Wenn es nicht Lydia gewesen wäre, die sich in seiner Gewalt befand, dann hätte Asher eine Art hämischer Befriedigung ob dieser Situation empfunden. So wie es jedoch war, konnte er nur Gott danken, daß Dennis immer noch genügend seiner verdrehten Leidenschaft für Lydia empfand, um ihn davon abzuhalten, ihr ein Leid zuzufügen.

Während er erfolglos den Raum nach irgend etwas absuchte, das sich unter Umständen als eine Waffe oder Fluchtwerkzeug benutzen ließe, dachte Asher, daß er sich nicht sicher war, ob Blaydon einen Fremden umgebracht hätte, um Dennis' Geheimnis zu schützen. Zumindest hatte er es vor vier Tagen nicht getan, als sie ihn beim Herumschnüffeln erwischt hatten. Denn da hatte er noch nicht gewußt, wie mühsam es war, sich um eine Geisel zu kümmern, außerdem war es ihm und Dennis noch weit besser gegangen.

Wenn er sie jetzt so betrachtete – Blaydon in seinem zerknitterten, schmutzigen Anzug und Dennis, der mißgestaltet, ruhelos und hungrig im Hintergrund umherwanderte –, war Asher sich unangenehm bewußt, daß beide kurz vor dem Zerreißen standen. Wie lange Vater und Sohn auch immer unbehelligt ihren unheimlichen Geschäften hatten nachgehen können, so hatte die Gefangennahme von Lydia die Lage doch verschärft und die Verletzung, die er selbst Dennis beigebracht hatte, hatte sie dann gänzlich unerträglich werden lassen.

Mit gezwungener Milde sagte Blaydon: »Dennis wird heute nacht wieder von einem Vampir trinken wollen, mein Freund. Nun, entweder werden Sie es sein oder James. Wie wollen Sie es haben?« Er hatte immer noch den Revolver mit den silbernen Kugeln in der Hand, die nun nicht mehr zitterte – er mußte im Zug etwas geschlafen haben, dachte Asher abwesend. Und als Arzt hatte er natürlich auch Zugang zu genügend Kokain, um sich weiter auf den Beinen zu halten.

Hinter ihm stand Dennis und grinste verschmitzt.

Völlig entspannt stellte Ysidro einen Fuß auf den Boden, verschränkte seine langen Hände um sein Knie und betrachtete die beiden im flackernden Kerzenschein. »Es ist offenkundig, daß Sie den Prozeß, mittels dessen man zum Vampir wird, nicht verstehen. Falls ich, wenn ich James' Blut trinken würde, ihn zwingen würde . . .«

Blaydon hob mit einer scharfen Geste die Hand. »Dennis?« bellte er. »Hast du schon einen Rundgang unternommen? Und nach Helfern dieser beiden Ausschau gehalten?«

»Da draußen ist niemand«, erwiderte Dennis; er war kaum noch zu verstehen. »Ich habe gehorcht – glaubst du denn nicht, daß ich einen anderen Vampir hören würde, wenn einer herkäme, um nach diesen beiden zu suchen? Glaubst du denn nicht, daß ich ihr Blut riechen würde? Sie verstecken sich, Dad. Du mußt sie aufspüren oder mich . . .«

»Überprüf's trotzdem noch mal«, befahl Blaydon barsch. Dennis' nackte Brauen zogen sich zu einem schrecklichen Stirnrunzeln zusammen. »Mach schon!«

»Ich bin hungrig, Dad«, flüsterte der Vampir drohend. Als er näher herankam, schob sich sein monströser Schatten langsam über die niedrige Decke und die eng zusammenstehenden Wände. »Hungrig – verhungernd – meine Hände verbrennen mich, und das Verlangen durchströmt mich wie ein Fieber . . .«

Blaydon schluckte nervös, doch es gelang ihm mit Mühe, den Befehlston seiner Stimme beizubehalten. »Ich verstehe es, Dennis, und ich werde dafür sorgen, daß du wieder gesund wirst. Doch du mußt tun, was ich dir sage.«

Ein langes, häßliches Schweigen folgte. Asher, der immer noch zu Ysidros Füßen lag, konnte den Willenskampf zwischen den beiden in Blaydons Gesicht widergespiegelt sehen, als er den starrenden Blick seines Sohnes erwiderte. *Er gleitet ihm aus den Händen, und er weiß es,* dachte er bei sich, während er beobachtete, wie Schweiß auf dem Gesicht des alten Mannes ausbrach. *Wie lange noch, bis Dennis ihn zu einem seiner Opfer macht, ebenso wie Ysidro und mich selbst*?

Und Lydia, fügte er hinzu, während die Eiseskälte der Furcht ihn durchströmte. *Und Lydia.*

Dann war Dennis verschwunden. Asher erkannte, daß ihrer aller Bewußtsein für einen Augenblick lang gelöscht gewesen sein mußte, während der Vampir sich bewegt hatte. Er hörte noch nicht einmal das Schließen der stahlbeschlagenen Tür.

Blaydon wischte sich nervös mit der freien Hand über den Mund. Er trug immer noch das Tweedjackett, das er schon am Morgen angehabt hatte – das er schon seit Tagen anhatte, nach dem Geruch zu urteilen. Nicht, daß er oder Ysidro gerade für Dandys gehalten werden konnten, Asher selbst war unrasiert und beschmiert mit Rußflecken von seiner Kletterei der letzten Nacht. Zumindest hatten sie geschlafen, wie ungemütlich und unruhig auch immer. Einmal, als er am Nachmittag erwacht war, hatte ein Tablett mit Essen dagestanden, zweifellos von Dennis hereingebracht – ein zutiefst beunruhigender Gedanke. Er hatte gegessen und abermals den Raum abgesucht, doch nichts gefunden.

Blaydon deutete mit der Pistole auf Ysidro. »Kommen Sie bloß nicht auf dumme Gedanken, mein Freund. Solange Sie hier mit mir in diesem Zimmer sitzen, sind sie sicher. Dennis würde Sie erwischen, bevor Sie das Haus verlassen hätten, genauso mühelos, wie er Sie zuvor hierhergebracht hat.«

Ein verärgertes Funkeln war unter Ysidros gesenkten Augenlidern zu erkennen – ein Grande, dachte Asher bei sich, der es nicht sonderlich schätzte, daran erinnert zu werden, daß er übermannt und festgehalten worden war. Doch er schaute Blaydon nur einen Augenblick ruhig an und fragte dann: »Glauben Sie wirklich, daß Ihnen irgend etwas von all dem hier nutzen wird?«

»Das werde ich schon zu entscheiden wissen«, erwiderte der Pathologe ziemlich barsch. »Fahren Sie fort mit dem, was Sie vorhin sagen wollten. Wenn Sie James zwingen würden . . .?«

»Mein Blut zu trinken«, sagte Ysidro langsam. »So wird es gemacht – der physische Teil zumindest. Doch der – vielleicht würden Sie sagen geistige Teil, obgleich ich denke, daß spirituell ein besseres Wort wäre, auch wenn es in dieser Zeit nicht mehr sehr beliebt ist . . .«

»Lassen sie uns übersinnlich sagen«, warf Blaydon ein. »Das ist es doch, worüber wir hier sprechen, oder nicht?«

»Vielleicht.« Ein schwaches, verzerrtes Lächeln huschte über Ysidros schmale Lippen. »Auf jeden Fall bedeutet es, daß er seinen Geist, sein Selbst, sein Bewußtsein und das, war Herr Freud so höflich das Unterbewußtsein nennt, an mich übergibt, so daß ich es mit meinem umfangen kann, damit ich ihm dafür den Weg über den Abgrund zeige. Es ist das Offenbaren aller Geheimnisse, das Schenken allen Vertrauens, das Einlassen eines anderen in die geheimsten Kammern des Herzens. Die meisten gehen nicht einmal mit denen, für die sie tiefe Liebe empfinden, eine solch enge Verbindung ein. Um dies zu tun, verstehen Sie, braucht es einen Akt des verzweifeltsten Wollens, ein allesverschlingendes Verlangen, bei vollem Bewußtsein weiterzubestehen, was immer es auch kosten mag.« Der Schatten, der von der Lampe riesig und schwarz hinter ihm an die Wand geworfen wurde, zeichnete die leichte Bewegung seiner weißen Hand nach. »Unter den hier bestehenden Umständen glaube ich nicht, daß James einen Sinn darin sehen würde, eine solch verzweifelte Anstrengung zum Überleben zu unternehmen, obgleich ich vermute, daß er es unter anderen Umständen vielleicht tun würde.«

Man kann nie wissen, hatte Bruder Antonius geflüstert, während er auf ewig vom Tode ausgeschlossen in den Krypten unter Paris die Gebeine sortierte. Asher schüttelte den Kopf und sagte: »Nein.«

Ysidro wandte den Kopf, um zu ihm hinunterzusehen; seine Augen waren bar jeden Gefühls. »Und da sagt man, daß der Glaube an Gott tot ist«, bemerkte er. »Ich denke, daß *Ihr* Gewissen, wohl mehr als das jedes anderen Mannes, Sie vielleicht zu einem Feigling macht . . .« Er wandte sich wieder dem Mann zu, in dessen Gewalt er sich befand. »Ob James nun diesen Willen zu leben hat oder nicht, wie viele jenes Abschaums der Gossen, den Sie mir zu bringen gedenken, damit ich sie in weitere meiner Art verwandle, werden dazu in der Lage sein? Wenn ein Meistervampir Zöglinge erschafft, dann ist es zum einen der Wille des Meisters und zum anderen das Vertrauen des Zöglings. Ich glaube nicht, daß ich dazu in der Lage wäre, bloßes Futter zu erschaffen, selbst wenn ich mich dazu bereit erklärte, es zu versuchen. Und ich bin absolut fest davon überzeugt, daß nicht einmal ein Mann von einem Hundert, ja von einem Tausend diesen verzweifelten Willen zu überleben hat.«

»Das ist doch alle Unsinn«, sagte Blaydon nervös. »Dieses ganze Geschwätz über den Willen und den Geist . . .«

»Und wenn Sie Glück haben sollten«, fiel ihm Asher ins Wort, während er versuchte, die Haltung seiner Schultern zu verändern, um so seinen Arm zu entlasten, »was dann? Wollen Sie wirklich im selben Haus mit zwei, drei oder vier Vampirzöglingen bleiben? Zöglinge, deren Wille völlig dem ihres Meisters unterworfen ist? Der Beginn dieser ganzen Angelegenheit – Calvaire – war eine äußerst unvorsichtige Wahl von seiten der Frau, die ihn gemacht hat. Werden Sie wählerischer sein? Besonders wenn Sie Dennis den ausgesprochenen Befehl geben, nur die Lebensunfähigen heimzubringen, den Abschaum und die Verderbten?«

»Das soll schon meine Sorge sein.« Blaydons Stimme war nun so schneidend wie eine scharfgeschliffene Steinaxt, und in seinen Augen lag das alte trotzige Funkeln. »Es ist nur eine vorübergehende Maßnahme . . .«

»Wie die Einkommenssteuer?«

»Auf jeden Fall *habe ich keine andere Wahl*. Dennis' Zustand verschlechtert sich immer mehr. Sie haben es selbst gesehen. Er braucht Blut, das Blut von Vampiren, um die Symptome zurückzuhalten. Wenn Sie, Ysidro, sich weigern, mir zu helfen . . .«

»Es ist nicht einfach nur eine Angelegenheit des Weigerns.«

»Lügen werden Sie auch nicht weiterbringen . . .«

»Ebensowenig wie es Ihnen hilft, sich selbst zu belügen, Professor.« Unter jenem unbeteiligten Ton erkannte Asher das leiseste Echo eines menschlichen Seufzens. Blaydon wich einige Schritte zurück und fuchtelte mit der Waffe.

»Doch wenn das Ihre Wahl ist, dann muß ich alle Maßnahmen ergreifen, die in meiner Macht sehen . . .«

»Noch mehr Menschen?« erkundigte sich Asher. »Mehr von denen, die Sie für lebensunwürdig halten?«

»*Doch nur, um meinen Sohn zu retten!*« Die Stimme des alten Mannes krächzte vor Verzweiflung, und er kämpfte mit aller Macht, sie wieder in die Gewalt zu bekommen. Noch immer zitternd sagte er: »Und auch zum Wohle des Staates. Wenn wir erst einmal das Experiment unter Kontrolle haben . . .«

»Guter Gott, Mann, Sie wollen doch wohl nicht wirklich damit weitermachen!« Voller Zorn riß Asher sich in eine aufrechtsitzende Haltung, den Rücken gegen das glattgeschliffene Mahagoni des Sarges gelehnt. »Aufgrund Ihres Mißlingens verfault Ihr Sohn jetzt vor Ihren Augen, und Sie meinen wirklich, *weitermachen zu wollen*?«

Blaydon stürzte heran und schlug Asher mit dem Lauf des Revolvers ins Gesicht, so daß er bäuchlings zu Boden stürzte. Ysidro, so reglos wie immer, nahm einfach nur seinen Fuß zur Seite, damit Asher nicht darüberfiel, und betrachtete den wutentbrannten Pathologen mit kaum vorhandenem Interesse.

»Es tut mir leid, daß Sie so darüber denken«, sagte Blaydon leise, während er zurücktrat und mit zitternden Händen die Lampe aufnahm. »Für Sie tut es mir leid, Don Simon, weil ich Sie wohlgenährt und gesund halten muß, während ich Ihr Blut für meine Experimente nehme, bis ich einen anderen Vampir aufspüren kann, der sich willfähriger zeigt. Und für Sie, James, weil ich denke, daß ich entweder Sie oder Ihre Frau dazu zwingen werden muß, mir zu offenbaren, wo Ihre Zimmer in der Stadt sind, damit ich die Aufzeichnungen über die Nachforschungen Ihrer Frau finden kann.«

»Seien Sie doch nicht naiv«, seufzte Ysidro. »Grippen hat sie alle verbrannt, bevor er letzte Nacht Lydias Zimmer verlassen hat.«

»Dann werde ich Mrs. Asher dazu bringen müssen, es mir selbst zu erzählen«, erwiderte Blaydon. »Nun, da sich James in meiner Gewalt befindet, sollte es nicht zu schwer sein. Ich glaube sogar, daß Dennis großen Gefallen daran finden wird.«

Die Waffe immer noch auf Ysidro gerichtet, wich er zurück, bis er aus der Tür war.

»Stolpern Sie auf dem Weg nach draußen nicht über Ihren Sohn«, bemerkte der Vampir spöttisch, als sich die Tür vor dem bernsteinfarbenen Schein der Lampe schloß und die Riegel vorgeschoben wurden.

Den ganzen Tag über hatte ein Westwind geweht, und die Nacht draußen war klar. Weißes Mondlicht fügte sich zu dem schwachen Schein der Gaslaternen, die jenseits der Gartenmauer zu erkennen waren. Mit der bei ihm üblichen lässigen Anmut entfaltete Ysidro seine dünnen Beine und erhob sich vom Sargdeckel. Dann kniete er sich neben Asher nieder und beugte sich vor, um die Stricke zu zerbeißen, mit denen seine Handgelenke gefesselt waren. Asher spürte die kalte Berührung der blutlosen Lippen gegen die Venen seines linken Handgelenks und das leichte Schaben der Zähne. Dann gaben die Stricke nach. Der Schmerz in seinem rechten Arm war so stark, daß er sich beinahe erbrechen mußte, während Ysidro den Arm vorsichtig wieder nach vorn legte und in seiner Schlinge bettete.

»Glauben Sie, daß er gelauscht hat?«

»Natürlich hat er gelauscht.« Der Vampir zerrte mit seinen weißen Händen an den Fesseln um die Fußgelenke, und die Stricke zerissen mit einem Ruck. »Er stand direkt hinter der Tür; er ist nicht einmal in den Garten hinuntergegangen, obgleich ein Vampir mit seinen Fähigkeiten uns sicher auch von dort aus hätte hören können.«

Mit ein wenig Kraft half er Asher, sich auf den Sargdeckel zu setzen, während er zu dem einzigen Fenster des Raum hinüberschlich, immer in einiger Entfernung zu den silbernen Gitterstäben. »Dreifach verglast«, bemerkte er knapp. »Und noch dazu Drahtglas. Wir könnten vielleicht das Schloß aufbrechen, wenn wir es schafften, an den Gitterstäben vorbeizukommen, um es irgendwie zu packen . . .«

»Glauben Sie, daß er uns in den Ställen gefolgt ist?«

»Dessen bin ich mir sicher. Ich fühlte – spürte – ich weiß nicht. Eine Gegenwart in der Nacht, nur ein-, zweimal . . . Er hat mich von hinten angefallen, bevor ich überhaupt wußte, daß er da war.« Er neigte den Kopf, um zu sehen, ob er das Schloß erreichen könnte, sein Profil so weiß wie eine farblose Orchidee gegen die Finsternis draußen. »Doch ich hatte schon seit Tagen auf Dinge gelauscht, von denen ich mir nicht sicher war, ob ich sie überhaupt gehört hatte. Furcht macht es schwer, so etwas zu entscheiden.« Asher fragte sich, wie lange es wohl schon her war, daß Ysidro Furcht eingestanden hatte. Während er so auf die schlanke, unwirkliche Gestalt schaute, hatte er das seltsame Gefühl, es nun mit dem ursprünglichen Don Simon Ysidro zu tun zu haben, statt mit dem Vampir, zu dem der Mann geworden war.

»*Merde alors.*« Ysidro trat eilig von den Gitterstäben zurück und schüttelte einen verbrannten Finger. »Interessant, daß Blaydon nicht wollte, daß sein Sohn erfährt, wie Vampire gemacht werden. Es ist eine verständliche Vorsichtsmaßnahme, um ihn unter seiner Kontrolle zu halten, doch...« Er hielt inne, den Kopf leicht geneigt, um zu lauschen. »Er ist fort.«

Er hätte es gar nicht zu sagen brauchen; wenige Augenblicke zuvor hatte Asher das Vibrieren der Böden des Hauses unter Blaydons eiligen Schritten gehört und die wütende Stimme, die weit entfernt rief: »Dennis? Dennis...«

Kälte durchströmte ihn, als er plötzlich verstand.

»Er ist losgegangen, um Lydia zu holen.«

Dann wurde die Kälte davongetragen von einer glühendheißen Wut, die alle Schmerzen verbrannte, alle Erschöpfung und alle Verzweiflung.

»Deshalb also hat er gelauscht. Er wollte wissen, wie man einen Zögling macht.«

»*Sangre de Dios.*« In einer einzigen fließenden Bewegung riß Ysidro sich die graue Weste vom Leib und wickelte sie um seine Hand. Asher, dem augenblicklich klar wurde, was der Vampir vorhatte, befreite ungelenk seinen Arm aus der Schlinge und zog seine eigene Weste aus. Sie war aus seiner Hand verschwunden, bevor er sich noch bewußt war, daß der Vampir sich bewegt hatte. Ysidro war schon wieder am Fenster und benutzte den Stoff, um seine Hände gegen das Silber der Gitterstäbe zu schützen. Einen Augenblick stemmte er sich dagegen, während Schatten über die sehnigen weißen Muskeln seiner Unterarme huschten, dann ließ er die Stangen wieder los und wich zurück. Er rieb sich die Hände, als würden sie schmerzen.

»Es hat keinen Sinn. Die Metallurgie hat große Fortschritte gemacht seit jenen Tagen, als wir die Stärke von zehn Männern hatten, und ich kann sie nicht lange genug anfassen. Wenn wir in das Mauerwerk um sie herum graben und sie herauslösen könnten...« Er ließ seinen bleichen Blick hastig durch das Gefängnis schweifen, bis er auf Asher traf. »Verflucht sei der Mann, der bestimmt hat, daß Gentlemen Hosenträger und keine Gürtel mit großen, massiven Metallschnallen tragen sollen, wie sie es zu meiner Zeit getan haben...«

»Er hätte sie uns abgenommen.« Asher kniete neben dem Sarg auf dem Boden. »Er hat an alles gedacht. Die Griffe sind abgeschraubt worden. Als ich ihn geöffnet habe, habe ich bemerkt, daß es auch keine Metallkappen an den Ecken oder irgendwelche anderen Metallbeschläge gibt.«

Ysidro fluchte leidenschaftslos, archaisch und in verschiedenen Sprachen. Asher schob seinen Arm vorsichtig wieder in die Schlinge zurück, während er sich an die Abgeschiedenheit von The Peak, jenes großen Hauses in den Wäldern, erinnerte, Meilen von der nächsten Ortschaft entfernt. »Dennis muß erkannt haben, daß es die einzige Möglichkeit ist, wie er sie jetzt bekommen kann.«

»Wenn es funktioniert«, sagte der Vampir, ohne sich zu bewegen, doch seine Augen suchten abermals den Raum ab.

»Wenn, wie Sie denken, das Vampirdasein durch Organismen hervorgerufen wird – woran ich persönlich nicht glaube –, dann mag es in seiner künstlichen Form immer noch nicht übertragbar sein, selbst von einem Meister, der versteht, was er tut, eine Beschreibung, die auf unseren Freund kaum zutrifft.«

»Das bedeutet jedoch nicht, daß er sie bei dem Versuch nicht töten wird.« Zorn über seine eigene Hilflosigkeit durchflutete ihn. »Vielleicht kann ich das Schloß erreichen ... wenn es uns gelingen sollte, es aufzubrechen, könnten wir um Hilfe rufen ...«

»Unsere Finger hätten nicht die Kraft, es aus seiner Umfassung zu reißen.«

Asher fluchte, dann sagte er: »Wie schnell kann er dorthin kommen? Es sind ungefähr vierzig Meilen bis hinaus zu The Peaks – aus offensichtlichen Gründen wird er nicht den Zug benutzen können ...«

»Er wird laufen. Ein Vampir kann die ganze Nacht hindurch laufen, ohne müde zu werden. *Damnación*, gibt es hier denn kein Stückchen Metall, das größer ist als Hosenträgerschnallen? Wären wir Frauen, dann hätten wir zumindest Korsettstangen zur Hand ...«

»Hier.« Asher setzte sich unvermittelt auf den Sargdeckel und zog mit seiner gesunden Hand einen seiner Schuhe vom Fuß. Er warf ihn dem erstaunten Vampir zu, der ihn aus der Luft fing, ohne sich offensichtlich überhaupt bewegt zu haben. »Können Sie es mit Ihrer Kraft von zehn Männer wohl schaffen, das Sohlenleder abzureißen? Denn darunter sollte sich ein drei Zoll großer Schaft aus gehärtetem Stahl befinden, um den Spann zu stützen. So werden Männerschuhe gemacht.«

»Das sollte mir eine Lehre sein«, murmelte Ysidro zwischen

zusammengebissenen Zähnen hindurch, während seine langen weißen Finger mit erschreckender Mühelosigkeit das Leder auseinanderrissen, »nicht länger die Fortschritte der Mechanik mit Verachtung zu strafen. Wo liegt dieses Haus?«

»Es liegt in den Kreidedünen um Oxford herum. Der Vater von Blaydons Frau hat das Anwesen gebaut, nachdem er in den vierziger Jahren zu Geld gekommen war. Blaydon hat dort gewohnt, bis seine Frau gestorben ist. Er hatte Zimmer an seinem College, wenn er unterrichtete . . .«

»Sie kennen also den Weg?« Ysidro war mit dem Fenster beschäftigt, die Hand in beide Westen eingewickelt, um sich gegen die zufällige Berührung mit den Gitterstäben zu schützen. Das kratzende Schaben von Metall auf Zement war wie das stetige Geräusch einer Säge.

»Natürlich. Ich war mehrere Male dort, wenn auch nicht während der letzten sieben Jahre.«

Der Vampir hielt inne und lauschte. Ein gedämpftes Vibrieren, das durch den Boden zu ihnen drang, kündete von einer sich schließenden Tür. Leise sagte Ysidro: »Er ist jetzt im Garten und ruft; er hört sich ängstlich an.« So sehr Asher sich auch anstrengte, so konnte er doch kein Geräusch hören. »Er ist fort.«

Mit unmöglicher Schnelligkeit und Kraft nahm Ysidro seine Arbeit wieder auf, während er Gott in dem archaischen Spanisch der Konquistadoren die Bitte zutrug, Blaydon von einer Schiffsladung Würmer heimsuchen zu lassen. »Wir können uns in den Ställen Pferde besorgen . . .«

»Ein Motorrad ist schneller, und wir brauchen dann keine Pferde zu wechseln. Meins steht im Schuppen bei meiner Pension; ich habe genug daran herumgebastelt, daß es nun verläßlicher ist als die meisten.« Mit seiner gesunden Hand und seinen Zähnen zog Asher vorsichtig die Bandagen um seine Schienen wieder fest; der neuerliche Schmerz ließ ihm unvermittelt den Schweiß auf die Stirn treten. »Brauchen Sie Hilfe?«

»Was ich brauche, ist ein Eisen und ein paar Fetzen Baumwolle, nicht die zweifelhafte Unterstützung eines verkrüppelten alten Spions. Wenn Sie nicht plötzlich die Fähigkeit erworben haben, Stahlstäbe zu verbiegen, sollten Sie lieber bleiben, wo Sie sind, und sich ausruhen.«

Asher kam dieser Anordnung nur zu gern nach. Die Schwellung hatte sich über seinen Arm bis fast zum Ellenbogen ausgebreitet; er fühlte sich benommen und ein wenig unwohl. Er konnte die ersten beiden Finger noch bewegen – genug zumindest, hoffte er, um den Gashebel an der Indian zu bedienen.

Wie schnell konnte ein Vampir laufen? Er hatte gesehen, wie Ysidro und Grippen sich mit unglaublicher Schnelligkeit bewegten. Konnten Vampire diese Geschwindigkeit über längere Zeit aufrechterhalten, ohne zu ermüden? Das Schaben des Metalls ging unablässig weiter ... Es schien eine Ewigkeit zu dauern.

»*Dios!*« Simon trat vom Fenster zurück. Er schüttelte den Stoff von den Händen und rieb sich die Gelenke. Die Zähne zusammengebissen gegen den Schmerz, sagte er: »Die Stange ist gelockert, doch ich kann sie nicht anpacken. Schon werden meine Hände schwächer; soviel Silber brennt, selbst durch den Stoff hindurch.«

»Hier.« Aus der menschlichen Abneigung gegenüber ungleichmäßiger Fußbekleidung heraus, schüttelte Asher seinen zweiten Schuh ab und kam zum Fenster hinüber. Die Gitterstange saß sehr locker in ihrer Verankerung, die nun vom Zement befreit war. Mit seiner einzelnen gesunden Hand ruckelte er sie hin und her, drehte und zerrte daran, bis sie nachgab. Ysidro umwickelte abermals seinen Arm und schob die Hand vorsichtig hindurch, um den komplizierten Riegel herauszureißen und den Rahmen gewaltsam nach oben zu zwingen.

»Können Sie sich da hindurchzwängen?«

Asher betrachtete den entstandenen Spalt. »Ich denke schon.«

Es war ein schwieriges Unterfangen mit einem Arm, der kaum zu gebrauchen war; außerdem war auf der anderen Seite nichts, außer einem schmalen Sims. Der Vampir half Asher hindurch, doch einmal streifte sein Arm unabsichtlich einen der noch stehengebliebenen Gitterstäbe, und Asher spürte, wie sein Griff sich krampfartig zusammenzog und dann nachließ. »Alles in Ordnung, ich habe einen Fußhalt«, sagte er und erhielt nur ein leises Aufstöhnen als Antwort. So schnell er es sich getraute, schob er sich auf dem Sims zum Fenster des Laboratoriums entlang. Wie er es schon einmal getan hatte, schlüpfte er abermals durch das Fenster des Laboratoriums und eilte von dort durch das Haus, um die Riegel an der stahlbeschlagenen Tür zu öffnen.

Ysidro hatte in der Zwischenzeit wieder seine zerknitterte Weste übergezogen, doch auf seinen langen, schlanken Händen zeigten sich breite Striemen, die wie schwere Verbrennungen aussahen. Seine Finger zitterten, als Asher ihrer beider Schnupftücher um die Schwellungen band, um das rohe, blasige Fleisch vor der Luft zu schützen. Während er damit beschäftigt war, sagte er hastig: »Blaydon wird in seinem Arbeitszimmer Geld aufbewahrt haben. Wir nehmen uns eine Droschke nach Bloomesbury – es gibt einen Droschkenstand in der Harley Street . . .«

»Es ist schon nach Mitternacht.« Ysidro bewegte vorsichtig seine Hände und zuckte zusammen. »Sie werden auf Ihrem Motorrad ihre Frau mit zurücknehmen wollen. Gibt es in der Gegend dort einen Platz, wo ich mich verstecken kann, sollte das Tageslicht uns überraschen?«

Asher schüttelte den Kopf. »Ich weiß nicht. Die nächste Stadt liegt acht Meilen entfernt, und sie ist nicht sehr groß.«

Ysidro schwieg eine Weile, dann zuckte er mit seinen beweglichen, farblosen Brauen. »Die Dorfkirche vielleicht. Es gibt immer irgendwelche Dorfkirchen. James . . .«

Er wandte sich um, während Asher an ihm vorbei abermals in das Gefängnis trat und zum Fenster hinüberging, wo die herausgelöste Gitterstange eisig schimmernd in einem Quadrat aus Mondlicht auf dem Boden lag. Sie war zweieinhalb Fuß lang, aus galvanisch versilbertem Stahl und lag so schwer wie eine große Brechstange in seiner Hand. Asher hob sie auf und schaute zu Ysidro hinüber, der wie ein zerzauster Geist in der Finsternis des geöffneten Türdurchgangs stand.

Vorsichtig fragte Ysidro: »Hat Dennis Sie hierhergebracht, wie er es mit mir getan hat? Oder sind Sie aus freien Stücken hierhergekommen, um bei Morgengrauen nach mir zu suchen?«

»Ich bin gekommen, um nach Ihnen zu suchen.«

»Das war sehr dumm . . .« Er zögerte, einen Augenblick lang zutiefst unbeholfen und seltsam menschlich. »Vielen Dank.«

»Ich stehe in Ihren Diensten«, erinnerte Asher ihn und kehrte wieder zur Tür zurück, die silberne Gitterstange wie einen schimmernden Prügel in der Hand. »Und«, fügte er grimmig hinzu, »wir haben den Mörder noch nicht unschädlich gemacht.«

21

»Könnte er vor uns hier eingetroffen sein?« Asher trat den Motor der Indian in den Leerlauf, als sie um den letzten Hügel herum vor der Mauer und dem Einfahrtstor von The Peaks ankamen; wie bei den meisten Motorrädern, war die Bremse nicht sehr stark. Der Mond war untergegangen; es war bei diesem Licht schwer, mit den Räder nicht in die tiefen Furchen der Straße zu geraten. Asher machte sich gar nicht erst die Mühe zu flüstern. Wenn Dennis schon hier sein sollte, dann hatte er das Geräusch des Motors bereits meilenweit entfernt hören können.

»Ich bin nicht sicher.« Ysidros Arme lagen wie dünne Stahlseile um Ashers Taille. Asher war sich nicht sicher, ob ein Lebender sich auf dem schmalen Sitz hätte halten können, als sie die gewundene Straße von Wycombe Parva heraufgekommen waren. »Wie Burger – zitiert von dem unschätzbaren Mr. Stoker – bemerkte: ›Die Toten reiten schnell.‹«

Asher bremste vorsichtig ab und brachte die Maschine vor den eisernen Speeren des verschlossenen Tores zum Stehen. Durch sie hindurch konnte er das Haus erkennen, eine recht planlos gebaute pseudo-gotische Monstrosität aus Ziegeln und gehauenen Steinen, die sich düster gegen die verschwommenen Schatten der kahlen Buchen des Parks und den sich leicht gewellten Wiesen dahinter abhob. Der ungepflegte Rasen war von Unkraut überwuchert, und die Wäldchen, die nach Süden und Osten des Hauses hin lagen, streckten erste gierige Fühler aus Riedgras und Holunderknospen nach dem Mauerwerk aus. Seit Blaydon das Anwesen nach dem Tod seiner Frau vor drei Jahren geschlossen hatte, hatte wohl nur noch ein Verwalter hier gewohnt, der aber offenbar auch nicht mehr hier lebte.

Er war vermutlich entlassen worden, als Dennis' Verwandlung begann, dachte Asher bei sich, und abermals regte sich in ihm die Wut über Blaydons Unverantwortlichkeit. Wenn irgend etwas nicht nach Plan verlaufen wäre oder man sie irgendwie aufgehalten hätte, dann wäre Lydia hier zum Tode verurteilt gewesen, ohne daß jemals jemand davon erfahren hätte.

Bis auf Dennis natürlich.

»Mit anderen Worten also könnte er dort in dem Haus auf uns warten?« Er stieg ab, und Ysidro sprang behende vom Sattel. Hinter dem langen, vom Wind zerzausten Vorhang aus Haaren funkelten die Augen des Vampirs, und Asher hatte den Eindruck, daß diese Art der Fortbewegung im höchsten Maße seinen Geschmack getroffen hatte.

»Oder uns dicht auf den Fersen sein.« Ysidro hockte sich hin und stützte seine verbundenen Hände auf die gebeugten Knie. Asher schob seine Schutzbrille auf die Stirn, lehnte das Motorrad gegen die Mauer, band die versilberte Stahlstange vom Lenker ab und hängte sie um seinen eigenen Hals. Indem er Ysidros Rücken als Leiter benutzte, konnte er die oberen Kanten der schmucklosen, steinernen Säulen erreichen, die die Einfahrt säumten, um von dort über das sechs Fuß hohe, mit scharfen Spitzen versehene Gitter des Tores zu klettern. Er hatte sich gerade auf die Auffahrt jenseits des Tores fallen lassen, als Ysidro auftauchte, eine bleiche Silhouette gegen die bedrohliche Dunkelheit, und lautlos neben ihm zu Boden sprang. In seinem Zimmer in London hatte Asher noch schnell seine Stiefel, Motorradbrille und Lederjacke übergezogen, denn die Nacht war bitterkalt; Ysidro in seinem offenen Hemd schien nichts zu spüren.

»Ich würde deshalb nicht empfehlen, daß wir uns für die Suche trennen.«

»Können Sie von hier irgend etwas hören?« frage Asher.

Der Vampir schloß die Augen und lauschte angespannt. »Nicht deutlich«, flüsterte er schließlich. »Doch das Haus ist nicht leer – soviel kann ich sagen.«

Asher benutzte seine gesunde Hand, um die Stange, die er um seinen Hals befestigt hatte, zu lösen. Dahineilende Regenwolken zogen sich am Himmel zusammen. Unter ihnen war das Haus ein kaum zu erkennender grauer Klotz, gesprenkelt mit dem Schwarz der Fenster; es sah beunruhigend wie der mißgestaltete Schädel eines Monsters aus. »Wenn er hinter uns sein sollte, dann könnte er uns eingeholt haben, bevor wir mit dem Auskundschaften fertig sind«, sagte er grimmig und marschierte mit schnellen Schritten die Auffahrt hinauf. »Und wenn er schon hier wäre – wären Sie oder ich dann in der Lage, ihn zu sehen oder zu hören?«

Asher kannte den Grundriß von The Peaks, obgleich er nie mehr als ein entfernter Bekannter Blaydons gewesen war. Doch die meisten Professoren hatten irgendwann einmal eine Einladung erhalten, und Asher hatte für solche Dinge die Erinnerung eines erfahrenen Agenten.

Sie schlichen sich an dem Garten vorbei zu dem kleinen Hof hinter der Küche; Ysidro ging voran über das laubbedeckte Pflaster. An diesem Punkt waren Deckung und Heimlichkeit genauso nutzlos wie Flüstern; sie waren entweder absolut sicher oder hoffnungslos verloren. Und wenn Dennis nicht vor ihnen hier angekommen war, dann bestand zumindest die entfernte Hoffnung, daß Ysidros Vampirsinne sein Herannahen spüren würden.

Wie immer es auch stand, die Keller konnten nur von der Küche aus erreicht werden.

Der Wind hatte zugenommen; er stöhnte nun leise über die Anhöhen der Hügel und rauschte auf eine Art durch die nahen Wälder, die Asher überhaupt nicht gefiel.

Die Ställe erstreckten sich entlang der einen Seite des Hofes, jede Tür geschlossen und verriegelt; die Küchentür war ebenfalls verschlossen, doch Asher zerschlug mit dem Ellenbogen die Fensterscheibe daneben und steckte die Hand hindurch, um den Riegel zu öffnen. Er war sich bewußt, daß Ysidro lauschend neben ihm stand, während vereinzelte Böen an seinen langen

Haaren zerrten, und versuchte etwas zu hören, das nicht hörbarer war als das langsame Herniederschweben von Staub.

Die Dunkelheit in der Küche stank nach Schimmel und verfaulenden Essensresten. Als Ysidro schließlich eine Lampe fand und sie anzündete, ertönte das Rascheln unzähliger winziger, fliehender Füße, und der gelbliche Lichtschein fing die Schwänze von Mäusen ein, bevor sie augenblicklich verschwunden waren. Asher fluchte leise. Überall auf den Schränken und Anrichten fanden sich geöffnete Büchsen und schmutziges Geschirr wie schlafende Vagabunden unter der Uferpromenade in einer Sommernacht. Blaydon war natürlich zu beschäftigt, um Wasser heraufzupumpen, zu erhitzen und damit abzuwaschen. Der Vampir hob die Lampe hoch, um mehr Licht zu spenden; Asher konnte sehen, wie er angewidert das Gesicht verzog.

»Er könnte hier sein und unser beider Verstand gegen seine Anwesenheit abschirmen, doch ich glaube nicht, daß er hiergewesen und wieder fortgegangen ist. Es haftet ihm ein Geruch von Fäulnis an, der noch lange in der Luft bleibt.«

»Wir werden uns zuerst den Keller ansehen«, sage Asher und ging über den abgewetzten Steinfußboden zu der schmalen Tür neben dem Ofen hinüber. »In der oberen Stockwerken können wir immer durch ein Fenster entwischen.« Er stieß die Tür auf. Der Geruch von Staub, Kohlen und Mäusen war so stark, daß er nach Luft ringen mußte. »Sie gehen voran. Wenn er hier ist, so ist es wahrscheinlicher, daß er von hinten herankommen wird und nicht von vorn.«

Er hielt den Rücken flach gegen die hüfthohe Verschalung der Treppe gepreßt, in der linken Hand die Silberstange, während Ysidro behende vor ihm die Stufen hinunterschlich. Es war ein Weinkeller, in dem sich nur noch die Flaschenregale befanden, und ein Kohlenschuber, halbgefüllt mit Kohlen und Dreck.

»Es gibt noch einen weiteren Keller, der vom Anrichteraum abgeht«, sagte Asher, während sie mit eiligen Schritten wieder zur Küche hinaufkamen; ihre Schatten taumelten im Schein der Lampe. »Man würde niemals denken, daß die Tür mehr als nur ein Schrank ist. Ich bin nie dort unten gewesen – es mag nur ein kleines Schmuggelloch sein, doch vielleicht ist es groß genug, um jemanden darin gefangenzuhalten.«

Der Anrichteraum war mehr wie ein Kleiderschrank denn ein Zimmer, gefüllt mit Regalen und dem Familiensilber. Die Tür, versteckt hinter einem Schrank, war von außen verriegelt. »Sie ist dort unten«, flüsterte Don Simon, während Asher gerade im Begriff war, den Riegel zurückzuschieben. »Zumindest ist irgend jemand da unten.«

»Lydia?« rief Asher leise die dunkle, gewundene Stiege hinunter, doch er blieb oben stehen, bis Ysidro nach unten geschlichen war. Am unteren Ende war ebenfalls eine Tür. »Lydia, ich bin's, James! Hab keine Angst . . .«

In dem Moment, in dem Ysidro die Riegel zurückschob, wurde die Tür aufgeschlagen. Im flackernden Schein der Lampe erkannte Asher Lydias bleiches Gesicht unter einem kamelienfarbenen Wirbelwind aus gelösten Haaren. Ihre Brillengläser funkelten im Licht, und ein dünnes, silbernes Etwas blitzte in ihrer Hand, mit dem sie nach Ysidros Augen stach. Der Vampir war aus ihrem Weg verschwunden, bevor Asher gesehen hatte, daß er sich überhaupt bewegte. Lydia wirbelte verwirrt herum, und Asher rief »Lydia, ich bin's, James!«

Sie hatte schon begonnen, die Stufen hinaufzustürmen, und blieb unvermittelt stehen, als sie der dunklen Gestalt, die am oberen Ende der Treppe aufragte, entdeckte; geistesgegenwärtig hielt Ysidro die Lampe hoch, so daß die Lichtstrahlen bis zum Treppenabsatz hinaufdrangen. »James . . .!« schluchzte sie, dann wirbelte sie herum und schaute auf den Vampir, der, die Lampe wie die Fackel der Freiheitsstatue in der ausgestreckten Hand, direkt neben der Tür stand.

»Oh . . .« Einen Augenblick schien sie völlig verwirrt zu sein; die silberne Hutnadel, mit der sie ihn angegriffen hatte, glitzerte immer noch drohend und bösartig in ihrer Hand. »Es tut mir *so* leid. Sie müssen Don Simon Ysidro sein . . .« Sie streckte ihm ihre Hand entgegen, und er nahm sie und küßte sie mit leicht antiquierter Anmut.

»Das Vergnügen war ganz auf meiner Seite«, erwiderte der Vampir, und sie lachte zittrig über seine offenkundig unaufrichtige Platitüde, während sie die Treppe hinaufeilten. »Stets zu Ihren Diensten, Madame.«

Am oberen Treppenabsatz angelangt, schlang sie ihre Arme ungestüm um Ashers Taille, vergrub ihr Gesicht in seiner Schulter und umarmte ihn so fest, daß er keine Luft mehr bekam. Trotz der Heftigkeit der Umarmung konnte er spüren, wie sie vor Kälte und Schrecken und als Reaktion auf ihren Kampf mit ihren vermeintlichen Geiselnehmern zitterte. Er legte seinen gesunden Arm beruhigend fest um ihre Schulter, die Silberstange immer noch in der Hand.

Aber beinahe augenblicklich löste sie sich wieder von ihm, so als wolle sie nicht eine Hand, die eine Waffe hielt, für sich allein in Anspruch nehmen. Ysidro war irgendwie an ihnen vorbeigeschlüpft und ging ihnen mit schnellen Schritten voran durch den winzigen Anrichteraum; Asher bemerkte die klinische Neugier, mit der sie seinen schlanken Rücken betrachtete.

»Geht es dir gut?«

Sie nickte und zog den zerschlissenen, viel zu großen Cardigan, den sie über Bluse und Rock trug, fester um ihren Körper – Blaydons Cardigan, bemerkte er. »Das waren die früheren Zimmer des Butlers. Haben wir Zeit, etwas Wasser zu pumpen? Ich habe den letzten Krug, den Professor Blaydon mir gebracht hat, nicht getrunken; ich wußte, daß er mir Drogen hineingetan hat ...«

»Nein«, sagte Ysidro knapp. »Mir gefällt der Geruch der Nacht nicht – ebensowenig wie das, was ich spüre. Es ist da etwas ...«

Asher wollte widersprechen, doch Lydia sagte schnell: »Nein, das ist schon in Ordnung, die Pumpe hier hat immer eine Ewigkeit gebraucht. Was ist mit deinem Arm geschehen?«

»Dennis!«

An der Küchentür hielten sie inne. Im unsteten Licht der Sterne schienen der Hof und die dahinterliegenden Wälder lebendig von den finsteren, unheimlichen Bewegungen des Windes.

»Haltet euch dicht an die Hauswand«, flüsterte Asher. »Im Freien werden wir ihn nicht sehen können. An der Wand wird er wenigstens nur aus einer Richtung auf uns zukommen können.«

Nachdem er noch einmal tief Luft geholt hatte, trat er nach draußen. Lydia folgte ihm, die Lampe in der Hand. Ysidro bildete die Nachhut. Wie er sie so zum erstenmal nebeneinanderstehen sah, bemerkte Asher mit Erstaunen, daß der Vampir nicht größer als sie war.

Leise flüsterte sie: »Hast du – ihn gesehen?«

Der Wind drückte seine Haare gegen die Riemen der Motorradbrille, die er immer noch in die Stirn geschoben trug. »Hast du?«

Sie schüttelte den Kopf. »Doch ich denke, daß es einen Grund dafür gibt, weshalb er – er nur durch die geschlossene Tür hindurch mit mir gesprochen hat.« Sie warf einen Blick zu Ysidro und fuhr sich mit der Zungenspitze über die Lippen. »Das Serum seines Vaters muß noch etwas anderes in ihm bewirkt haben, als ihn . . . wie Sie werden zu lassen.«

»In der Tat«, erwiderte der Vampir, ohne auch nur einen Augenblick die Augen von den Sträuchern um sie herum abzuwenden. »Dennis ist nicht wie ich.«

Sie erreichten die Vorderseite des Hauses. Die Kiesauffahrt erstreckte sich mehr als siebzig Fuß von ihnen bis zu den Eisengittern des Tors. Der Wind trieb einen Schwall toter Buchenblätter herauf.

Das Motorrad stand direkt hinter dem Tor. Asher warf einen hastigen Blick zurück auf Ysidro, der seinen Kopf zur Seite wandte und mit furchterfüllten Augen in die Nacht lauschte.

»Können Sie es zu Fuß nach London zurück schaffen?«

»Nicht vor dem Morgengrauen. Doch ich habe einige Schlupflöcher, die näher liegen – Häuser, die so kürzlich erworben worden sind, daß sie nicht auf Ihren kostbaren Listen erscheinen, meine liebe Mrs. Asher. Fahren Sie zurück nach London. Bleiben Sie wach, und bleiben Sie immer in der Nähe von Menschen an irgendeinem öffentlichen Ort. Dort kann er Sie nicht holen; er kann es nicht wagen, denn sonst könnte seine Existenz bekannt werden. Ich werde, sobald ich kann, in der Nacht kommen . . .«

Gemeinsam traten die drei aus den schützenden Schatten des Hauses. Der Wind zerrte an Lydias dunklen Röcken und ließ alle Gräser, die in dem tellergroßen Flecken des flackernden Lampenlichts eingefangen wurden, absonderlich tanzen und zittern. Eine Dunkelheit von der Farbe von Eisen erstreckte sich in alle Richtungen; Asher fühlte sich ihr schutzlos ausgeliefert. Lydia flüsterte: »Sollen wir laufen?«

»Das würde auch keine größere Sicherheit für uns bedeuten«, flüsterte er zurück, »und wenn wir laufen, würde es uns schwerfallen, eine Bedrohung rechtzeitig zu erkennen.«

Es hätte jedoch auch dafür gesorgt, daß er sich ein wenig besser gefühlt hätte, als sie sich langsam und vorsichtig über ein Gebiet bewegten, das Asher wie eine riesige amerikanische Wüste erschien. Die Mauer ragte drohend vor ihnen auf – steinerne Torsäulen, ein mit Brettern vernageltes Pförtnerhäuschen und Gräser, die in dichten Büscheln um das durchbrochene Gitterwerk des eisernen Tors herumstanden.

Plötzlich berührte Ysidros Hand seinen Arm und hielt ihn an, zog ihn zurück zum Haus. Irgendwo jenseits des Tors sah er den grauen Schatten von Bewegung . . .

Asher erkannte, wie Dennis über das Tor kam, als wäre es ein Traum, als hätte er augenblicklich die Bedeutung jener furchterregenden Gestalt vergessen, die sich wie ein Berglöwe von der Höhe der steinernen Torsäule fallenließ und deren Augen im Licht der Lampe funkelten. Im nächsten Augenblick hatte die Gestalt sich schon auf sie gestürzt, was Asher fast wie ein Zeitsprung erschien, denn eben noch hatte er gesehen, wie Dennis sich mit funkelnden Augen wie ein Idiot umgeschaut hatte. Und Ysidro mußte schon reagiert haben, denn Dennis erfaßte nur einen seiner Arme mit seinem stählernen Griff.

Asher ließ die versilberte Gitterstange mit aller Kraft auf Dennis' Handgelenk niedersausen, während der mutierte Zögling seine Fänge in Ysidros Hals schlug. Aus den Augenwinkeln heraus sah Asher das schwarze Glitzern von Blut. Es lief an Dennis' Fängen hinab, während er mit einem kehligen Schmerzensgebrüll zurückzuckte und Asher ihm die Stange ins Gesicht schlug. Dennis schrie auf. Blut spritzte über Ashers Gesicht wie heißer Sirup. Dann war der Vampir verschwunden, und Lydia und Ysidro, von dessen zerrissener Schulter das Blut strömte, zerrten Asher über den Rasen auf die Wälder zu. Hinter ihnen züngelten die Flammen der zu Boden gefallenen Lampe in einem Veitstanz auf einer Pfütze aus Kerosin.

»Die Ruine der Kapelle!« hauchte Lydia plötzlich. Blutspritzer verteilten sich über ihre weißen Bluse; und die ersten vier Zoll der silbernen Hutnadel, die sie immer noch in ihrer Hand umklammert hielt, waren ebenfalls blutverschmiert. Sie mußte die Nadel Dennis von der anderen Seite in den Leib gestoßen haben. Ysidros Schulter war halb den Rücken hinunter aufgerissen, und ein dunkler Flecken breitete sich mit erschreckender Geschwindigkeit auf seinem zerfetzten Hemd aus.

Lange Gräser klammerten sich um ihre Knie, als sie durch den verwilderten Garten liefen. Sie rutschten auf dem Schlamm und dem feuchten Laub aus. Während sie liefen, konnte Asher hinter ihnen Dennis' Schmerzensschreie hören, als würde ihn das Silber immer noch verbrennen. Zu seiner Rechten klammerte sich Ysidros knochige Hand unerträglich fest um seinen geschwollenen Arm, doch er versuchte, nicht darauf zu achten. Sie mußten irgendeinen Schutz erreichen, eine Mauer oder

Umfassung, die ihnen den Rücken deckte, oder sie würden sterben.

Die Ruine befand sich in einer kleine Senke vielleicht hundert Meter vom Haus entfernt, die efeubewachsene Mauer geschützt von einem ausgedehnten Buchenhain. Die alte, verfallene Kapelle bot einen beinahe idealen Schutz. Das dachlose Chorgestühl gewährte fast vollständig von drei Seiten Deckung und engte so entschieden die möglichen Richtungen ein, aus denen sich der Angreifer nähern konnte.

»Was ist mit der Krypta?« Ysidro lehnte sich gegen den Stumpf einer eingestürzten Säule, während Lydia mühsam einen Birkensprößling zwischen den zu Boden gefallenen Steinen herausriß. Mit Mühe richtete sich der Vampir auf und warf einen kurzen Blick auf den moosbewachsenen Altar hinter ihnen. »Wenn es noch einen anderen Weg hinein gibt, dann kann er . . .«

»Es gibt keine Krypta.« Lydia hob ihren Rock, um einen ihrer vielen Petticoats zu öffnen. Die unterste Rüschenlage war schmutzig und naß vom Gras, doch der Unterrock darüber war trocken. Mit zitternden Fingern riß Ysidro ihn herunter und wickelte ihn um das Holz, so daß sie eine Fackel hatten. Ohne den Blick von dem sich zwischen der Kapelle und dem Garten erstreckenden kleinen Hügel abzuwenden, warf Asher ihnen die Schachtel mit Streichhölzern zu, die er immer in seiner Jackentasche bei sich trug. Das scharfe Zischen von Schwefel ertönte, und Flammen züngelten am Stoff empor. »Dennis' Großvater hat die gesamte Ruine zur selben Zeit aufstellen lassen, als das Haus gebaut wurde – ein Architekt aus Birmingham hat sie entworfen. Bei Tageslicht sieht es unendlich pittoresk aus. Diese Mauer, die Bögen dort drüben und die Grabsteine am Hang sind alles, mehr gibt es nicht.«

Ysidro lachte, und seine Fänge glitzerten weiß im Schein der Flammen. Lydia kam zu ihnen herüber, eine zweite Fackel in ihrer einen Hand und ihre silberne Hutnadel in der anderen. Der rötliche Schein erleuchtete das unkrautrankenverhangene Gemäuer und die Schatten des Altars. Das Gesicht hinter ihren Brillengläsern war zerkratzt, schmutzig und mit Spritzern von Dennis' Blut übersät. In Ashers Augen war sie unendlich schön.

Sie steckte die Streichhölzer in seine Jackentasche zurück. Leise fragte sie: »Geht es dir einigermaßen gut?«

Dennis' Schmerz- und Wutgeheul war verstummt. Die kahlen

Buchen und die dicken Büschel von Holunder und Weißdorn um die Mauern herum schienen wie sie selbst zu warten. Die Stille war nun schlimmer als die Geräusche.

»Du meinst, abgesehen von einer gebrochenen Hand, einer stattlichen Anzahl von Bißwunden, Prellungen und Abschürfungen und einem mutierten Vampir, der fünfzig Meter entfernt darauf lauert, uns alle zu töten?«

Ihre Lippen zuckten. »Abgesehen von dem allen, ja.«

»Ja.«

»Ich habe mir Sorgen gemacht.« Ihre Stimme klang sehr dünn; er wußte, daß sie die halbverheilten roten Bißspuren sehen konnte, die an seiner Halsschlagader vom Ohr bis zum Schlüselbein entlangliefen. Im Licht der Fackel stieg ihr Atem wie eine winzige, goldene Wolke auf.

»Bestimmt nicht so viele wie ich, glaub mir das.«

Sie schwiegen einen Augenblick. »War das – das Ungetüm, das wir gesehen haben – War das Dennis?«

Sie hatte ihm einmal erzählt, daß Dennis zum ersten Mal hier draußen in The Peaks um ihre Hand angehalten hatte. Dennis hatte nie begriffen, daß sie es wirklich ernst meinen könnte, nicht seine Frau werden zu wollen. Asher fiel ein, daß er sie wahrscheinlich hier in der Ruine gefragt hatte. Im Umkreis von zwanzig Meilen gab es keinen romantischeren Platz. Er seufzte und sagte: »Ja.«

Ysidro kam näher zu ihnen heran, die Fackel hoch über seinem Kopf. »Können Sie es spüren?« Durch den Riß in seinem Hemd konnte Asher die Wunde in seiner Schulter erkennen, aus der immer noch ein langsamer Strom dunklen Blutes tropfte. Ein Sterblicher hätte jetzt unter Schock gestanden. Der Vampir zitterte nur, als ob ihm unendlich kalt wäre. Während sein Gesicht angespannt und eingefallen aussah. Zwischen dem aufgerollten Hemdsärmel und dem Verband an seiner Hand waren die Spuren von Dennis' Griff zu erkennen, schwarzangelaufene Schwellungen und fünf halbmondförmige Risse, wo die Krallen in das farblose Fleisch eingedrungen waren. »Es sind Bewegungen dort draußen auf dem Rasen sichtbar. Ich kann es nicht genau erkennen . . .«

Für einen Augenblick war nichts zu sehen; es war, als halte die Nacht selbst den Atem an.

Dann tauchte Dennis mit schrecklicher Plötzlichkeit am äußersten Rand des Fackellichts auf, so wie sich vor langer Zeit in der Finsternis der Katakomben Bruder Antonius aus den grinsenden Schatten der Gebeine gelöst zu haben schien.

Neben sich hörte Asher, wie Lydia entsetzt aufstöhnte.

Dennis Blaydon hatte immer die Statur eines Helden gehabt, ein goldener Herkules in der strahlend weißen Rüstung eines Kricketspielers. Nun wirkte er groß und muskulös wie ein tollwütiger Stier. Blut lief an seinem Körper hinunter und bildete einen großen Flecken auf seinem Hemd – wäre er kein Vampir, so wäre die Stichwunde, die Lydia ihm mit ihrer Haarnadel beigefügt hatte, eine lebensgefährliche Verletzung gewesen. Sein Gesicht war aufgedunsen wie verfaulendes Fleisch. Speichel und Blut troffen von seinen überdimensionalen Fängen; die mit Aussatz bedeckte Haut glänzte wie der Rücken einer Schlange im Mondlicht. Die funkelnden Augen hatten nichts Menschliches mehr.

»Professor Asher«, flüsterte er heiser. »Lydia, geh von ihm weg. Ich werde dir nichts tun, das schwöre ich. Du weißt, daß ich dir niemals weh tun würde, Lydia; ich habe Daddy davon abgehalten, dir weh zu tun . . .«

»Nur weil du sie für dich selbst wolltest!« rief Asher in die flackernde Dunkelheit hinein. »Weil du sie zu dem machen wolltest, was du bist, weil du sie infizieren wolltest mit dieser widerwärtigen, bösartigen Krankheit, die du in deinen Adern trägst, damit sie für immer dein wäre.«

»Das ist nicht wahr!« Dennis' funkelnde Augen weiteten sich vor Haß. »Dad wird ein Heilmittel finden – Dad wird mich wieder gesund machen! Und warum sollte ich sie nicht haben? Sie hätte mein sein sollen. Nun wird sie auf immer mir gehören. Ich werde sie dazu bringen, daß sie mich liebt! Er ist es, den ich will – der Vampir. Ich brauche ihn. *Ich brauche ihn!*«

»Da wir ohne ihn eine zu leichte Beute wären«, sagte Asher leise und ruhig, »fürchte ich, daß wir ihn ebenfalls brauchen.«

Dann blinzelte er, versuchte, den Vampir im Blickfeld zu behalten – versuchte seinen Verstand darauf zu fixieren, wo er zuletzt gestanden hatte. Doch Dennis war nicht mehr – ganz – zu sehen. Der Hauch einer Bewegung ließ die wildwuchernden Büsche des Holunders und Weißdorns erzittern, in diesem Augenblick hier, im anderen dort – die Nacht selbst schien zu erbeben, schien davonzuhuschen.

»Er ist ein Mörder, Professor Asher«, hauchte eine Stimme aus der Dunkelheit heraus. »Er hat Frauen getötet und süße kleine Kinder – er wird auch Lydia töten, wenn Sie es zulassen. Sie wissen, daß er getötet hat ...«

Er rief in die Dunkelheit hinein: »Und du hast das nicht?«

»Das ist etwas anderes. Das ist für einen guten Zweck. Ich mußte das Risiko eingehen – unser Land braucht Männer mit meinen Fähigkeiten, meinen Kräften. Und auf jeden Fall war nicht ich es, der alle diese Menschen umgebracht hat. Das waren die Vampire. Calvaire und Lotta ...«

»Calvaire und Lotta waren zu dem Zeitpunkt schon tot, und das weißt du auch.«

»Sie waren es trotzdem«, beharrte Dennis mit einer Art von Logik, an die Asher sich noch aus den Zeiten erinnerte, als er den jungen Mann noch in seinen Seminaren hatte. »Sie haben es getan, nicht ich, und das ist auch ganz egal, denn ich habe es für einen guten Zweck getan. Ich brauche das Blut. ICH BRAUCHE ES!«

Etwas in Ashers Bewußtsein verdunkelte sich, eine verwischte Nebelwolke aus Schwäche und Erschöpfung. Er vermeinte, Bewegung zu erkennen, ein Rascheln in den langen Gräsern, die die falschen Grabsteine etwas weiter zu seiner Linken umgaben, doch im nächsten Augenblick ließ Ysidro seine Fackel durch die Luft sausen, als Dennis vor ihm aus der Dunkelheit hervorsprang. Asher stürzte auf die beiden zu, ließ die Metallstange auf den breiten Rücken des mutierten Vampirs niedersausen, doch Dennis war schon wieder verschwunden. Ysidro kniete auf dem Boden, die Hand auf den großen Muskel zwischen Nacken und Schulter gepreßt, während ihm Blut in dunklen Strömen zwischen den Fingern hinablief. Seine Fackel lag verlöschend auf der feuchten Erde.

»Mörder«, flüsterte Dennis' Stimme aus der Finsternis heraus, während Asher, ohne dabei seinen Griff um die Stange zu verlieren, den Arm nach unten streckte, um Ysidro auf die Füße zu helfen. »Ihr seid beide Mörder. Spione, Schnüffler, Feiglinge und die Mörder von echten Männern, sobald sie euch den Rücken zuwenden.« Während er sich die Schulter hielt, stand Ysidro am ganzen Leibe zitternd auf, und seine Hand, selbst durch das Leder der Jacke hindurch, war wie Eis, als sich sein dünner Körper seltsam schwerelos gegen Asher lehnte. Die feingeschnittenen Züge und Knochen seines Gesichts ragten vor wie die eines Totenschädels – Asher fragte sich, ob Vampire wohl in Ohnmacht fallen konnten.

»Du hast Lydia gar nicht verdient. Du hast sie belogen, hast mir mit deinen Lügen gestohlen, was rechtmäßig mein gewesen wäre. Du hast sie dazu gebracht, mich zu verlassen. Sie hätte mich geliebt, wenn du nicht gewesen wärst. Aber ich werde nicht länger allein bleiben. Wenn ich euch beide getötet habe, wird sie mir gehören. Ich weiß jetzt, wie man Vampire macht . . .«

Asher wirbelte in die Richtung, aus der er die Stimme zu hören vermeinte, doch dort war nichts. Ysidro richtete sich ein wenig auf und taumelte.

»Wo ist er?«

Er schüttelte den Kopf. »Ich weiß nicht.« Seltsamerweise klang seine Stimme so kühl und unbeteiligt wir immer. »Ich dachte, er wäre dort drüben zwischen den Grabsteinen, als er sich im selben Augenblick auf mich stürzte . . .«

»Wie lange werden wir drei ihn abwehren können?«

»Lange genug, daß die Silbervergiftung ihre Wirkung bei ihm zeigt?« Lydia kam zu ihnen herüber; die flackernde Fackel in ihrer Hand ließ ihre Brillengläser wie zwei Kreise aus Feuer erscheinen.

»Nein.« Ysidros schwerelose Hand klammerte sich augenblicklich fester um Ashers Schulter. »Es hat ihn nur noch gieriger nach meinem Blut gemacht, als er es je zuvor gewesen ist. Er hat immer noch sehr viel Kraft. Es wird Tage, vielleicht Wochen dauern . . . Wenn er mich oder einen anderen Vampir oder genügend Menschenleben nimmt, könnte er sein Leben vielleicht unbegrenzt verlängern. Doch wie dem auch sei, der Morgen wird bald kommen.«

Sie schob die Brille noch fester auf ihrem Nasenrücken hinauf. »Der Raum, in dem ich gefangengehalten wurde, hatte keine Fenster«, sagte sie. »Wenn wir es zum Haus zurück schaffen, könnten wir Ihren Schlaf bewachen . . .«

»Sie würden ihn nicht einmal sehen können, wenn er angreift.« Der Vampir richtete sich langsam aus Ashers stützendem Griff auf und nahm die Hand von der Wunde an seinem Hals; die schlanken Finger waren dunkel von getrocknetem Blut, und die Schnupftücher, mit denen die Silberverbrennungen verbunden waren, näßten und tropften. Seine Stimme war bar jeder Emotion. »Das Licht des Morgengrauens wird mich töten – und dann wird er Sie bekommen . . .«

Plötzlich wirbelte Lydia herum und hielt die Fackel hoch über ihren Kopf. »Was war das?«

Ein weißer Fleck bewegte sich flackernd zwischen den Grabsteinen.

Strähnen milchigweißen Haars fingen sich im Nachtwind und wurden emporgehoben. Ein flatterndes Gewirr von Schwarz legte sich umhüllend um Glieder so farblos wie Gebeine, als würde sich toter Efeu um Marmor klammern. Das unweltliche, unverkennbare Funkeln von Vampiraugen tauchte vor ihnen auf.

Mehr wie ein Seufzen flüsterte Asher: »Antonius . . .«

Winzige, skelettweiße Hände reckten sich in den wolkenverhangenen Himmel empor. Asher erhaschte einen Blick auf ein bleiches Totenschädelgesicht; es schien, als trüge ihm der Nachtwind den geflüsterten Ruf entgegen: »*In Nomine Patris, et Filii, et Spiritus Sancti . . .*«

Ysidro schrie: »*Antonius, non!*« Und im selben Augenblick noch stürzte Dennis' dunkle Gestalt aus der Nacht und fiel wie eine Sturmwolke über jene einsame, zerbrechliche Gestalt zwischen den Grabsteinen her.

Wenn der kleine Mönch seinem Angreifer hätte ausweichen oder ihn hätte abwehren können, so tat er es nicht – es schien noch nicht einmal so, als ob er es versuchte. Dennis warf sich auf ihn wie eine Schlange, die einen Vogel packt. Im selben Augenblick stürzte Asher aus dem Schutz der Ruine hinaus nach vorn, während bei jedem Schritt über den unebenen Boden ein stechender Schmerz seine gebrochene Hand durchzuckte. Hinter sich hörte er Lydia seinen Namen rufen und Ysidros Schrei: »Sie Narr . . .!« Ein tiefes, zufriedenes Stöhnen brach aus Dennis' Kehle hervor, und von irgendwoher vermeinte Asher den schwachen Hauch einer Stimme zu hören: »*In manus tuas, Domini . . .*« – während sich die beiden Vampire in der obszönen Parodie eines Kusses verbanden.

Dann schleuderte Dennis den leblosen Körper zur Seite und wandte sich um. Blut lief an seinen Fängen, den geschwollenen Lippen und dem zerfurchten Kinn hinunter. Mit einem animalischen Fauchen stürzte er sich auf Asher.

Asher wußte, daß es ein Blutrausch war, der keine Grenzen mehr kannte, und ließ die Silberstange mit aller Kraft, die er aufbringen konnte, niedersausen. Doch Dennis' Gewicht traf ihn mit ganzer Macht und ließ ihn zu Boden stürzen. Vor seinen Augen hatte er das verschwommene Bild eines blutigen Mundes, der sich weiter und weiter aufriß, von blauen Augen, in denen nicht Haß, sondern Erstaunen und Todesqual funkelten. In dem Augenblick, in dem sie zusammenstießen, erkannte Asher, daß Dennis noch im Sprung starb

Das Gewicht der Leiche preßte ihm die Luft aus der Lunge, als sie auf dem Boden aufschlugen. Einen Moment lag er benommen unter der stinkenden und reglosen Masse infizierten Fleisches, die einmal Dennis gewesen war, und dann kam ihm die Erkenntnis, was Dennis getötet haben mußte.

Mühsam rollte er sich unter der Leiche hervor. Das Licht der Fackel huschte flackernd über ihn; er hörte das Rascheln von Lydias Rock in den langen Gräsern und Ysidros Stimme, die fragte: »James . . .?« Für einen Augenblick stand er schwankend über dem monströsen Kadaver, die Silberstange immer noch in seiner Hand. Dann ließ er sie fallen und stolperte ein paar Schritte weiter zu der Leiche von Bruder Antonius, die wie eine zerbroche Marionette zwischen den falschen Grabsteinen lag.

Der kleine Minorit lag reglos da, ein in sich zusammengefallenes Bündel aus alten Knochen, zerschlissenen Roben und weißen Haaren, das von einem schmutzigen Rosenkranz zusammengehalten wurde. Die Hauptschlagadern waren von der Heftigkeit aufgerissen, mit der sich Dennis auf ihn gestürzt hatte, es war nur noch wenig Blut übrig. Doch in seinem Gesicht stand ein Ausdruck seltsamer Ruhe und die leise Andeutung eines Lächelns.

Lydia und Ysidro standen schweigend hinter ihm. Asher hob den linken Arm des toten Vampirs und schob die zerfallenden Fetzen des Ärmels zurück. Im Licht der Fackel konnte man deutlich die dunklen Einstiche sehen, die an der Ader entlangliefen. Asher erhob sich wieder und ging um den Grabstein herum zu der Stelle, wo er zuerst eine Bewegung zu sehen vermeint hatte.

Dort lag sein eigener Ulster, der braune Tweed noch immer gespickt von den Strohhalmen aus den Ställen, wo er ihn zusammen mit Ysidros Umhang zurückgelassen hatte. Darauf lag das Samtetui, in dem sich die Spritze und die zehn Ampullen mit Silbernitrat befunden hatten.

Alle Ampullen waren leer.

22

»Er war der einzige Vampir, der es hatte tun können.« Asher hielt bei dem Versuch inne, die Hemdknöpfe mit einer Hand zuzumachen und schaute abermals auf das braune Samtetui, das mit seinen leeren Ampullen und der blutverschmierten Nadel auf einer Ecke des Frisiertisches lag. »Ich glaube nicht, daß ein Lebender und schon gar kein jüngerer Vampir es überlebt hätte, sich eine zweite Injektion zu geben.«

Lydia schüttelte den Kopf. »Wie konnte er davon wissen?« Stirnrunzelnd stand sie vor Ashers Rasierspiegel und band einen zweifachen Knoten in eine seiner Krawatten, die sie um ihren Hals gelegt hatte. Die letzten Strahlen der Abendsonne fielen durch die billigen Spitzengardinen in Ashers Zimmer an der Prince of Wales Colonnade und ließen goldene Lichtpunkte auf ihrem kastanienbraunen Haar tanzen.

»Von den Ampullen? Wenn er uns von Paris hierhergefolgt ist, könnte er uns leicht durch die Fenster deines Zimmers belauscht haben, als Ysidro und ich davon gesprochen haben. Ysidro hat mir erzählt, daß Vampire oft tagelang die Unterhaltungen ihrer Beute belauschen. Und er war durchaus vertraut mit den Umtrieben und Techniken der modernen Menschen, weißt du – er hat sich einfach nur von ihnen ferngehalten, wie die anderen Vampire, die sogenannten ›guten‹ Vampire, es nicht tun. Wenn er mir an jenem Tag gefolgt ist, als Dennis mich an Grippens Haus angefallen hat, dann könnte er Dennis gesehen und wohl entschieden haben, daß nur etwas so Heldenhaftes wie die Maßnahme, die er getroffen hat, zum Erfolg führen würde.«

»Armer Dennis.« Lydia lockerte die Krawatte und stand einen Augenblick ruhig da, während sich ihre Blicke im Spiegel vor ihnen trafen. »Er hat die schrecklichsten Dinge über die anderen Mädchen in Somerville gesagt – daß sie wie Männer sein wollten, weil sie keine Männer *bekommen* konnten. Und immer wenn ich ihn darauf hingewiesen habe, daß auch ich so etwas tat, dann war er so überheblich, als ob ich nur an der Universität wäre, bis ich einen Ehemann und ein Heim finden und Kinder kriegen würde. ›Du bist anders‹, hat er dann immer gesagt . . . Er konnte so lieb zu mir sein, so freundlich, und dennoch . . .«

Sie schüttelte den Kopf. Sie nahm die Krawatte von ihrem Hals ab und drehte sich um, um sie Asher überzustreifen. »Er wollte immer so sehr ein Held sein, aber ich habe ihn niemals ernst genommen.«

Sie griff zu seinem Hals hinauf, um den Kragen zurechtzurücken, und er umfaßte ihre Finger mit seiner gesunden Hand. »Aber du mußt zugeben, daß er an meiner Stelle niemals zugelassen hätte, daß du dich in Gefahr begibst, indem du mit nach London gekommen wärst.«

»Ich weiß.« Der Ausdruck des Schmerzes, der mehr Mitleid als Trauer war, verschwand; sie lächelte wehmütig zu ihm hinauf. »Das ist der Grund, warum ich ihn nie ernst genommen habe. Es wäre ihm niemals eingefallen, daß jemand anders als er die Situation hätte retten können.« Sie seufzte und wandte ihre Aufmerksamkeit eine Weile der Plazierung seiner Krawattennadel zu. »Das Schreckliche ist, daß ich sicher bin, daß das der Grund dafür war, weshalb er sich das Serum seines Vaters injiziert hat – weil er den Gedanken nicht ertragen konnte, daß solche Kräfte, wie Calvaire sie besessen hatte, einem anderen als ihm selbst zukommen sollten.«

Sie hatten Bruder Antonius' Leiche vor dem herannahenden Morgengrauen auf einem Scheiterhaufen verbrannt, den sie hastig aus dem im Holzschuppen von The Peaks gefundenen Scheiten aufgestapelt hatten – Antonius' Leiche und mit ihr auch Dennis'. Die Flammen loderten glühendheiß und blau, und Asher beobachtete mit etwas ironischem Amüsement, wie Lydia mit Interesse das atypische Feuer studierte und ganz offenkundig im Geiste Notizen machte. Sie hatte jedoch davon abgesehen, vorzuschlagen, einen der beiden Vampire für weitere Untersuchungen aufzuheben. Welche fremdartigen Krankheiten auch in ihrem Blut stecken mochten, sie hatte nicht den Wunsch, ihre Existenz zu erhalten, nicht einmal in den angeblich kontrollierten Bedingungen eines Laboratoriums.

Ysidro war verschwunden, bevor das Feuer zu verlöschen begann. Als die Polizei eintraf, herbeigerufen von einem Schäfer, der das Feuer gemeldet hatte, war die Sonne bereits aufgegangen, und Asher und Lydia befanden sich ein gutes Stück entfernt auf der Straße nach Prince's Risborough. Das Motorrad, das Dennis fahruntüchtig gemacht hatte, schoben sie zwischen sich her, und den schmutzigen braunen Ulster hatten sie um ihrer beider Schultern gelegt, um sich darunter zu wärmen wie ein Paar von Kesselflickern. Das Feuer war in einem kleinen Artikel auf einer der Rückseiten der *Daily Mail* des selben Nachmittags erwähnt worden. Von menschlichen Überresten, die man möglicherweise in der Asche gefunden hatte, wurde nichts berichtet.

»Auf jeden Fall«, fuhr Lydia nach einer Weile fort, während sie ihren Blick wieder von dem dunklen Labyrinth aus Dächern und Schornsteinen abwandte, »hätte Dennis, wenn er an deiner Stelle gewesen wäre, mir niemals etwas von dem erzählt, was vor sich ging – sondern hätte nur gesagt, daß ich mich um derartige Dinge gar nicht erst kümmern sollte. Und das hätte überhaupt nichts geholfen. Denn der Mörder – Dennis – kannte mich und wollte mich haben. Er hat mich einmal gesehen, als er Bully Joe Davies verfolgte. Und er hat mich – gerufen, verfolgt – in meinen Träumen. Er war dabei nicht so gut, wie die anderen Vampire es sind, doch ... Und dann hätte er auch sicher früher oder später herausgefunden, wie er einen anderen Vampir wie sich selbst machen konnte, und dann wäre er gekommen, um mich zu holen.« Sie wischte sich beinahe verschämt die Augen und schob ihre Brille mit einer nachdrücklichen Geste auf die Nase. »Daß ich zu Blaydons Haus in der Queen Anne Street gegangen bin und dort umhergeschnüffelt habe, hat die Sache einfach nur beschleunigt.«

Sie nahm seinen Mantel vom Bett auf und kam damit herüber, um ihm hineinzuhelfen. Als sie nach ihrer Rückkehr von The Peaks erwacht waren, war der kurze Herbstnachmittag schon weit fortgeschritten gewesen, und den Rest des Tages hatten sie im Middlesex Hospital verbracht, wo Ashers geschundener Arm neu gerichtet worden war. Er wäre nun liebend gern wieder ins Bett zurückgekehrt und hätte ausgeschlafen, doch es gab da noch eine Sache, die erst erledigt werden mußte.

»Bist du sicher, daß du es tun willst?« fragte Lydia.

Asher schaute an ihr vorbei auf sein eigenes Spiegelbild. Rasiert und gebadet, sah er nun nicht mehr wie ein Landstreicher aus, doch sein Gesicht hatte einen angespannten, erschöpften Ausdruck, den er dort schon seit Jahren nicht mehr gesehen hatte.

»Nein«, erwiderte er. »Doch jetzt, nachdem Dennis nicht mehr da ist, glaube ich nicht, daß es noch irgendeine Gefahr bedeuten könnte. Und jemand muß es ihm sagen. Versprich mir nur, daß du hierbleiben wirst, bis ich zurückkomme. Wirst du das?«

Sie nickte. Asher warf einen kurzen Blick zum Himmel, der durch die Fenster zu sehen war, um sich zu versichern, daß, wenn die Dunkelheit endgültig heranbrach, er schon weit genug von diesen Räumen entfernt sein würde. Grippen wußte von Lydias Zimmern im Bruton Place, doch er wußte nichts – zumindest glaubte Asher das, von Nummer 6 Prince of Wales Colonnade.

Während die Ärzte im Hospital seinen Arm versorgt hatten, hatte er Lydia zu Lambert's geschickt, um fünf weitere Silberketten zu kaufen; er war sich der beiden Ketten um seinen Hals und sein linkes Handgelenk bewußt, während er die Treppe der Pension hinunterstieg und seinen gemächlichen Gang zur Oxford Street begann. Die Gaslaternen waren schon angezündet, und ihr Schein drang weich und gelblich durch die Abendnebel. Er hatte sich noch einmal versichert, daß auch Lydia ihre Ketten trug, obgleich er insgeheim vermutete, daß sie keinem von ihnen beiden nutzen würden, wenn die Vampire wirklich entschlossen waren, niemanden, der von ihrer Existenz wußte, überleben zu lassen.

Die Zeit seines Dienstes für Ysidro war vorüber.

Und in der Zwischenzeit mußte jemand Blaydon Bescheid sagen ... Und jemand mußte sicherstellen, daß es keine weiteren Experimente ›zum Wohle der Nation‹ mehr geben würde.

Das andere, das Lydia auf ihrem Einkaufsbummel erstanden hatte, war ein Revolver gewesen, auch wenn er ihr nicht gesagt hatte, für wen er bestimmt war. Er vermutete, daß er das auch gar nicht hätte tun müssen.

Das tiefe Dämmerlicht verlieh der Queen Anne Street mit ihren hohen, schmalen Häusern und den hell erleuchteten Fenstern den Anschein von Ruhe und Zufriedenheit. Hier und dort konnte Asher durch die Rüschen der Spitzengardinen in eines der Fenster hineinsehen: zwei Freunde, die vor dem Kamin im Salon Schach spielten; eine dunkle Frau, die träumend in einem Fenster eingerahmt stand, die Arme um die hochgewachsene Gestalt eines androgynen Jugendlichen geschlungen. Wäre er ein Vampir, dachte Asher bei sich, dann hätte er jedes ihrer Worte verstehen können.

In Blaydons Haus brannte Licht, in einem Raum, von dem er vermutete, daß es das Arbeitszimmer war. Er klopfte nachdrücklich an der Haustür, und sie gab unter seinem Pochen nach.

»Blaydon?«

Er hob seine Stimme nicht sehr. Die Schatten der Treppe verschluckten das Echo seiner Worte; für einen Augenblick glaubte er sich wieder in Oxford, lauschend in die seltsame Stille eines Hauses, von dem er wußte, daß es nicht verlassen war.

Dann hörte er Ysidros Stimme: »Hier herauf.«

Während er noch die Stufen erklomm, wußte er schon, was er vorfinden würde.

Ysidro saß im Arbeitszimmer an Blaydons persischem Schreibtisch und sah Papiere durch – sie ergossen sich vom Schreibtisch hinab auf den Boden und bedeckten den Teppich in einem Umkreis von wohl einem Meter. Der Vampir wirkte so, wie Asher ihn zum ersten Mal gesehen hatte, ein zierliches Geschöpf aus Alabaster und Elfenbein, dessen spinnenwebartige Haare ihm auf die Schultern seines grauen Bond-Street-Anzugs fielen. Er sah ganz wie der Edelmann aus, der sich in das höchst seltsame Exil eines anderen Zeitalters verirrt hatte. Asher fragte sich, mit welchen Studien oder welcher Kurzweil er sich wohl jene dahinziehenden Jahrhunderte vertrieben hatte; noch nicht einmal das hatte er herausfinden können.

Bleich wie Schwefel erhoben sich die ruhigen Augen, bis sie auf Ashers Blick trafen.

»Sie finden ihn in seinem Laboratorium«, sagte er leise. »Sein Genick ist gebrochen. Er arbeitete gerade an einer weiteren Serie seines Serums, den letzten Proben von Chloés Blut entnommen.«

»Wußte er von Dennis?«

»Es lag dort ein Telegramm der Buckinghamshire Polizei, das besagte, daß es ein mysteriöses Feuer in The Peaks gegeben hätte. In der Asche seien die metallenen Knöpfe einer Männerhose gefunden worden, zusammen mit ein paar gesprungenen Glasperlen, einem stählernen Kruzifix und einigen unidentifizierbaren Knochen.«

Asher schwieg. Ysidro zog einen weiteren Aktenordner aus dem allgemeinen Durcheinander. Die Notizen rutschten über den Stapel vor ihm und segelten wie auf dem Rücken fliegende Vögel zu Boden.

»Hätten Sie es getan?« fragte Ysidro.

Asher seufzte. Er hatte Schlimmeres getan, als Blaydon zu töten. Er wußte, daß er immer seine Verbindungen zum Foreign Office hätte vorschieben können, falls man ihn gefaßt hätte, und vielleicht hätte er sogar Rückendeckung von einigen Freunden im Department erhalten. Die Pistole lag schwer in der Tasche seines Ulsters. »Ja.«

»Ich dachte mir, daß Sie es getan hätten.« Don Simon lächelte, schief und doch seltsam lieblich, und Asher hatte das Gefühl, es mit dem Mann zu tun zu haben, der Ysidro einmal gewesen war, bevor er ein Vampir wurde. »Ich wollte Ihnen die Unannehmlichkeit ersparen.«

»Sie wollten mir eine Unterhaltung mit der Polizei bezüglich Blaydons Experimenten ersparen.«

Das schwache, zynische Lächeln breitete sich aus und erwärmte zum ersten Mal auch Ysidros kühle Augen. »Das auch.«

Asher kam zum Schreibtisch hinüber und schaute auf die schlanke Gestalt aus Weiß und Grau hinab. Wenn die tiefen Wunden, die Dennis' Fänge in Ysidros Fleisch hinterlassen hatten, ihn immer noch schmerzten wie Ashers gebrochener Arm, dann ließ er nichts davon erkennen. Seine schlanken Hände waren sorgsam verbunden. Asher fragte sich, ob wohl Grippen das erledigt hatte.

»Sie sehen natürlich auch«, sagte Asher langsam, »daß Bruder Antonius nicht nur der einzige Vampir war, der Dennis töten konnte – der einzige Vampir, der physisch in der Lage war, diese Menge von Silber in seinem Körper aufzunehmen, sondern auch der einzige, der es tun konnte. Er war der einzige, der die Errettung seiner Seele über seine Existenz als Vampir stellte.«

Eine Windbö fuhr raschelnd durch die Bäume im hinteren Garten; in der Ferne schlug eine Kirchenuhr sechs. Ysidros lange Finger lagen reglos auf dem Durcheinander der Notizen und Zettel vor ihm, und das matte Gold seines Ringes schimmerte leicht im Schein der Gaslampe. »Glauben Sie, daß er sie erlangt hat?« fragte er schließlich.

»Kennen Sie die Legende von Tannhäuser?«

Der Vampir lächelte leicht. »Der Sünder, der zum Papst in Rom kam und eine Beichte solch schrecklicher Taten ablegte, daß der Heilige Vater ihn davongejagt hat mit den Worten: ›Eher wird mein Stab Knospen tragen, als daß Gott solche Schlechtigkeit wie die deine vergibt.‹ Tannhäuser verzweifelte und verließ Rom, um zu seinem sündigen Leben zurückzukehren, und drei Tage später fand der Papst seinen Stab in der Ecke stehend, wo er ihn zurückgelassen hatte, über und über mit lebendigen Knospen bedeckt.« Die Flamme der Gaslampe spiegelte sich in einem Tausend winziger Lichtpunkte in dem endlosen Labyrinth seiner Augen wider. »Doch wie Bruder Antonius selbst gesagt hat, ich werde es nie erfahren.«

Ein leises Geräusch hinter ihm brachte Asher dazu, sich umzuwenden. In der Tür hinter seinem Rücken standen Anthea Farren und Lionel Rippen, die Frau müde und abgespannt, der Arzt mit funkelnden Fängen.

Ysidro fuhr leise fort: »Ich glaube nicht, es wäre überhaupt einem von uns eingefallen, daß solch ein Opfer vorstellbar ist. Ganz sicher glaube ich, daß es Bruder Antonius selbst nicht einfiel, bis er in den Katakomben mit Ihnen zusammengetroffen ist, einem Sterblichen, und Sie von Gottes nie endender Bereitschaft zur Vergebung sprachen und daß es vielleicht auch für einen wie ihn einen Ausweg gebe.«

»Wenn er sich von dieser Narretei hat foppen lassen, so ist das seine Sache«, grunzte Grippen. »Ein Mann, der nur nach einer höflichen Entschuldigung sucht, um mitten in einem Festmahl den Tisch zu verlassen, das war er.«

Und Anthea legte den Kopf zur Seite und stimmte zu: »Das war die Entscheidung eines Sterblichen.«

»Hm«, erwiderte Grippen. »Und sterblich genug ist's für ihn geworden.«

Einen Augenblick lang betrachtete Asher das glatte weiße Gesicht der Frau, eingerahmt von dem hölzernen Schwarz ihres Haars, und schaute in die riesigen braunen Augen. »Ja«, sagte er. »Es war die Tat eines Mannes und nicht eines Vampirs.«

»Und auf jeden Fall hat es den Handel zwischen uns beiden erfüllt«, sagte Ysidro, ohne sich vom Schreibtisch zu erheben. »Und so sind Sie nun frei zu gehen.«

»Gehen?« Asher schaute zu ihm hinüber, dann wandte er seinen Blick wieder den anderen Vampiren zu, die hinter ihm standen, Grippen zu seiner Rechten und die Countess von Ernchester zu seiner Linken.

»Gehen«, wiederholte Ysidros sanfte, flüsternde Stimme. »Oh, ich denke wohl, daß Sie, wenn Sie es wollen, zu einem Vampirjäger werden und auch noch den letzten von uns jagen könnten, zumindest diejenigen, gegen die Sie eine persönliche Abneigung empfinden. Dennoch halte ich es für unwahrscheinlich. Wir wissen, wie Sie und Mrs. Lydia uns aufgespürt haben – wir haben dafür Sorge getragem, diese Unterlassungen zu korrigieren, haben uns neue Verstecke gesucht, die den prüfenden Blicken der modernen Welt besser standhalten werden. Ich glaube durchaus, daß Sie uns schließlich zur Strecke bringen könnten, wenn Sie willens wären, Ihre Zeit dafür zu opfern. Doch würde es Jahre dauern. Sind Sie willens, Jahre dafür zu opfern?«

Asher schaute ihn wortlos an, während jene fahlen, unmenschlichen Augen ohne Spott seinen Blick erwiderten. Es war moralisch falsch, das wußte er. Der arme, dumme Dennis hatte vierundzwanzig Männer und Frauen getötet, blind, fiebernd, gepackt von einem Verlangen, das schon an Wahnsinn grenzte; Ysidros kaltherzig ausgeführte Morde beliefen sich auf mehr als zehntausend. Moralisch gesehen, war es seine Pflicht, sie zu jagen und zu vernichten, bevor sie abermals töten oder Zöglinge erschaffen konnten.

Doch in seinem Herzen wußte er, daß Ysidro recht hatte. Es würde einer Besessenheit bedürfen, um sie zu jagen, und er fühlte plötzlich, daß er dieser Sache müde war, all dieser Dinge zutiefst müde war.

»Wir werden uns von Ihnen und den Ihren fernhalten«, fuhr der Vampir fort. »Was können Sie mehr verlangen? Dies ist keine Bezahlung – es ist einfach Vorsicht von unserer Seite aus. Ein Mann, dessen eigener Ochse nicht gerissen worden ist, ist selten ein beharrlicher Jäger. Uns zu jagen, wäre wie den Rauch zu jagen, James, denn wir haben etwas, was Sie nicht haben. Wir haben Zeit. Die Tage und Stunden Ihres Glücks sind Ihnen teuer, und Sie wissen, wie wenig es sind. Doch wir haben alle Zeit, die es gibt – oder zumindest«, er lächelte ironisch, »soviel wir davon haben wollen.«

Etwas – ein Gefühl der Gefahr – ließ Asher eine Falle vermuten, und er wandte den Kopf, bereit, sich zu verteidigen … Doch Grippen und Anthea waren verschwunden.

Er wandte sich wieder zum Schreibtisch um und sah, daß er verlassen war.

Seine Schritte hallten leise durch das leere Haus, als er ging. Als er halb die Straße hinuntergegangen war, sah er das goldene Auflodern von Flammen im Fenster des Arbeitszimmers und die grauen Schwaden von Rauch, doch er ging einfach weiter. Leute rannten an ihm vorbei und riefen, denn sie hatten ebenfalls das Feuer bemerkt, das sich im Haus ausbreitete. Mit all den Papieren, die überall verstreut waren, würde das ganze Gebäude bald schon niedergebrannt sein.

An der Ecke zur Harley Street rief er eine Droschke herbei, um zu seiner Unterkunft in der Prince of Wales Colonnade zurückzukehren, wo Lydia schon eingekuschelt im Bett liegen würde, ihr rotes Haar wie eine Kaskade über ihre Schultern gebreitet; in der Hand hielt sie ein medizinisches Journal, während sie seine Rückkehr erwartete.

ENDE